Né à Paarl, Afrique du Sud, en 1958, Deon Meyer est un écrivain de langue afrikaans. Il a grandi à Klerksdorp, ville minière de la province du Nord-Ouest. Après son service militaire et des études à l'université de Potchefstroom, il entre comme journaliste au *Die Volkablad* de Bloemfontein. Depuis, il a été tour à tour attaché de presse, publiciste, webmaster, et est actuellement stratège en positionnement Internet. Il vit à Melkbosstrand. Il est l'auteur de plusieurs romans policiers, dont *Jusqu'au dernier*, *Les Soldats de l'aube* (Grand Prix de littérature policière), *L'Âme du chasseur*, *Le Pic du Diable* et *Lemmer, l'invisible*.

Jusqu'au dernier
Seuil, « Policiers », 2002
et « Points Policier », n° P1072

Les Soldats de l'aube
Grand Prix de littérature policière
Seuil, « Policiers », 2003
et « Points Policier », n° P1159

L'Âme du chasseur
Seuil, « Policiers », 2005
et « Points Policier », n° P1414

Le Pic du Diable
Seuil, « Policiers », 2007
et « Points Policier », n° P2015

Lemmer, l'invisible
Seuil, « Policiers », 2008
et « Points Policier », n° P2290

Deon Meyer

13 HEURES

ROMAN

*Traduit de l'anglais (Afrique du Sud)
par Estelle Roudet*

Éditions du Seuil

TEXTE INTÉGRAL

TITRE ORIGINAL
13 uur
ÉDITEUR ORIGINAL
Human & Rousseau,
a division of NB Publishers, Afrique du Sud
© Deon Meyer, 2008
ISBN original : 978-0-7981-5010-6

ISBN 978-2-7578-2304-0
(ISBN 978-2-02-097769-2, 1re publication)

© Éditions du Seuil, février 2010, pour la traduction française

05 h 36 - 07 h 00

1

Cinq heures trente-six : une fille gravit en courant la pente escarpée de Lion's Head. Sur le gravier du sentier large, le bruit de ses chaussures de course dit l'urgence. À cet instant précis où les rayons du soleil découpent sa silhouette à flanc de montagne tel un projecteur, elle est l'image même de la grâce et de l'insouciance. Sa natte brune rebondit contre son petit sac à dos. Le bleu pastel de son tee-shirt fait ressortir son cou hâlé. Vêtue d'un short en jean, elle avance à grandes foulées énergiques et rythmées, propulsée par de longues jambes. Elle personnifie la jeunesse athlétique – vigoureuse, saine, déterminée.

Jusqu'à ce qu'elle s'arrête et se retourne pour regarder par-dessus son épaule gauche. Alors l'illusion s'évanouit. Son visage respire l'angoisse. Et l'épuisement absolu.

Elle ne voit pas la beauté impressionnante de la ville dans la douce lumière du soleil levant. Ses yeux effrayés fouillent fiévreusement les hauts buissons de fynbos derrière elle, à l'affût du moindre mouvement. Elle sait qu'ils sont là, mais à quelle distance ? Sa respiration s'emballe – l'effort, le choc, la peur. C'est l'adrénaline, la redoutable nécessité de survivre, qui la pousse à repartir, à continuer, malgré ses jambes qui lui font mal, sa poitrine en feu, la fatigue d'une nuit sans sommeil et la sensation d'être perdue dans une ville insolite, un pays étranger, un continent impénétrable.

Devant elle, le sentier bifurque. L'instinct la pousse à prendre à droite, à monter, à se rapprocher du dôme rocheux du Lion. Elle ne réfléchit pas, n'a aucun plan. Elle court à l'aveuglette, ses bras tels les pistons d'une machine qui l'entraîne.

*

L'inspecteur Benny Griessel dormait.

Et rêvait qu'il conduisait un énorme camion-citerne, quelque part dans une descente entre Parow et Platte-kloof, sur la N1. Il roulait trop vite, le contrôle lui échappait. Quand son portable retentit, la première note suraiguë suffit à le ramener à la réalité avec un sentiment de soulagement fugace. Il ouvrit les yeux et jeta un coup d'œil au radio-réveil : cinq heures trente-sept.

Il balança les pieds hors du lit simple. Fini, le rêve. Un bref instant, il resta assis sur le bord sans bouger, comme un homme qui hésite devant un précipice. Puis il se leva et gagna la porte d'un pas mal assuré, descendit l'escalier en bois qui menait au salon, où il avait laissé son téléphone la veille. Ses longs cheveux étaient hirsutes, il aurait dû aller chez le coiffeur depuis longtemps. Il ne portait qu'un short de rugby délavé. Un coup de fil à une heure pareille, ça sentait les mauvaises nouvelles, voilà ce qu'il se disait.

Il ne reconnut pas le numéro qui s'affichait à l'écran de son portable.

– Griessel.

Son premier mot de la journée. Rauque. Sa voix le trahissait.

– Salut, Benny, c'est Vusi. Désolé de te réveiller.

Il fit un effort pour se concentrer, l'esprit confus.

– Pas de problème.

10

– On a un… corps.

– Où ça ?

– St. Martin, l'église luthérienne en haut de Long Street.

– Dans l'église ?

– Non, elle est dehors.

– J'arrive.

Il mit fin à la communication et se passa la main dans les cheveux.

« Elle », avait dit l'inspecteur Vusumuzi Ndabeni.

Probablement juste une *bergie*. Une clocharde de plus qui avait trop bu. Il posa le téléphone à côté de l'ordinateur portable qu'il venait d'acheter d'occasion.

Il fit demi-tour, encore à moitié dans les vapes, et se cogna le tibia contre la roue avant du vélo appuyé sur le canapé qu'il avait dégotté au mont-de-piété. Il rattrapa la bicyclette avant qu'elle ne dégringole. Puis il remonta à l'étage. La bicyclette lui rappelait vaguement ses difficultés financières, mais il n'avait pas envie de s'appesantir là-dessus pour l'instant.

Dans la chambre, il quitta son short et une odeur musquée de sexe monta de son bas-ventre.

Merde.

Le poids de la mauvaise conscience lui tomba brutalement dessus. Le souvenir de la veille lui revenant, il eut soudain les idées beaucoup plus claires.

Quelle mouche l'avait piqué ?

Il balança son short sur le lit d'un geste accusateur et se dirigea vers la salle de bains.

Griessel releva la planche des toilettes avec colère, visa et pissa.

*

Elle se retrouva tout à coup sur le goudron de Signal Hill Road et aperçut la femme et le chien à cent mètres

11

sur la gauche. Sa bouche esquissa un cri, deux mots, mais sa voix fut noyée dans le râle de sa respiration.

Elle courut vers eux. C'était un gros chien, un Ridge-back. La femme, une Blanche, avait dans les soixante ans, un immense chapeau de plage rose, une canne et un petit sac à dos.

L'animal était nerveux à présent. Peut-être sentait-il sa peur, la panique qui l'habitait. Ses semelles claquèrent sur le goudron quand elle ralentit. Elle s'arrêta à trois mètres d'eux.

– Aidez-moi, dit-elle, avec un fort accent.

– Que se passe-t-il ? demanda la femme d'un air inquiet.

Elle recula. Le chien grondait en tirant sur sa laisse, cherchant à s'approcher de la fille.

– Ils vont me tuer.

La femme regarda autour d'elle, effrayée.

– Mais il n'y a personne.

La fille jeta un coup d'œil par-dessus son épaule.

– Ils arrivent.

Puis elle se rendit compte que la femme et le chien ne feraient pas le poids. Pas ici à flanc de montagne. Pas contre eux. Elle les mettrait en danger.

– Appelez la police. Je vous en prie. Appelez simplement la police, dit-elle avant de repartir en courant, lentement au début, tout son corps se rebiffant. Le chien bondit en avant et poussa un unique aboiement. La femme tira sur la laisse.

– Mais pourquoi ?

– Je vous en prie (elle se mit à trottiner en traînant les pieds sur la route goudronnée qui menait à Table Mountain), appelez simplement la police.

Elle se retourna une fois, à environ soixante-dix pas de là. La femme n'avait pas bougé d'un pouce, abasourdie.

*

12

Benny Griessel tira la chasse d'eau en se demandant pourquoi il n'avait pas vu venir la nuit dernière. Il ne l'avait pas cherché, c'était arrivé comme ça. Nom de Dieu, pourquoi se sentir aussi coupable, il n'était qu'un homme après tout.

Mais un homme marié.

Si on pouvait appeler ça un mariage. Chambre à part, table à part, maison à part. Bordel, Anna ne pouvait pas tout avoir. Elle ne pouvait pas le virer de sa propre baraque et attendre de lui qu'il assume deux foyers, qu'il reste sobre pendant six putains de mois et célibataire, par-dessus le marché.

Au moins était-il sobre. Depuis cent cinquante-six jours. Plus de cinq mois de lutte contre la bouteille, jour après jour, heure après heure, jusqu'à aujourd'hui.

Bon sang, Anna ne devait jamais savoir pour hier. Pas maintenant. À moins d'un mois de la fin de son exil, la punition qu'elle lui avait imposée pour son alcoolisme. Si jamais elle l'apprenait, il était foutu, il aurait lutté et souffert pour rien.

Il soupira et se posta devant l'armoire de toilette pour se laver les dents. S'observa minutieusement dans le miroir. Tempes grisonnantes, pattes d'oie, traits slaves. Il n'avait jamais été vraiment bel homme.

Il ouvrit le meuble et en sortit brosse à dents et dentifrice.

Qu'est-ce qu'elle avait bien pu lui trouver, cette Bella ? À un moment donné, la nuit dernière, il s'était demandé si elle couchait avec lui par pitié, mais il était trop excité, trop reconnaissant pour sa voix douce, ses gros seins et sa bouche, bon Dieu, cette bouche, il avait un truc avec les bouches, c'est là que les ennuis avaient commencé. Non. Ça avait commencé avec Lize Beekman. Comme si Anna allait croire ça !

Putain !

13

Benny Griessel se brossa les dents avec fébrilité. Puis il sauta sous la douche et ouvrit les robinets à fond pour laver tous les effluves accusateurs de son corps.

*

Ce n'était pas une clocharde. Griessel sentit son cœur manquer un battement lorsqu'il franchit la grille hérissée de pointes surmontant le mur de l'église et aperçut la fille sur le sol. Les chaussures de jogging, le short kaki, le caraco orange et le modelé de ses bras et de ses jambes indiquaient qu'elle était jeune. Elle lui rappela sa propre fille.

Il descendit l'étroite allée goudronnée, dépassa des pins et de hauts palmiers ainsi qu'un panneau d'affichage jaune – STRICTEMENT INTERDIT AUX VÉHICULES NON AUTORISÉS. AUX RISQUES ET PÉRILS DU PROPRIÉTAIRE – puis continua jusqu'à l'endroit où elle était allongée, à gauche de la ravissante église en pierre grise, là, sur ce même goudron.

Il leva les yeux. C'était une matinée parfaite. Lumineuse, avec à peine un souffle d'air, excepté une brise légère qui emportait les senteurs marines jusqu'au sommet de la montagne. Ce n'était pas une heure pour mourir.

Vusi se tenait à côté d'elle avec le Gros et le Maigre de la police scientifique, un photographe et trois hommes en tenue de la SAPS[1]. Derrière Griessel, sur le trottoir de Long Street, se trouvaient d'autres policiers, au moins quatre, en chemises blanches et épaulettes noires de la police métropolitaine, tous très arrogants. Appuyés sur les grilles, ils regardaient fixement la silhouette immobile avec un groupe de badauds.

– Salut Benny ! lança Vusi Ndabeni avec son calme habituel.

1. SAPS : South African Police Service (*N.d.T.*).

14

Il était de taille moyenne, comme Benny, mais paraissait plus petit. Maigre et soigné, les coutures du pantalon parfaitement repassées, la chemise d'un blanc immaculé, cravate, chaussures cirées. Ses cheveux crépus étaient coupés court, à la militaire, et son bouc impeccablement taillé. Il portait des gants chirurgicaux en caoutchouc. Griessel l'avait rencontré pour la première fois le jeudi précédent, en même temps que les cinq autres inspecteurs qu'on lui avait demandé de « former » au cours de l'année à venir. C'était le mot que John Afrika, commissaire régional et chef du service d'investigation de la province, avait employé. Mais une fois seul dans le bureau d'Afrika, le discours fut tout autre : « On est dans la merde, Benny. On s'est plantés dans l'affaire Van der Vyver et à présent, les huiles disent que c'est parce qu'on a pris trop de bon temps au Cap et qu'on a intérêt à se bouger le cul, mais qu'est-ce que je peux faire ? Je perds mes meilleurs éléments et les nouveaux sont incompétents, de vrais bleus. Benny, je peux compter sur toi ? »

Une heure plus tard, il s'était retrouvé dans la grande salle de conférence du commissaire, avec six des meilleurs « nouveaux », tous assis en rang d'oignon sur les chaises grises fournies par l'administration, l'air singulièrement peu impressionnés. Cette fois, John Afrika avait modéré son message.

« Benny sera votre mentor. Ça fait vingt-cinq ans qu'il est dans la police ; il travaillait déjà à la brigade des vols et homicides alors que la plupart d'entre vous étiez encore à l'école primaire. Vous avez encore à apprendre ce qu'il a déjà oublié. Mais comprenez-moi bien : il n'est pas là pour faire le boulot à votre place. Il est là pour vous conseiller, vous aider à faire vos premiers pas. Et c'est votre mentor. D'après le dictionnaire, cela désigne (il avait jeté un coup d'œil à ses notes) "... un professeur ou un conseiller avisé en qui l'on a confiance". Voilà pourquoi je l'ai fait transférer à la Brigade d'intervention de la province. Parce que Benny est sage et que vous pouvez lui faire confiance, et parce que moi, je lui fais confiance. On gaspille les compétences, il y a trop de nouveaux et on ne va pas réinventer la roue à chaque fois. Apprenez de lui. Vous avez été triés sur le volet – c'est une chance que peu d'entre vous auront. »

Griessel observait leurs visages. Cinq Noirs, quatre maigrichons, une femme énorme, plus un inspecteur métis aux épaules carrées, tous dans les trente ans. Pas la moindre expression de reconnaissance, exception faite de Vusumuzi (« mais tout le monde m'appelle Vusi ») Ndabeni. L'inspecteur métis, Fransman Dekker, avait même l'air franchement hostile. Mais Griessel s'était déjà habitué aux mouvements de fond qui secouaient la nouvelle SAPS. Debout à côté de John Afrika, il s'estimait heureux d'avoir encore un boulot après la dissolution de la brigade criminelle. Heureux que son ancien officier supérieur, Mat Joubert et lui, n'aient pas été réaffectés à un quelconque commissariat comme la plupart de leurs collègues. De nouvelles structures qui n'avaient rien de nouveau, on se serait cru revenu trente ans en arrière, avec les inspecteurs dans les commissariats, parce que c'est comme ça qu'on faisait dorénavant à l'étranger et que la SAPS se devait de faire pareil. Au moins avait-il encore du boulot. Et Joubert l'avait proposé pour une promotion. Si la chance ne tournait pas, s'ils arrivaient à passer outre son problème d'alcool, la discrimination positive et toute cette politique merdique, il saurait aujourd'hui même s'il avait été promu capitaine.

Capitaine Benny Griessel. Cela lui semblait juste. Et il avait besoin de l'augmentation, ça aussi.

Et pas qu'un peu.

– Bonjour Vusi, répondit-il.

– Salut, Benny !, lança Jimmy, le grand maigrichon de la police scientifique. J'ai entendu dire qu'on t'appelait « l'Oracle » à présent ?

– Comme la vieille femme dans *Le Seigneur des Anneaux*, renchérit Arnold, le petit gros.

Dans le milieu de la police du Cap, le duo que formaient le Gros et le Maigre donnait lieu à des plaisanteries du genre : « Gros ou Maigre, avec la Scientifique, vous êtes en de bonnes mains. »

– Dans *Matrix*, espèce d'abruti, rétorqua Jimmy.

– Peu importe, fit Arnold.

– Bonjour !, répondit Griessel.

Il se tourna vers les flics en tenue postés sous l'arbre, respira un grand coup, s'apprêtait à leur lancer, « On est sur une scène de crime, déménagez vos gros culs de l'autre côté du mur », mais se souvint qu'il s'agissait de l'enquête de Vusi, et décida de la boucler, jouant son rôle de mentor. Il leur jeta un regard mauvais, sans le moindre effet, et s'accroupit pour observer le corps.

La fille était allongée sur le ventre, tête tournée vers le jardin. Ses cheveux blonds étaient très courts. Elle avait deux petites lacérations horizontales dans le dos, identiques sur les deux omoplates. Mais ce n'étaient pas elles qui avaient causé la mort. C'était l'entaille démesurée qu'elle avait en travers de la gorge, celle qui était si profonde qu'on lui voyait l'œsophage. Son visage, sa poitrine et ses épaules baignaient dans une énorme mare de sang. L'odeur de la mort était déjà là, aussi âpre que celle du cuivre.

– Nom de Dieu, fit Griessel.

Il sentit toute sa peur et sa révulsion monter en lui et dut se forcer à respirer doucement et lentement, comme Doc Barkhuizen le lui avait appris. Il fallait rester à distance, ne pas intérioriser la scène.

Il ferma les yeux une seconde. Puis il regarda les arbres. Il essayait de garder une certaine objectivité, mais c'était affreux comme façon de mourir. Et son esprit ne demandait qu'à revivre l'événement, le couteau qui étincelle et tranche dans le vif, qui glisse profondément dans les chairs.

Il se releva rapidement et fit semblant de regarder autour de lui. Le Gros et le Maigre se chamaillaient, comme d'habitude. Il essaya d'écouter.

Seigneur, qu'elle semblait jeune ! Dix-huit ans, dix-neuf ?

De quel genre de folie fallait-il être atteint pour trancher la gorge d'une enfant de cette façon ? De quel genre de perversion ?

Il s'obligea à chasser les images de son esprit, réfléchit aux faits, aux implications. Elle était blanche. Autant dire que les ennuis n'allaient pas tarder. Ni l'attention des médias et les sempiternelles critiques sur le « crime qui devient incontrôlable ». D'où pression énorme, longues heures, trop de gens impliqués, tout un chacun qui essaie de se couvrir et non, il n'avait plus le cœur à ça…

– On va avoir des emmerdes, dit-il à voix basse à Vusi.

– Je sais.

– Vaudrait mieux que les flics en tenue restent de l'autre côté du mur.

Ndabeni acquiesça et s'approcha d'eux. Il leur demanda de sortir par l'autre côté, en faisant le tour derrière l'église. Ils se firent prier, ne voulant pas être mis à l'écart. Mais ils partirent néanmoins.

Vusi vint rejoindre Griessel, calepin et stylo à la main.

– Toutes les grilles sont fermées à clé. Il y a une entrée pour les voitures là-bas, près du bureau de l'administration, et le portail principal se trouve devant le bâtiment ici. Elle a dû sauter par-dessus les grilles… c'est la seule façon d'entrer.

Vusi parlait trop vite. Il lui montra un Métis sur le trottoir de l'autre côté du mur.

– Ce type là-bas… James Dylan Fredericks, c'est lui qui l'a trouvée. C'est le directeur du magasin Kauai Health Foods, dans Kloof Street. Il vient de Mitchell's Plain par le bus Golden Arrow et se rend à son travail à pied depuis la gare routière. Quand il est passé par là, quelque chose a attiré son attention. Alors il a sauté par-dessus le mur mais en voyant le sang, il a fait demi-tour et a appelé le commissariat de Caledon Square, c'est le numéro d'urgence qu'il a pour le magasin.

Griessel acquiesça. Ndabeni semblait nerveux à cause de sa présence, comme s'il était là pour le juger. Il allait devoir corriger le tir.

– Je vais dire à Fredericks qu'il peut s'en aller, on sait où le trouver.

– Ça va, Vusi. Tu n'as pas besoin de… J'apprécie que tu me donnes les détails, mais je ne veux pas que tu… tu vois…

Ndabeni lui toucha le bras, comme pour le rassurer.

– Pas de problème, Benny. J'ai envie d'apprendre.

Puis il resta silencieux un moment. Et ajouta :

– Je ne veux pas foirer cette enquête, Benny. J'ai passé quatre ans à Khayelitsha et je ne veux pas y retourner. Mais c'est ma première… Blanche, ajouta-t-il prudemment, comme s'il s'agissait d'une remarque raciste. C'est un autre monde…

– Ça l'est.

Griessel n'était pas doué pour ce genre d'exercice, ne sachant jamais quels étaient les mots justes et politiquement corrects. Vusi vint à son secours.

– J'ai vérifié dans les poches de son short pour voir si je trouvais quelque chose. Pour l'identifier. Rien. On n'attend plus que le légiste à présent.

Un oiseau fit entendre son pépiement strident dans les arbres. Deux pigeons atterrirent à côté d'eux et commencèrent à picorer. Griessel regarda autour de lui. Il y avait un véhicule dans l'enceinte de l'église, côté sud, un minibus Toyota blanc, le long d'un mur de briques haut de deux mètres. « Aventure », pouvait-on lire en grandes lettres rouges sur le flanc du camion.

Ndabeni suivit son regard.

– Ils se garent probablement ici pour des raisons de sécurité, dit-il en montrant le haut mur et les grilles fermées à clé. Je crois qu'ils ont un bureau plus bas dans Long Street.

– C'est probable.

Long Street était la Mecque du tourisme de masse au Cap : jeunes gens, étudiants européens, australiens et américains à la recherche d'aventures et de logements peu coûteux.

Griessel s'accroupit à nouveau près du corps, mais cette fois de façon à ne pas voir le visage de la morte. Il ne voulait regarder ni l'abominable blessure ni les traits délicats de la jeune femme.

Je vous en prie, se dit-il, faites que ce ne soit pas une touriste.

Si c'était le cas, la situation allait leur échapper complètement.

2

Elle franchit Kloofnek Road en courant et s'arrêta une seconde, indécise. Elle voulait se reposer, elle voulait reprendre son souffle et essayer de surmonter sa terreur. Elle devait se décider : prendre à droite, en s'éloignant de la ville, et suivre le panneau qui indiquait « Camps Bay » et tout ce qui pouvait l'attendre de ce côté de la montagne, ou prendre à gauche et revenir plus ou moins sur ses pas. Son instinct lui soufflait d'aller à droite, de s'enfuir, de mettre de la distance entre ses poursuivants et elle, et les terribles événements de la nuit passée.

Mais c'était ce qu'ils devaient attendre et cela l'enfoncerait encore plus dans l'inconnu, l'éloignerait encore plus d'Erin. Elle prit à gauche sans plus y penser, ses chaussures de jogging claquant bruyamment dans la pente goudronnée. Elle suivit la deux voies sur quatre cents mètres, puis tourna à droite, descendit péniblement un raidillon caillouteux, traversa une étendue de veld avant de déboucher dans Higgo Road, une zone résidentielle des plus banales perchée à flanc de montagne, avec ses immenses et luxueuses demeures entourées de jardins à la végétation luxuriante et protégés par de hauts murs. Une bouffée d'espoir l'envahit tout à coup – elle allait trouver quelqu'un pour l'aider, quelqu'un pour lui offrir abri et protection.

Toutes les grilles étaient cadenassées. Chaque maison était un véritable fortin, et les rues désertes à cette heure matinale. La route serpentait en pente raide autour de la montagne et ses jambes ne voulaient plus, ne pouvaient plus avancer. Elle aperçut le portail ouvert de la propriété à sa droite. Douloureux, son être tout entier n'aspirait qu'à se reposer. Elle jeta un coup d'œil par-dessus son épaule. Personne. Elle franchit le portail sans traîner. Vit une courte allée qui montait, un garage et un auvent. À droite, des buissons fournis contre le mur, à gauche la maison derrière de hauts barreaux métalliques et une grille fermée à clé. Elle rampa plus profondément à couvert des buissons, jusqu'au mur de plâtre, là où on ne pourrait pas la voir de la rue.

Elle tomba à genoux, épuisée, sac à dos contre le mur. Sa tête s'affaissa, ses yeux se fermèrent. Puis elle se laissa glisser jusqu'à ce qu'elle soit assise à même le sol. L'humidité des briques et des feuilles en décomposition allait tacher son short bleu, mais elle s'en fichait. Elle voulait juste se reposer.

La scène gravée dans son cerveau plus de six heures auparavant lui revint soudain en mémoire sans prévenir. Son corps se mit à trembler sous le choc et elle rouvrit brusquement les yeux. Elle n'osait pas y penser pour l'instant. C'était trop… trop insupportable. À travers le rideau de feuilles vert foncé et les grosses fleurs rouges rutilantes, elle aperçut un véhicule sous l'auvent. Elle se concentra dessus. Il avait une allure peu commune, des lignes épurées et élégantes et n'était pas récent. Quelle marque était-ce ? Elle tenta de détourner son attention de la terreur qui l'habitait en se focalisant sur la voiture. Sa respiration finit par se calmer, mais pas son cœur. L'épuisement pesait sur elle de tout son poids, mais elle résista : c'était un luxe qu'elle ne pouvait pas s'offrir.

À six heures vingt-sept, elle entendit courir dans la rue : ils étaient plusieurs et venaient de la même direction qu'elle. Son cœur s'emballa à nouveau.

Elle les entendit s'interpeller dans une langue qu'elle ne comprenait pas. Les pas ralentirent, cessèrent. Elle se pencha légèrement en avant, cherchant une trouée dans le feuillage et fixa la grille ouverte. Là, il y en avait un, à peine visible, et d'après les bouts de la mosaïque qu'elle découvrait, il était Noir.

Elle resta absolument immobile.

La mosaïque remua. L'homme franchit la grille, silencieux sur ses semelles en caoutchouc. Il allait chercher les planques possibles, maison, voiture sous l'auvent, elle le savait.

La silhouette indistincte rapetissa de moitié. S'était-il penché ? Pour regarder sous la voiture ?

Puis il se déplia, et sa forme s'agrandit. Il approchait. Pouvait-il la voir, là, tout au fond ?

– Hé, vous !

La voix lui fit un choc, comme si elle recevait un coup de poing dans la poitrine. Il lui fut impossible de dire si elle avait bougé durant cette seconde.

La silhouette sombre s'écarta en prenant son temps.

– Qu'est-ce que vous voulez ?

La voix venait de la maison au-dessus. Quelqu'un parlait au Noir.

– Rien.

– Alors foutez le camp de chez moi.

Pas de réponse. L'homme demeura immobile, puis s'éloigna lentement, à contrecœur, jusqu'à ce que l'image kaléidoscopique de son corps disparaisse dans les feuilles.

*

Les deux inspecteurs fouillèrent les abords de l'église en commençant par le sud. Vusi démarra devant, du côté

23

de Long Street et de ses grilles baroques hérissées de pointes. Griessel attaqua par l'arrière, en suivant le haut mur de briques. Il marchait lentement, un pas à la fois, la tête baissée et les yeux scrutant le sol en un aller et retour incessant. Il luttait pour rester concentré et ressentait un certain malaise, quelque chose d'insaisissable, vague et informe. Il devait se focaliser sur ce qu'il avait sous les yeux, le sol nu, les touffes d'herbes au pied des arbres, les bouts de chemin goudronné. De temps à autre, il se penchait pour ramasser quelque chose : capsule de bouteille de bière, deux anneaux de canettes de boisson gazeuse, une rondelle de métal rouillée, un sac en plastique blanc et vide.

Il contourna l'église par-derrière, les bruits de la rue soudain assourdis. Il leva les yeux vers la flèche. Elle était surmontée d'une croix. Combien de fois était-il passé devant sans jamais vraiment la regarder ? Le bâtiment lui-même était ravissant, d'un style architectural qu'il n'aurait pu nommer. Le jardin était bien entretenu, avec de grands palmiers, des pins et des lauriers roses plantés Dieu sait combien d'années auparavant. Il fit le tour de la petite bâtisse qui abritait l'administration et les bruits de la rue se firent à nouveau entendre. Dans le coin nord du terrain, il marqua une pause et observa Long Street de haut en bas. À cet endroit, on était encore dans la vieille ville du Cap avec ses immeubles semi-victoriens qui ne dépassaient pas deux étages pour la plupart, et dont certains étaient à présent peints de couleurs chatoyantes, probablement pour plaire aux jeunes.

D'où venait ce vague malaise qu'il ressentait ? Ça n'avait rien à voir avec la nuit précédente. Ni avec l'autre sujet qu'il évitait depuis quinze jours-trois semaines, à savoir Anna, son retour à la maison et le fait que ça remarche à nouveau entre eux ou pas.

Était-ce le tutorat ? Se trouver sur une scène de crime sans pouvoir rien toucher ? Ça allait être dur, il commençait à le comprendre.

Peut-être devait-il se trouver quelque chose à manger, tout bêtement.

Il regarda vers le sud, vers le carrefour d'Orange Street. Mardi matin, à peine sept heures, et la rue était déjà animée – voitures, bus, taxis, scooters, piétons. Le remue-ménage plein d'énergie de la mi-janvier, la rentrée des classes, finies les vacances, oubliées. Sur le trottoir, les badauds commençaient à faire foule. Deux photographes de presse étaient arrivés, sacs photo à l'épaule, longs objectifs dégainés devant eux telles des armes. Il connaissait l'un d'eux, un pote de bistrot de l'époque où il buvait encore et qui, après avoir travaillé au *Cape Times* pendant des années, traquait à présent le sensationnel pour un tabloïd. Un soir, au Fireman's Arms, il lui avait déclaré que si on enfermait tous les journalistes et les flics à Robben Island pendant une semaine, l'industrie des spiritueux du Cap se casserait la gueule.

Il aperçut un cycliste qui se faufilait habilement dans la circulation sur un vélo de course aux pneus incroyablement fins – short noir moulant, maillot, chaussures et casque voyants, l'enfoiré portait même des gants ! Il suivit le vélo du regard jusqu'aux feux d'Orange Street en se disant qu'il s'en voudrait d'avoir un jour l'air aussi abruti. Il se sentait déjà assez stupide avec son casque en forme de pot de chambre sur la tête. Il ne l'aurait jamais mis s'il ne l'avait eu gratuitement, avec le vélo.

C'était Doc Barkhuizen, son parrain des Alcooliques Anonymes, qui était la cause de tout ça.

Frustré, Griessel lui avait déclaré que la bouteille l'attirait toujours autant. Les trois premiers mois étaient loin derrière, la soi-disant « période de crise », et pourtant, son envie de boire était aussi forte qu'au premier

25

jour. Doc lui avait sorti la litanie du « un jour à la fois », mais Griessel avait rétorqué que ça ne lui suffisait plus.

– Vous avez besoin d'un passe-temps, avait répondu Doc. Qu'est-ce que vous faites de vos soirées ?

Des soirées ? Les flics n'avaient pas de « soirées ». Quand il lui arrivait de rentrer tôt à la maison, merveille des merveilles, il écrivait à sa fille Carla ou il écoutait un de ses quatre CD sur son ordinateur et prenait la basse pour accompagner la musique.

– Le soir, je bosse, avait-il répondu.

– Et le matin ?

– Parfois, je vais marcher dans le parc. Là-haut, près du réservoir.

– Combien de fois ?

– Je ne sais pas. De temps en temps. Une fois par semaine, peut-être moins…

Le problème avec Doc, c'est qu'il était éloquent. Et enthousiaste. Pour tout. Un de ces optimistes du style « il faut toujours voir le verre à moitié plein » qui n'arrêtent pas tant qu'ils n'ont pas réussi à vous inspirer.

– Il y a environ cinq ans, je me suis mis au vélo, Benny. Mes genoux ne supportent pas le jogging, mais le vélo est moins violent pour des articulations de vieil homme. J'ai commencé doucement, cinq, six kilomètres par jour. Et puis je me suis pris au jeu, parce que c'est agréable. L'air frais, les odeurs, le soleil. On sent la chaleur et le froid, on voit les choses sous un autre angle et parce qu'on avance à son propre rythme, on a l'impression que son monde est en paix. On a le temps de penser…

Au bout du troisième sermon, Benny s'était laissé emporter par l'enthousiasme de Doc et à la fin octobre, il s'était mis en quête d'un vélo, à la manière habituelle de Benny Griessel, le « Chasseur de bonnes affaires », comme le surnommait gentiment son fils Fritz pour le taquiner. D'abord, il avait fait une étude comparative du prix des vélos neufs dans les magasins et s'était aperçu de deux choses : ils étaient ridiculement chers et il préférait les tout-terrains costauds aux vélos de course squelettiques et efféminés. Il avait fait le tour des monts-de-piété, mais leur stock ne valait pas tripette, des trucs bon marché de chez Makro, de la camelote, même neufs. Puis il avait passé le *Cape Ads* au crible et découvert la fameuse annonce : une description fleurie d'un Giant Alias, vingt-sept vitesses, cadre en alu hyper léger, dérailleur Shimano et freins à disques, sacoche d'outils fournie en sus, casque idem et « tout juste un mois, prix d'origine sept mille cinq cents rands, adaptable pour desc. », dont le propriétaire lui avait plus tard expliqué que ça voulait dire « descente », comme s'il était à même de comprendre ce que ça signifiait. Et merde, s'était-il dit, trois mille cinq cents rands, c'est une sacrée affaire et que s'était-il offert ces six derniers mois depuis que sa femme l'avait foutu dehors ? Rien du tout. Juste le salon de chez Mohammed Faizal, dit « Lèvres d'Amour », le mont-de-piété de Maitland. Et le frigo. Et la guitare basse qu'il avait l'intention d'offrir à Fritz pour Noël, une autre affaire de chez Faizal sur laquelle il était tombé en septembre. C'était tout. Des choses indispensables. L'ordinateur ne comptait pas. Autrement, comment aurait-il pu rester en contact avec Carla ?

Puis il avait repensé à Noël et à toutes les dépenses encore à venir. Il avait réussi à faire baisser le prix de deux cents rands supplémentaires, puis était allé retirer l'argent, avait acheté le biclo et s'était mis à pédaler tous les matins. Il portait son vieux short de rugby, un tee-shirt, des sandales et ce ridicule petit casque. Il avait vite compris qu'il ne vivait pas dans le coin idéal pour faire du vélo. Son appartement se trouvait dans le bas de la côte qui menait à Table Mountain. Si on descendait d'abord vers la mer, ça grimpait au retour. On pouvait toujours attaquer la côte en premier, direction Kloof Nek,

de façon à apprécier la descente ensuite, mais on souf-
frait dans la montée. Il avait pratiquement abandonné au
bout d'une semaine. Mais c'est alors que Doc Barkhuizen
lui avait refilé le tuyau des « cinq minutes ».

– Voilà ce que je fais, Benny, lui avait-il dit. Si je ne
le sens pas, je me dis : « Juste cinq minutes et si je n'ai
pas envie de continuer, je fais demi-tour et je rentre. »

Il avait essayé… et n'avait jamais fait demi-tour. Une
fois parti, on continue. Vers la fin novembre, c'était soudain devenu un plaisir. Il avait découvert un trajet qui
lui plaisait. Juste après six heures du matin, il descendait
St John's Street, coupait illégalement à travers les jardins de la Compagnie avant que les gardiens zélés ne
commencent leur travail. Puis il tournait dans Adderley,
faisait signe aux marchands de fleurs qui déchargeaient
leurs pick-up au Golden Acre et prenait en direction de
la baie au bas de Duncan Street pour voir quels étaient
les navires à quai ce jour-là. Après, il continuait à descendre le Waterkant jusqu'à Green Point et longeait la
mer jusqu'à la piscine de Sea Point. Il observait la montagne, la mer et les gens, les jolies femmes qui faisaient
leur jogging, leurs longues jambes bronzées et leurs seins
qui tressautaient, les retraités qui marchaient d'un pas
décidé, les mères avec des bébés en poussette, les autres
cyclistes qui le saluaient malgré son accoutrement pri-
mitif. Il faisait ensuite demi-tour et rentrait, seize kilomètres en tout, et se sentait bien. Était fier de lui. Et de
la ville, dont les entrailles étaient tout ce qu'il en avait
vu pendant très longtemps.

Il se réjouissait aussi de sa trouvaille. Jusqu'à ce que
son fils débarque, quinze jours avant Noël, et lui annonce
qu'il avait décidé de laisser tomber la basse. « Guitariste
solo, Papa, bon Dieu, Papa, on a vu Zinkplaat vendredi et
il y a le soliste, Basson Laubscher, impressionnant, Papa.
Si facile. Un génie. C'est mon rêve. »

Zinkplaat.

Il ne savait même pas que ce groupe existait.

Ça faisait presque deux mois qu'il planquait la guitare basse pour que son fils ne la voie pas. C'était son cadeau de Noël. Alors il avait dû retourner chez Faizal « Lèvres d'Amour », mais dans un délai aussi bref, ce dernier n'avait qu'une seule guitare disponible, une Fender, bordel, pratiquement neuve et horriblement chère. En plus, il se devait d'offrir à Carla l'équivalent de ce qu'il donnait à Fritz. Financièrement, il était baisé, car Anna lui réclamait une pension alimentaire comme s'ils étaient divorcés. Il ne comprenait rien à la façon dont elle faisait ses calculs et avait grandement l'impression de se faire avoir, de se faire sucer jusqu'à la moelle alors qu'elle gagnait bien sa vie comme clerc de notaire. Mais quand il essayait de lui en toucher un mot, elle lui rétorquait, « tu trouvais bien l'argent pour la bibine, Benny ; ça n'a jamais été un problème… »

Elle le prenait de haut. La morale, elle l'avait pour elle, pas lui. Il devait payer. Ça faisait partie de la punition.

Mais ce n'était pas ça qui lui tordait les boyaux.

Griessel soupira et regagna la scène de crime. Et là, tandis qu'il se concentrait sur la foule grandissante de badauds qu'il allait falloir contenir, il mit enfin un nom sur le malaise qu'il éprouvait.

Ça n'avait rien à voir avec sa vie sexuelle, ses finances ou son appétit. C'était un pressentiment. Comme si la journée apportait le mal avec elle.

Il hocha la tête. Il ne s'était jamais autorisé à se laisser perturber par de telles conneries.

*

Les hommes de la police métropolitaine aidaient une jeune Métisse à franchir les grilles avec des mains empressées. Elle ramassa sa valise, leur fit un signe de

29

tête pour les remercier et s'approcha de Griessel et Ndabeni. Un nouveau visage.

– Tiffany October, dit-elle en tendant vers Benny une petite main qui tremblait légèrement.

Elle portait des lunettes à fine monture noire. On devinait des traces d'acné sous le maquillage. Elle était mince et frêle sous sa blouse blanche.

– Benny Griessel, répondit-il et, montrant d'un geste l'homme à côté de lui : Et voici l'inspecteur Vusumuzi Ndabeni. C'est lui qui dirige l'enquête.

– Appelez-moi Vusi.

– Ravie de vous rencontrer, dit-elle en serrant la main de ce dernier.

Ils la dévisagèrent d'un air interrogateur. Il lui fallut une seconde avant de comprendre.

– Je suis le médecin légiste.

– Vous êtes nouvelle ?, demanda Vusi après un silence gênant.

– C'est ma première affaire en solo, répondit Tiffany October en souriant nerveusement.

Le Gros et le Maigre se rapprochèrent, curieux de faire sa connaissance. Elle leur serra poliment la main.

– Vous avez fini ?, leur demanda impatiemment Griessel.

– On a encore le sentier et le mur, répondit Jimmy, le maigrichon. (Il lança un coup d'œil à son collègue court sur pattes, puis ajouta :) Benny n'est pas du matin.

Griessel les ignora. Fallait toujours qu'ils la ramènent.

Tiffany October baissa les yeux sur le cadavre.

– Aïe, fit-elle.

Les inspecteurs restèrent silencieux. Ils la regardèrent ouvrir sa valise, sortir des gants et s'agenouiller près de la fille.

Vusi se rapprocha.

– Benny, j'ai demandé au photographe de faire des clichés qui… camouflent les dégâts. Des photos de son visage. Je veux les faire circuler dans le coin, à Long Street. Il faut l'identifier. Peut-être les diffuser aussi auprès des médias.

Griessel acquiesça.

– Bonne idée. Mais il va falloir que tu leur foutes la pression. Ils sont plutôt lents…

– Je le ferai… Docteur, si vous pouviez me donner une idée de l'heure de sa mort… dit Ndabeni en se penchant vers la légiste.

– C'est trop tôt… répondit Tiffany October sans lever les yeux.

Griessel se demanda où était passé le professeur Phil Pagel, le légiste en chef. Il serait resté là et leur aurait donné l'heure approximative du décès, à trente minutes près. Il aurait plongé un doigt dans la mare de sang, sondé le corps ici ou là en expliquant que c'était dans les petits muscles que la rigidité cadavérique se manifestait en premier et qu'il la croyait morte depuis environ tant de temps, ce qu'il aurait plus tard confirmé au labo. Tiffany October n'avait pas l'expérience de Pagel.

– Juste une idée, insista Griessel.

– Vraiment, je ne peux pas.

Elle a peur de se tromper, se dit-il. Il s'approcha de Vusi et lui parla doucement à l'oreille pour qu'elle n'entende pas.

– Ça fait un moment qu'elle est là, Vusi. Le sang est déjà noir.

– Combien de temps ?

– Pas sûr. Quatre heures… peut-être plus. Cinq.

– Ok. Alors il va falloir qu'on se bouge.

Griessel acquiesça.

– Fais faire ces photos rapidement. Et interroge la police métropolitaine, Vusi. Ils ont des caméras vidéo dans les rues, dans Long Street aussi. Espérons qu'elles étaient branchées hier soir. Le centre de contrôle se trouve à Wale Street. On aura peut-être quelque chose.

– Merci, Benny.

31

*

Elle s'endormit contre le mur, derrière les buissons.

Elle avait juste voulu se reposer un moment. Elle avait fermé les yeux et s'était laissée aller contre le sac à dos, jambes étendues devant elle, essayant d'échapper un instant à l'épuisement et à la tension. Les événements de la nuit hantaient son esprit, tels des démons. Pour les fuir, elle avait pensé à ses parents, à l'heure qu'il devait être là-bas, à la maison, mais le calcul des fuseaux horaires était trop compliqué pour elle. Si c'était tôt le matin à Lafayette, son père devait lire le journal, le *Journal & Courier*, en hochant la tête devant les commentaires de Joe Tiller, l'entraîneur de l'équipe de football de Purdue. Sa mère, elle, serait en retard, comme toujours, ses talons claquant sur les marches tandis qu'elle descendait l'escalier en grande hâte, sa sacoche en cuir marron avachie sur l'épaule. « Je suis en retard, je suis en retard, comment je peux encore être en retard ? » et père et fille partageraient leur sourire de connivence par-dessus la table de la cuisine. Cette routine, ce refuge, la sécurité de la maison familiale la submergeant, elle avait été prise d'une envie insurmontable de leur téléphoner, tout de suite, d'entendre leurs voix, de leur dire combien elle les aimait. Elle avait poursuivi cette conversation imaginaire avec son père, il lui répondait gentiment et calmement, puis le sommeil prenant insidieusement possession d'elle, vaincue, elle s'était endormie.

3

Le docteur Tiffany October les appela.

– Inspecteur…

– Oui ?

– J'ai quelques idées…

Griessel se demanda si elle l'avait entendu parler avec Vusi.

– Tout ce qui pourrait nous aider…

– Je pense qu'elle a été tuée ici même, sur la scène de crime. La forme de la tache de sang montre qu'il lui a tranché la gorge ici. Je pense qu'il l'a maintenue à terre, sur le ventre, et qu'il l'a égorgée. L'absence d'éclaboussures prouve qu'elle n'était pas debout.

– Ah…

Tout ça, il le savait déjà.

– Et ces deux entailles…

Elle indiqua les deux blessures sur les omoplates de la fille.

– Oui ?

– Elles lui ont sûrement été infligées après sa mort.

Il acquiesça.

– On dirait des fibres ici… dit-elle en promenant avec précaution une paire de minuscules pinces à épiler autour de la plaie. Matière synthétique, couleur sombre, totalement différente du reste de ses vêtements…

33

Ndabeni leva les yeux sur les hommes de la Scientifique, qui inspectaient l'allée penchés en avant, têtes rapprochées, regard inquisiteur, sans cesser de bavarder.

– Jimmy !, lança-t-il, on a quelque chose pour toi...

Puis il s'accroupit à côté de la légiste.

– Je pense qu'il a dû couper quelque chose qu'elle avait sur le dos, dit-elle. Quelque chose comme un sac à dos, vous voyez, les deux bretelles...

Jimmy s'agenouilla à côté d'elle. Tiffany October lui montra les fibres.

– Je vais attendre que vous les ayez prélevées.

– Ok, répondit Jimmy.

Son équipier et lui sortirent leur matériel pour collecter les fibres tout en poursuivant leur conversation comme s'il n'y avait pas eu d'interruption.

– Je te dis que c'est Amoré.

– C'est pas Amoré, c'est Amor, rétorqua le gros Arnold en sortant un sac en plastique fin et transparent de sa valise et le tenant prêt.

– Vous parlez de quoi ? demanda Vusi.

– De la femme de Joost.

– Joost qui ?

– Van der Westhuizen.

– Qui est-ce ?

– Le joueur de rugby.

– Le capitaine des Springboks, Vusi.

– Moi, je suis plutôt foot.

– Enfin bref, elle a une paire de...

Il fit le geste ad hoc. Tiffany October détourna la tête, offusquée.

– Je ne fais que dire les choses comme elles sont, ajouta Arnold, sur la défensive.

Jimmy extirpa précautionneusement les fibres de la blessure avec les pinces.

– Elle s'appelle Amoré, reprit-il.

34

– C'est Amor, je te dis. Alors ce type grimpe sur scène avec elle et...

– Quel type ?, demanda Vusi.

– J'en sais rien. Un type qui était à un de ses concerts. Et il s'empare du micro et lui lance « T'as les plus chouettes nibards de la profession », et Joost était sacrément énervé.

– Qu'est-ce qu'elle faisait sur scène ?, demanda Griessel.

– Bon Dieu, Benny, tu ne lis pas le magazine *You* ? C'est une chanteuse.

– Alors Joost, il choppe le mec après le spectacle et il lui dit : « Tu ne peux pas parler comme ça à ma femme » et le type lui répond « Mais c'est vrai, elle a de super nibards... »

Arnold éclatant d'un rire tonitruant, Jimmy se mit à braire à l'unisson. Tiffany October s'éloigna vers le mur, manifestement agacée.

– Quoi ?, lança innocemment le court sur pattes. C'est une histoire vraie...

– Tu devrais dire « seins », intervint Jimmy.

– Mais c'est ce que le type a dit.

– Enfin bref, pourquoi est-ce que Joost ne s'est pas contenté de lui en mettre une ?

– C'est ce que je voudrais bien savoir. Il a plaqué Jonah Lomu jusqu'à ce qu'il en ait les dents qui s'entrechoquent...

– Jonah qui ?, demanda Vusi.

– Bon sang, Vusi, cette baraque d'ailier néo-zélandais. Enfin bref, Joost défonce les barrières de sécurité quand il est en colère, il est d'enfer sur le terrain de rugby, mais il est incapable de gifler un type qui parle des n... des seins de sa femme.

– Soyons raisonnables, comment veux-tu qu'il fasse avaler ça au juge ? L'avocat du type n'aurait qu'à dégainer une pile de *You* en disant « Votre Honneur, regardez un peu, les pièces à conviction sont exhibées sur chaque

photo, depuis Tittendale jusqu'à Naval Hill ». Qu'est-
ce que vous croyez, les types vont pas se gêner pour
parler des atouts de votre femme comme s'ils leur appartenaient.

– C'est vrai. Mais moi j'te le dis, c'est Amor.

– Jamais.

– Tu confonds avec Amoré Bekker, la DJ.

– Non, non. Mais que je te dise un truc : moi, j'lais-
serais pas ma femme se balader dans cette tenue.

– Ta femme n'a pas les plus beaux nibards de la profession. Quand on les a, autant les montrer…

– Vous avez fini ?, lança Benny.

– On doit terminer l'allée et faire le mur, répondit
Jimmy en se relevant.

Vusi appela le photographe.

– Quand est-ce que je pourrai avoir mes clichés du
visage ?

Le photographe, un jeune homme aux cheveux bou-
clés, haussa les épaules.

– Je vais voir ce que je peux faire.

Dis-lui que c'est hors de question, pensa Griessel.
Vusi se contenta de hocher la tête.

– Non, intervint Griessel. Il nous les faut avant huit
heures. Sans faute.

Le photographe se dirigea vers le mur sans cacher son
mécontentement. Griessel le suivit des yeux d'un air
dégoûté.

– Merci, Benny, dit Vusi à voix basse.

– Ne sois pas trop gentil, Vusi.

– Je sais…

Après un silence gênant, il ajouta :

– Benny, qu'est-ce qui m'échappe ?

Griessel s'efforça de lui prodiguer ses conseils d'une
voix amicale.

– Le sac à dos. Il pourrait s'agir d'un vol, Vusi. Argent,
passeport, téléphone portable…

36

Ndabeni comprenait vite.

– Tu penses qu'ils ont balancé le sac quelque part ?

Griessel ne supportait plus de rester comme ça sans rien faire. Il regarda autour de lui, vers le trottoir où les badauds commençaient à devenir ingérables.

– Je m'occupe de ça, Vusi. Donnons quelque chose à faire aux mecs de la Métro…

Il s'approcha du mur et lança :

– Qui est le responsable ici ?

Ils se contentèrent d'échanger des regards.

– Ce trottoir est à nous, répondit un Métis à l'uniforme impressionnant et couvert de galons.

Maréchal, pour le moins, songea Griessel.

– À vous ? répéta Griessel.

– C'est exact.

Il sentit la colère monter en lui. Il avait un problème avec le concept de police métropolitaine, de foutus agents de la circulation qui ne faisaient pas leur boulot, d'où une absence totale de respect de la loi sur les routes. Il se maîtrisa et montra du doigt un agent de la SAPS.

– Je veux que vous interdisiez l'accès à ce trottoir, d'en bas là-bas jusque là-haut. Si les gens veulent regarder, ils peuvent le faire de l'autre côté de la rue.

Le policier hocha la tête.

– On n'a pas de ruban.

– Alors allez en chercher.

L'homme de la SAPS n'était pas content d'avoir été désigné, mais il fit demi-tour et disparut dans la foule. À sa gauche, une ambulance se frayait un chemin avec difficulté parmi les badauds.

– C'est notre trottoir, répéta avec obstination l'homme de la police métropolitaine qui croulait sous les décorations.

– C'est vous le Chef ici ?, demanda Benny.

– Oui.

– Et vous vous appelez… ?

37

– Jeremy Oerson.

– Et ces trottoirs sont sous votre juridiction ?

– Oui.

– Parfait. Assurez-vous que l'ambulance se gare bien ici. Juste ici. Et ensuite, je veux que vous inspectiez le moindre trottoir et la moindre allée sur six blocs. Chaque poubelle, chaque recoin, c'est compris ?

L'homme lui décocha un regard appuyé. Probablement en train d'estimer les conséquences d'un refus. Enfin il acquiesça d'un air revêche et aboya des ordres à ses hommes.

Griessel se tourna vers Vusi.

– Venez voir ça !, lança la légiste près du corps.

Ils s'approchèrent. Avec une paire de pinces, elle leur montra une étiquette provenant du tee-shirt de la fille.

– Broad Ripple Vintage, Indianapolis, dit-elle en leur décochant un regard entendu.

– Qu'est-ce que ça veut dire ?, demanda Vusi Ndabeni.

– Je pense qu'elle est américaine.

– Merde !, s'exclama Benny Griessel. Vous êtes sûre ?

Tiffany October écarquilla quelque peu les yeux devant son langage et ajouta d'une voix qui confirmait son regard :

– Pratiquement sûre, oui.

– Voilà les ennuis qui débarquent, dit Ndabeni. Et pas des petits.

07 h 02 - 8 h 13

4

Dans la bibliothèque de la grande demeure de Brown-low Street, à Tamboerskloof, les cris perçants et terrifiés de la bonne réveillèrent brutalement Alexandra Barnard.

Ce fut un moment irréel. Elle n'avait aucune idée de l'endroit où elle se trouvait. Ses membres, lourds et raides, réagissaient bizarrement et ses pensées étaient aussi ramollies que de la mélasse. Elle leva la tête et essaya de distinguer quelque chose. Elle aperçut la femme grassouillette à la porte, la bouche tordue en un rictus qu'elle prit tout d'abord pour de la révulsion. Puis ses cris la pénétrèrent jusqu'à la moelle.

Alexandra comprit alors qu'elle était couchée sur le dos sur le tapis persan et se demanda comment elle était arrivée là. Tout en prenant conscience de son haleine abominable et du fait qu'elle avait passé la nuit par terre ivre morte, elle suivit le regard de Sylvia Buys : il y avait quelqu'un d'étendu à côté du grand fauteuil de cuir marron en face d'elle. Elle prit appui sur les avant-bras en souhaitant, et de tout cœur, que Sylvia cesse de crier. Elle ne se rappelait pas avoir bu avec quelqu'un la veille au soir. De qui pouvait-il donc s'agir ? Elle se redressa complètement et reconnut la silhouette. Adam. Son mari. Il ne portait qu'une chaussure, son autre pied était recouvert d'une chaussette qui pendouillait, comme s'il avait été en train de l'enlever. Pantalon foncé, chemise blanche tachée de noir sur la poitrine.

Puis, comme si quelqu'un avait enfin fait la mise au point de l'appareil photo, elle s'aperçut qu'Adam était blessé. Le noir sur la chemise était du sang, et la chemise était déchirée. Elle s'appuya des deux mains sur le tapis pour se relever. Elle était désorientée, abasourdie. Elle vit la bouteille et le verre sur la table en bois à côté d'elle. Ses doigts touchant quelque chose, elle baissa les yeux et découvrit l'arme à feu. Qu'elle reconnut : c'était le pistolet d'Adam. Que faisait-il là ?

Elle se mit debout.

– Sylvia, dit-elle.

La Métisse continuait à crier.

– Sylvia !

Le brusque silence lui fut d'un immense soulagement. Sylvia se tenait dans l'embrasure de la porte, les mains sur la bouche, incapable de détacher son regard de l'arme.

Alexandra fit un pas circonspect en avant et s'arrêta à nouveau. Adam était mort. Maintenant elle le savait… les blessures et la façon dont il était allongé… mais elle n'arrivait pas à l'intégrer. Était-ce un rêve ?

– Pourquoi ?, lança Sylvia, à deux doigts de la crise d'hystérie.

Alexandra la regarda.

– Pourquoi vous l'avez tué ?

*

La légiste et les deux ambulanciers emballèrent précautionneusement le corps dans un sac noir à fermeture Éclair. Griessel était assis sur la bordure en pierre d'un parterre de palmiers. Vusi Ndabeni parlait au téléphone avec le commandant.

– Il me faut au moins quatre hommes, Chef, pour le travail de terrain… je comprends, mais il s'agit d'une

touriste américaine… Oui, on en est pratiquement sûrs…
je sais… je sais… Non, rien encore… Merci, Chef, je
les attends.

Il revint vers Benny.

– Le divisionnaire dit qu'il y a une manif organisée
par des syndicalistes devant le Parlement et qu'il ne peut
m'envoyer que deux hommes.

– Faut toujours qu'il y ait une putain de manif d'un
syndicat ou un autre, répondit Griessel en se levant. Je
vais donner un coup de main sur le terrain, Vusi, jusqu'à
ce que les photos arrivent.

Il ne pouvait pas rester assis à se tourner les pouces
comme ça.

– Merci, Benny. Tu veux un café ?

– Tu envoies quelqu'un en chercher ?

– Il y a un endroit en bas de la rue. Je ne serai pas
long.

– Laisse-moi y aller.

*

Le bureau des plaintes du commissariat de Caledon
Square était rempli de monde, plaignants, victimes, témoins
et leurs habituels parasites, et tous avaient quelque chose
à déclarer sur la nuit passée. Par-dessus la marée de voix
qui protestaient, accusatrices, un téléphone faisait entendre
sa sonnerie monotone, encore et encore. Un sergent – épuisée après avoir passé neuf heures debout – ignora le visage
renfrogné de l'autre côté du guichet et s'empara du combiné.

– Commissariat de Caledon Square, sergent Thanduxolo
Nyathi à l'appareil, que puis-je pour vous ?

C'était une voix de femme, à peine audible.

– Parlez plus fort, Madame, je ne vous entends pas.

– Je veux signaler quelque chose.

– Oui, Madame ?

43

– Il y avait une fille…

– Oui, Madame ?

– Ce matin, vers six heures, à Signal Hill. Elle m'a demandé d'appeler la police parce que quelqu'un voulait la tuer.

– Un moment, Madame.

Elle attrapa un formulaire de la SAPS et sortit un stylo de sa poche de poitrine.

– Puis-je avoir votre nom ?

– Hé bien, je voulais simplement le signaler…

– Je sais, Madame, mais j'ai besoin d'un nom.

Silence.

– Madame ?

– Je m'appelle Sybil Gravett.

– Et votre adresse ?

– Je ne vois vraiment pas en quoi c'est utile. J'ai vu la fille à Signal Hill. Je promenais mon chien.

Le sergent se retint de soupirer.

– Et ensuite, que s'est-il passé, Madame ?

– Hé bien, elle s'est approchée de moi en courant et elle a dit que je devais appeler la police, que quelqu'un essayait de la tuer, et puis elle est repartie en courant.

– Avez-vous vu quelqu'un qui la suivait ?

– Oui. Quelques minutes plus tard, ils sont arrivés en courant, eux aussi.

– Combien, Madame ?

– Hé bien, je ne les ai pas comptés, mais ils devaient être cinq ou six.

– Pourriez-vous les décrire ?

– Ils étaient, hé bien… certains étaient Blancs et d'autres Noirs. Et plutôt jeunes… J'ai trouvé ça très curieux, ces jeunes gens qui couraient avec une telle détermination…

*

44

Elle fut réveillée en sursaut par quelqu'un qui lui criait dessus. Paniquée, elle tenta de se lever, mais ses jambes la trahissant, elle trébucha et retomba en se cognant l'épaule contre le mur.

– Saloperie de junkie !

Il se tenait de l'autre côté des buissons, mains sur les hanches, voix identique à celle qui avait crié de la maison un moment plus tôt.

– Je vous en prie, sanglota-t-elle en se remettant debout.

– Sortez de ma propriété !, dit-il en montrant la grille du doigt. Qu'est-ce que vous avez tous à venir pioncer dans mes parterres ?

Elle se fraya un chemin parmi les plantes. Et découvrit un homme d'affaires en costume sombre, d'âge moyen, furieux.

– Je vous en prie, j'ai besoin de votre aide...

– Non. Allez-vous shooter ailleurs. J'en ai ras le bol, marre de tout ça ! Tirez-vous !

Elle se mit à pleurer. S'approcha de lui.

– Je ne suis pas ce que vous croyez, s'il vous plaît, je viens des États...

L'homme la saisit par le bras et l'entraîna vers la grille.

– J'en ai rien à foutre d'où vous venez, cria-t-il en la tirant brutalement. Tout ce que je veux, c'est que vous arrêtiez de venir faire vos cochonneries sur ma propriété ! (Arrivé à la grille, il la poussa vers la route :) Et maintenant, dégagez avant que j'appelle la police !, ajouta-t-il en faisant demi-tour vers la maison.

– Je vous en prie, appelez-la !, lança-t-elle en hoquetant, les épaules secouées de sanglots, le corps tout entier agité de tremblements.

Il continua à marcher, ouvrit une grille métallique, la claqua derrière lui et disparut.

– Oh, mon Dieu ! (Elle resta debout sur le trottoir, prise de frissons.) Oh, mon Dieu.

À travers ses larmes, elle observa instinctivement la rue de haut en bas, d'abord à gauche puis à droite. Au loin, là où la route serpentait à flanc de montagne, elle en aperçut deux. Minuscules silhouettes attentives, l'une d'elles avec un téléphone portable à l'oreille. Affolée, elle se mit à marcher dans la direction opposée, celle d'où elle était arrivée un peu plus tôt. Elle ne savait pas s'ils l'avaient repérée. Elle resta sur la gauche, à raser les murs des maisons, et jeta un coup d'œil par-dessus son épaule. Ils s'étaient remis à courir, vers elle.

Le désespoir la reprit. Une solution serait de s'arrêter, pour qu'on en finisse, pour que l'inévitable se produise. Elle ne pouvait plus continuer, ses forces l'avaient abandonnée. Un instant, cette alternative lui parut incontournable, c'était l'issue parfaite et cela la ralentit. Mais la scène avec Erin lui revenant à l'esprit, l'adrénaline jaillit dans ses veines et elle continua de courir en pleurant.

*

Les ambulanciers étaient en train de hisser le corps par-dessus le mur sur une civière quand Griessel revint avec le café. La foule des spectateurs s'était rapprochée jusqu'au ruban jaune qui interdisait à présent l'accès au trottoir. Griessel avait depuis longtemps cessé de s'interroger sur la fascination macabre de l'humanité pour la mort. Il passa un gobelet en polystyrène à son collègue.

– Merci, Benny.

L'arôme du café rappela à Griessel qu'il n'avait pas encore déjeuné. Peut-être pourrait-il faire un saut jusqu'à l'appartement pour avaler un bol de Weet-Bix vite fait avant que les clichés arrivent, ce n'était qu'à un kilomètre. Il pourrait aussi vérifier si Carla lui avait écrit. Parce que la nuit dernière…

Non, il n'allait pas se mettre à penser à la nuit dernière.

Vusi dit quelque chose en xhosa qu'il ne comprit pas, une exclamation de surprise. Benny suivit le regard de l'inspecteur et vit trois des policiers municipaux qui franchissaient le mur. Oerson, celui avec lequel Griessel s'était empoigné un peu plus tôt, tenait un sac à dos bleu à la main. Ils s'approchèrent d'un pas décidé, l'air bravache.

– *uNkulunkulu*[1] !, dit Vusi.

– Bon Dieu, lança Benny Griessel.

– On l'a trouvé !, annonça le maréchal prétentieux en tendant le sac à Vusi.

Le Xhosa se contenta de hocher la tête en sortant ses gants en caoutchouc de sa poche.

– Quoi ?, dit Oerson.

– La prochaine fois, lui renvoya Griessel d'une voix mesurée, mieux vaudrait nous prévenir. Comme ça, on pourrait faire venir les types de la Scientifique et interdire l'accès au périmètre avant que quiconque y ait touché.

– Il était par terre, dans une entrée de porte de Bloem Street. Un millier de personnes pourraient y avoir déjà touché. Y a pas grand-chose dedans de toute façon.

– Parce que vous l'avez ouvert ?, demanda Vusi en tendant la main vers le sac.

Les deux bretelles avaient été coupées, exactement comme l'avait prévu la légiste.

– Il y aurait pu avoir une bombe à l'intérieur, rétorqua Oerson sur la défensive.

– Vous avez manipulé ces objets ?, demanda Vusi en sortant une trousse à maquillage.

Il s'accroupit pour poser le contenu du sac sur l'allée goudronnée.

– Non, répondit Oerson, mais Griessel savait qu'il mentait.

1. Dieu du Ciel ! (*N.d.T.*)

47

Vusi sortit une serviette de chez Steers du sac à dos. Puis une petite sculpture en bois sombre représentant un hippopotame, une cuillère en plastique blanc et une lampe frontale Petzl.

– C'est tout ?

– C'est tout, répondit Oerson.

– Rendez-moi service, s'il vous plaît.

Pas de réponse.

– Vous pourriez retourner là-bas pour vérifier qu'il n'y a rien d'autre ? Quelque chose qu'on aurait pu jeter. N'importe quoi. Ce dont j'ai le plus besoin, c'est d'un papier d'identité quelconque. Passeport, permis de conduire, n'importe quoi…

Oerson n'avait pas l'air emballé.

– On ne peut pas passer la journée à vous donner des coups de main.

– Je sais, répondit Vusi calmement et sans s'énerver. Mais si vous pouviez juste faire ça pour moi… s'il vous plaît.

– Très bien. Je vais appeler du renfort, répondit Oerson.

Il fit demi-tour et repassa le mur.

Vusi explora les petites poches latérales du sac à dos. La première était vide. Il sortit quelque chose du fond de la seconde – un carton publicitaire vert avec un logo noir et jaune : Hodsons Bay Company. Et en lettres plus petites : Bicyclettes, fitness, sacs à dos, camping, matériel d'escalade et vêtements de sport tous âges et tous niveaux. Il y avait une adresse : 360, Brown Street, Levee Plaza, West Lafayette, IN 47906. Ainsi que deux numéros de téléphone. Le Xhosa examina la carte et la passa à Griessel.

– Je pense que le IN, c'est pour Indiana.

– West Lafayette, lut Griessel d'un air dubitatif.

– Sans doute une petite ville, reprit Vusi. Jamais entendu parler.

– Faxe-leur une photo, Vusi. Ils pourront peut-être l'identifier.

– Génial.

Le téléphone de Griessel sonna dans sa poche. Il le sortit.

– Griessel.

– Benny, c'est Mavis. Un inspecteur du nom de Fransman Dekker a appelé. Il m'a dit de te prévenir qu'il est sur un meurtre au 47 Brownlow Street, à Tamboerskloof, si tu veux le superviser...

– Si je veux ?

– C'est ce qu'il a dit. Plutôt remonté le type, du genre content de lui.

– Merci Mavis. 47 Brownlow ?

– C'est ça.

– J'y vais. (Il mit fin à la communication et appela Vusi.) Un autre meurtre. À Tamboerskloof. Désolé, Vusi...

– Pas de problème. Je t'appelle dès qu'on a quelque chose.

Griessel commença à s'éloigner. Ndabeni le rappela.

– Benny...

Griessel se retourna. Vusi le rejoignit.

– Je voulais juste te demander... je... euh...

– Demande, Vusi.

– La légiste... Elle... Tu crois que... Tu crois que cette Métisse sortirait avec un flic noir ?

Il lui fallut quelques secondes pour comprendre.

– Euh... je suis plutôt mal placé pour te répondre, Vusi... Mais oui, pourquoi pas ? Tu peux toujours essayer...

– Merci, Benny.

Griessel repassa le mur. Il vit un homme de haute taille vêtu de noir en train d'ouvrir la grille, l'air très inquiet. Le prêtre est arrivé, se dit-il, ou alors... les luthériens appelaient-ils leurs pasteurs autrement ?

5

La circulation était infernale à présent. Il lui fallut quinze minutes pour aller de Long Street à Buitengracht. Dans la côte de Buitensingel, ça roulait pare-choc contre pare-choc. Il avala les dernières gouttes de café sucré. Ça lui permettrait de tenir jusqu'à ce qu'il se mette quelque chose sous la dent. Mais son idée de lire rapidement l'e-mail de Carla tombait à l'eau. Ça devrait attendre le soir. Ça faisait déjà une semaine qu'il n'arrivait pas à se connecter avec ce foutu portable, il pouvait bien patienter quelques heures de plus. Carla comprendrait, il avait eu des soucis avec cet engin dès le début. Comment aurait-il pu savoir qu'il existait des portables sans modem interne ? Il avait acheté le sien à un prix défiant toute concurrence, lors d'une vente aux enchères de biens volés et non réclamés organisée par la police. Une fois Carla partie à Londres, il avait eu besoin de savoir comment elle allait – sa Carla qui avait voulu « s'éclaircir les idées à l'étranger » avant de décider de son avenir.

Bon mais… comment passer l'aspirateur dans un hôtel londonien éclaircissait-il les idées ?

Ça lui avait coûté cinq cents rands pour se connecter à Internet. Il avait dû acheter un fichu modem et se trouver un fournisseur d'accès. Ensuite, il avait passé trois heures au téléphone avec un spécialiste en informatique pour mettre en route cette foutue connexion. Outlook Express avait été un cauchemar à configurer, il avait passé une heure de plus au téléphone avant de pouvoir envoyer un e-mail à Carla : « C'est moi, comment vas-tu ? Tu me manques et je m'inquiète pour toi. Il y avait un article dans le *Burger* disant que les jeunes Sud-Africains qui vivent à Londres boivent beaucoup et foutent la merde. Ne laisse personne te mettre la pression… »

En écrivant ça, il avait découvert qu'il était pratiquement impossible de mettre la ponctuation afrikaans sur ces ordinateurs.

« Cher Papa,

J'ai trouvé un boulot à l'hôtel Gloucester Terrace près de Marble Arch. C'est un coin de Londres ravissant, près de Hyde Park. Je suis femme de ménage. Je travaille de dix heures du matin à dix heures du soir, six jours par semaine, et j'ai le lundi de congé. J'ignore combien de temps je vais être capable de faire ça, ce n'est pas très agréable et ça ne paye pas bien, mais au moins, c'est un boulot. Les autres filles sont toutes polonaises. La première chose qu'elles m'ont dit quand je leur ai expliqué que j'étais sud-africaine, c'est : "Mais tu es blanche."

Papa, tu sais que je ne boirai jamais… »

Quand il les avait lus, ces mots l'avaient brûlé jusqu'au tréfonds. C'était un cuisant rappel des dégâts qu'il avait causés. Carla ne boirait jamais parce que son père était un alcoolique qui avait foutu sa famille en l'air. Il avait beau être sobre depuis cent cinquante-six jours, jamais il ne pourrait effacer le passé.

Il n'avait pas su quoi répondre, il était resté sec devant l'écran à cause de sa gaffe. Il lui avait fallu deux jours pour lui réécrire, lui parler de son vélo et de son transfert à la Brigade d'intervention de la province. Elle l'avait encouragé : « C'est chouette de savoir ce que tu fais, Papa. Des trucs vachement plus intéressants que moi. Je travaille, je dors et je mange. Enfin, lundi, je suis quand même allée visiter Buckingham Palace… »

Leur correspondance avait pris un rythme qui leur convenait à tous les deux : deux e-mails par semaine, quatre ou cinq paragraphes tout simples. Il attendait ça avec de plus en plus d'impatience – il aimait aussi bien les recevoir que les envoyer. Il concoctait ses réponses durant la journée – il fallait lui dire ceci ou cela. Ces mots donnaient un certain poids à sa petite vie étriquée.

Mais voilà une semaine que sa connexion Internet avait cessé de fonctionner. Tout d'un coup, mystérieusement. Même le cinglé de l'informatique qui lui faisait faire des trucs à l'ordinateur qu'il n'aurait jamais cru possibles, était lui aussi resté perplexe.

– Il va falloir le ramener chez votre vendeur, avait été son diagnostic final.

Mais il n'avait pas de vendeur, bon Dieu ! En définitive, il s'agissait de marchandise volée. Le vendredi après-midi, après le travail, il était tombé sur Charmaine Watson-Smith en rentrant chez lui. Charmaine avait soixante-dix ans bien tassés et vivait au 106. La grand-mère typique, avec ses cheveux gris ramenés en chignon. Cachottière, généreuse, croquant la vie à pleines dents, elle connaissait tous les habitants de l'immeuble ainsi que leur profession.

– Comment va votre fille ?, lui avait-elle demandé.

Il lui avait parlé de ses soucis d'ordinateur.

– Oh, je crois que je connais quelqu'un qui pourrait vous dépanner.

– Qui ?

– Donnez-moi un jour ou deux.

La veille, lundi soir à six heures et demie, Bella avait frappé à sa porte pendant qu'il repassait ses vêtements dans la cuisine.

– Tante Charmaine m'a dit que je devrais venir jeter un coup d'œil à votre portable.

Il l'avait déjà vue, une jeune femme en uniforme de lainage gris peu seyant qui rentrait chez elle tous les soirs de l'autre côté du bâtiment. Elle avait des cheveux blonds coupés court, portait des lunettes et paraissait toujours fatiguée en fin de journée, avec sa mallette à la main.

Il l'avait à peine reconnue quand elle avait frappé à sa porte : elle était jolie. Seule la mallette lui avait mis la puce à l'oreille, car elle l'avait à côté d'elle.

– Oh… entrez.

Il avait posé son fer.

– Bella van Breda. J'habite au 64.

Aussi mal à l'aise que lui.

Il lui avait serré rapidement la main. Elle était petite et douce.

– Benny Griessel.

Elle portait un jean, un chemisier carmin et du rouge à lèvres assorti. Elle avait un regard timide derrière ses lunettes, mais dès le début, il n'avait pu s'empêcher de remarquer sa grande bouche pulpeuse.

– Tante Charmaine est… active, dit-il après avoir cherché le mot juste.

– Je sais. Mais elle est géniale.

Bella avait repéré l'ordinateur dans la cuisine à l'américaine, là, sur son seul plan de travail.

– C'est ça ?

– Oh… oui, dit-il en l'allumant. Ma connexion Internet ne veut pas… elle a simplement arrêté de marcher. Vous vous y connaissez en ordinateurs ?

Ils se tenaient tout près l'un de l'autre, regardant l'écran s'illuminer.

– Je suis technicienne en informatique, répondit-elle en posant sa mallette à côté d'elle.

– Oh.

– Je sais, la plupart des gens pensent que c'est un boulot d'homme.

– Non, non, je… euh, toute personne qui comprend quelque chose aux ordinateurs…

– C'est à peu près tout ce que je comprends. Je peux… ?

Elle lui avait montré l'appareil.

– Je vous en prie.

Il avait approché un des tabourets de bar pour qu'elle s'installe. Elle avait pris place devant le cerveau en boîte. Il s'était rendu compte qu'elle était plus mince qu'il ne l'avait tout d'abord cru. Peut-être était-ce son uniforme qui l'avait induit en erreur. Ou alors… son visage ? Il était rond, comme celui d'une femme plus en chair.

Elle n'était pas loin de la trentaine. Il aurait pu être son père.

– C'est votre connexion ?

Elle avait ouvert un menu et pointait la souris sur une icône.

– Oui.

– Je peux installer un raccourci sur votre bureau ?

Il lui fallut un moment pour comprendre ce qu'elle voulait dire.

– Oui, je vous en prie.

Elle avait cliqué, observé, réfléchi et dit :

– On dirait que vous avez accidentellement changé le numéro d'accès. Il manque un chiffre ici.

– Ah bon ?

– Vous avez le numéro quelque part ?

– Je crois…

Il avait sorti le tas de documents et de manuels du placard où il les tenait rangés dans un sac en plastique et avait commencé à les parcourir.

– Là…

Il le lui avait montré du doigt.

– Ok, vous voyez, le huit a disparu, vous devez l'avoir effacé, c'est très facile…

Elle avait entré le numéro, cliqué sur la souris et soudain le modem s'était mis à composer l'appel avec son bruit geignard.

– Merde, ça alors !, s'était-il exclamé, sincèrement ébahi.

Elle avait éclaté de rire. Avec cette bouche. Alors il lui avait demandé si elle voulait une tasse de café. Ou de thé de rooibos, comme Carla buvait toujours.

– C'est tout ce que j'ai.

– Un café, ce sera parfait, merci.

Il avait mis la bouilloire sur le feu.

– Vous êtes inspecteur, avait-elle dit.

À quoi il avait répondu :

– Qu'est-ce que Tante Charmaine ne vous a pas raconté ?

Et c'est ainsi qu'ils avaient entamé la conversation. Peut-être était-ce uniquement parce que les attendait tous deux un lundi soir en solitaire. Il n'avait aucune idée derrière la tête, Dieu l'en garde, il avait emporté le café au salon en sachant qu'en théorie, il aurait pu être son père, malgré cette bouche, même si, à ce stade-là, il avait pris conscience de sa peau claire et sans défauts et de ses seins qui, tout comme son visage, appartenaient à une femme plus en chair.

Ce fut une conversation polie, légèrement guindée, entre deux étrangers qui ont besoin de discuter un lundi soir. Deux tasses de café avec sucre et Cremora plus tard, il avait commis sa grande erreur. Sans réfléchir, il avait pris le CD qui se trouvait sur le dessus de la pile de quatre et l'avait glissé dans l'ordinateur parce que c'était tout ce qu'il avait à part le baladeur Sony qui ne fonctionnait qu'avec des écouteurs.

– Vous aimez Lize Beekman ?, lui avait-elle demandé, surprise et, dans un moment d'honnêteté, il avait répondu : « Beaucoup. »

Quelque chose avait changé dans son regard, comme si elle le voyait différemment. Il avait acheté ce CD après avoir entendu une chanson de Lize Beekman dans la voiture, *My Suikerbos*. Il y avait quelque chose dans la voix de la chanteuse – de la compassion, non, de la vulnérabilité, ou était-ce de la mélancolie qui se dégageait de sa musique ? Il l'ignorait, mais il avait aimé les arrangements, l'orchestration délicate, et avait cherché le CD. Il l'écoutait sur son baladeur, jouant la ligne de basse dans sa tête. Mais les paroles le captivaient. Pas seulement les paroles, l'association des mots et de la musique avec cette voix le rendait triste et heureux à la fois. Il ne parvenait pas à se rappeler la dernière fois que de la musique lui avait fait un tel effet, provoqué une telle soif d'inconnu. Et quand Bella van Breda lui avait demandé s'il aimait Lize Beekman, c'était la première fois qu'il pouvait expliquer ce qu'il ressentait à quelqu'un. C'est pour ça qu'il lui avait répondu : « Beaucoup. » Avec du sentiment.

– J'adorerais chanter comme ça, avait dit Bella et bizarrement, il avait compris ce qu'elle voulait dire.

Il avait éprouvé le même désir ardent de pouvoir exprimer à travers des chansons les différentes facettes de la vie avec une sagesse, une perspicacité et une… acceptation aussi profondes. De pouvoir exprimer le bien et le mal avec d'aussi belles mélodies. Il n'avait jamais connu ce genre d'acceptation. Le dégoût, ça oui, il l'avait accompagné toute sa vie. Il était incapable d'expliquer pourquoi il ressentait sans cesse un tel dégoût envers toute chose, et par-dessus tout, envers lui-même.

– Moi aussi, avait-il dit.

Et après un long silence, la conversation avait pris son envol. Ils avaient causé de tout et de rien. Elle lui avait raconté sa vie. Il lui avait parlé de son travail – les bonnes vieilles histoires d'arrestations bizarres, de témoins ridicules, de collègues excentriques. Les yeux brillants de passion et d'enthousiasme, Bella lui avait dit qu'un jour, elle aimerait bien monter sa propre affaire. Il l'écoutait, admiratif. Elle avait un rêve. Il n'avait rien. Juste un ou deux fantasmes. Du genre de ceux qu'on garde pour soi, de ceux qu'il avait le soir en gratouillant sa basse. Comme de menotter Theuns Jordaan à un micro et de lui dire : « Et maintenant tu chantes *Hex-Vallei* et pas seulement un bout ou un pot-pourri, tu chantes toute la putain de chanson ! » Avec Anton l'Amour en soliste et Benny en personne à la basse, et ils allaient faire du rock, ça allait déménager. Ou d'être capable de demander à Schalk Joubert, juste une fois : « Bon Dieu, comment tu fais pour jouer de la basse comme ça, comme si elle était reliée directement à ton cerveau ? » Ou peut-être d'avoir à nouveau son propre quartet. Chanter du vieux blues – Robert Johnson et John Lee Hooker – ou du bon vieux rock'n roll – Chuck Berry, Fats Domino, Ricky Nelson, l'Elvis des débuts…

Mais il n'avait rien dit rien de tout ça, il s'était contenté de l'écouter. Vers vingt-deux heures, elle s'était levée pour aller à la salle de bains et quand elle était revenue, il se trouvait à mi-chemin de l'évier et du canapé.

– Encore un café ?

Ils étaient si proches, elle avait détourné le regard et esquissé un sourire furtif montrant qu'à l'évidence, elle avait idée de ce qui allait se passer après et qu'elle n'avait rien contre.

Alors il l'avait embrassée.

Et là, coincé au milieu de la circulation d'un mardi matin d'été ensoleillé Benny revit la scène ; il n'y avait pas eu vraiment de désir au début, plutôt un prolongement de leur conversation. C'était plein de réconfort, de nostalgie, un rapprochement chargé de douceur, exacte-

58

ment comme la musique de Lize Beekman. Deux personnes qui avaient besoin d'un contact physique.

Ils s'étaient embrassés longtemps puis s'étaient levés, étroitement enlacés. De nouveau, il avait pris conscience que son corps était plus mince qu'il ne s'y attendait. Elle s'était écartée et rassise sur le canapé. Il avait interprété son geste comme une fin de non-recevoir. Mais elle avait enlevé ses lunettes et les avait posées avec précaution sur le sol à côté. Ses yeux lui avaient soudain semblé marron foncé et son regard effarouché. Il s'était rassis à côté d'elle et l'avait de nouveau embrassée, ensuite il se rappelait qu'elle s'était redressée, avait quitté son soutien-gorge et lui avait offert ses seins ravissants avec une fierté timide. Assis dans le véhicule de police, il revit son corps – doux, chaud et accueillant. Il revivait la lente montée du désir. Comment il l'avait pénétrée, là, sur le sofa, s'était redressé pour la regarder, et avait lu dans ses yeux une gratitude immense, identique à celle qu'il ressentait dans son cœur. Gratitude qu'elle soit là, que cela soit arrivé, et que tout soit agréable, doux et lent.

Bordel, se dit-il, comment cela pouvait-il être mal ?

Son portable sonna, le ramenant à la réalité du moment : ce devait être Dekker demandant où il était. Mais l'écran afficha ANNA et son cœur bondit dans sa poitrine.

*

Ce fut la chute qui la sauva.

D'instinct, elle avait grimpé la volée de marches escarpées qui débouchaient plus haut à flanc de colline entre deux hauts murs recouverts de lierre, puis elle avait pris un petit raidillon étroit qui serpentait vers le sommet. Table Mountain avait soudain surgi au-dessus d'elle, tel un colosse menaçant avec ses pentes raides et pierreuses recouvertes de fynbos et ses étendues dégagées. Elle avait fait une erreur, elle en était sûre. Ils allaient la repérer et la rattraper dans la montée. Ils s'empareraient d'elle, la plaqueraient au sol et lui trancheraient la gorge, comme Erin.

Elle avait continué à grimper. Sans regarder en arrière. Le dénivelé lui coupait les jambes, elle n'avait plus de force dans les cuisses ni les genoux, comme si un lent poison était en train de la paralyser. Au-dessus, vers la droite, elle avait aperçu la gare du téléphérique, le soleil qui se reflétait sur les vitres des cabines, les minuscules, minuscules silhouettes des gens, si proches et pourtant, si terriblement lointaines. Si seulement elle pouvait les atteindre ! Non, c'était trop escarpé, trop éloigné, elle n'y arriverait jamais.

Elle avait vu l'embranchement dans le sentier, pris à gauche et s'était remise à courir. Quarante foulées et soudain, un brusque dénivelé, le sentier donnait sans prévenir sur une ravine empierrée qui coupait la montagne en deux de haut en bas. Elle ne s'y attendait pas, son pied avait dérapé sur des galets et elle était tombée vers la gauche et avait dévalé la pente. En essayant de ralentir sa chute avec ses mains, elle s'était cognée si violemment l'épaule qu'elle en avait eu le souffle coupé. Elle avait roulé une fois sur elle-même, puis s'était immobilisée, consciente de s'être écorché les mains et abîmé le menton, mais avant tout, elle avait besoin d'air, elle s'était forcée à en avaler de grandes goulées saccadées. Sa première tentative s'était soldée par un râle animal et enroué, elle ne devait pas faire de bruit, il ne fallait pas qu'ils l'entendent. Elle avait inspiré encore deux fois avec un bruit rauque, puis elle avait repris de petites bouffées plus calmes. La berge de la rivière se dessinait avec précision devant elle et elle avait aperçu la crevasse sculptée sous le rocher géant par des siècles de courant. Juste assez grande pour qu'elle puisse s'y glisser.

Tel un serpent, elle avait rampé jusqu'à l'ouverture sur les galets de rivière, ses mains ensanglantées tendues devant elle. Elle entendait ses poursuivants approcher en courant. À quelle distance se trouvaient-ils ? Elle s'était rendu compte que le sac à dos n'allait pas tenir. Elle devait faire vite, ils allaient finir par la repérer. Elle s'était mise à genoux pour ôter le sac mais avait dû s'interrompre pour desserrer la boucle autour de son ventre. Elle avait enlevé la bretelle droite puis la gauche, s'était tortillée pour entrer dans la cavité et avait tiré le sac derrière elle. Trois d'entre eux avaient franchi d'un bond le lit asséché de la rivière, à trois mètres de là, agiles, athlétiques et silencieux. Elle avait retenu son souffle brûlant en regardant le sang dégouliner de son menton sur les pierres. Elle était restée totalement immobile et avait fermé les yeux, comme si cela allait la rendre invisible.

*

Immobilisé au beau milieu de la circulation avec son téléphone à l'oreille, il lança :

– Salut, Anna.

Il avait le cœur qui lui battait dans la gorge en pensant à la nuit précédente.

– Benny, il faut qu'on parle.

Bon Dieu, c'était impossible. Sa femme n'avait aucun moyen d'être au courant.

– De quoi ?

– De tout, Benny. Je me demandais si on pourrait discuter ce soir.

De tout ? Il n'arrivait pas à percer le ton de sa voix.

– C'est possible. Tu veux que je vienne à la maison ?

– Non, je pensais qu'on pourrait plutôt… aller dîner quelque part.

Bordel. Qu'est-ce que ça voulait dire ?

– Pas de problème. Où ça ?

– Je ne sais pas. Canal Walk est à peu près à mi-chemin. Il y a un Primi…

– Quelle heure te conviendrait ?

– Sept heures ?

– Merci, Anna, c'est super.

– Au revoir, Benny.

Juste comme ça, comme s'il avait dit une connerie.

Il resta sans bouger, le téléphone à la main. Un automobiliste klaxonna. Il se rendit compte qu'il devait avancer. Il débraya et combla le vide devant lui. « De tout, Benny. » Qu'est-ce que ça signifiait ? Pourquoi pas chez eux ? Peut-être avait-elle envie de sortir. Un genre de rendez-vous amoureux. Mais quand il avait dit : « C'est super », elle avait pris congé comme si elle était fâchée contre lui.

Était-elle au courant pour la nuit dernière ? Et si elle était venue chez lui, jusqu'à son appartement, sa porte. Elle n'aurait rien vu, mais elle aurait pu entendre Bella pousser de petits cris de contentement. Mon Dieu, ça lui avait plu sur le coup, mais si Anna avait entendu…

Mais non, elle n'était pas venue. Pourquoi serait-elle passée la veille ? Pour parler ? Pas complètement impossible. Et elle avait pu entendre quelque chose, attendre et voir Bella sortir et…

Mais si c'était le cas, aurait-elle accepté d'aller dîner avec lui ?

Non. Peut-être.

Si elle savait… Il était fichu. Il le comprenait à présent. Mais elle ne pouvait pas savoir.

6

— Brownlow Street surprit Griessel, car Tamboerskloof était censée être une banlieue chic. Mais là, l'éventail des vieilles maisons victoriennes allait des plus délabrées aux récemment rénovées. Certaines étaient mitoyennes, d'autres blotties à flanc de colline tels des colosses affranchis. La numéro 47 était immense et impressionnante avec ses deux étages, ses vérandas et ses balcons aux balustrades de fer forgé ouvragé, ses murs crème et ses fenêtres aux volets verts. On avait dû la retaper au cours des dix dernières années, mais à présent, elle aurait bien eu besoin d'un peu d'attention.

Il n'y avait pas de garage. Griessel s'arrêta dans la rue, derrière une Mercedes décapotable noire SLK 200, deux véhicules de police et une Nissan blanche portant le logo de la SAPS sur la portière, suivi de « Services Sociaux » dessous en lettres noires. Le minibus de la police scientifique était garé en face. Le Gros et le Maigre. Ils avaient dû venir directement de Long Street.

Un policier en tenue l'arrêta devant la grande porte d'entrée en bois. Il lui montra sa plaque.

— Vous devez faire le tour par-derrière, inspecteur, le salon est une scène de crime, dit-il – Griessel acquiesça d'un air satisfait. Je pense qu'ils sont toujours dans la cuisine, Monsieur. Vous pouvez passer par là et ensuite, contourner la maison.

– Merci.

Il fit le tour. Il y avait un étroit jardin entre le mur et la demeure. Arbres et arbustes étaient anciens, de bonne taille et un peu envahissants. On apercevait Lion's Head en arrière-plan. Un autre policier était en faction à la porte de derrière. Il ressortit sa plaque de son portefeuille et la lui montra.

– L'inspecteur vous attend.

– Merci.

Il entra dans la maison par la buanderie et ouvrit une porte intérieure. Dekker était assis à la table de la cuisine, une tasse de café à la main, stylo et calepin devant lui. Il était totalement concentré sur la Métisse en face de lui. Elle portait une tenue de domestique blanche et rose et tenait un mouchoir à la main. Elle avait les yeux rouges d'avoir pleuré. Elle était rondouillette, d'un âge difficile à déterminer.

– Fransman… dit Griessel.

Dekker leva les yeux d'un air agacé.

– Benny. (Puis il ajouta après coup :) Entre.

C'était un Métis de haute taille, athlétique et costaud, avec de larges épaules, un visage de mannequin pour marque de cigarettes, d'une beauté un peu fruste.

Griessel s'approcha et lui serra la main.

– Voici Mme Sylvia Buys. Elle travaille ici comme domestique.

– Bonjour, dit-elle d'un ton solennel.

– Bonjour, Madame Buys.

Dekker repoussa sa tasse de café comme pour se distancier d'elle et, légèrement réticent, approcha son calepin.

– Mme Buys est arrivée à son travail… (il consulta ses notes) à sept heures moins le quart et a mis de l'ordre et fait du café dans la cuisine avant d'aller inspecter la salle de séjour… à sept heures…

– Évaluation des dégâts, lança méchamment Sylvia Buys. Cette femme peut mettre un tel bazar !

– … et y a découvert le mort, M. Adam Barnard et le suspect, Mme Sandra Barnard…

– En fait, elle s'appelle Alexandra…

Pleine d'aversion.

Dekker prit note et continua :

– … Mme Alexandra Barnard. Mme Buys les a découverts dans la bibliothèque au premier étage. À sept heures. L'arme à feu se trouvait sur le tapis à côté de Mme Barnard…

– Sans parler de l'alcool. C'est une alcoolo, elle boit comme un trou tous les soirs et M. Adam…

Elle leva son mouchoir et s'en tamponna le nez à plusieurs reprises. Sa voix se fit plus ténue, plus aiguë.

– Était-elle sous l'emprise de l'alcool hier soir ? demanda Griessel.

– Elle est saoule comme une bourrique tous les soirs. Quand je suis rentrée chez moi à seize heures trente, elle était déjà bien partie… à cette heure-là, elle parle déjà toute seule.

– D'après Mme Buys, quand elle a quitté la maison hier, la suspecte était seule. Elle ignore à quelle heure le mort est rentré.

– C'était un homme bon. Toujours un mot gentil. Je ne comprends pas. Pourquoi est-ce qu'elle l'a tué ? Pour quoi faire ? Il n'était pas méchant avec elle, il supportait tous ses caprices, son alcoolisme, il supportait tout, tous les soirs il la mettait au lit, pourquoi il a fallu qu'elle le tue ?

Elle se mit à pleurer en hochant la tête.

– *Sister*, vous êtes choquée. On va faire venir un psychologue.

– Je ne veux pas d'un psychologue, dit Sylvia Buys en sanglotant. Où est-ce que je vais trouver un autre boulot à mon âge ?

– Ce n'est pas aussi simple que ça en a l'air, dit Dekker tandis qu'ils montaient les marches en bois blond menant à la bibliothèque. Tu vas voir.

Griessel le sentait tendu. Il savait que ses collègues surnommaient Dekker « Fronsman » dans son dos, allusion à son manque d'humour, à son front constamment plissé et à son ambition dévorante. Il connaissait l'histoire, car dans les couloirs de la Brigade d'intervention, on aimait commérer sur les étoiles montantes. Dekker était le fils d'un joueur de rugby français. Sa mère, une Métisse d'origine modeste qui venait du *township* d'Atlantis, était jeune et bien en chair dans les années 1970, époque où elle travaillait comme femme de ménage à la centrale nucléaire de Koeberg. Apparemment, le joueur de rugby était plus âgé, son heure de gloire depuis longtemps révolue, et à l'époque, il était officier de liaison pour le consortium français qui avait construit et assurait la maintenance de la centrale. Ils ne s'étaient vus qu'une fois et peu après, le joueur de rugby était reparti en France sans savoir qu'il laissait une progéniture derrière lui. La mère de Dekker n'avait pas pu se souvenir de son nom alors elle avait simplement baptisé son fils Fransman, le terme afrikaans pour Français.

Quelle était la part de vérité dans tout ça, Griessel n'aurait su le dire. Mais apparemment, l'enfant avait hérité du nez gaulois, de la carrure et des cheveux noirs et raides de son père – cheveux à présent coupés en brosse – et du teint couleur café de sa mère.

Il suivit Dekker dans la bibliothèque. Le Gros et le Maigre étaient déjà au travail. Ils levèrent les yeux quand les inspecteurs entrèrent.

– On ne peut pas continuer à se voir comme ça, Benny ; les gens vont jaser, lança Jimmy.

Une vieille blague éculée qui fit quand même sourire Benny. Puis il porta son attention sur la victime allongée dans la partie gauche de la pièce. Pantalon noir, chemise blanche sans cravate, une seule chaussure, et deux blessures par balle à la poitrine. Adam Barnard était un homme grand et bien bâti. Cheveux noirs coupés à la mode des années 1970, dégagés au-dessus des oreilles et du cou, avec d'élégantes pattes qui grisonnaient sur les tempes. Restés ouverts, ses yeux lui donnaient un air légèrement surpris.

Dekker croisa les bras et attendit. Debout, le Gros et le Maigre observaient Benny.

Griessel s'approcha avec précaution, embrassant du regard les étagères, le tapis persan, les tableaux, la bouteille d'alcool et le verre à côté du fauteuil à droite de la pièce. L'arme à feu était par terre dans un sac en plastique transparent réservé aux pièces à conviction et entouré d'un trait à la craie blanche.

– Elle était de ce côté ?, demanda-t-il à Dekker.

– C'est exact.

– L'Oracle au boulot, lança le Gros.

– Ta gueule, Arnold !, rétorqua Griessel. Le pistolet a servi ?

– Assez récemment, répondit Arnold.

– Mais pas ici.

– Bingo.

– Je vous avais dit qu'il pigerait direct, lança Jimmy.

– Exact, dit Dekker, l'air déçu. C'est un pistolet automatique, il manque trois balles dans le chargeur, mais on n'a trouvé aucune douille. Pas de sang par terre, pas d'impact de balles dans les murs ou les étagères, et la deuxième chaussure est introuvable. J'ai fait le tour de toute la maison. Jimmy et compagnie ont fouillé le jardin. Elle ne l'a pas trucidé ici. Il faut qu'on fouille la voiture garée dans la rue…

– Où est-elle ?

– Dans le salon avec les services sociaux. Tinkie Kellerman.

– Toc toc, dit quelqu'un à la porte.

Le photographe à cheveux longs.

– Entrez, répondit Dekker. Vous êtes en retard.

– Parce que j'avais des putains de clichés à faire avant. (Il repéra Griessel, et changea de ton illico.) Vusi a ses photos, Benny.

– Merci.

– Jimmy, tu l'as testée pour les résidus de poudre ? demanda Dekker.

– Pas encore. Par contre, je lui ai emballé les mains. Ça ne lui a pas plu.

– Tu peux le faire maintenant ? Je ne peux pas lui parler avec les mains dans des sacs en papier.

– Si elle a touché l'arme, il y aura des traces de poudre. Je ne sais pas si tu pourras en tirer grand-chose.

– C'est mon affaire, Jimmy.

– Je disais ça comme ça. Les résidus de poudre, c'est plus ce que c'était. Les avocats deviennent trop malins.

Jimmy sortit une boîte de sa valise. MEB[1] pouvait-on lire dessus. Il se dirigea vers l'escalier, les deux inspecteurs dans son sillage.

– Fransman, tu as fait du bon boulot, dit Griessel.

– Je sais, répondit-il.

*

La salle de contrôle de la police métropolitaine était un endroit impressionnant. Elle était équipée de vingt télévisions à l'image vacillante, d'un mur entier de caméras vidéo et d'un écran de contrôle qu'on aurait dit tout droit sorti de la navette spatiale. Debout devant un des écrans, l'inspecteur Vusi Ndabeni regardait sur l'image de mau-

---

1. Microscope électronique à balayage (*N.d.T.*).

vaise qualité une minuscule silhouette en train de courir sous les lampadaires de Long Street. Neuf secondes de film, pour l'instant au ralenti : sept silhouettes indistinctes engagées dans une course désespérée de gauche à droite de l'écran. La fille se trouvait devant, reconnaissable uniquement à la bosse sombre de son sac à dos. Là, entre Leeuwen et Pepper Street, elle n'était qu'à trois pas devant son agresseur le plus proche et levait très haut les bras et les jambes dans sa fuite. On distinguait cinq autres individus seize ou dix-sept mètres en arrière. Dans la dernière image, juste avant qu'elle ne sorte du cadre, Ndabeni la vit tourner la tête comme pour voir à quelle distance ils se trouvaient.

– C'est le mieux que vous ayez ?

Le technicien était un petit homme blanc à l'allure de chouette derrière de grosses lunettes rondes à la Harry Potter. Il haussa les épaules.

– Vous pourriez l'agrandir ?

– Pas vraiment, répondit ce dernier d'une voix nasale. Je peux jouer un peu sur la luminosité et le contraste, mais si on agrandit, on obtient juste du grain. On ne peut pas mettre plus de pixels qu'il n'y en a.

– Pourriez-vous essayer, s'il vous plaît ?

La chouette tripota les cadrans devant lui.

– Ne vous attendez pas à un miracle.

Sur l'écran, les silhouettes reculèrent lentement puis se figèrent sur place. L'homme pianota sur un clavier et tableaux et histogrammes se superposèrent sur l'image.

– Qu'est-ce qui vous intéresse le plus ?

– Ses poursuivants.

L'opérateur sélectionna deux des cinq dernières silhouettes avec la souris. Elles emplirent soudain l'écran. Il tapota à nouveau le clavier et l'image s'illumina, les ombres s'éclaircirent.

– Tout ce que je peux essayer de faire, c'est d'intensifier le contraste, dit le technicien.

La mise au point devint un peu plus nette, mais aucune des silhouettes n'était identifiable.

– Au moins, on peut voir que ce sont des hommes et que celui de devant est noir, dit la Chouette.

Vusi ne quittait pas l'écran des yeux. Tout ça ne l'aidait pas beaucoup.

– Ils ont l'air jeune.

– Vous pouvez m'imprimer ça ?

– Ok.

– On ne les voit que sur une seule caméra ?

– Je finis à huit heures. Je regarderai s'il y a autre chose après. Ils devaient arriver de Greenmarket ou de Church Street, mais ça va prendre du temps. Il y a seize caméras dans cette zone. Mais certaines ne fonctionnent plus.

– Merci, dit Vusi Ndabeni.

Quelque chose lui échappait. Si l'un des agresseurs ne se trouvait qu'à trois pas derrière elle dans Pepper Street, pourquoi ne l'avait-il pas rattrapée avant l'église ? C'était à cinq cents mètres, peut-être plus. Avait-il glissé ? Était-il tombé ? Ou avait-il délibérément attendu un endroit plus discret ?

– Une dernière chose, si ça ne vous ennuie pas…

– Hé, c'est mon boulot.

– Pourriez-vous agrandir les deux qui courent devant ?

*

Griessel entra dans le salon derrière Dekker. C'était une vaste pièce meublée de sofas et de fauteuils imposants ainsi que d'une énorme table basse élégante, ancienne et bien restaurée. La minuscule et délicate Tinkie Kellerman, des services sociaux de la SAPS, se tenait bien droite dans un fauteuil rembourré qui la faisait paraître encore plus petite. C'était elle qu'on envoyait quand la victime ou le suspect était une femme, car elle avait de l'empathie et de la compassion, mais pour l'instant, elle fronçait les sourcils d'un air inquiet.

– Madame, laissez-moi vous débarrasser de ces sacs, lança Jimmy d'un ton jovial à Alexandra Barnard recroquevillée sur elle-même dans une robe de chambre blanche.

Elle était assise au bord d'un grand canapé quatre places, coudes sur les genoux, tête baissée, ses cheveux blonds et gris sales lui cachant le visage. Elle tendit les mains sans lever les yeux. Jimmy desserra les sacs en papier marron.

– Je dois juste appuyer ces disques sur vos mains. Ils sont collants, mais c'est tout…

Il cassa le joint d'étanchéité de la boîte MEB et en sortit les disques de métal. Griessel vit que les mains d'Alexandra Barnard tremblaient, mais son visage était toujours dissimulé derrière ses longs cheveux. Dekker et lui s'installèrent chacun dans un fauteuil. Dekker ouvrit son calepin.

Jimmy travaillait vite et sans hésiter, d'abord la main droite, ensuite la gauche.

– Et voilà, merci, Madame.

Il lança un coup d'œil aux inspecteurs, du style « Tu parles d'un phénomène », puis remballa son matériel.

– Mme Barnard…, commença Dekker.

Tinkie Kellerman hocha légèrement la tête comme pour indiquer que la suspecte n'était guère communicative. Jimmy sortit en levant les yeux au ciel.

– Madame Barnard, reprit Dekker d'une voix plus forte et plus professionnelle.

– Je ne l'ai pas tué, dit-elle sans bouger, la voix étonnamment grave.

– Madame Barnard, vous avez le droit d'appeler votre avocat. Vous avez le droit de garder le silence. Mais si vous choisissez de répondre à nos questions, tout ce que vous direz pourra être retenu contre vous au tribunal.

71

– Je ne l'ai pas tué.

– Voulez-vous appeler votre avocat ?

– Non.

Elle releva lentement la tête et ramena ses cheveux sur les côtés, révélant des yeux bleus injectés de sang et une peau d'un teint maladif. Griessel observa ses traits réguliers, vestiges d'une beauté passée noyée sous les stigmates de l'excès. Il la connaissait, il connaissait une version de ce visage, mais n'arrivait pas vraiment à le resituer, pas encore. Elle regarda Dekker, puis Griessel. Son visage n'exprimait qu'un abattement absolu. Elle tendit la main vers une petite table à côté d'elle et y prit un paquet de cigarettes avec un briquet. Elle lutta pour ouvrir le paquet et en sortir une cigarette.

– Madame Barnard, je suis l'inspecteur Fransman Dekker. Voici l'inspecteur Benny Griessel. Êtes-vous prête à répondre à quelques questions ?

Il forçait la voix plus que nécessaire, comme s'il parlait à quelqu'un d'un peu sourd.

Elle acquiesça d'un léger signe de tête, péniblement, et alluma sa cigarette. Inhala profondément la fumée comme pour se donner des forces.

– Le disparu était votre mari, M. Adam Barnard ?

Elle acquiesça.

– Quel est son nom complet ?

– Adam Johannes.

– Âge ?

– Cinquante-deux ans.

Dekker nota.

– Et sa profession ?

Elle posa des yeux fatigués sur Dekker.

– Afrisound.

– Excusez-moi ?

– Afrisound. C'est à lui.

Afrisound ?

– C'est une compagnie de disques.

– Et il possède cette compagnie ?

Hochement de tête.

– Votre nom entier ?

– Alexandra.

– Âge ?

– Cent cinquante.

Dekker se contenta de la regarder, stylo levé.

– Quarante-six.

– Profession ?

Elle laissa échapper un grognement ironique et écarta une fois encore les cheveux de son visage. La bonne n'avait pas menti, c'était bien une alcoolique : mains tremblantes, regard, couleur caractéristique et vieillissement prématuré du visage. Mais elle lui rappelait autre chose. Il savait qu'il l'avait déjà rencontrée quelque part.

– Excusez-moi ?, reprit Dekker.

D'où est-ce que je la connais ?, se demandait Griessel. D'où ?

– Je ne travaille pas.

– Femme au foyer, conclut Dekker en écrivant.

Elle émit le même petit bruit, lourd de sens.

– Madame Barnard, pouvez-vous nous parler des événements de la nuit dernière ?

Elle se renfonça lentement dans son siège, prit appui sur l'accoudoir et posa sa tête dans sa main.

– Non.

– Excusez-moi ?

– Je ne sais pas combien de temps je vais pouvoir résister à la tentation de vous répondre que vous êtes excusé.

Les muscles de la mâchoire de Dekker travaillaient comme s'il était en train de grincer des dents. Alexandra inspira lentement et posément, comme pour se préparer à affronter une tâche difficile.

– Je suis alcoolique. Je bois. À partir d'onze heures du matin. Vers dix-huit heures, généralement, je suis saoule,

73

grâce à Dieu. Passé vingt heures trente, je ne me souviens pas de grand-chose.

À cet instant précis, peut-être parce que la voix chaude et grave venait de faire écho dans sa mémoire, Griessel retrouva qui elle était. Il avait le mot au bout de la langue, il faillit le dire tout haut mais s'arrêta juste à temps : *Soetwater*. L'eau douce.

C'était la chanteuse. Xandra. Mon Dieu, comme elle avait vieilli !

Soetwater. Le mot fit ressurgir une image, celle d'une femme en fourreau noir à la télévision, juste elle et le micro dans la lumière éclatante d'un projecteur, sur une scène noyée de fumée.

> *Un petit verre de soleil*
> *Un gobelet de pluie*
> *Une petite gorgée d'adoration*
> *Une bouchée de douleur*
> *Buvez l'eau douce de la vie.*

Milieu des années 1980, dans ces eaux-là. Griessel la revit telle qu'elle était à l'époque, une chanteuse blonde incroyablement sensuelle avec une voix à la Dietrich et assez de confiance en elle pour ne pas se prendre trop au sérieux. Il ne l'avait fréquentée qu'à travers la télévision et la couverture des magazines avant de se mettre à boire. Elle avait fait quatre ou cinq tubes, il se souvenait de *n Donkiekar net vir twee*[1], *Tafelbaai se Wye Draai*[2] et le plus connu de tous, *Soetwater*. Merde, ç'avait été une grande star et regardez-la à présent ! Benny Griessel eut pitié d'elle, un sentiment de perte et d'empathie l'envahit.

– Alors vous ne vous souvenez pas de ce qui s'est passé la nuit dernière ?

1. *Une charrette pour deux* (N.d.T.).
2. *La grande anse de Table Bay* (N.d.T.).

– Pas vraiment.

– Madame Barnard, lança Dekker d'un ton guindé et officiel, j'ai l'impression que la mort de votre mari ne vous ébranle pas beaucoup.

Il fait fausse route, se dit Griessel. Il interprète mal ses réactions, il est trop tendu, trop pressé.

– Non, inspecteur, je ne suis pas en deuil. Mais si vous m'apportez un gin citron, je ferai de mon mieux.

Dekker hésita un instant, puis il redressa les épaules et reprit :

– Vous rappelez-vous quelque chose concernant la nuit dernière ?

– Assez pour savoir que ce n'était pas moi.

– Oh.

– Revenez cet après-midi. Trois heures est une bonne heure. Mon meilleur moment de la journée.

– On n'a pas vraiment le choix.

Elle esquissa un geste comme pour montrer qu'elle s'en fichait.

– Je vais devoir vous faire passer un alcootest.

– Allez-y.

Dekker se leva.

– Je vais chercher le technicien.

Griessel le suivit. Dans le salon, le Gros et le Maigre étaient en train de remballer.

– Vous pouvez faire une prise de sang avant de partir ?

– Sûr, Chef, répondit Jimmy.

– Fransman, commença Griessel, conscient de marcher sur des œufs. Tu sais que je suis alcoolique ?

– Ah, fit Arnold, le Gros, les liens affectifs entre inspecteurs. Comme c'est mignon !

– Dégage !, dit Griessel.

– Je m'y apprêtais justement, répondit Arnold.

– Vous avez encore la Mercedes dans la rue à faire, ajouta Dekker.

– C'est la prochaine sur la liste, répondit Arnold en quittant la pièce les bras chargés d'éléments de preuves et de matériel.

– Et alors ?, lança Dekker une fois qu'ils furent seuls.

– Je sais ce qu'elle ressent, Fransman...

– Elle ne ressent rien du tout. Son mari est allongé là, à côté d'elle et elle ne ressent rien. Elle l'a tué, moi, je te le dis. L'histoire habituelle.

Comment expliquer à un non-buveur ce qu'elle ressentait en ce moment même ? Tout le corps d'Alexandra Barnard réclamait désespérément de l'alcool. Elle était en train de se noyer dans le terrible déluge de cette matinée et la boisson était sa seule bouée de sauvetage. Griessel le savait.

– Tu es un bon inspecteur, Fransman. Ta scène de crime est parfaitement bien gérée, tu fais tout dans les règles de l'art et je parie à dix contre un que tu as raison. Mais si tu veux des aveux... Donne-moi une chance. Une conversation en tête à tête est moins intimidante...

Le téléphone de Griessel sonna. Il regarda Dekker pendant qu'il le sortait de sa poche. Le Métis ne semblait pas emballé par sa suggestion.

– Griessel.

– Benny, c'est Vusi. Je suis dans la salle de contrôle de la Métro. Benny, il y en a deux.

– Deux quoi ?

– Deux filles, Benny. Je suis en train de regarder cinq types qui poursuivent deux filles dans Long Street.

7

– Oh merde !, s'exclama Benny Griessel. Ils poursuivent les filles, tu dis ? Dans Long Street ?

– D'après la pendule sur la bande, c'était ce matin à deux heures moins le quart. Cinq hommes, qui venaient de Wale Street et se dirigeaient vers l'église.

– Ça fait quoi, quatre rues ?

– Six entre Wale et l'église. Cinq cents mètres.

– Bon Dieu, Vusi, on fait pas ça pour piquer le portefeuille d'un touriste.

– Je sais. L'autre truc, même si les images ne sont pas bonnes, c'est qu'on voit quand même les types qui les poursuivent, Benny, des Noirs et des Blancs.

– Ça n'a pas de sens.

Dans ce pays, les criminels de différentes couleurs ne se mélangent pas.

– Je sais… je me disais… peut-être que ce sont des videurs, peut-être que les filles ont fait du grabuge dans un club quelque part, mais, tu vois…

– Les videurs n'égorgent pas les touristes étrangers.

– Pas encore, répondit Vusi.

Griessel comprit à quoi il faisait allusion. Les clubs et leurs videurs étaient une véritable pépinière pour le crime organisé, une vraie poudrière.

De toute façon, j'ai lancé un avis de recherche pour l'autre fille, poursuivit-il.

– Bon travail, Vusi.

– Je ne sais pas si ça va beaucoup aider, reprit Ndabeni avant de mettre fin à la communication.

Griessel vit Dekker qui l'attendait impatiemment.

– Désolé, Fransman. C'est l'affaire de Vusi…

– Et ici, c'est mon enquête.

Son langage corporel indiquait clairement qu'il était à deux doigts d'exploser.

Griessel ne s'attendait pas à une telle agressivité, mais il savait qu'il était en terrain glissant. Les inspecteurs défendaient leur territoire bec et ongles et il n'était là que pour superviser.

– Tu as raison, dit-il en se dirigeant vers la porte. Mais ça pourrait aider.

Dekker ne bougeait pas, les sourcils froncés.

Juste avant que Benny ne quitte la pièce, il lança :

– Attends… (Griessel s'arrêta.) D'accord, parle-lui.

*

Elle ne les entendait plus. Seuls lui parvenaient le chant des oiseaux, les stridulations des cigales et le bruissement de la ville au-dessous. Allongée dans l'ombre fraîche du surplomb rocheux, elle transpirait quand même, la température dans la cuvette montagneuse grimpant rapidement. Elle ne pouvait pas se lever, elle le savait. Ils avaient dû s'arrêter quelque part pour tenter de la repérer.

Elle envisagea de rester là toute la journée, jusqu'à ce que l'obscurité arrive et la rende invisible. Elle en était capable, malgré la soif, malgré le fait qu'elle n'avait rien mangé depuis la veille. Si elle pouvait se reposer, si elle pouvait dormir un peu, elle aurait repris des forces ce soir et pourrait à nouveau chercher de l'aide.

Mais ils savaient qu'elle était là, quelque part.

Ils iraient chercher les autres et se remettraient à sa recherche. Ils reprendraient le sentier en sens inverse, ne laissant rien au hasard et si l'un d'eux s'approchait suffisamment, il la verrait. La cavité n'était pas assez profonde. Elle les connaissait pratiquement tous, connaissait leurs corps secs, leur énergie et leur détermination, leur habileté et leur confiance en eux. Elle savait aussi qu'ils ne pouvaient pas se permettre de laisser tomber.

Elle allait devoir bouger.

Elle observa la rivière à sec, l'étroit passage caillouteux qui serpentait jusqu'au bas de la colline entre fynbos et rochers. Elle devait la rejoindre, en rampant avec précaution pour ne pas faire de bruit. La montagne n'était pas un bon choix, trop déserte, trop exposée. Elle devait descendre là où il y avait du monde ; il lui fallait trouver de l'aide. Quelque part, il devait bien y avoir quelqu'un prêt à l'écouter et à l'aider.

À contrecœur, elle souleva la tête, poussa le sac à dos devant elle et se glissa prudemment à sa suite. Elle ne pouvait pas le tirer, ç'aurait été trop bruyant. Elle s'accroupit, fit lentement passer le sac sur son dos et en attacha les boucles. Puis elle se mit à ramper sur les galets. Sans hâte, sans rien déplacer qui puisse faire du bruit.

*

Griessel entra dans le salon et murmura quelque chose à l'oreille de Tinkie Kellerman. Alexandra Barnard tirait sur une autre cigarette. Elle suivit Tinkie des yeux quand celle-ci se leva et quitta la pièce. Griessel referma la porte derrière elle et sans un mot, se dirigea vers un imposant buffet victorien deux-corps, avec battants de bois sombre en bas et portes vitrées à petits carreaux en haut. Il en ouvrit une, sortit un verre et une bouteille de gin et emporta le tout vers le fauteuil le plus proche d'Alexandra.

– Je m'appelle Benny Griessel et je suis alcoolique. Ça fait cent cinquante-six jours que je n'ai pas bu une goutte, dit-il en dévissant le bouchon encore intact de la bouteille.

Elle ne pouvait détacher son regard du liquide transparent qu'il versait avec précaution dans le verre, trois doigts bien tassés. Il le lui tendit. Elle le prit avec des mains qui tremblaient violemment. En avala une gorgée avec avidité, éperdue, puis ferma les yeux.

Griessel remit la bouteille dans le buffet.

– Vous comprendrez que je ne vous en donne pas plus, dit-il en se rasseyant.

Elle acquiesça.

Il savait ce qu'elle ressentait à cet instant précis. Il savait que l'alcool allait se répandre en elle comme un doux flot apaisant, cicatrisant les blessures et faisant taire les voix, ne laissant derrière lui qu'une plage de béatitude étale et argentée. Il lui laissa le temps ; il fallait quatre gorgées, parfois plus, pour que la chaleur divine ait le temps de se diffuser à travers le corps. Il se rendit compte qu'il fixait intensément le verre à ses lèvres, qu'il respirait l'odeur de l'alcool, sentait son propre corps tout entier tendu vers lui. Il se renfonça dans le fauteuil, respira un grand coup et regarda les magazines sur la table basse, *Visi* et *House & Garden*, vieux de deux ans mais à peine ouverts, juste là pour être vus, jusqu'à ce qu'elle dise « merci » d'une voix plus détendue.

Elle reposa lentement le verre, presque sans trembler, et lui offrit une cigarette.

– Non, merci, dit-il.

– Un alcoolique qui ne fume pas ?

– J'essaie de diminuer.

Elle s'en alluma une. Le cendrier à côté d'elle était plein.

– Mon parrain aux AA est médecin, ajouta-t-il en guise d'explication.

– Alors changez de parrain, rétorqua-t-elle en essayant de faire de l'humour.

Mais la blague tomba à plat, sa bouche se tordit dans le mauvais sens et Alexandra Barnard se mit à pleurer en silence, juste une grimace douloureuse et les larmes qui lui coulaient sur les joues. Elle posa sa cigarette et se cacha le visage dans les mains. Griessel fouilla dans sa poche et en sortit un mouchoir. Il le lui tendit, mais elle ne le vit pas. Ses épaules étaient secouées de hoquets, sa tête s'affaissa et sa longue chevelure lui voila de nouveau le visage comme un rideau. Griessel vit que ses cheveux étaient blonds et argentés, un mélange rare ; la plupart des femmes se teignaient les cheveux. Il se demanda pourquoi elle s'en fichait à présent. Elle avait été une star, une grande star. Pourquoi était-elle tombée si bas ?

Il attendit que les sanglots diminuent.

– Mon parrain est le Dr Barkhuizen. Il a soixante-dix ans et c'est un alcoolique avec de longs cheveux nattés. Il m'a raconté que ses enfants lui avaient demandé pourquoi il fumait et qu'il avait trouvé toutes sortes de raisons… pour l'aider à supporter le stress, parce qu'il aimait ça…

Il parlait d'une voix douce, l'histoire était sans intérêt, mais ça n'avait pas d'importance : il voulait juste ouvrir le dialogue.

– Et puis sa fille a dit que dans ce cas, il ne verrait pas d'inconvénient à ce qu'elle se mette à fumer, elle aussi. Alors, il a compris qu'il se mentait à lui-même à propos du tabac. Il a arrêté. Et il essaye de me faire arrêter aussi. Je suis descendu à trois, quatre par jour…

Elle finit par lever les yeux et vit le mouchoir. Elle le prit.

– C'est dur ?

Sa voix était plus grave que jamais. Elle s'essuya le visage et se moucha.

– L'alcool, oui. Ça l'est. Encore. Le tabac aussi.

– Je ne pourrais pas.

Elle chiffonna le mouchoir, reprit le verre et avala une nouvelle gorgée. Il demeura silencieux. Il devait lui laisser de l'espace pour parler. Il savait qu'elle allait le faire.

– Votre mouchoir...

– Gardez-le.

– Je le ferai nettoyer (elle reposa le verre)... Ce n'est pas moi.

Griessel hocha la tête.

– On ne se parlait plus, commença-t-elle en regardant ailleurs dans la pièce.

Griessel ne bougeait pas.

– Il rentre du bureau à six heures et demie. Il monte à la bibliothèque, reste debout à la porte et me regarde. Pour voir à quel point je suis bourrée. Si je ne dis rien, il va manger tout seul dans la cuisine ou il va dans son bureau. Ou alors, il ressort. Tous les soirs, il me met au lit. Tous les soirs. L'après-midi, quand je peux encore penser, je me demande si c'est pour cette raison que je bois. Pour qu'il fasse encore ça pour moi. C'est tragique, non ? Ça ne vous brise pas le cœur ?

Les larmes reprirent, perturbant le rythme de ses paroles mais elle continua.

– Parfois, quand il revient, j'essaie de le provoquer. Je suis douée pour ça... la nuit dernière, je... je lui ai demandé à qui c'était le tour à présent. Vous devez comprendre... Nous avions... c'est une longue histoire...

Et pour la première fois, ses sanglots devinrent audibles, comme si le poids de son passé avait fini par l'affecter vraiment.

Benny Griessel se sentit brusquement submergé par la pitié parce qu'une fois encore, il voyait en elle le fantôme de la chanteuse passée.

Elle finit par écraser le mégot.

– Il a juste dit « va te faire voir », c'est ce qu'il disait toujours, et il est reparti. J'ai crié après lui : « C'est ça, laisse-moi ici ! », je ne crois pas qu'il m'ait entendue, j'étais saoule...

Elle se moucha à nouveau.

– C'est tout. C'est tout ce que je sais. Il ne m'a pas mise au lit, il m'a laissée là et ce matin, il était par terre...

Elle reprit le verre.

– Les derniers mots qu'il m'ait dits « va te faire voir ».
Nouvelles larmes.

Elle vida les dernières gouttes d'alcool et regarda Griessel avec une intense concentration.

– Vous croyez que j'aurais pu le tuer ?

*

À la réception de l'auberge de jeunesse du Cat and Moose et Backpackers Inn, la fille grassouillette regarda la photo que lui tendait l'agent de police et demanda :

– Pourquoi est-ce qu'elle a l'air aussi bizarre ?

– Parce qu'elle est morte.

– Oh, mon Dieu !

Elle eut tôt fait de comprendre et ajouta :

– C'était elle ce matin, à l'église ?

– Oui. Vous la reconnaissez ?

– Oh, mon Dieu, oui. Elles sont arrivées hier, deux Américaines. Attendez... (elle ouvrit le registre et fit courir son doigt jusqu'au bas de la page)... les voilà : Rachel Anderson et Erin Russel, elles sont de... West Lafayette, Indiana, dit-elle en se penchant pour déchiffrer les adresses écrites en lettres minuscules. Oh, mon Dieu. Qui l'a tuée ?

– On l'ignore encore. Anderson, c'est celle-ci ?

– Je ne sais pas.

– Et l'autre, vous savez où elle se trouve ?

– Non, je travaille de jour, je... Voyons voir, elles ont la chambre seize.

Elle referma le registre et s'engagea dans le couloir en répétant : « Oh, mon Dieu. »

*

À force de questions prudentes, il finit par obtenir d'elle des informations sur l'arme. C'était celle de son mari.

Adam Barnard la tenait enfermée dans un coffre de la bibliothèque. Il gardait la clé avec lui, probablement de peur qu'elle ne fasse une bêtise sous l'emprise de l'alcool. Elle n'avait aucune idée, lui dit-elle, de la façon dont l'arme avait atterri par terre à côté d'elle. Peut-être l'avait-elle tué après tout, ajouta-t-elle, elle avait suffisamment de raisons, éprouvait suffisamment de colère, de haine et d'auto-apitoiement. Elle avait parfois souhaité sa mort, mais son véritable fantasme était de se suicider et de le regarder ensuite. Le regarder rentrer à la maison à six heures et demie, grimper les marches et la découvrir morte. Le regarder s'agenouiller à côté de son corps sans vie et implorer son pardon en pleurant, brisé. Mais, ajouta-t-elle avec ironie, les deux rôles ne colleraient jamais. On ne peut rien regarder quand on est mort.

Puis elle était restée assise. Il avait fini par murmurer *Soetwater*, mais elle n'avait pas relevé. Cachée derrière sa chevelure pendant une éternité, elle avait fini par lui tendre lentement le verre et il avait compris qu'il allait devoir la resservir s'il voulait entendre toute l'histoire.

08 h 13 - 09 h 03

8

Benny Griessel avait écouté Alexandra Barnard.

– Alexa. Personne ne m'appelle Alexandra ou Xandra.

Et maintenant, alors qu'il s'apprêtait à ouvrir la porte du 47 Brownlow Street pour rejoindre Dekker, une émotion particulière lui serrait le cœur ; il se sentait comme en état d'apesanteur, coupé de la réalité, comme s'il se trouvait quelques millimètres en retrait de tout, décalé d'une ou deux secondes par rapport à l'univers.

C'est pourquoi il lui fallut un moment pour comprendre que dehors, c'était le chaos. La rue, si tranquille en arrivant, grouillait à présent de journalistes et de curieux : horde de photographes, flopée de reporters, une équipe d'ETV et la foule grandissante de badauds que leur présence avait attirés. Le bruit déferla sur Griessel, bruyantes vagues de sons qu'il ressentit jusque dans son corps. Il avait écouté l'histoire d'Alexa si intensément qu'il en avait oublié tout le reste.

Dans la véranda, un Dekker énervé échangeait des paroles enflammées avec un chauve, tous deux élevant la voix sous l'effet de la colère.

– Pas avant que je l'ai vue !, disait l'homme d'un air supérieur, son langage corporel respirant l'agressivité.

Il était grand et musclé, complètement rasé, avec de grandes oreilles charnues et un anneau d'argent à l'une d'elles. Chemise noire, pantalon noir, chaussures de

87

base-ball noires comme en portent les ados, bien qu'il parût proche de la cinquantaine. Un Zorro sur le retour. Sa pomme d'Adam proéminente tressautait de haut en bas au rythme de ses mots.

Dekker repéra Griessel.

– Il insiste pour la voir, lui dit-il, encore à cran.

L'homme ignora Griessel. D'un geste sec, il ouvrit un petit étui en cuir noir accroché à sa ceinture et en sortit un minuscule téléphone portable, noir lui aussi.

– J'appelle mon avocat ; ce genre d'attitude est tout à fait inadmissible (il commença à enfoncer les touches)... Elle ne va pas bien.

– C'est l'associé du mort, Willie Mouton, annonça Dekker.

– Monsieur Mouton, commença Griessel d'un ton conciliant, sa propre voix lui semblant étrangère.

– Allez vous faire foutre !, lança Mouton. Je suis au téléphone.

Sa voix avait le taux de pénétration et la tonalité d'une scie à viande industrielle.

– Monsieur Mouton, je ne vous permets pas de parler de cette manière à un officier de police, dit Dekker un ton au-dessus. Et si vous souhaitez passer des coups de fil personnels, faites-le dans la rue...

– On est dans un pays libre autant que je sache.

– ... et pas sur ma scène de crime.

– Votre scène de crime ? Putain, vous vous prenez pour qui ? Puis, au téléphone : Désolé, pourrais-je parler à Regardt, s'il vous plaît...

Dekker s'avança vers lui d'un air menaçant ; il commençait à perdre son sang-froid.

– Regardt, c'est Willie. Je suis dans la véranda d'Adam avec la Gestapo...

Griessel posa la main sur le bras de Dekker.

– Il y a des caméras, Fransman.

– Je ne vais pas le cogner, rétorqua Dekker en virant sans ménagement Mouton de la véranda et le poussant vers la grille du jardin.

Les flashs crépitèrent.

– Ils sont en train de m'agresser, Regardt !, reprit Mouton, un peu moins sûr de lui.

– Bonjour, Nikita !, lança le professeur Phil Pagel, le légiste en chef, de l'autre côté de la grille.

Il s'amusait bien.

– Bonjour, Prof, répondit Benny en regardant Dekker expédier Mouton sur le trottoir.

– Ne le laissez pas entrer ici, ordonna-t-il aux hommes en tenue.

– Je vais vous foutre un procès au cul !, lança Mouton. Regardt, je veux que tu leur foutes un procès au cul à ces connards ! Je veux que tu te ramènes ici avec une demande de référé. Alexa est dedans et Dieu sait ce que ces S.A. sont en train de faire avec elle !

Il parlait volontairement d'une voix forte pour que Dekker et les médias puissent entendre.

Pagel passa devant Zorro en se faisant tout petit et monta les marches, sa valise noire à la main.

– « Quel chef-d'œuvre est l'homme ! » lança-t-il.

– Je vous demande pardon ?, dit Griessel et soudain, son impression d'être déconnecté disparut, il était à nouveau dans le présent, l'esprit clair.

Pagel lui serra la main.

– Hamlet. À Rosencrantz et Guildenstern. Juste avant d'appeler l'homme un « agrégat de poussière ». J'ai vu la pièce hier soir. Je la recommande chaleureusement. On est bousculé ce matin, Nikita ?

Pagel l'appelait Nikita depuis douze ans. La première fois qu'il avait vu Griessel, il avait dit :

– Je suis sûr que le jeune Khrouchtchev devait avoir cette tête-là.

89

Griessel avait dû longuement réfléchir pour trouver qui était Khrouchtchev. Pagel était vêtu avec extravagance, comme d'habitude – il était grand, en forme et exceptionnellement bel homme pour ses cinquante et quelques années. Certains disaient de lui qu'il ressemblait à la star d'une série à l'eau de rose que Griessel n'avait jamais regardée.

– C'est agité, comme d'habitude, Prof.

– J'ai entendu dire que tu supervisais la nouvelle génération de représentants de la loi, Nikita.

– Comme vous pouvez voir, Prof, je m'en tire brillamment, répondit Griessel avec un large sourire.

Dekker remonta les marches de la véranda.

– Vous avez déjà rencontré Fransman ?

– Tout à fait, j'ai eu ce privilège. Inspecteur Dekker, j'admire votre énergie.

Dekker était toujours aussi agacé.

– Bonjour, Prof.

– D'après la rumeur, c'est Adam Barnard la victime ?

Ils acquiescèrent tous les deux à l'unisson.

– « Tenez-vous prêts à affronter un océan de problèmes », dit Pagel.

Les inspecteurs le regardèrent sans comprendre.

– Je plagie Hamlet pour dire que ce sont les emmerdes assurées, Messieurs.

– Aaah, firent-ils.

Ils avaient compris.

*

Dans la bibliothèque, ils restèrent debout à discuter pendant que Pagel s'agenouillait à côté du cadavre et ouvrait sa sacoche de médecin.

– Ce n'est pas elle, Fransman, dit Griessel.

– Tu en es sûr à cent pour cent ?

Griessel haussa les épaules. Personne ne pouvait être sûr de rien à cent pour cent.

– Ce n'est pas simplement ce qu'elle raconte, Fransman. Ça ne colle pas avec la scène…

– Elle aurait pu payer quelqu'un.

Griessel dut reconnaître que l'argument tenait la route. Le dernier sport national des femmes était de faire appel à des tueurs à gages pour se débarrasser de leurs époux. Mais il fit non de la tête.

– J'en doute, dit-il. On ne paye pas quelqu'un pour faire croire qu'on l'a fait soit même.

– Tout est possible dans ce pays, rétorqua Dekker.

– Amen, ajouta Pagel.

– Prof, l'« océan de problèmes »… Vous connaissiez Barnard ?, demanda Griessel.

– Un peu, Nikita. Essentiellement par ouï-dire.

– C'est quoi son truc ?, demanda Dekker.

– La musique, répondit Pagel. Et les femmes.

– C'est aussi ce que dit son épouse, ajouta Griessel.

– Comme si elle n'avait pas assez souffert, dit Pagel.

– Qu'est-ce que vous voulez dire, Prof ?, demanda Dekker.

– Vous savez qu'elle a été une grande star ?

– Non, vraiment ?

Estomaqué.

Pagel gardait les yeux baissés tout en parlant. Ses mains manipulaient habilement les instruments et le corps.

– C'est Barnard qui l'a « découverte », bien que cette expression m'ait toujours mis assez mal à l'aise. Mais je dois confesser mon ignorance, Messieurs. Comme vous le savez, ma véritable passion est la musique classique. Je sais qu'il était avocat et qu'il s'est lancé dans l'industrie de la pop music. Xandra était sa première star…

– Xandra ?

– C'était son nom de scène, dit Griessel.

– Elle était chanteuse ?

– Tout à fait. Et une très bonne, répondit Pagel.

– C'était il y a combien de temps, Prof ?

– Quinze-vingt ans ?

– Jamais entendu parler d'elle, dit Dekker en hochant la tête.

– Elle a abandonné la scène. Plutôt brutalement.

– Elle l'a surpris avec quelqu'un d'autre, continua Griessel. C'est là qu'elle s'est mise à boire…

– Ça, c'était la rumeur. Messieurs, officieusement et sans la moindre confirmation, je situerais l'heure de la mort… (il vérifia sa montre)… entre deux et trois heures ce matin. Comme vous l'avez très certainement compris, la mort a été provoquée par deux impacts de balle de petit calibre. L'emplacement des blessures et le peu de résidu de poudre indiquent une distance de tir de deux à quatre mètres… et un tir plutôt réussi : les blessures sont à peine distantes de trois centimètres.

– Et il n'a pas été tué ici, ajouta Dekker.

– Tout à fait.

– Seulement deux blessures ?, demanda Griessel.

Le légiste acquiesça.

– Il y a eu trois balles de tirées…

– Prof, reprit Dekker, mettons qu'elle soit alcoolique. Mettons qu'elle ait été saoule hier soir. J'ai fait faire une prise de sang, mais est-ce que ça va servir à quelque chose huit ou dix heures après les faits ?

– Ah, Fransman, de nos jours, on a l'éthylglucuronide. Je peux retrouver des traces d'alcool jusqu'à trente-six heures après. Avec un échantillon d'urine, jusqu'à cinq jours après l'absorption.

Dekker hocha la tête, satisfait.

– Mais je dois dire que je penche en faveur de la théorie de Nikita. Je ne crois pas que ce soit elle.

– Comment ça, Prof ?

– Regardez-le, Fransman. Il doit mesurer dans les un mètre quatre-vingt-dix. Il est en léger surpoids, je dirais un peu plus de cent dix kilos. Vous et moi, on aurait du mal à hisser son corps en haut de ces marches… et on n'a pas bu (il commença à remballer son matériel)… Emmenons-le à la morgue, je ne peux pas faire grand-chose de plus.

– Quelqu'un s'est donné beaucoup de mal pour l'amener ici, dit Dekker.

– Et c'est bien là le hic, dit Pagel.

– Les femmes… dit Dekker.

Pagel se leva.

– N'écartez pas l'industrie de la musique afrikaans comme potentielle source de conflits, Fransman.

– Prof ?

– Lisez-vous la presse à scandales, Fransman ?

Dekker haussa les épaules.

– Ah, la vie du représentant de la loi. Rien que le boulot, pas la moindre détente. Il y a de l'argent en jeu dans l'industrie du disque, Fransman. Beaucoup d'argent. Mais ce n'est que la surface, la face immergée de l'iceberg. Les intrigues sont légions. Les scandales comme les divorces, le harcèlement sexuel, les affaires de pédophilie… Plus de longs couteaux et de coups de poignard dans le dos que dans *Jules César*. Ils se bagarrent pour tout… les accompagnements musicaux, les contrats, les crédits artistiques, les droits d'auteur, qui a le droit de faire une comédie musicale sur telle ou telle personnalité historique, qui mérite quelle place dans l'histoire de la musique…

– Mais pourquoi, Prof ?, demanda Griessel, profondément déçu.

– Les gens sont comme ça, Nikita. Quand la gloire et l'argent sont en jeu… c'est toujours la même chose : esprit de chapelle, egos démesurés, tempéraments d'artistes, susceptibilité, haine, jalousie, envie, il y a des gens qui ne se sont pas parlé depuis des années, de nouvelles inimitiés… la liste est sans fin. Notre Adam était au cœur de tout ça. Est-ce que c'est suffisant pour aller jusqu'au meurtre ? Comme Fransman l'a bien fait remarquer, dans ce pays tout est possible.

Jimmy et Arnold, de la Scientifique, entrèrent.

– Oh, le Prof est là ! Bonjour, Prof, lança Arnold, le petit gros.

– Et voici Rosencrantz et Guildenstern. Bonjour, Messieurs.

– Prof, on peut vous demander quelque chose ?

– Évidemment.

– Prof, le truc, c'est…, commença Arnold.

– Les femmes…, continua Jimmy.

– Pourquoi est-ce que leurs seins sont si gros, Prof ?

– Je veux dire, regardez les animaux…

– Bien plus petits, Prof…

– Bordel !, lança Fransman Dekker.

– D'après moi, c'est la révolution, enchaîna Arnold.

– L'évolution, espèce de macaque, reprit Jimmy.

– Peu importe !

Pagel les dévisagea avec la patience d'un parent indulgent.

– Intéressante question, chers collègues. Mais nous allons devoir poursuivre cette conversation ailleurs. Venez me voir à Salt River.

– On n'aime pas trop la morgue, Prof…

Le téléphone de Dekker sonna. Ce dernier consulta l'écran.

– Cloete, dit-il.

– « Et que le timbalier annonce aux trompettes[1] ! » lança Pagel en se dirigeant vers la porte, car Cloete était l'officier de liaison avec les médias de la SAPS. Au revoir, chers collègues.

1. *Hamlet*, acte V, scène II (*N.d.T.*).

Ils le saluèrent en retour et écoutèrent Fransman Dekker communiquer à Cloete les écœurants détails dont il avait besoin.

Griessel hocha la tête. Quelque chose de gros se préparait. Il suffisait de jeter un coup d'œil dehors. Son propre téléphone sonna.

– Griessel.

– Benny, répondit Vusi Ndabeni. Je crois que tu devrais venir.

9

Rachel Anderson rampait dans la ravine. Celle-ci devenait de plus en plus profonde au fur et à mesure qu'elle progressait, et les berges escarpées, accidentées, infranchissables. Elles l'enveloppaient totalement, mais la protégeaient assez pour qu'elle puisse se mettre debout. Ils auraient du mal à la repérer. La pente devenait plus raide, le terrain plus inégal. Il était huit heures passé et il faisait chaud. Elle se laissait péniblement glisser au bas des rochers, s'accrochant aux racines des arbres, la gorge sèche, les genoux à deux doigts de lâcher. Elle devait trouver de l'eau, quelque chose à manger, elle devait continuer à avancer.

C'est alors qu'elle aperçut le sentier qui montait vers la droite et les marches creusées à même la pierre. Elle les observa fixement. Elle n'avait pas la moindre idée de ce qui l'attendait là-haut.

*

Alexa Barnard les regarda emporter le corps de son mari et son visage se tordit d'émotion.

Tinkie Kellerman se leva et vint s'asseoir sur le canapé à côté d'elle. Elle lui posa gentiment la main sur le bras. Alexa ressentit le besoin irrépressible que cette femme menue la prenne dans ses bras. Mais elle se

97

contenta de rester assise, à cramponner ses propres épaules en une étreinte désespérée et solitaire. Elle baissa la tête et contempla les larmes qui coulaient sur la manche de sa robe de chambre blanche et y disparaissaient comme si elles n'avaient jamais existé.

*

Rachel Anderson grimpa presque jusqu'au sommet et regarda par-dessus le bord de la ravine, le cœur battant. Juste la montagne. Et le silence. Encore une marche et soudain, comprenant qu'ils pouvaient la voir par-derrière, elle fit volte-face, épouvantée, mais il n'y avait personne. Les deux dernières marches, elle fit attention. À sa gauche, elle aperçut des toits de maisons, les plus hauts perchés sur la montagne. Devant elle se trouvait un sentier arboré qui courait à l'arrière des habitations, lui offrant ombre et protection. À droite, c'était le flanc escarpé de la montagne, puis la montagne elle-même. Elle regarda derrière elle une dernière fois, puis elle s'engagea en hâte sur le sentier, tête baissée.

*

Griessel regagna Long Street dans une circulation beaucoup plus fluide. Vusi lui avait demandé de le rejoindre au Cat and Moose.

– Qu'est-ce qu'il se passe ?, lui avait-il demandé.

– Je te le dirai en arrivant.

Du ton de quelqu'un qui n'est pas seul.

Mais Griessel ne pensait pas à ça. Assis dans sa voiture de service, il pensait à Alexa Barnard. À sa voix et à son histoire, à sa beauté enfouie sous vingt ans d'abus. Il songeait à la façon dont la mémoire faisait ressurgir l'image de la femme plus jeune et plus belle et la projetait sur l'étoffe de son visage actuel, de sorte que les deux se superposaient – l'image passée et celle du présent, si éloignées et pourtant si inséparables. Il repensait à la violence avec laquelle elle avait avalé le gin et comment il avait compris que l'apaisement qu'elle ressentait présentait un danger pour lui. Cela avait libéré son propre désir qui ballottait en lui comme un millier de câbles desserrés. Sa voix intérieure lui soufflait qu'il y avait un magasin de spiritueux juste là, dans Kloof Street, où tous les circuits pourraient être reconnectés et le courant restauré. L'électricité de la vie circulerait à nouveau, et puissamment.

– Mon Dieu !, dit-il à voix haute, et il tourna délibérément dans Bree Street pour s'éloigner de la tentation.

*

Quand les larmes cessèrent, Tinkie Kellerman lui dit :

– Venez, vous vous sentirez mieux quand vous aurez pris un bain.

Alexa acquiesça et se leva. Elle n'était pas très assurée sur ses jambes, aussi la policière la guida-t-elle jusqu'en haut des marches, par la bibliothèque et le long du couloir qui menait à la porte de sa chambre.

– Je crois que vous devriez attendre ici.

– Je ne peux pas, répondit Tinkie d'une voix pleine de compassion.

Alexa resta immobile une seconde. Puis elle comprit. Ils avaient peur qu'elle tente quelque chose. Contre elle-même. C'était une éventualité. Mais d'abord, elle devait arriver jusqu'à l'alcool, le fond de bouteille de gin planqué sous ses sous-vêtements.

– Je ne ferai rien.

Tinkie Kellerman se contenta de la dévisager de ses grands yeux au regard compatissant.

Alexa entra dans la chambre.

– Restez simplement hors de la salle de bains.

Elle sortirait la bouteille du placard en même temps que ses habits. Son corps ferait écran.

– Asseyez-vous là, dit-elle en désignant de la tête le fauteuil devant la coiffeuse.

*

Les coups sur la porte continuaient. Fransman Dekker alla ouvrir. Willie Mouton, l'homme au crâne rasé, le Zorro vêtu de noir, se trouvait dans la véranda avec son alter ego, un homme aussi maigre que lui mais avec une chevelure noire abondante et coiffée avec soin d'une raie sur le côté. Il avait une allure de croque-mort, qu'accentuaient encore un long visage maussade, des yeux inquisiteurs, un costume et une cravate d'un noir de suie.

– Mon avocat est là. Amenez-vous à présent.

– Que je m'amène ?

Une bouffée de colère envahit Dekker devant le ton méprisant de l'homme blanc, mais là-bas dans la rue, les objectifs étaient braqués sur eux – les spectateurs et la presse se bousculaient contre la barrière.

– Regardt Groenewald, dit l'avocat sur un ton d'excuse en tendant une main prudente.

Il essayait de faire amende honorable pour forcer Dekker à se radoucir.

Il serra la main fine et hésitante.

– Dekker, répondit-il en regardant l'avocat des pieds à la tête.

Il s'attendait à un doberman, pas à cet espèce de basset.

– Il veut simplement dire que nous sommes prêts à discuter, reprit Groenewald.

– Où est Alexa ?, demanda Mouton en regardant dans la maison par-delà Dekker.

Groenewald posa sa main molle sur le bras de Mouton, comme pour le retenir.

– On s'occupe d'elle.

100

– Qui ?

– Un officier des services sociaux.

– Je veux la voir.

Un ordre de Blanc, mais une fois encore, l'avocat désamorça la situation.

– Calme-toi, Willie.

– Pour l'instant, il n'en est pas question, répondit Dekker.

Mouton décocha un regard lourd de reproches à son avocat.

– Il ne peut pas faire ça, Regardt.

Groenewald soupira.

– Je suis sûr qu'ils ont expliqué ses droits à Alexa, Willie.

Il parlait lentement, posément, en s'excusant presque.

– Mais elle est malade !

– Mme Barnard a choisi de parler sans la présence d'un avocat.

– Mais elle n'est pas *compis mentos*, dit Mouton.

– *Compos mentis*[1], le corrigea patiemment Groenewald.

– Mme Barnard n'est pas considérée comme un suspect pour l'instant, ajouta Dekker.

– Ce n'est pas ce que dit la domestique d'Adam.

– Pour autant que je sache, la domestique ne fait pas partie de la police.

– Tu vois, Regardt. Voilà ce que c'est. Des branleurs. Quand je viens juste de perdre mon ami et collègue...

– Willie, M. Dekker, restons calmes...

– Je suis calme, Regardt.

– Mon client a des informations en relation avec l'affaire, dit Groenewald.

– Quel genre d'informations ?

1. Sain d'esprit. En droit anglo-saxon, pour désigner une personne qui n'est pas saine d'esprit, on utilise le terme *non compos mentis* (*N.d.T.*).

101

– Des informations significatives. Mais nous ne pouvons pas…

– Alors il est de votre devoir de nous les communiquer.

– Pas si vous faites le malin avec moi.

– Monsieur Mouton, vous n'avez pas le choix. Dissimuler des informations…

– Je vous en prie, Messieurs, implora Groenewald.

Puis, très prudemment :

– Peut-être pourrions-nous discuter à l'intérieur ?

Dekker hésita.

– Mon client a de forts soupçons quant au meurtrier d'Adam Barnard.

– Mais je ne veux calomnier personne.

– Willie, vu les circonstances, la calomnie n'a rien à voir là-dedans.

– Vous savez qui a tué Adam Barnard ?

– Mon client n'a pas de preuves, mais il sent qu'il est de son devoir de citoyen de partager les informations dont il dispose avec les représentants de la Loi.

Fransman Dekker observa la foule, puis Groenewald et Mouton.

– Je crois que vous devriez entrer.

*

Rachel Anderson suivit le sentier qui contournait la montagne, pressant le pas maintenant que le terrain était plat et qu'elle avait laissé la protection des pins derrière elle. Il n'y avait que les maisons en contrebas, de grosses propriétés avec piscines, jardins luxuriants et hauts murs. Par-delà se trouvaient la ville et le golfe de Table Bay s'étendant à perte de vue, vision de carte postale avec son océan bleu vif et ses grappes d'immenses buildings ramassés sur eux-mêmes, comme s'ils cherchaient une certaine fraternité dans leur proximité.

C'était un leurre, toute cette beauté. Une façade qui les avait trompées, Erin et elle.

Le sentier s'incurvait sur la droite, contournant un réservoir. Le haut remblai de terre la protégerait sur quelques centaines de mètres.

*

Dans la salle de bains, Alexa Barnard quitta sa robe de chambre et ses vêtements de nuit, puis elle tendit la main vers la bouteille qu'elle avait planquée sous ses habits propres.

Elle dévissa le bouchon d'une main tremblante. Il ne restait pas grand-chose. Elle porta la bouteille à ses lèvres et but. Le miroir en pied lui renvoya son geste et elle le regarda sans le vouloir. Le corps nu à la féminité gâchée, les longs cheveux gras qui lui pendouillaient autour du visage, le duvet sous les bras, la bouche entrouverte, la bouteille haut levée en une tentative désespérée pour ne rien perdre des dernières gouttes. Elle fut sidérée par ce démon, par la façon dont l'image renvoyée par le miroir se focalisait tout entière sur la bouteille.

Qui était cette personne debout devant la glace ?

Elle se détourna – elle avait vidé la bouteille sans éprouver de soulagement. Elle la posa par terre et s'appuya contre le mur en tendant un bras.

Était-ce vraiment elle dans le miroir ?

Soetwater, avait murmuré le policier compatissant au visage hors du commun et à la chevelure indocile.

Ce qu'il voulait dire, c'était « comment en êtes-vous arrivée là ? » Elle le lui avait expliqué, mais à présent, face à ce soudain reflet, l'explication ne tenait plus.

Elle se tourna et observa à nouveau la femme devant elle. Le corps élancé semblait si vulnérable. Jambes, hanches, ventre légèrement rebondi, poitrine ferme, longs

103

mamelons, la peau du cou plus aussi lisse. Un visage usé, abîmé, ravagé par l'alcool.

C'était elle. Son corps, son visage.

Mon Dieu !

« Comment en es-tu arrivée là ? » Il y avait une authentique curiosité dans sa question.

Elle fit volte-face et entra dans la douche. Elle en était arrivée là, mais elle n'irait pas plus loin. Elle ne le pouvait pas.

Elle ouvrit machinalement les robinets.

Adam était mort. Qu'allait-elle faire ? Ce soir ? Demain ?

La panique qui monta en elle était immense, elle dut s'appuyer contre les carreaux pour ne pas tomber. Elle resta ainsi un moment, sous l'eau brûlante, mais elle ne sentait rien. Les pilules, voilà ce qu'elle devait prendre, les pilules pour dormir, pour pouvoir s'éloigner, s'éloigner de cette femme dans le miroir, de ce processus de destruction, de la soif et des ténèbres qui l'attendaient.

Les pilules étaient dans l'autre pièce, avec Tinkie Kellerman.

Il fallait trouver autre chose. Ici, dans la salle de bains. Elle sortit de la douche en toute hâte, ouvrit l'armoire de toilette avec des mains tremblantes. Trop pressée, elle renversa des flacons, rien qui puisse servir. Elle prit son rasoir, inutile, le lança contre la porte, ratissa le placard de fond en comble. Il n'y avait rien, rien…

– Madame Barnard ?, dit la voix de l'autre côté de la porte.

Alexa fit demi-tour et ferma la porte à clé.

– Laissez-moi tranquille !

Ce n'était même pas sa voix.

– Madame, s'il vous plaît…

Elle vit la bouteille de gin. S'empara du goulot et la brisa contre le mur. Un éclat de verre la blessa au front. Elle examina la lame acérée qui lui restait dans la main. Leva son bras gauche et trancha dans le vif, violemment, profondément, avec l'énergie du désespoir, de la paume jusqu'au coude. Le sang jaillit comme une fontaine. Elle coupa à nouveau.

*

Dans le salon, Mouton et Groenewald étaient assis côte à côte sur le canapé. Dekker se trouvait en face d'eux.

– Je n'ai pas de preuves, commença Mouton.

– Raconte-lui simplement ce qui s'est passé, Willie.

On dirait ces deux types dans les vieux films en noir et blanc, songea Dekker. C'était quoi leurs noms déjà ?

– Ce mec a débarqué dans mon bureau en clamant qu'il allait tuer Adam…

– Et qui est ce « mec » ?

Mouton s'adressa à son avocat.

– Tu es sûr que ce n'est pas de la diffamation, Regardt ?

– Certain.

– Mais si je dois fournir des preuves ?

– Willie, la diffamation n'est pas le problème.

– Ça peut ruiner leur carrière, Regardt. Je veux dire, et si ce n'est pas lui ?

– Willie, tu n'as pas le choix.

Laurel et Hardy, se souvint Dekker. Deux comédiens blancs.

– Monsieur Mouton, de qui s'agissait-il ?

Il prit une profonde inspiration, sa pomme d'Adam tressautant comme celle d'un coq.

– C'était Josh Geyser, dit-il en se rencognant dans son fauteuil comme s'il venait de déclencher une tornade.

– Qui ça ?

– Le chanteur de gospel, répondit Mouton d'un ton impatient. Josh et Melinda.

– Jamais entendu parler.

105

– Josh et Melinda ? Tout le monde les connaît. Leur dernier CD s'est vendu à soixante mille exemplaires, quatre mille en un seul jour, quand ils sont passés en invités vedette sur radio RSG. Ils sont très connus.

– Et pourquoi Josh Geyser voudrait-il tuer Adam Barnard ?

Mouton se pencha en avant d'un air de conspirateur et se mit soudain à parler à voix basse :

– Parce qu'Adam a tringlé Melinda dans son bureau.

– « Tringlé » ?

– Vous voyez… Il a couché avec elle.

– Dans le bureau de Barnard ?

– C'est exact.

– Et Geyser les a surpris ?

– Non. Melinda s'est confessée.

– À Josh ?

– Non. Plus haut. Mais Josh était avec elle quand elle priait.

Fransman Dekker poussa un grognement mi-amusé, mi-incrédule.

– Monsieur Mouton, vous n'êtes pas sérieux !

– Bien sûr que si ! Vous croyez que j'ai envie de blaguer dans un moment pareil, dit-il indigné.

Dekker hocha la tête.

– Hier après-midi, Josh Geyser a déboulé comme un malade devant Natasha et a pratiquement enfoncé ma porte de bureau. Il a dit qu'il cherchait Adam et je lui ai demandé pourquoi, alors il a répondu qu'il allait le tuer, parce qu'il avait violé Melinda. Alors j'ai dit « Comment tu peux dire un truc pareil, Josh ? » et il a rétorqué que c'était elle qui lui avait dit. Alors j'ai demandé ce qu'elle avait dit et il a répondu qu'elle avait prié et confessé son immense péché dans le bureau d'Adam, sur la table, qu'elle avait dit que c'était le démon mais lui, Josh, il connaissait les façons d'agir d'Adam. Et il allait le tabasser à mort. Il était comme fou, il s'est presque jeté sur moi quand j'ai dit que ça n'avait pas l'air d'un viol. C'est un balèze, il était gladiateur avant d'être sauvé… D'après les rumeurs, il ne peut pas… vous voyez… bander… à cause des stéroïdes, dit-il en baissant à nouveau la voix.

– Ça n'a pas de rapport, Willie, dit Groenewald.

– Ça lui donne un mobile, répliqua Mouton.

– Non, non…, insista l'avocat.

– Le tabasser à mort, vous dites ?, lança Dekker. C'est ce qu'il a dit ?

– Il a aussi dit qu'il allait le tuer… non, il a dit le massacrer, bordel, lui couper les couilles et les accrocher au-dessus du disque de platine dans son salon.

– « Les façons d'agir d'Adam ». De quelles « façons » d'agir Geyser parlait-il ?

– Adam est… (Mouton hésita). Je ne peux pas croire qu'il soit mort (il se renfonça dans son siège et frotta son crâne rasé), c'était mon ami, mon associé. On a fait un bon bout de chemin ensemble… Je lui avais dit qu'un jour, quelqu'un…

Le silence s'installa. Mouton s'essuya les yeux du dos de la main.

– Désolé, dit-il. C'est dur pour moi…

L'avocat tendit une longue main fine vers son client.

– C'est compréhensible, Willie…

– Il avait une sacrée présence…

Dekker entendit la voix suraiguë et pressante de Tinkie Kellerman.

– Fransman !

Il se leva rapidement et se dirigea à grands pas vers la porte.

– Fransman !

– Je suis là, répondit-il.

Il aperçut Kellerman en haut des marches.

– Viens m'aider, dit-elle. Vite !

Cent mètres après le réservoir, le sentier partait sur la gauche et descendait la montagne vers la ville, dans un ravin large et peu profond. Rachel Anderson marchait au milieu des pins en suivant le chemin qui contournait d'énormes rochers. Elle aperçut devant elle un mur de pierres avec un trou au milieu et au-delà, vers la droite, une maison presque finie derrière un chêne immense. Un coin d'ombre, frais et encaissé, un lieu où se reposer, mais sa première pensée fut de trouver un robinet pour étancher la soif qui la dévorait.

Elle dépassa le garage et balaya les lieux du regard jusqu'à la rue. Un pin débité en rondins encombrait l'entrée du double garage, empilé en tas bien nets. Elle repéra le robinet à côté de la porte arrière, pria le ciel qu'il soit branché, accéléra le pas, se baissa et l'ouvrit. Une eau argentée en jaillit, chaude les premières secondes, puis soudain fraîche. Elle se laissa tomber sur un genou, referma légèrement le robinet et but directement au jet.

*

Fransman Dekker avait forcé suffisamment de portes pour savoir qu'on n'utilise pas son épaule. Il recula d'un pas et donna un coup de pied. Des éclats de bois volèrent, mais la porte résista. Un autre coup de pied, puis un autre encore, avant qu'elle ne cède et s'ouvre d'à peine quarante centimètres. Suffisant pour voir le sang.

– Oh, Dieu du Ciel !, s'écria Tinkie Kellerman dans son dos.

– Quoi ?, lança Willie Mouton en essayant de se faufiler devant elle.

– Monsieur, vous ne pouvez…

108

Dekker était déjà dans la salle de bains. Il vit Alexa Barnard étendue sur le sol. Les pieds dans la mare de sang, il retourna son corps nu. Elle avait les yeux ouverts, mais le regard dans le vague.

– Une ambulance, ordonna-t-il à Tinkie. Tout de suite !

Il se pencha pour examiner les dégâts. Son poignet gauche était profondément entaillé, au moins en trois endroits. Le sang continuait à couler. Il s'empara d'un vêtement qui traînait par terre et commença à l'entortiller autour des blessures, le plus serré possible.

Alexa dit quelque chose d'une voix à peine audible.

– Madame… ?

– L'autre bras, murmura-t-elle.

– Pardon ?

– Coupez l'autre bras, s'il vous plaît, dit-elle en lui tendant la bouteille brisée d'une main lasse.

*

Elle étancha sa soif et nettoya le sang sur ses mains, ses bras et son visage. Puis elle se releva, ferma le robinet et inspira profondément. La ville se trouvait juste au-dessous d'elle…

Elle dépassa le coin de la maison, moins anxieuse à présent, comme si la peur s'était atténuée en buvant.

C'est alors qu'elle les vit, à seulement vingt pas plus bas dans la rue. Elle se figea sur place, le souffle coupé. Ils lui tournaient le dos, côte à côte. Elle les connaissait.

Elle resta comme pétrifiée. Son sang lui battait furieusement aux oreilles.

Ils observaient la rue en pente. Le garage. Les bûches. Il fallait qu'elle rentre là-dedans. À cinq pas derrière elle. Elle était trop terrifiée pour les quitter des yeux. Elle recula en traînant les pieds, paniquée à l'idée de trébucher. Pourvu qu'ils ne se retournent pas ! Elle atteignit le mur du garage. Plus qu'un pas. C'est alors que l'un d'eux commença à se retourner. Celui qui avait tout déclenché. Celui qui s'était penché sur Erin avec le couteau.

10

Oliver « Ollie » Sands, âgé de dix-neuf ans, était assis, la tête dans les mains, dans la salle du petit déjeuner de l'auberge de jeunesse du Cat and Moose. Un peu enrobé, il avait les cheveux roux et une peau pâle qui avait trop pris le soleil. Ses lunettes de soleil à monture noire aux lignes géométriques étaient posées sur la table devant lui. Les inspecteurs Vusumuzi Ndabeni et Benny Griessel étaient assis en face, près de la porte.

– M. Sands a identifié la victime comme étant Mlle Erin Russel, commença Vusi, la photo de la victime et son calepin devant lui.

– Mon Dieu !, fit Sands en secouant la tête derrière ses mains.

– Il a traversé l'Afrique en compagnie de Mlle Russel et de son amie, Rachel Anderson. Il ignore où se trouve Mlle Anderson. La dernière fois qu'il les a vues, c'était hier soir, au Van Hunks, la discothèque. Dans Castle Street.

Vusi regarda Sands pour avoir confirmation.

– Mon Dieu !, répéta le jeune homme en écartant les mains et en rapprochant ses lunettes.

Griessel vit qu'il avait les yeux rouges.

– Monsieur Sands, vous êtes arrivés au Cap hier ?

– Oui, Monsieur. De Namibie.

Accent indubitablement américain, voix chevrotante, chargée d'émotion. Sands chaussa ses lunettes et cligna des yeux, comme s'il voyait Vusi pour la première fois.

– Juste tous les trois ?, demanda Griessel.

– Non, Monsieur. Nous étions vingt et un. Vingt-trois, en fait, au départ du safari, à Nairobi. Mais une fille et un garçon hollandais ont arrêté à Dar. Ça... ne leur plaisait pas.

– Un safari ?

– Le safari Aventure Africaine. Par voie terrestre. En camion.

– Et vous et les deux filles étiez ensemble ?

– Non, Monsieur, j'ai fait leur connaissance à Nairobi. Elles sont de l'Indiana ; je viens de Phoenix, Arizona.

– Mais vous étiez avec les filles hier soir ?, dit Vusi.

– Tout un groupe est allé en boîte.

– Combien ?

– Je ne... disons dix, je ne suis pas sûr.

– Mais les deux filles faisaient partie du groupe ?

– Oui, Monsieur.

– Que s'est-il passé dans la boîte de nuit ?

– On s'est bien marrés. Vous voyez... (Sands quitta à nouveau ses lunettes et se frotta les yeux). On a bu quelques verres, dansé un peu...

Il remit ses lunettes, ce qui rendit Griessel soupçonneux.

– À quelle heure êtes-vous partis ?, demanda Vusi.

– Je... j'étais un peu fatigué. Je suis rentré vers onze heures.

– Et les filles ?

– Je ne sais pas, Monsieur.

– Elles étaient encore dans la boîte quand vous êtes parti ?

– Oui, Monsieur.

– Donc, la dernière fois que vous avez vu Mlle Russel vivante, c'était au club.

Le visage de Sands se tordit. Il acquiesça sans bruit, comme s'il avait peur que la voix lui manque.

– Et elles étaient en train de danser et de boire ?

– Oui, Monsieur.

– Elles étaient encore avec le groupe ?

– Oui.

– Vous pourriez nous donner le nom des gens avec qui elles étaient ?

– Je crois… Jason… Et Steven, Sven, Kathy…

– Vous connaissez leurs noms de famille ?

Vusi rapprocha son calepin.

– Pas tous. Jason Dicklurk et Steven Cheatsinger…

– Vous pourriez nous les épeler ?

– Hé bien, vous voyez. J-A-S-O-N. Et… je ne suis pas certain de l'orthographe de son nom… Est-ce que je peux…

– C'est Steven avec P-H Ou avec un V ?

Le stylo de Vusi voltigeait au-dessus de ses notes.

– Je ne sais pas.

– Le nom de famille de Steven ?

– Attendez… Est-ce que je peux aller chercher la liste ? Tous les noms y sont, ceux des guides et de tous les autres.

– Je vous en prie.

Sands se leva et se dirigea vers la porte. S'arrêta.

– J'ai des photos. De Rachel et d'Erin.

– Des photos ?

– Oui.

– Vous pourriez aller les chercher aussi ?

– Elles sont dans mon appareil, mais je peux vous les montrer…

– Ce serait bien.

Ollie Sands sortit.

– Si on peut avoir une photo de la fille disparue…, commença Vusi.

113

– Il cache quelque chose, le coupa Griessel. Quelque chose en rapport avec la nuit dernière.

– Tu crois, Benny ?

– À l'instant, quand il a enlevé ses lunettes… il a commencé à mentir.

– Il pleurait avant que tu arrives. Peut-être que c'était…

– Il cache quelque chose, Vusi. Les gens qui portent des lunettes… ils ont une façon… Il y a…

Griessel hésita. Avec Dekker, il avait appris à se méfier de l'endroit où il mettait ses pieds de mentor.

– Vusi, on apprend avec l'expérience, en s'interrogeant…

– Tu sais que je veux apprendre, Benny.

Griessel se leva.

– Viens t'asseoir ici, Vusi. La personne que tu interroges doit toujours tourner le dos à la porte.

Il déplaça les chaises et s'installa sur l'une d'elles. Vusi s'assit à côté de lui.

– C'est plus facile de remarquer s'ils cachent quelque chose… Mettons qu'il soit assis ici, de biais, alors il aurait les jambes vers la porte. Et les signaux ne sont pas aussi évidents. Mais avec la porte dans le dos, il se sent coincé. Les signes deviennent plus clairs, il va se mettre à transpirer, à tirer sur son col, à secouer une jambe ou un pied, il va se passer une main sur les yeux ou, s'il porte des lunettes, il va les enlever. C'est ce qu'il a fait quand il s'est mis à raconter qu'il était rentré plus tôt la nuit dernière.

Ndabeni était pendu à ses lèvres.

– Merci, Benny. Je vais l'interroger là-dessus.

– Il est le seul du groupe à être là ?

– Oui. Certains ont repris l'avion la nuit dernière. Le reste est ailleurs, sur la route des vins. Ou en montagne.

– Et lui est resté ici ?

– Il était encore au lit.

– Comment ça se fait ?

– Bonne question.

114

– Tu sais comment décrypter son regard, Vusi ?

L'inspecteur fit non de la tête.

– D'abord, trouver moyen de lui faire écrire quelque chose, pour voir s'il est droitier ou gaucher. Ensuite, tu surveilles le mouvement de ses yeux quand il répond…

Le téléphone de Griessel sonna et il vit le nom s'afficher à l'écran. AFRIKA.

– C'est le commissaire, dit-il avant de répondre.

Vusi haussa les sourcils.

Il prit l'appel.

– Griessel.

– Benny, nom d'un chien, vous pourriez m'expliquer ce qui se passe ?, lança le commissaire régional d'une voix si forte que même Vusi put entendre.

– Monsieur… ?

– Un avocat vient de me téléphoner, Groenewoud ou Groenewald, un truc comme ça, en me faisant la morale comme un missionnaire parce que vous auriez fait une grosse bourde avec la femme d'Adrian Barnard…

– Adam Bar…

– Je m'en fous !, rétorqua John Afrika. Cette femme a tenté de mettre fin à ses jours parce que vous lui avez fait peur alors qu'elle n'avait rien à voir avec toute cette fichue affaire…

Il sentit une main lui enserrer le cœur.

– Elle est morte ?

– Non, bon Dieu, elle n'est pas morte, mais tu es là pour superviser, Benny, c'est pour ça que j'ai fait appel à toi, imagine un peu ce que les journaux vont faire de ça, d'après ce qu'on dit, ce Barnard a pignon sur rue…

– Monsieur, personne…

– Retrouvez-moi à l'hôpital, Fransman Dekker et toi, il est incapable de réfréner sa foutue ambition, et si j'essaie de le couvrir, ils vont aller raconter que c'est parce qu'il est *hotnot*, comme moi et que je ne m'occupe que des gens de mon peuple, et puis où tu es, bordel ?

– Avec Vusi, Chef. Le meurtre de l'église…

– Et en plus, j'ai entendu dire que c'était une touriste américaine, bon Dieu, Benny, on n'est que mardi ! On se retrouve à l'hôpital dans cinq minutes.

Fin de la conversation. Benny songeait qu'il avait fourni l'alcool à Alexa Barnard et que le commissaire n'avait pas précisé l'hôpital où le retrouver quand Oliver, « Ollie » Sands reparut avec son appareil photo et contempla l'écran, en larmes. Il le leva pour que les inspecteurs puissent voir. Tout en regardant, Benny Griessel sentit à nouveau la main fantomatique lui enserrer le cœur, la sensation d'étouffement bien connue. Rachel Anderson et Erin Russel riaient devant l'objectif, ravissantes et insouciantes, avec le Kilimandjaro en arrière-plan. Jeunes et excitées, exactement comme sa fille Carla, à fond dans la grande aventure.

*

Allongée sur le ventre derrière le tas de bois dans la fraîcheur du garage, Rachel Anderson essayait de contrôler sa respiration.

En entendant des bruits de pas et des voix qui se rapprochaient, elle crut qu'ils l'avaient repérée.

– … plus de gens, disait l'un d'eux.

– Peut-être. Mais si le Boss fait ce qu'il faut, on en aura plus qu'assez.

Elle connaissait leurs voix.

Ils s'arrêtèrent juste devant le garage.

– J'espère simplement qu'elle est encore dans la nature.

– Putain de montagne. C'est immense. Mais si elle bouge, Barry va pas la louper. Et nos patrouilles vont couvrir les rues, on va la chopper, cette salope. Je vous le dis, tôt ou tard, on va l'avoir et tout ce merdier sera terminé.

Elle entendit les voix et les bruits de pas s'éloigner vers le sommet. « Et nos patrouilles vont couvrir les rues ». Ces mots lui résonnaient dans la tête, anéantissant le peu d'espoir qui lui restait.

*

– Il va parler, Vusi. Fous-lui la trouille. Dis-lui que tu vas le boucler. Emmène-le jusqu'aux cellules, s'il le faut. Je dois y aller, dit Benny Griessel en afrikaans.

– Ok, Benny.

Griessel sortit et une fois en route pour sa voiture, il appela Dekker.

– Elle est encore vivante, Fransman ?

– Oui, elle est en vie. Tinkie ne l'a pas quittée d'une semelle, mais elle s'est barrée dans la salle de bains, a fermé la porte à clé et s'est coupé les veines avec un tesson de bouteille de gin...

Celle qu'il avait ouverte ? Comment avait-elle pu l'emporter dans la salle de bains ?

– Elle va s'en tirer ?

– Je crois. On a fait vite. Elle a perdu beaucoup de sang, mais ça devrait aller.

– Où tu es ?

– City Park. Le commissaire t'a appelé ?

– Il est hors de lui.

– Benny, c'est la faute de personne. C'est ce connard de Mouton qui a fait toute une histoire. Quand il a vu le sang, il a pété un câble...

– On va s'occuper de ça, Fransman. J'arrive.

Il monta en voiture en se demandant si quelque chose lui avait échappé lors de sa conversation avec Alexa Barnard. Y avait-il eu un signe ?

*

117

– Je suis votre ami. Vous pouvez tout me dire, fit l'inspecteur Vusi Ndabeni en regardant Oliver Sands quitter ses lunettes.

– Je sais.

Sands entreprit de les essuyer sur son tee-shirt, dos à la porte à présent.

– Alors que s'est-il vraiment passé la nuit dernière ?

Vusi surveillait les signaux dont Benny avait parlé.

– Je vous l'ai dit.

La voix était trop maîtrisée.

Vusi laissa le silence s'installer. Il dévisagea Sands sans cligner des yeux, mais ce dernier fuyait son regard. Il attendit qu'il ait remis ses lunettes et se pencha vers lui.

– Je crois que vous ne m'avez pas tout dit.

– Je vous ai tout dit, je le jure.

De nouveau les mains qui montent aux lunettes et les réajustent. Il fallait lui faire peur, avait dit Benny. Il ignorait s'il serait crédible. Il sortit des menottes de sa poche de veste et les posa sur la table.

– Les cellules de commissariats ne sont pas très agréables.

Sands ne pouvait détacher les yeux des menottes.

– Je vous en prie.

– Je veux vous aider.

– Vous ne pouvez pas.

– Pourquoi ?

– Mon Dieu…

– Monsieur Sands, veuillez vous lever et mettre les mains dans le dos.

– Oh, mon Dieu !, s'exclama Oliver Sands en se levant lentement.

– Êtes-vous prêt à me parler ?

Sands regarda Vusi, le corps tout entier parcouru d'un frisson. Il se rassit doucement.

– Oui.

09 h 04 - 10 h 09

11

Griessel descendait Loop Street en direction de la baie. Il aurait dû prendre Bree Street car la circulation était dense, véhicules lents, piétons qui traversaient la rue en flânant, la faune habituelle. Sans oublier les touristes qui venaient du Gauteng. Impossible de les rater. C'était la deuxième fournée, la première étant l'escouade des vacances scolaires de Noël, des enfoirés suffisants qui se voyaient comme un don du ciel pour la ville du Cap. Il s'agissait généralement de familles flanquées d'adolescents renfrognés et obsédés du portable, mères faisant du shopping comme des furies, pères peu familiers des rues et qui gênaient tout le monde. La seconde vague arrivait en janvier, les parvenus arrogants qui avaient attendu pour se remplir les poches durant les fêtes à Sandton et se ramenaient ensuite pour leur crise de dépense annuelle.

Il aperçut de petits groupes de touristes étrangers, des Européens, si péniblement respectueux de la loi, ne traversant la rue qu'aux feux rouges, nez dans leur guide, avides de tout photographier. Il s'arrêta et se rendit compte que les feux étaient rouges à perte de vue. La foutue police métropolitaine ne pouvait-elle pas se bouger le cul et les synchroniser ?

Ce qui lui rappela qu'il ferait bien de contacter le maréchal. Oerson. Peut-être avaient-ils trouvé quelque chose. Non, plutôt redire à Vusi de le faire. C'était son enquête. Il pianotait avec impatience sur le volant et se rendit compte que c'était le rythme de *Soetwater*. Plus moyen d'ignorer sa conscience. Alexa Barnard. Il aurait dû le voir venir.

Elle lui avait dit qu'elle fantasmait sur son propre suicide. « Je voulais qu'Adam rentre à six heures et demie et grimpe les marches et me découvre morte. Alors, il s'agenouillerait à côté de moi et dirait, "tu es la seule que j'aie jamais aimée". Mais bien sûr, étant morte, je ne pourrais jamais voir Adam m'implorer, ces rêves ne pourraient jamais se réaliser. »

Il hocha la tête. Comment diable avait-il pu passer à côté de ça ? Voilà ce qui arrive quand on se lève trop tôt, une heure plus tôt que d'habitude. Il n'était pas encore vraiment à ce qu'il faisait aujourd'hui. Et puis aussi, il lui avait donné à boire. Benny, le grand mentor, qui « avait oublié plus que ce que les autres avaient encore à apprendre ».

Il essaya de se trouver une excuse dans la façon dont elle avait dit, raconté son histoire. Cela l'avait distrait, lui donnant l'impression fausse d'une femme qui avait encore les choses en main, d'une certaine manière. Elle l'avait manipulé. Quand il avait murmuré *Soetwater*, et qu'elle lui avait tendu son verre pour qu'il le remplisse à nouveau, en contrepartie de son récit.

Il s'était focalisé sur son besoin d'alcool, c'était ça, le vrai problème. Il lui avait versé deux petits verres et elle avait écarté ses cheveux de son visage en disant : « J'étais une petite chose tellement anxieuse. » Ensuite, son histoire avait détourné ses pensées du suicide, elle l'avait fasciné. Il n'avait entendu que ses mots, l'ironie appuyée, l'autodérision, comme si l'histoire était une sorte de parodie, comme si ce n'était pas vraiment la sienne.

Elle était fille unique. Son père travaillait dans une banque et sa mère était femme au foyer. Tous les quatre ou cinq ans, la famille déménageait, au gré des mutations ou des promotions du père – Parys, Potchefstroom, Port Elizabeth, et pour finir, Belville, pour briser le cycle des P. À chaque déménagement, elle laissait derrière elle des amitiés naissantes, devait recommencer dans chaque école, telle une étrangère, sachant que ce ne serait que temporaire. Elle vivait de plus en plus dans son propre monde, la plupart du temps derrière la porte close de sa chambre. Elle tenait un journal intime et douloureux, lisait et fantasmait. Durant ses dernières années de lycée, elle avait rêvé de devenir chanteuse, de salles de concert bourrées à craquer et de gens debout pour l'applaudir, de couvertures de magazines et de cocktails intimes avec d'autres célébrités, de princes qui la courtisaient.

C'était sa grand-mère paternelle, son seul point d'ancrage durant toute sa jeunesse, qui lui avait insufflé ce rêve. Elle passait toutes ses vacances de Noël avec elle, dans la chaleur estivale de Kirkwood et de la Sunday's River Valley. Femme énergique et disciplinée, Ouma Hettie avait été professeur de musique toute sa vie. Elle possédait un jardin magnifique, une maison immaculée et un demi-queue dans le salon. C'était une maison de senteurs et de sons : marmelade et confiture d'abricots en train de mijoter sur le fourneau, biscuits ou gigot d'agneau dans le four, la voix de sa grand-mère en train de chanter ou de parler, et le soir, les douces notes du piano qui s'échappaient des fenêtres ouvertes de la petite maison bleue et traversaient les grandes vérandas, le jardin luxuriant et les orangeraies voisines, jusqu'aux crêtes découpées d'Addo et l'horizon aux teintes changeantes.

Au début, Alexa s'asseyait à côté de sa grand-mère et se contentait d'écouter. Plus tard, elle avait appris les paroles et les mélodies par cœur et chantait souvent avec elle.

Ouma Hettie aimait Schubert et les sonates de Beethoven, mais ce qui lui plaisait vraiment, c'était les frères Gershwin. Entre deux chansons, elle lui racontait avec nostalgie l'histoire de George et d'Ira. *Rialto Ripples* et *Swanee* sortaient comme par enchantement des touches, *Lady, Be Good* et *Oh, Kay !* étaient chantées. Elle avait expliqué à Alexa que cette chanson avait été inspirée à George Gershwin par son grand amour, la compositrice Kay Swift, ce qui ne l'avait pas empêché d'avoir en même temps une liaison avec la belle actrice Paulette Goddard.

Par une soirée étouffante de sa quinzième année, Ouma Hettie s'était brusquement arrêtée de jouer et avait dit à Alexa : « Mets-toi là. » Alexa avait docilement pris place à côté du piano.

« Et maintenant, chante ! », avait-elle poursuivi.

Ce qu'Alexa avait fait, à haute voix, pour la première fois. *Of Thee I Sing*, et la vieille dame avait fermé les yeux, seul un petit sourire trahissant son ravissement. Comme la dernière note se mourait dans l'air suffocant du soir, Hettie Brink avait observé sa petite-fille et, après un long silence, elle avait déclaré : « Ma chérie, tu as un timbre parfait et une voix extraordinaire. Tu vas être une star. » Elle était allée chercher le disque d'Ella Fitzgerald, *Gershwin Songbook*, sur la pile.

C'est ainsi que le rêve avait commencé. Et l'enseignement officiel d'Ouma Hettie.

Ses parents n'avaient pas été impressionnés. Une carrière dans la chanson n'était pas ce qu'ils avaient en tête pour leur fille unique. Ils voulaient qu'elle devienne professeur, qu'elle obtienne un diplôme, pour avoir quelque chose de tangible à « quoi se raccrocher » : Quel genre d'homme voudrait épouser une chanteuse ? Les paroles ironiques de sa mère résonnaient dans son esprit.

L'année de son bac avait été conflictuelle, il y avait eu d'âpres et longues disputes dans le salon du directeur de la banque de Belville. Grâce aux arguments fournis par sa grand-mère, Alexa s'était raccrochée à sa dernière ligne de défense. « C'est ma vie. La mienne. » Une semaine avant l'examen, elle avait passé une audition avec le Dave Burmeister Band.

Le trac lui avait fait pratiquement perdre tous ses moyens ce jour-là. Rien de nouveau. Elle en avait déjà fait l'expérience à Eisteddfods lors d'une représentation occasionnelle pour un mariage ou avec des groupes obscurs dans de petits clubs. C'était devenu une sorte de rituel, un démon qui l'attaquait systématiquement quatre jours avant la représentation, de sorte que, le cœur battant à tout rompre, les paumes moites, et persuadée au plus profond d'elle-même qu'elle était à deux doigts de se ridiculiser totalement, elle ne parvenait à franchir le chemin du vestiaire au micro qu'avec un suprême effort de volonté.

Mais dès qu'elle commençait à chanter, dès que la première note sortait de sa gorge serrée, le démon s'évanouissait comme s'il n'avait jamais existé.

Lors de sa première représentation avec Burmeister dans un club de Johannesburg, sa grand-mère avait été là pour lui tenir la main et lui donner du courage : « Tu es née pour ça, ma chérie. Vas-y et mets les K.-O. »

Ce qu'elle avait fait. Les critiques du *Star* étaient encore sur la table de chevet d'Ouma Hettie quand celle-ci mourut tranquillement dans son sommeil deux mois plus tard. « Alexandra Brink, en robe noire chatoyante, est bien agréable à regarder – jeune, blonde et ravissante. Mais dès qu'elle commence à chanter, sa voix rauque et sensuelle, sa maîtrise totale des standards et ses interprétations novatrices démontrent une maturité rare et une intelligence musicale très pointue. Son répertoire va de Gershwin à Nat King Cole, en passant par Ma Rainey, Bessie Smith et Bobby Darin, et les arrangements de Dave Burmeister conviennent parfaitement à son style et à sa personnalité. »

Oliver Sands de Phoenix, Arizona, expliqua à l'inspecteur Vusi Ndabeni qu'il était tombé amoureux de Rachel Anderson le huitième jour de leur aventure africaine. À Zanzibar. Devant un plateau de fruits de mer qu'il avalait avec une grande concentration.

« À l'évidence, tu adores ça », lui avait lancé Rachel. Il avait levé les yeux. Elle se trouvait en face de lui à table, avec la mer vert émeraude en toile de fond, ses longs cheveux châtains nattés sur son épaule, une casquette de base-ball sur la tête et de longues jambes ravissantes en short. Ollie était un peu embarrassé, gêné par la façon dont il dévorait son repas. Mais quand elle avait souri en tirant la chaise en face de lui avec un « Je peux me joindre à toi ? Il faut que je goûte moi aussi », il n'en avait pas cru ses yeux.

Il expliqua à Vusi qu'ils avaient dû se présenter le premier soir du safari, assis en cercle sur des tabourets pliants sous les cieux africains. Il n'avait même pas essayé de retenir les noms d'Erin et de Rachel. Les jolies filles athlétiques et intellos comme elles ne le remarquaient jamais. Quand elle s'était assise à sa table à Zanzibar et avait attaqué son propre plateau de fruits de mer avec enthousiasme, il avait lutté pour retrouver son prénom, complètement paniqué. Parce qu'elle lui avait parlé. Elle lui avait demandé d'où il venait et quels étaient ses projets d'avenir. Elle l'avait écouté répondre avec intérêt, lui avait parlé de son rêve de devenir médecin – un jour, elle aurait aimé changer les choses, ici, en Afrique.

Et c'est ainsi qu'il avait offert son cœur à une jeune fille sans nom.

Le trac d'Alexa Brink ne cessait d'empirer. La disparition de sa grand-mère avait été un choc, comme si les fondations s'étaient effondrées ; elle s'était mise à fumer pour contrôler sa peur.

Malgré les critiques élogieuses et l'accueil enthousiaste du public restreint mais fidèle de Johannesburg, Durban et le Cap, tous les soirs le doute se cramponnait à ses épaules comme un beau diable. D'une voix méprisable, il lui soufflait qu'un jour elle serait démasquée, que quelqu'un dans le public la verrait telle qu'elle était vraiment et clamerait haut et fort que ce n'était qu'une mystificatrice, une étrangère, une simulatrice. Seule dans la loge, elle n'arrivait pas à faire face. Un soir, elle avait fait irruption chez Dave Burmeister en larmes et lui avait avoué sa peur. Ç'avait été le début d'un cercle vicieux. Avec une patience paternelle, Burmeister lui avait expliqué que toutes les grandes vedettes se débattaient avec le trac. Au début, sa voix douce et apaisante l'avait calmée et aidée à gagner le micro. Mais chaque soir, il fallait un peu plus de temps, de persuasion et de louanges avant qu'elle soit capable de traverser l'espace terrifiant de la scène.

Un jour, ne sachant plus que faire, Burmeister lui avait mis un verre de whisky Coca sous le nez en disant : « Pour l'amour de Dieu, avale-moi ça ! »

*

Oliver Sands avait contrôlé son attirance pour Rachel Anderson d'une main de fer. D'instinct, il avait compris qu'il devait cacher son brûlant désir, qu'il devait garder ses distances. Il ne cherchait pas de siège à côté d'elle dans le camion, ne plantait pas sa tente dans son voisinage le soir. Il attendait ces moments magiques où – généralement en compagnie d'Erin – elle lui adressait spontanément la parole, ou lui demandait de les filmer

127

avec son caméscope dans un lieu touristique. Parfois elle l'apercevait avec un livre à la main et lui demandait ce qu'il lisait. Ils entamaient alors une conversation sur la littérature. Le soir, elle venait s'asseoir à côté de lui autour du feu de camp et lançait, avec son fascinant appétit de vivre : « Alors, Ollie, on a passé une bonne journée aujourd'hui ou quoi ? »

Nuit et jour, il était totalement conscient de sa présence, savait où elle se trouvait à chaque instant, ce qu'elle faisait, à qui elle parlait. Elle se montrait amicale avec tout le monde, constatait-il en comptabilisant le temps qu'elle passait avec les autres, et il se rendait compte qu'il était particulièrement privilégié – il avait droit à plus d'attention et de conversation que n'importe qui d'autre. Les deux guides en chef maigrichons et sûrs d'eux étaient très appréciés des autres filles mais elle les traitait exactement comme tous les membres masculins du groupe, avec politesse et amabilité, tout en choisissant de prendre ses repas avec Ollie, de lui parler et de partager bien plus de choses personnelles avec lui. Cela s'était passé ainsi jusqu'au lac Kariba. Le lendemain de leur arrivée, quand ils s'étaient installés dans les *houseboats*, elle s'était montrée différente, maussade et silencieuse, toute joie et spontanéité envolées.

*

Alexa Barnard avait pris l'habitude de boire trois verres avant chaque représentation. La dose nécessaire pour tenir le démon suffisamment à l'écart. C'était sa limite. À quatre, son élocution devenait pâteuse, les paroles se noyaient dans sa mémoire et le sourire de fierté paternelle de Burmeister laissait alors place à un froncement de sourcils inquiet. Mais deux ne suffisaient pas.

Elle avait conscience des risques. Elle ne buvait jamais durant la journée ou après la représentation. Juste ces trois verres-là – le premier ingurgité une heure et demie avant le lever de rideau, les deux autres avalés plus lentement. Le violoncelliste lui avait suggéré de se mettre au gin qui laissait une haleine moins chargée que le cognac. Elle avait essayé le gin tonic, mais n'avait pas aimé. Elle avait fini par fixer son choix sur le gin fizz.

De cette façon, elle avait réussi à contrôler le démon pendant quatre ans, des centaines de concerts et deux enregistrements avec Burmeister et son orchestre.

Puis elle avait rencontré Adam Barnard.

Elle l'avait remarqué un soir au petit théâtre du Cap – grand, attirant et viril, épais cheveux noirs, il l'avait écoutée comme ensorcelé. Le lendemain soir, il était encore là. Après la représentation, il était venu frapper à la porte de sa loge, un bouquet de fleurs à la main. Il était charmant, s'exprimait avec aisance, et ses compliments mesurés lui avaient semblé d'autant plus sincères. Il l'avait invitée au restaurant : un déjeuner professionnel, il avait été bien clair là-dessus. Elle était prête à entendre ses propositions, consciente des limites du style musical qu'elle avait choisi. Elle était reconnue et appréciée par un petit cercle de connaisseurs, décrochait de temps à autre des interviews élogieuses dans les pages culture de certains quotidiens et ses ventes de CD étaient modestes. Elle mesurait la portée limitée de sa carrière, de son public et de ses revenus. Elle avait atteint le plus haut barreau d'une courte échelle et ses perspectives étaient prévisibles et peu enthousiasmantes.

Trois jours plus tard, elle signait un contrat avec Adam Barnard. Il la liait à sa maison de disques et à lui, en tant que manager.

Il avait tenu ses promesses professionnelles. Il avait déniché des compositions en afrikaans d'Anton Goosen, Koos du Plessis et Clarabelle van Niekerk, des chansons qui convenaient à sa voix et à ce qui allait devenir son nouveau style. Il avait engagé les meilleurs musiciens, créé un son unique, spécifiquement pour elle, et l'avait présentée aux médias. Il l'avait courtisée avec le même professionnalisme tranquille et l'avait épousée. Il avait même réussi à lui faire lâcher les trois gins d'avant représentation, grâce à son soutien absolu, sa foi en son talent et son éloquence incroyable. Pendant deux ans, sa vie et sa carrière avaient été tout ce dont elle avait rêvé.

Jusqu'au jour où, une séance photos en plein air pour le magazine *Sarie* ayant été annulée pour cause de mauvais temps, elle était rentrée à la maison à l'improviste. Et là, dans ce même salon où Griessel et elle s'étaient assis, elle avait découvert Adam, le pantalon sur les chevilles et Paula Phillips à genoux devant lui, en train de lui faire une fellation experte de ses longs doigts fins et de sa bouche peinte en rouge. Oui, Paula Phillips, la chanteuse aux cheveux noirs, aux longues jambes et aux gros nibards, qui servait encore une soupe commerciale sans intérêt à la classe moyenne.

C'est là qu'Alexa Barnard s'était mise à boire sérieusement.

*

Bien que Rachel Anderson ait changé d'attitude envers tout le monde, Oliver Sands était persuadé que ça venait de quelque chose qu'il avait dit ou fait. Il s'était repassé leurs moindres échanges, la moindre parole qu'il lui avait adressée, sans arriver à mettre le doigt sur l'origine de son aversion. Aurait-il dit quelque chose à quelqu'un d'autre, ou fait quelque chose à quelqu'un d'autre qui aurait pu la bouleverser à ce point ? Il n'en dormait plus la nuit, durant les visites des chutes Victoria, du parc national de Chobe, de l'Okavango, d'Etosha et pour finir, du Cap, il regardait par la fenêtre avec le vague espoir qu'une intuition allait lui venir, une idée pour arranger les choses.

La nuit précédente, au Van Hunks, la boîte de nuit du Cap, il avait craqué à cause du stress. Ce qu'il aurait dû dire ? « Je vois bien que quelque chose te tracasse, Rachel. Tu veux en parler ? » Mais il avait déjà éclusé trop de bières pour se donner du courage. Il s'était assis à côté d'elle et comme un parfait crétin, il avait lancé : « Je ne comprends pas pourquoi tu me détestes tout d'un coup, alors que moi, je t'aime, Rachel. »

Il l'avait regardée avec de grands yeux de chiot affamé dans l'espoir insensé qu'elle lui réponde : « Moi aussi, je t'aime, Ollie. Je t'aime depuis ce jour magique à Zanzibar. »

Mais elle n'en avait rien fait.

Elle était simplement restée là, le regard perdu dans le vague, et il avait cru qu'elle ne l'avait pas entendu avec la musique qui beuglait. Puis elle s'était levée, s'était tournée vers lui et l'avait embrassé sur le front.

« Cher Ollie », avait-elle dit en s'éloignant parmi la foule compacte.

– C'est pour ça que je suis revenu ici, dit Sands à Vusi.

– Je ne vous suis pas.

– Parce que je savais que le dortoir serait vide. Parce que je ne voulais pas qu'on me voie pleurer.

Il ne toucha pas ses lunettes. Les larmes se mirent à couler sous la monture, sur ses joues rondes et rouges.

12

Rachel Anderson était allongée sur le ventre derrière la pile de rondins, impuissante, vidée.

Quelque chose lui comprimait désagréablement l'estomac mais elle ne bougea pas. Impossible de ne plus s'apitoyer sur son sort à présent, c'était plus fort qu'elle et cela la paralysait. Mais elle ne pleurait pas, comme si ses glandes lacrymales s'étaient asséchées. Sa respiration était rapide et superficielle, elle suffoquait, fixant la texture des bûches devant elle sans rien voir.

Ses pensées s'étaient arrêtées, piégées par le manque d'alternative ; on venait de lui claquer au nez les portes menant vers l'évasion, à une option près : rester allongée à l'ombre, comme un poisson sans défense qui manque d'air hors de son bocal.

Elle n'entendait plus les voix. Ils étaient plus haut sur la colline. Peut-être allaient-ils apercevoir ses empreintes et les suivre. Ils allaient remarquer le garage en chantier, se rendre compte qu'il offrait une bonne cachette et ensuite, ils regarderaient derrière le tas de rondins et l'un d'eux lui saisirait les cheveux d'une poigne de fer et lui trancherait la gorge. Elle ne se voyait même pas saigner, il ne lui restait plus rien. Rien. Pas même la terreur que lui inspirait cette courte lame ; elle ne déclenchait même plus le flot d'adrénaline dans ses entrailles.

Oh, être à la maison.

Une vague nostalgie prit lentement possession d'elle
– vision fantomatique émergeant de la brume, le refuge
où elle serait en sécurité, la voix de son père, faible et
lointaine : « Ne t'inquiète pas, chérie, ne t'inquiète surtout pas. »

Oh, être dans ses bras, se recroqueviller sur ses
genoux, la tête sous son menton, et fermer les yeux.
L'endroit le plus sûr au monde.

Sa respiration finit par se calmer et l'image s'éclaircit. L'idée prit forme, instinctive et irrationnelle, elle
allait se lever et téléphoner à son père.

Il la sauverait.

*

S'il y avait un meurtre ou un vol à main armée dans
leur secteur durant la nuit, les policiers de Caledon
Square avaient pour consigne d'appeler immédiatement
le commandant. Mais les événements plus prosaïques de
la nuit précédente avaient dû attendre qu'il soit à son
bureau le lendemain matin et qu'il épluche le registre du
bureau des plaintes. Superintendant noir avec vingt-cinq
ans de service à son actif, le commandant savait qu'il
n'y avait qu'une manière de s'atteler à ce boulot : lentement et objectivement. Sinon, la nature et la longueur de
la liste risquaient de vous achever. Aussi faisait-il courir
son stylo le long de cette dernière avec une distance
toute professionnelle – violences conjugales, ivresse dans
un lieu public, vols de portables et de voitures, ventes de
drogue, trouble de l'ordre public, cambriolages, agres-
sions, exhibitionnisme et fausses alertes variées.

Au début, son stylo survola l'incident de Lion's Head
en page sept du registre, mais il revint en arrière. Il le
relut plus attentivement. La femme qui avait signalé à
contrecœur une jeune fille dans la montagne. Puis il tendit la main vers l'avis de recherche qui se trouvait à sa

gauche, sur un coin du bureau au bois éraflé. Un agent l'avait apporté quelques minutes avant seulement. Il l'avait parcouru rapidement. Maintenant, il lui donna toute son attention.

Et vit le lien. Au bas de la feuille se trouvaient le nom et le numéro de téléphone de l'inspecteur Vusumuzi Ndabeni.

Il décrocha le combiné.

*

Vusi descendait Long Street en direction de la baie pour se rendre au Van Hunks quand son téléphone sonna. Il répondit sans s'arrêter.

– Inspecteur Ndabeni.

– Vusi, c'est Goodwill, dit le commandant de Caledon Square en xhosa. Je crois que j'ai quelque chose pour toi.

*

Benny Griessel se trouvait avec ses collègues dans une des salles d'examen du City Park Hospital, service des Urgences. Il éprouvait une forte sensation de déjà-vu.

L'espace étant limité, ils formaient un petit groupe plutôt intime derrière la porte fermée. Pendant que Fransman Dekker parlait avec son habituel froncement de sourcils, Griessel observait les gens qui l'entouraient : John Afrika, le commissaire régional, impressionnant dans sa tenue, ses épaulettes croulant sous le poids des médailles. Afrika était plus petit que Dekker, mais il avait une présence et une énergie qui faisaient de lui la force dominante dans la pièce. À côté d'Afrika se trouvait la fragile Tinkie Kellerman, ses traits délicats occultés par des yeux immenses qui disaient combien ce rassemblement l'intimidait. Et puis il y avait Dekker et ses larges épaules, ses cheveux en brosse et son visage

135

taillé à la serpe, sérieux, concentré, qui s'exprimait d'une voix grave et véhémente. On racontait que les femmes fondaient devant lui, mais Griessel n'arrivait pas à comprendre pourquoi. On disait aussi qu'il avait une épouse métisse magnifique, qui occupait un poste à responsabilité chez Sanlam, et que c'était pour cette raison qu'il pouvait se permettre de vivre dans une maison hors de prix quelque part sur le Tygerberg. On disait enfin que parfois, il se livrait à de petits écarts.

Et Cloete, à côté de lui, l'officier de liaison aux doigts tachés par le tabac et aux yeux constamment cernés. Cloete, avec sa patience et son calme infinis, l'homme au cul entre deux chaises, toujours coincé entre les médias et la police.

Combien de fois s'était-il retrouvé dans une situation similaire, se demanda Griessel, dans ce genre de réunion d'urgence afin d'assurer leurs arrières, pour que les explications, plus haut dans la chaîne alimentaire de la SAPS tiennent la route. La différence à présent, c'est qu'il était lui aussi piégé dans un *no man's land*, tout comme Cloete, avec ce tutorat auquel il ne croyait pas.

Dekker termina son exposé et Griessel laissa échapper un soupir discret, se préparant à l'inévitable conclusion.

– Vous êtes sûr ?, demanda Afrika en se tournant vers Griessel.

– Absolument, commissaire, répondit-il.

Tout le monde acquiesça, sauf Cloete.

– Alors pourquoi ce trou du cul n'arrête-t-il pas ? (Le commissaire jeta un regard courroucé et coupable vers Tinkie Kellerman.) Désolé, mais c'est ce qu'il est, dit-il.

Tinkie se contenta d'acquiescer. Elle avait déjà tout entendu.

– Il a posé problème dès le début, reprit Fransman Dekker. Il a importuné l'homme de faction à la grille, en insistant pour entrer. C'était une scène de crime, Monsieur, et j'obéis au règlement.

– Parfait, répondit John Afrika en baissant la tête d'un air pensif, une main sur la bouche.

Puis il leva les yeux.

– La presse…

Il regarda Cloete d'un air interrogateur.

– Ça va faire du bruit, répondit Cloete sur la défensive comme toujours, comme s'il participait à la curée avec les médias. Barnard est une star dans son genre…

– C'est bien ça le problème, rétorqua John Afrika en réfléchissant.

Quand il leva les yeux et les posa sur Dekker, la bouche tordue en un rictus d'excuse, Griessel sut ce qui allait suivre.

– Fransman, ça ne va pas vous plaire…

– Chef, peut-être que… dit Griessel parce qu'on lui avait déjà retiré la direction des opérations auparavant et qu'il savait ce qu'on ressentait.

Afrika l'interrompit d'une main.

– Ils vont nous mettre en pièces, Benny, si Mouton nous fait porter le chapeau. Tu vois le tableau, on était là, dans sa chambre… Tu connais les journaux. Demain, ils vont aller raconter que c'est parce qu'on a mis des gens sans expérience sur l'affaire…

Dekker avait compris.

– Non, commissaire…, commença-t-il.

– Fransman, comprenons-nous bien ; c'est arrivé sous votre surveillance, reprit Afrika, inflexible.

Puis plus gentiment :

– Je ne dis pas que c'est votre faute, je veux vous protéger.

– « Protéger » ?

– Il faut comprendre. C'est une période difficile…

Tous savaient qu'il faisait allusion aux récentes enquêtes inabouties sur lesquelles les journaux et les politiciens s'étaient jetés comme des charognards.

Dekker essaya une fois encore.

– Mais, Monsieur, si je réussis ce coup-là, demain ils vont écrire…

– *Djy wiet dissie soé maklikie[1]* !

Griessel se demanda pourquoi les Métis du Cap ne parlaient que l'afrikaans des Cape Flats entre eux. Il se sentait toujours exclu.

Dekker voulut ajouter quelque chose, ouvrit la bouche, mais John Afrika leva un doigt en guise d'avertissement. Dekker referma la bouche, mâchoire serrée, regard mauvais.

– Benny, tu prends l'affaire en main, ajouta le commissaire. À partir de maintenant, Fransman, vous travaillez en étroite collaboration avec Benny. *Lat hy die pressure vat. Lat hy die Moutons van die lewe handle[2]*.

Puis, presque comme après coup :

– Vous êtes une équipe ; si vous réussissez ce coup-là…

Le téléphone de Griessel sonna.

– … vous pourrez partager les honneurs.

Benny sortit son téléphone de sa poche et consulta l'écran.

– C'est Vusi, dit-il d'un ton lourd de sens.

– Bon Dieu, fit Afrika, en hochant la tête. Un bonheur n'arrive…

Griessel répondit d'un « Vusi » ?

– Est-ce que le boss est encore avec toi, Benny ?

– Il est là.

– Retiens-le, s'il te plaît, débrouille-toi pour le retenir.

*

1. Vous savez que ce n'est pas aussi simple (*N.d.T.*).
2. Laissez-le assumer la pression, laissez-le se débrouiller avec des types comme Mouton (*N.d.T.*).

Tafelberg Road est goudronnée et suit la montagne en démarrant à trois cent soixante mètres au-dessus du niveau de la mer. Elle court par-delà la gare du téléphérique et ses longues queues de touristes, mais juste après le ravin de Platteklipstroom, un muret de béton empêche les voitures d'aller plus loin, seuls les cyclistes et les piétons pouvant continuer. À partir de là, elle varie entre trois cent quatre-vingts et quatre cent soixante mètres au-dessus du niveau de la mer et ce, sur quatre kilomètres ou plus autour de Devil's Peak, avant de devenir une piste de plus en plus rudimentaire qui finit par rejoindre le sentier de randonnée de Kings Battery.

Le meilleur endroit pour observer la ville en contrebas se trouve cent mètres au-dessous de Mount Prospect, sur la face nord de Devil's Peak, juste avant que le chemin vire brutalement vers l'est.

Le jeune homme était assis sur un rocher au-dessus du sentier, à l'ombre d'un massif de protéas maintenant dépourvu de fleurs. Il était blanc, maigre et bronzé et allait sur ses trente ans. Il portait un chapeau à larges bords, une chemise bleue délavée avec un col vert, un bermuda kaki et de vieilles sandales Rocky usagées, aux semelles complètement avachies. Avec une paire de jumelles, il passait lentement le terrain en revue, de gauche à droite et d'est en ouest. À ses pieds, le Cap était à couper le souffle depuis le téléphérique qui glissait, comme en apesanteur, par-delà les falaises découpées de Table Mountain en direction du sommet, par-delà les courbes sensuelles de Lion's Head et de Signal Hill, puis survolait la baie bleutée, joyau rutilant qui s'étirait à l'horizon, jusqu'à la ville sous ses pieds, confortablement nichée, telle une enfant repue que la montagne enlace. Il ne voyait rien de tout ça, uniquement concentré qu'il était sur les abords de la ville.

À côté de lui sur le rocher aplati se trouvait un guide du Cap. Il était ouvert à la page d'Oranjezicht, la banlieue directement à ses pieds. La brise de montagne faisait doucement voleter les pages qu'il remettait à plat de temps à autre d'une main distraite.

*

Rachel Anderson se leva lentement, comme un somnambule. Elle contourna le long tas de bois et regarda vers la montagne. Personne en vue. Elle quitta l'ombre protectrice du garage et tourna à droite en direction de la ville, traversa la dalle de ciment et les pavés, puis franchit le goudron de Bosh Avenue et continua jusqu'à l'endroit où cette dernière débouche dans Rugby Road, dix mètres plus loin. Elle était vidée, elle ne pouvait plus courir, elle allait téléphoner à son père, juste ça : marcher lentement et téléphoner à son père.

*

Le jeune homme aux jumelles la repéra instantanément, les lentilles de l'appareil glissant sur la minuscule silhouette solitaire. Le short en jean, le tee-shirt bleu pastel et le petit sac à dos... c'était bien elle.

– Putain !, dit-il à haute voix.

Il écarta les jumelles, se concentra sur son objectif pour être absolument sûr, puis il sortit un téléphone portable de sa chemise et chercha un numéro. Tout en le composant, il porta les jumelles à ses yeux d'une main.

– Oui ?

– Je la vois. Elle vient de sortir de nulle part.

– Où est-elle ?

– Juste là, sur la route, elle tourne à droite...

– Quelle route, Barry ?

– Bordel de merde, dit celui-ci en posant les jumelles sur le rocher et s'emparant de la carte.

Le vent avait à nouveau tourné la page. À la hâte, il revint en arrière et fit courir son doigt sur la carte pour trouver l'endroit exact.

– C'est juste là, la première route au-dessous…

– Barry, quelle rue bordel ?

– Je cherche, répondit-il d'une voix rauque.

– Relax. Donne-nous un nom de rue.

– Ok, ok… C'est… Rugby Road… Attendez…

Il reprit les jumelles.

– Rugby Road fait tout le tour de la montagne, pauvre con !

– Je sais, mais elle tourne à gauche dans… (il reposa encore une fois les jumelles, scruta fiévreusement le plan)… Braemar. C'est ça (il remit les jumelles sur son nez), Braemar…

Il la chercha, la vit un instant dans l'objectif. Elle marchait calmement, sans se presser. Puis elle commença à disparaître, comme si la banlieue était en train de l'avaler en commençant par les pieds.

– Merde, elle a… elle a disparu, bordel, elle vient juste de disparaître.

– Impossible.

– Elle a dû descendre un talus, un truc de ce genre.

– Va falloir faire mieux que ça.

Barry tremblait en consultant à nouveau le plan.

– Des marches. Elle prend l'escalier qui mène à Strathcona Road. (Il pointa à nouveau les jumelles sur l'endroit.) *Ja.* C'est ça. C'est exactement là qu'elle est.

*

Griessel se trouvait sur le trottoir avec Dekker et Cloete. À travers les portes vitrées, ils regardaient John Afrika amadouer Willie Mouton et son avocat sobrement vêtu.

– Désolé, Fransman, dit Griessel.

141

Dekker garda le silence. Il se contenta de fixer des yeux les trois hommes à l'intérieur.

– Ça arrive, ajouta Cloete avec philosophie.

Il tirait de toutes ses forces sur sa cigarette en regardant l'écran de son portable, où les doléances des journaux ne cessaient de s'afficher les unes après les autres.

– Benny n'y est pour rien, reprit-il en soupirant.

– Je sais, rétorqua Dekker. Mais on perd du temps. Josh Geyser peut aussi bien être à Tombouctou à l'heure qu'il est !

– Le Josh Geyser ?, demanda Cloete.

– Qui ça ?, fit Griessel.

– Le type du gospel. Barnard s'est envoyé sa femme hier dans son bureau et elle a tout avoué.

– La femme de Barnard ?, demanda Griessel.

– Non. Celle de Geyser.

– Melinda ?, demanda Cloete d'une voix pressante.

– C'est exact.

– Non !, s'exclama Cloete, abasourdi.

– Attendez…, commença Griessel.

– J'ai tous leurs CD, continua Cloete en guise d'explication. Bon sang, j'arrive pas à y croire. C'est ce que Mouton raconte à qui veut bien l'entendre ?

– Tu es fan de gospel ?, demanda Dekker.

Cloete acquiesça brièvement et d'un geste envoya valser son mégot un peu plus bas dans la rue.

– Il ment, moi, je vous le dis. Melinda est adorable. Et en plus, Josh et elle sont des « Born Again »… elle n'aurait jamais fait une chose pareille.

– « Born Again » ou pas, c'est ce que prétend Mouton.

– Fransman, attends. Tu veux bien m'expliquer ce qui se passe, dit Griessel.

– Apparemment, hier, Barnard s'est tapé Melinda Geyser dans son bureau. Alors son mari, Josh, a débarqué hier après-midi en disant qu'il savait tout et qu'il allait tabasser Barnard à mort, mais Barnard n'était pas là.

– Pas possible, renchérit Cloete, mais en tant que policier, il savait les gens capables de tout et se demandait déjà si ça pouvait être vrai.

Puis son visage s'allongea.

– Oh mec, la presse…

– *Ja* !, renchérit Griessel.

– Benny !

Tous trois se retournèrent en entendant la voix de Vusi Ndabeni. L'inspecteur les rejoignit au pas de course, à bout de souffle.

– Où est le commissaire ?

Comme un seul homme, ils lui montrèrent d'un doigt accusateur les portes vitrées, derrière lesquelles un médecin avait maintenant rejoint la conférence de Mouton.

– L'autre fille… elle est encore en vie, Benny. Mais ils sont à sa poursuite, quelque part dans cette ville. Il va falloir que le chef mette des renforts.

*

Sans hâte, elle descendit Marmion Street en direction de la ville. Elle semblait absente, comme si elle avait accepté son sort. Elle aperçut une voiture qui sortait en marche arrière d'une allée devant elle, une petite Peugeot noire. Une femme se trouvait au volant. Rachel n'accéléra pas le pas, elle continua à marcher vers elle d'un air inoffensif. La femme s'approcha de la route et freina. Regarda à gauche pour la circulation, puis à droite. Aperçut Rachel, établit un bref contact visuel, puis détourna le regard.

– Bonjour !, dit calmement Rachel, mais la femme ne l'entendait pas.

Elle fit un pas en avant et frappa doucement contre la vitre. La femme tourna la tête, agacée. Elle avait une drôle de bouche aux commissures tombantes. Elle baissa la vitre de quelques centimètres.

– Pourrais-je utiliser votre téléphone, s'il vous plaît ?, demanda Rachel sans la moindre émotion, comme si elle connaissait d'avance la réponse.

La femme la toisa des pieds à la tête, vit les habits sales, le menton, les mains et les genoux écorchés.

– Il y a un téléphone public chez Carlucci. Dans Montrose.

– J'ai de gros ennuis.

– C'est juste au coin, répondit la femme en se concentrant à nouveau sur la circulation dans Marmion Street.

– Tournez à droite à la prochaine et descendez deux blocs.

Elle remonta la vitre et recula. Tandis qu'elle tournait à gauche pour s'éloigner, elle dévisagea une fois encore Rachel, une expression de méfiance et de dégoût sur le visage.

*

Barry étudia la carte sur le capot de la voiture et ajouta :

– Écoute, elle a pu tourner à gauche dans Chesterfield ou bien prendre Marmion, mais je ne la vois pas. Je suis mal placé ici.

– Laquelle descend en ville ?, demanda la voix, hors d'haleine.

– Marmion.

– Alors reste concentré sur Marmion. On est à deux pas de la Landy, mais il va falloir que tu nous dises où elle est. Il faut dix minutes aux flics pour arriver. Et d'ici là, elle pourrait aller n'importe où...

Barry reprit les jumelles et les porta de nouveau à ses yeux.

– Attends...

Il suivit Strathcona jusqu'à Marmion bordée de rangées d'arbres touffus. Les jumelles faussaient la perspective, il y avait trop de bâtiments à deux étages, la végétation était trop envahissante, il ne parvenait à voir le trottoir ouest et des bouts de la rue que par endroits. Il suivit la trajectoire nord qui remontait vers la ville, jeta un rapide coup d'œil à la carte. Marmion aboutissait dans… Montrose. C'est là qu'elle devrait tourner à gauche, si elle voulait rejoindre la ville.

Retour aux jumelles. Il localisa Montrose, large et plus visible de l'endroit où il se trouvait. Il la suivit vers l'ouest. Rien. Aurait-elle tourné à droite ? Vers l'est ?

– Barry ?

– Ouais ?

– On est à la bagnole. On va à Marmion.

– Ok, répondit-il en ne lâchant pas ses jumelles.

Puis il la vit, minuscule et lointaine dans l'objectif, mais c'était bien elle. Elle traversait le carrefour.

– Je l'ai. Elle est dans Montrose… (Coup d'œil à la carte.) Elle vient de traverser Forest et se dirige vers l'est.

– Ok. On est dans Glencoe. Et tâche de ne plus la perdre.

13

John Afrika franchit seul les portes vitrées des Urgences. Apparemment, Willie Mouton et l'avocat sinistre, Regardt Groenewald, étaient entrés dans l'hôpital.

– Bonne nouvelle, *kêrels*[1], dit John Afrika en prenant place dans le cercle. Alexa Barnard est hors de danger. Ce n'est pas trop grave, elle a juste perdu beaucoup de sang, alors ils la gardent... Oh, Vusi, bonjour, qu'est-ce que vous faites là ?

– Je suis désolé, Chef, je sais que vous êtes occupé, mais j'ai pensé que je ferais mieux de venir demander de l'aide...

– Ne vous excusez pas, Vusi. Que puis-je faire ?

– L'Américaine, à l'église... Elles sont deux, on le sait à présent – il sortit son calepin de la poche de sa veste impeccable et se redressa. La victime s'appelle Erin Russel. Son amie est Mlle Rachel Anderson. Elles sont arrivées hier, en voyage organisé. Mlle Anderson a été vue sur Signal Hill à environ six heures ce matin, poursuivie par des agresseurs. Monsieur, c'est un témoin oculaire et elle est en grand danger. Il faut la retrouver.

– Bordel !, lâcha John Afrika, mais le juron en anglais paraissait fade dans sa bouche.

– ... poursuivie par des agresseurs ? Quels agresseurs ?

1. Les gars (*N.d.T.*).

– Apparemment cinq ou six jeunes gens, certains blancs, d'autres noirs, d'après le témoin.

– Et qui est le témoin ?

– Une dame du nom de… Sybil Gravett. Elle promenait son chien quand Mlle Anderson s'est approchée d'elle pour lui demander son aide. Elle s'est ensuite mise à courir en direction de Camps Bay après avoir demandé à Mme Gravett d'appeler la police. Quelques minutes plus tard, les jeunes gens sont passés devant cette dernière au galop.

Le commissaire consulta sa montre.

– Putain de Dieu, Vusi, c'était il y a plus de trois heures…

– Je sais. C'est pour ça que j'ai besoin de renforts, *Sir*.

– *Bliksem*[1], dit Afrika en se frottant la mâchoire. Je n'ai personne d'autre de disponible. Il va falloir faire appel aux commissariats.

– Je leur ai déjà demandé. Mais Caledon Square doit encadrer une manifestation jusqu'au Parlement et Camps Bay n'a que deux véhicules en état de marche. Le commandant dit qu'on leur a volé un véhicule de patrouille le soir de la Saint-Sylvestre et que l'autre est accidenté…

– *Nee, o bliksem*[2], dit Afrika avant que Vusi ait pu terminer.

– J'ai lancé un autre avis de recherche, mais je me dis que si on pouvait avoir l'hélico et leur mettre un peu la pression…

Afrika sortit son téléphone.

– Je vais voir ce que je peux faire… Bon sang, qui en a après elle ?

– Je l'ignore. Mais elles sont sorties en boîte hier soir. Au Van Hunks…

  1. Nom de Dieu (*N.d.T.*).
  2. Qu'ils aillent se faire voir (*N.d.T.*).

– Nom de Dieu !, fit John Afrika en composant un numéro. Quand est-ce qu'on va nettoyer ces bouges pour de bon ?

*

Rachel Anderson franchit la porte principale de Carlucci's Quality Food Store et se dirigea droit vers le comptoir où un jeune homme en tablier blanc était occupé à sortir de la monnaie de petits sacs en plastique.

– Vous auriez un téléphone ?, demanda-t-elle d'une voix atone.

– Là-bas, près du distributeur, répondit-il.

Puis il leva les yeux et vit les taches sur ses vêtements, le sang séché sur son visage et ses genoux.

– Bonjour… Vous allez bien ?

– Non, je ne vais pas bien. Je dois passer un coup de fil urgent, s'il vous plaît.

– Ce n'est pas un téléphone à carte. Vous voulez de la monnaie ?

Rachel enleva son sac à dos.

– J'en ai.

Elle prit la direction qu'il avait indiquée.

Il remarqua sa beauté, malgré son état.

– Est-ce que je peux vous aider ?

Elle ne répondit pas. Il l'observa d'un air inquiet.

*

– Nom de Dieu !, s'exclama Barry au téléphone. Elle vient de rentrer dans un restaurant ou un truc dans ce goût-là.

– Hé merde ! Lequel ?

– C'est au coin de Montrose et de… Je crois que c'est Upper Orange… Oui, c'est ça.

– On y sera dans deux minutes. Continue à surveiller…

– Je ne quitte pas l'endroit des yeux.

*

La sonnerie du téléphone réveilla Bill Anderson dans sa maison de West Lafayette, Indiana.

Au premier essai, il fit tomber le combiné et dut s'asseoir et sortir les pieds du lit pour l'attraper.

– Qu'est-ce qui se passe ?, demanda sa femme à côté de lui, déconcertée.

– Papa ?, entendit-il en ramassant le combiné.

Il le colla à son oreille.

– Chérie ?

– Papa !, répéta Rachel à trente mille kilomètres de là avant de fondre en larmes.

L'estomac de Bill Anderson se serra. Soudain, il était parfaitement réveillé.

– Chérie, qu'est-ce qui ne va pas ?

– Erin est morte, Papa.

– Oh, mon Dieu, mon bébé, que s'est-il passé ?

– Papa, il faut que tu m'aides. Ils veulent me tuer moi aussi.

*

À sa gauche se trouvait une grande vitrine qui donnait sur Montrose Street ; devant elle, il y avait le comptoir de l'épicerie, où trois métis échangèrent des regards en entendant ses paroles.

– Chérie, tu es sûre ?, demanda son père d'une voix terriblement proche.

– Ils lui ont tranché la gorge la nuit dernière, Papa. Je l'ai vu…

La voix lui manqua.

– Oh, mon Dieu !, s'exclama Bill Anderson. Où es-tu ?

– Je n'ai pas beaucoup de temps, Papa. Je suis au Cap… La police, je ne peux même pas aller voir la police…

Elle entendit des pneus crisser sur la route. Elle leva les yeux et regarda dehors. Une Land Rover Defender blanche toute neuve s'arrêta devant le magasin. Elle connaissait les occupants.

– Ils sont là, Papa, je t'en prie, aide-moi…

– Qui est là ? Qui a tué Erin ? demanda son père d'une voix pressante, mais elle avait vu les deux hommes sauter de la Land Rover et courir vers l'entrée principale.

Elle lâcha le combiné et s'enfuit à travers le magasin, dépassa les femmes médusées derrière le comptoir et se précipita vers une porte en bois à l'arrière. L'ouvrit brutalement. S'élança dehors, entendit le jeune homme au tablier crier « Hé ! ». Elle était dans un long passage étroit entre le bâtiment et un haut mur blanc surmonté d'une rangée interminable de tessons de bouteilles. La seule issue se trouvait au bout du passage, sur la droite… une autre porte en bois. Elle accéléra, l'abominable terreur de nouveau en elle.

Si c'était fermé à clé…

Les semelles de ses chaussures claquaient bruyamment dans l'espace confiné. Elle tira sur le battant. Sans succès. Dans son dos, elle entendit la porte de l'épicerie s'ouvrir. Regarda par-dessus son épaule. Ils l'avaient vue. Elle se concentra sur l'issue devant elle. C'était une serrure à barillet. Elle la fit jouer, tout en laissant échapper un petit cri angoissé. Elle ouvrit la porte d'une secousse. Ils étaient trop près. Elle sortit et la claqua derrière elle. Elle vit la rue, se rendit compte qu'il y avait un verrou de ce côté, se retourna, ses doigts travaillaient vite, il ne bougeait pas, elle les entendait s'activer sur la serrure. Elle donna un grand coup sur le verrou du plat de la main, la douleur irradiant dans tout le bras. Le verrou finit par glisser, la porte était barricadée. De l'autre côté, ils la secouaient de toutes leurs forces.

« Salope ! » cria l'un d'eux.

Elle dévala quatre marches en ciment. Déboucha dans la rue, continua à courir, à gauche, descendit la longue côte d'Upper Orange Street, cherchant des yeux par où s'enfuir, parce qu'ils étaient trop près, même s'ils devaient retraverser le magasin, ils étaient aussi près qu'ils l'avaient été la nuit dernière, juste avant de s'emparer d'Erin.

*

Bill Anderson descendit précipitamment l'escalier qui menait à son bureau, sa femme, Jess, sur ses talons.

– Ils ont tué Erin ?, demanda-t-elle d'une voix lourde de peur et d'anxiété.

– Chérie, il faut rester calme.

– Je suis calme, mais tu dois me dire ce qui se passe.

Anderson s'arrêta au bas des marches qui menaient à l'entrée. Il se retourna et posa ses mains sur les épaules de sa femme.

– Je ne sais pas ce qui se passe, dit-il lentement et posément. Rachel dit qu'Erin a été tuée. Elle dit qu'elle est encore au Cap… et qu'elle est en danger…

– Oh, mon Dieu !

– Si on veut l'aider du mieux qu'on peut, on doit rester calme.

– Mais qu'est-ce qu'on peut faire ?

*

Le jeune homme au tablier vit les deux hommes qui poursuivaient la fille revenir dans le magasin.

– Hé !, cria-t-il de nouveau, en leur bloquant le passage. Arrêtez-vous !

Celui de devant – blanc, tendu et concentré – le regarda à peine en levant les deux mains. Il poussa le jeune homme à la hauteur de la poitrine, le faisant tituber et tomber en

152

arrière contre le comptoir près de la porte. Puis tous disparurent dans la rue.

Il se remit debout comme il put, les vit hésiter un moment sur le trottoir.

– J'appelle la police !, cria-t-il en se frottant le dos.

Ils ne répondirent pas, mais observèrent Upper Orange Street jusqu'en bas, échangèrent quelques mots, coururent jusqu'à la Land Rover et sautèrent dedans.

Le jeune homme au tablier se tourna vers le comptoir, attrapa le téléphone et composa le 10111. La Land Rover tourna au coin de Belmont et d'Upper Orange en faisant crisser les pneus, obligeant une vieille Volkswagen Golf verte à freiner brutalement. Il se rendit compte qu'il aurait dû relever le numéro. Il reposa violemment le combiné, se précipita dehors et descendit un bout de la rue en courant. C'était un numéro du Cap – un 416 lui sembla-t-il, suivi de quatre autres chiffres, mais le véhicule était déjà trop loin. Il fit demi-tour et rentra à toute allure.

*

Sur la pente de Devil's Peak, le téléphone de Barry sonna. Il s'en empara.

– Oui !

– Où elle est partie, Barry ?

– Elle a descendu Upper Orange. Qu'est-ce qui s'est passé ?

– Où elle est à présent, bordel ?

– Je sais pas, j'croyais que vous pouviez la voir.

– Putain, t'es pas en train de surveiller ?

– Évidemment que je surveille, qu'est-ce que tu crois, mais j'peux pas voir toute la rue d'ici...

– Bordel ! Elle a descendu Upper Orange ?

– Je l'ai suivie sur environ... soixante mètres, et puis elle a disparu derrière des arbres...

153

– Et merde ! Continue à surveiller. Ne quitte pas la rue des yeux.

*

Bill Anderson était assis dans son cabinet de travail, les coudes sur le bureau et le téléphone à l'oreille. Ça sonnait chez son avocat. Sa femme, Jess, se tenait debout derrière lui et pleurait doucement, les bras serrés contre elle.

– Il répond ?, demanda-t-elle.

– Il est deux heures du matin. Même les avocats dorment.

Une voix familière se fit entendre à l'autre bout, embrumée de sommeil.

– Connelly.

– Mike, c'est Bill. Je suis vraiment désolé de t'appeler à une heure pareille, mais il s'agit de Rachel. Et d'Erin.

– Alors tu n'as pas à t'excuser le moins du monde.

*

Quatre hommes de la SAPS étaient de garde au bureau des plaintes du commissariat de Caledon Square – un capitaine, un sergent et deux agents de police. L'agent qui reçut le coup de fil du Carlucci's Quality Food Store n'était pas au courant de l'avis de recherche lancé par Vusi Ndabeni ni de l'incident de Lion's Head.

Il prit des notes pendant que le jeune homme décrivait ce qui s'était passé dans son magasin, puis il alla trouver le sergent dans la salle de contrôle radio. Ils contactèrent les véhicules de patrouille qui se trouvaient tous près du Parlement, où une manifestation était en train de se dérouler. Ils fournirent de rapides détails sur l'incident et demandèrent à l'un des véhicules d'aller voir. Un chœur de volontaires leur répondit. La manifestation

154

était peu importante, pacifique et rasoir. Ils choisirent le véhicule le plus près d'Upper Orange Street. L'agent regagna le guichet du bureau des plaintes où il s'assura que toute la paperasserie concernant le coup de fil était en ordre.

14

Ils étaient assis à la terrasse d'un café au coin de Shortmarket et de Bree Street, cinq policiers autour d'une table pour quatre. Cloete se tenait légèrement à l'écart, hors de l'ombre protectrice du parasol rouge ; une cigarette à la main, il parlait à voix basse au téléphone, implorant quelque journaliste têtu de faire preuve de patience. Les autres, les coudes sur la table, avaient rapproché la tête. Le froncement de sourcils accentué de John Afrika disait combien la responsabilité de toute cette affaire lui pesait.

– Benny, à toi de jouer, lança-t-il.

Griessel savait que ça finirait comme ça ; ça finissait toujours comme ça. Les hommes les plus haut placés veulent tout, sauf prendre les décisions.

– Commissaire, il est important d'utiliser tous les hommes disponibles aussi efficacement que possible.

Il s'écoutait parler. Pourquoi était-il toujours aussi pompeux quand il parlait à des gens importants ?

Afrika acquiesça d'un air solennel.

– Notre principal problème, c'est qu'on ne sait pas où a eu lieu le meurtre de Barnard. Il faut voir avec les gens de la Scientifique qui étaient sur place. Vu les impacts sur le corps de la victime, on devrait avoir du sang, des balles… et ensuite, il faut placer Greyling sur la scène de crime…

157

– Geyser, le reprit Fransman Dekker toujours aussi renfrogné.

Il aurait dû s'en souvenir, se dit Griessel, qu'est-ce qu'il avait aujourd'hui ?

– Geyser, répéta-t-il pour graver le nom dans sa mémoire. Je vais les faire convoquer au commissariat, l'homme et sa femme. Il faut leur parler séparément. Pendant ce temps-là, Fransman pourra aller à Afrisound… (Il jeta un coup d'œil à Dekker, pas très sûr du nom de la compagnie. Dekker ne réagit pas.) Il faut savoir ce que Barnard a fait hier. Où était-il la nuit dernière et avec qui ? Jusqu'à quelle heure ? Pourquoi ? Il faut reconstituer cette affaire de A à Z.

– Amen, dit Afrika. Je veux un dossier en béton.

– Il nous faut une déposition officielle de Mouton. Fransman ?

– Je m'en occupe.

– Est-ce que quelqu'un d'autre a vu ou entendu Geyser hier ? Qui a vu la femme de Geyser entrer dans le bureau de Barnard ?

– C'est le Big Bang, annonça Cloete d'un air dégoûté, sa conversation terminée.

Son téléphone sonna à nouveau. Il soupira et se détourna.

– En ce qui concerne l'affaire de Vusi… il a besoin d'aide, Chef, il a besoin de quelqu'un pour faire le lien entre les commissariats, quelqu'un qui ait de l'autorité, quelqu'un qui puisse amener du renfort des banlieues sud, Milnerton ou Table View…

– Table View ?, lança Dekker. Ces types ne seraient même pas fichus de retrouver leurs petits dans une portée.

– L'hélicoptère peut nous donner un coup de main d'ici une heure. Benny, il faudra que tu coordonnes le tout. Qui d'autre y a-t-il là-bas ?, demanda John Afrika, mal à l'aise.

La voix de Griessel devint grave et sérieuse.

– Commissaire, c'est l'enfant de quelqu'un qui se trouve là-bas dehors. Ils la pourchassent depuis l'aube...

Afrika évita le regard véhément de Griessel. Il en connaissait la raison, il connaissait l'histoire de la fille de Griessel et de son enlèvement six mois auparavant.

– C'est vrai, dit-il.

– On a besoin de monde sur le terrain. Des véhicules, des patrouilles. Vusi, la photo que le jeune Américain a prise... celle de la fille disparue... il faut la faire imprimer. Chaque policier de la Péninsule... la police métropolitaine...

Griessel se demanda ce qu'il était advenu du maréchal et de ses recherches dans la rue.

– La police métropolitaine ?, lança Dekker. Des nullards d'agents de la circulation...

John Afrika lui décocha un regard sévère. Dekker contempla la rue.

– Peu importe, rétorqua Griessel. On a besoin de tous les observateurs possibles. Je pense qu'on devrait demander à Mat Joubert d'assurer la coordination, Chef. Il a pas mal de temps libre à la Brigade d'intervention...

– Pas question !, rétorqua Afrika d'un ton ferme et en haussant les sourcils. Tu n'es pas encore au courant pour Joubert ?

– Qu'est-ce qui lui arrive ?

Le téléphone de Griessel sonna. Il regarda l'écran. Le numéro ne lui disait rien.

– Excusez-moi, dit-il en répondant. Benny Griessel.

– Willie Mouton à l'appareil – voix suffisante.

– Monsieur Mouton, répéta délibérément Griessel, pour que les autres entendent.

John Afrika hocha la tête.

– Je lui ai communiqué ton numéro, dit-il à voix basse.

– J'ai téléphoné à Josh Geyser, continua Mouton, et je lui ai dit de venir au bureau parce que j'avais quelque chose d'important à lui annoncer. Il sera là dans dix minutes, si vous voulez l'arrêter.

– Monsieur Mouton, nous aurions préféré le convoquer nous-mêmes.

Griessel fit de son mieux pour cacher sa frustration.

– Faudrait savoir ! D'abord vous vous plaignez que je ne coopère pas, rétorqua Mouton, à présent susceptible.

Griessel soupira.

– Où est votre bureau ?

– 16, Buiten Street. Traversez le bâtiment du rez-de-chaussée… notre entrée se trouve de l'autre côté du jardin, à l'arrière. Il y a un grand logo sur le mur. Demandez-moi à la réception.

– On arrive. (Il mit fin à la communication.) Mouton a demandé à Geyser de venir à son bureau. Il y sera dans dix minutes.

– Nom de Dieu !, fit Dekker. Quel imbécile !

– Fransman, je vais parler à Geyser, mais toi, faut que tu trouves la femme…

– Melinda… (Cloete avait encore du mal à y croire.) La jolie Melinda ?

– Je vais demander leur adresse personnelle à Mouton et je t'appelle. Chef, tout ça n'aide pas beaucoup Vusi. Il n'y a personne pour lui donner un coup de main ?

– Hé bien, on dirait que l'affaire Barnard est réglée. Si les présomptions contre Geyser sont assez solides, bouclez-le et allez aider Vusi. On peut régler les détails demain.

Afrika comprit à la tête de Benny que ce n'était pas la solution qu'il espérait.

– Ok. On peut faire appel à Mbali Kaleni jusqu'à ce que vous ayez fini.

– Mbali Kaleni ?, fit Dekker, interloqué.

– Merde alors !, lâcha Vusi Ndabeni, avant d'ajouter aussi sec : Je suis désolé…

– *Nee, o fok*[1] *!*, renchérit Dekker.

– Elle est intelligente. Et consciencieuse, reprit le commissaire sur la défensive pour la première fois.

– C'est une Zouloue, dit Vusi.

– Et c'est une emmerdeuse, ajouta Dekker. Et puis elle est à Belville, son commandant ne va pas la lâcher comme ça.

– Il la lâchera, répondit John Afrika, la situation à nouveau en main. Elle est tout ce que j'ai de disponible et elle est sur la liste de tutorat de Benny. Elle pourra assurer la coordination depuis Caledon Square… je vais leur demander de lui arranger quelque chose.

Il ne lut aucun soulagement sur les visages de Vusi et de Fransman Dekker.

– En plus, reprit-il avec fermeté, ce n'est que temporaire, jusqu'à ce que Benny puisse prendre la relève.

Puis il ajouta après coup, sur un ton de reproche :

– Et vous devriez soutenir nos efforts pour féminiser la police.

*

Athlétique et sûr de lui, le jeune Noir traversa De Waal Park au petit trot au milieu des arbres, depuis l'extrémité du réservoir de Molteno jusqu'à la Land Rover Defender qui l'attendait dans Upper Orange Street.

– Que dalle, dit-il en montant dans le véhicule.

– Hé merde !, fit le jeune Blanc qui conduisait – il démarra avant même que la portière soit correctement fermée –, il faut se tirer d'ici. Il a sûrement appelé les flics. Et il a vu la Landy.

– Et bien, dans ce cas, va falloir qu'on fasse venir nos flics à nous.

1. Non, merde alors ! (*N.d.T.*)

Le conducteur sortit son téléphone de sa poche de poitrine et le passa au Noir.

– Appelle-les. Vérifie qu'ils savent exactement où elle a disparu. Et dis à Barry de nous rejoindre. Il ne sert plus à rien sur cette putain de montagne. Dis-lui d'aller au restaurant.

*

Griessel et Dekker marchèrent ensemble jusqu'à Loop Street.

– Qu'est-ce que vous avez contre l'inspecteur Kaleni ?, demanda Griessel.

– Elle est énorme, répondit Dekker, comme si ça expliquait tout.

Griessel se rappela l'avoir vue le jeudi précédent : petite, très grosse, le visage ingrat, sévère comme la justice, sanglée dans un uniforme noir qui la boudinait.

– Et… ?

– On était ensemble à Bellville et elle a le don d'agacer tout le monde, comme c'est pas permis. Une de ces féministes qui brûlent leurs soutien-gorges et croient tout savoir, elle fait de la lèche au commandant à un point… (Il s'interrompit.) Je vais par là, dit-il en montrant le bas de la rue.

– Rejoins-moi à Afrisound quand tu auras fini, répondit Griessel.

Dekker n'en avait pas terminé.

– Elle a l'habitude particulièrement énervante de surgir de nulle part comme un mauvais présage. Elle s'amène sans faire de bruit, aussi silencieuse qu'une éjaculation nocturne, là, sur ses petits pieds, et tout à coup, elle est là, avec cette odeur de Kentucky Fried Chicken qui la suit toujours, bien qu'on ne la voie jamais bouffer quoi que ce soit.

– Ta femme est au courant ?

– Au courant de quoi ?

– Que Kaleni t'excite ?

Dekker grommela quelque chose d'indistinct, exaspéré. Puis il rejeta la tête en arrière et se mit à rire, un aboiement venu des profondeurs qui se répercuta sur le mur du bâtiment d'en face.

*

Griessel regagna sa voiture en songeant aux policiers bien en chair, à feu l'inspecteur Tony O'Grady. Un gros Anglais, un branleur qui savait toujours tout mieux que tout le monde, toujours à mâchouiller du nougat, la bouche à moitié ouverte. Il ne se lavait pas aussi souvent qu'il aurait dû. Pouvait en remonter à plus d'un en matière de bibine, un de la bande, apprécié de tous. C'est parce que Kaleni était une femme ; les inspecteurs n'étaient pas prêts pour ça.

Qu'était devenue l'époque de Nougat O'Grady ?

En ce temps-là, Griessel ne buvait pas, il était vif et intrépide. Toujours incisif, il pouvait faire hurler de rire une pleine salle d'inspecteurs pendant la réunion du lundi matin. C'était l'époque des Vols et Homicides, de l'austère colonel Willie Theal, trois mois déjà qu'il était mort d'un cancer, du capitaine Gerbrand Vos, devenu superintendant par la suite, avec ses yeux bleus qui pétillaient, tué par balle devant chez lui par un gang des Cape Flats. Et Mat Joubert... cela lui rappela les paroles du commissaire. Il sortit son téléphone et appela.

– Mat Joubert, fit la voix familière.

– J'ai suggéré au commissaire de faire appel au superintendant en chef parce qu'on a besoin d'aide et il m'a répondu : « Tu n'es pas encore au courant pour Joubert ? »

– Benny...

D'une voix pleine d'excuse.

– Je ne suis pas encore au courant de quoi ?

163

– Où es-tu ?

– Dans Loop Street, je vais coffrer un chanteur de gospel pour meurtre.

– Je dois venir en ville. Je te paie un café quand tu as terminé ?

– Pour me dire quoi ?

– Benny… je te le dirai quand je te verrai. Je ne veux pas en parler au téléphone.

Alors Griessel comprit. Son cœur se serra.

– Bon Dieu, Mat, dit-il.

– Benny, je voulais te le dire en personne. Appelle-moi quand tu auras fini.

Griessel monta en voiture et claqua violemment la portière. Il tourna la clé de contact.

Rien ne restait jamais pareil.

Tout le monde se tirait. Tôt ou tard.

Sa fille. Partie à Londres. Debout à côté d'Anna à l'aéroport, il avait regardé Carla franchir le portique de sécurité menant à la salle d'embarquement. Traînant sa valise à roulettes d'une main et tenant son passeport et son billet de l'autre, pressée de se lancer dans la Grande Aventure, le quittant, les quittant. L'émotion avait failli le submerger, là-bas, près de sa femme qui lui était devenue étrangère. Il aurait voulu prendre Anna par la main et lui dire : « Je n'ai plus que Fritz et toi, maintenant que Carla a rejoint le monde des adultes. »

Mais il n'avait pas osé.

Sa fille avait regardé une seule fois en arrière, juste avant de tourner le coin et de disparaître. Elle était loin, mais il lisait l'excitation sur son visage, l'espoir, l'attente de ce qui allait lui arriver.

Et lui, il restait toujours derrière.

Resterait-il encore sur le carreau ce soir ? Si Anna ne voulait plus de lui ? Pourrait-il le supporter ?

Et si elle lui disait : « Ok, Benny, tu es sobre, tu peux revenir à la maison ? » Bordel, qu'est-ce qu'il ferait alors ? Durant les dernières semaines, il avait commencé à s'interroger là-dessus de plus en plus souvent. C'était peut-être une façon de rationaliser les choses, de se protéger d'un éventuel rejet, mais il n'était pas certain que ça marcherait – Anna et lui de nouveau ensemble ?

Ses sentiments vis-à-vis de la situation étaient complexes, il le savait. Il aimait toujours Anna. Mais il suspectait que s'il avait pu arrêter de boire, c'était précisément parce qu'il était seul, parce qu'il ne ramenait plus chaque soir à la maison la violence et la mort, parce qu'il ne passait plus la porte d'entrée à la rencontre de ses enfants et de sa femme, poursuivi par la terreur de les découvrir eux aussi le corps brisé, les mains crispées dans la terrible peur de la mort.

Mais ce n'était pas toute l'histoire.

Ils avaient été heureux, Anna et lui. À une époque. Avant qu'il ne se mette à boire. Ils avaient leur petit univers familial, juste eux deux au début, puis Carla et Fritz étaient arrivés, et il avait joué sur le tapis avec ses enfants et le soir, il se blottissait contre sa femme et ils parlaient, riaient et faisaient l'amour avec un naturel bouleversant, insouciants, parce que l'avenir les attendait, tel un mirage, même s'ils étaient pauvres, même s'ils s'étaient endettés pour le moindre meuble, la voiture et la maison. Puis il avait été promu à la brigade des vols et homicides, et l'avenir lui avait glissé entre les doigts, lui avait échappé, petit à petit, jour après jour, si lentement qu'il ne s'en était pas aperçu, si subtilement qu'il avait émergé d'une gueule de bois treize ans plus tard pour se rendre compte qu'il avait tout perdu.

Et qu'il ne pouvait rien récupérer. C'était ça, la merde. Impossible de revenir en arrière, cette vie-là, ces gens et ces circonstances s'étaient envolés, ils avaient trépassé, tout comme O'Grady, Theal et Vos. Il fallait recommencer à zéro, mais cette fois sans la naïveté, l'innocence et l'optimisme d'avant, sans les brumes de l'amour. Il était différent, il ne pouvait plus changer, il fallait faire avec la connaissance, l'expérience, le pragmatisme et la désillusion.

Il ignorait s'il pourrait y arriver. Il ignorait s'il en avait l'énergie – retourner là où la moindre journée était comme le jour du jugement dernier. Avec Anna qui l'observait d'un œil de lynx le soir quand il rentrait, qui lui demandait où il était allé. Qui vérifiait s'il sentait l'alcool. Il passerait la porte en le sachant et il en ferait trop pour prouver qu'il n'avait pas bu, il chercherait à s'attirer ses bonnes grâces, lirait l'anxiété sur son visage jusqu'à ce qu'elle soit sûre qu'il était sobre et se détende enfin. Tout cela lui semblait trop lourd, un fardeau qu'il n'était pas prêt à assumer.

Et puis il y avait le fait que durant les deux ou trois derniers mois, il avait commencé à apprécier sa vie dans l'appartement spartiate, les visites de ses enfants avant que sa fille ne parte à l'étranger, quand Carla et Fritz s'asseyaient et bavardaient avec lui dans le salon ou dans un restaurant comme trois adultes, trois… amis, sans se sentir paralysés par les règles et les conventions de la famille traditionnelle. Il avait commencé à apprécier le silence quand il poussait la porte, sans personne pour l'observer et le juger. Il pouvait ouvrir le frigo et boire une longue et intense gorgée de jus d'orange directement au goulot de la bouteille. Il pouvait s'allonger sur le canapé avec ses chaussures aux pieds, fermer les yeux et faire un somme jusqu'à sept ou huit heures, et ensuite flâner jusqu'au garage Engen dans Annandale et y acheter une petite bouteille de soda au gingembre et un sandwich chez Woolies Food. Ou son préféré, un Dagwood Burger chez Steers. Et puis rentrer chez lui pour écrire à Carla avec deux doigts, entre une bouchée et une gorgée de soda. Il pouvait gratter sa basse en rêvant des rêves impossibles. Ou encore, ramener le plat à la Charmaine Watson-Smith de soixante-dix ans et quelque, au numéro 106. « Oh Benny, ne me remerciez pas, vous êtes mon œuvre de charité. Mon policier. » Malgré les années, ses yeux pétillaient de joie de vivre et sa nourriture était délicieuse, chaque fois.

Charmaine Watson-Smith qui avait envoyé Bella chez lui. Et il avait profité de Bella et merde, il était adultère, mais ç'avait été incroyable, terriblement bon. Toute chose a un prix.

Peut-être Anna était-elle au courant. Peut-être allait-elle lui dire ce soir qu'il avait beau être sobre, il n'en était pas moins un salaud, un mari infidèle dont elle ne voulait plus. Il voulait qu'Anna le réclame. Il avait besoin de son approbation, de son amour, de ses étreintes et du havre de paix de leur maison. Mais il ignorait si c'était ce qu'il y avait de mieux pour lui à présent.

Bon Dieu, pourquoi fallait-il que la vie soit aussi compliquée ?

Il était arrivé à Buiten Street. Il n'y avait pas de parking et le présent, la réalité de tout ça lui donna l'impression que quelqu'un avait allumé un projecteur surpuissant. Il cligna des paupières pour se protéger de sa luminosité.

10 h 10 - 11 h 02

15

– Non !, lança l'inspecteur Mbali Kaleni d'un ton sans réplique.

Le superintendant Cliffie Mketsu, responsable du commissariat de Bellville ne réagit pas. Mieux valait attendre que son inspectrice au franc-parler, têtue et bourrée de principes, ait tiré ses dernières cartouches.

– Et les autres femmes disparues ?, demanda-t-elle, un air mécontent sur son visage potelé. Et la Somalienne que personne ne veut m'aider à retrouver ? Pourquoi est-ce qu'on n'appelle pas l'armée tout entière pour travailler sur son affaire à elle ?

– Quelle Somalienne, Mbali ?

– Celle dont le cadavre repose à la morgue de Salt River depuis deux semaines et dont les légistes disent que ce n'est pas une priorité absolue, que le décès pourrait être dû à des causes naturelles. Des causes naturelles ? Parce que la blessure s'est infectée, parce qu'elle est morte dans une minuscule cabane faite de cartons et de planches, sans rien du tout ? Personne ne veut m'aider, ni les Affaires intérieures, ni les Personnes disparues, ni les commissariats, même après que je leur ai envoyé à chacun une photo en leur demandant de l'accrocher sur le panneau d'affichage. Quand j'arrive, ils se contentent tous de hausser les épaules… ils ne savent même pas où est passé l'avis de recherche. Mais qu'une Américaine disparaisse et tout le monde est soudain sur des charbons ardents. Hé bien, pas moi, dit-elle en croisant les bras sur sa poitrine.

– Tu as raison, répondit patiemment Cliffie Mketsu.

Kaleni était bien la fille de son père. Dans un pays où la plupart étaient absents, elle avait grandi avec deux parents solides… Sa mère était infirmière et son intellectuel de père était directeur d'école dans le KwaZulu, en vue dans sa communauté, il avait délibérément pris soin de doter son unique enfant d'un esprit critique aiguisé, d'un solide bon sens et de la confiance en soi nécessaire pour pouvoir s'exprimer haut et fort. Il se devait de la laisser s'exprimer.

– Je sais.

– C'est toi que le commissaire a demandé et personne d'autre. (Elle grogna avec colère.) C'est dans l'intérêt national.

– « L'intérêt national » ?

– Le tourisme, Mbali. C'est vital pour nous. Les devises. Les créations d'emplois. C'est notre plus grosse industrie et notre principal moyen d'améliorer nos conditions de vie.

Il la sentit se radoucir. Ses bras retombèrent.

– Ils ont besoin de toi, Mbali, pour prendre l'affaire en main.

– Mais toutes les autres femmes ?

– Le monde n'est pas parfait, dit-il d'une voix douce.

– Ça n'a pas à être comme ça, rétorqua-t-elle en se levant.

*

À trois heures dix du matin, Bill Anderson était assis sur le vieux canapé en cuir de son bureau, son bras droit autour de sa femme qui sanglotait et une tasse de café dans la main gauche. Malgré son calme apparent, il

172

entendait son propre cœur battre dans le silence de North Salisbury Street. Ses pensées étaient parfois avec sa fille et les parents de son amie, Erin Russel. Qui allait leur annoncer l'abominable nouvelle ? Devait-il les appeler ? Ou attendre une confirmation officielle ? Et que pouvait-il faire ? Parce qu'il le voulait, il devait faire quelque chose pour aider sa fille, pour la protéger, mais par où commencer, il ne savait même pas où elle se trouvait à cet instant.

– Elles n'auraient jamais dû partir, dit sa femme. Combien de fois est-ce que je leur ai dit ? Pourquoi est-ce qu'elles ne sont pas allées en Europe ?

Anderson n'avait pas de réponse. Il la serra plus fort.

Le téléphone sonna, suraigu à cette heure matinale. Dans sa précipitation, Anderson renversa un peu de café en se levant. Il décrocha.

– Bill, c'est Mike. Je suis désolé, il m'a fallu un peu de temps pour mettre la main sur le député, il est à Monticello avec sa famille. Je viens de lui parler au téléphone et il va mettre les choses en branle immédiatement. D'abord, il dit que ses pensées vous accompagnent, toi et ta famille…

– Merci, Mike, remercie-le pour nous.

– Je le ferai. Je lui ai donné ton numéro et il nous contactera dès qu'il aura plus de renseignements. Il va appeler l'ambassadeur des États-Unis à Pretoria et le consul général au Cap pour obtenir confirmation et tous les détails disponibles. Il connaît aussi un type qui bosse avec Condi Rice et va demander au Département d'État de nous fournir toute l'aide qui leur est possible. Bon, je sais que tu es démocrate, mais le député est un ancien militaire, Bill, il a laissé tomber son cabinet d'avocat dans les trois jours pour servir dans la première guerre du Golfe. Il sait comment faire bouger les choses. Alors arrête de te tracasser, on va ramener Rachel à la maison.

– Mike, je ne sais pas comment te remercier.

– Tu sais que ce n'est pas nécessaire.

– Les parents d'Erin…

– Je pense la même chose que toi, mais mieux vaut attendre que ce soit officiel avant de dire quoi que ce soit.

– C'est sans doute mieux. Je pense me faire accompagner par le chef Dombowski. Je ne crois pas que je pourrai y arriver seul.

– J'appellerai le chef dès que j'aurai du nouveau. Et puis on viendra tous les deux avec toi.

*

Le sergent sortit de Carlucci's Quality Food Store, regagna son véhicule de patrouille, ouvrit la portière et décrocha l'émetteur radio. Il appela le bureau des plaintes de Caledon Square et tomba sur l'agent qui l'avait envoyé là-bas. Ils avaient recueilli une déposition, lui dit-il, une jeune femme avait été poursuivie par un Blanc et un Noir, mais pour l'instant, il n'y avait trace d'aucun d'entre eux.

– Voyez si vous pouvez trouver quelque chose dans le fichier informatique, une Land Rover Discovery blanche, immatriculée au Cap, numéros 4-1-6, c'est tout ce qu'il a pu voir, mais il n'en est pas complètement sûr. On va jeter un coup d'œil dans les environs, ajouta-t-il avant d'apercevoir pour la deuxième fois en quelques minutes un véhicule de la police métropolitaine qui descendait Upper Orange Street.

Il revit les deux ilotiers en uniforme qu'il avait croisés en arrivant. Pourquoi ne donnaient-ils pas plutôt un coup de main pour la manifestation ? Ils étaient là, à déambuler, cherchant des contrevenants à la circulation. Ou des acheteurs de faux permis de conduire. Son coéquipier sortit de la boutique.

– Si tu veux mon avis, c'est une histoire de drogue.

Vusi Ndabeni retrouva le photographe de la police à l'auberge de jeunesse du Cat and Moose et lui demanda d'aller chercher à nouveau Oliver Sands et son appareil photo.

Quand Sands pénétra dans le hall d'entrée, il avait encore l'air désespéré.

– Je voudrais utiliser la photo d'Erin et de Rachel, s'il vous plaît, dit Vusi.

– Pas de problèmes, répondit Sands.

– Est-ce qu'on peut vous emprunter votre appareil quelques heures ?

– Je peux juste prendre la carte mémoire, dit le photographe.

– Ok. J'ai besoin de… cinquante tirages. Mais vite. Monsieur Sands, veuillez montrer à notre photographe laquelle est Rachel Anderson.

– Je vais le récupérer ?, demanda Sands.

– Je ne peux pas vous faire les tirages aujourd'hui, dit le photographe.

Vusi regarda fixement l'homme aux longs cheveux qui se montrait si peu serviable. Ne sois pas trop gentil, lui avait dit Benny Griessel.

Mais il n'était pas comme ça. Et il ignorait s'il pouvait l'être. Il allait devoir trouver autre chose.

Vusi réprima un soupir.

– Demain ? Demain, ça ira ?

– Demain, ce serait mieux, acquiesça le photographe.

Vusi sortit son téléphone de sa poche.

– Juste une minute, dit-il en composant un numéro et en portant le téléphone à son oreille.

– Au signal sonore, lui dit une voix de femme monocorde, il sera dix heures… sept minutes… et quarante secondes.

175

– Pourrais-je parler au commissaire Afrika, s'il vous plaît ?, demanda Vusi. Je veux juste savoir ce qu'en pensera le chef si on retrouve la fille morte demain, murmura-t-il au photographe.

– Au signal sonore, il sera…

– Quelle fille ?, demanda le photographe.

Oliver Sands les regardait tour à tour, abasourdi.

– … dix heures sept minutes… et cinquante secondes.

– Celle de la photo. Elle est quelque part dans la nature, autour de Camps Bay, et il y a des gens qui veulent la tuer. Si on n'a les photos que demain…

– Au signal sonore…

– Attendez !, fit le photographe.

– J'attends le commissaire, dit Vusi au téléphone tandis que la voix féminine annonçait :

– Dix heures huit minutes exactement.

– Je ne savais pas, dit le photographe.

Vusi leva les sourcils, dans l'expectative.

Le photographe regarda sa montre.

– Midi, c'est le mieux que je puisse faire.

Vusi mit fin à la communication.

– Ok. Portez les tirages à Caledon Square et donnez-les à Mbali Kaleni…

Son téléphone sonna.

– Inspecteur Vusi Ndabeni.

– *Sawubona* Vusi[1], dit Mbali Kaleni en zoulou.

– *Molo* Mbali[2], répondit Vusi en xhosa.

– *Unjani*[3] ?, demanda-t-elle en zoulou.

– *Ntwengephi*[4], répondit-il en xhosa pour enfoncer le clou avant de passer à l'anglais. Où es-tu ?

– Sur la N1, j'arrive de Bellville. Et toi ?

1. Bonjour Vusi (*N.d.T.*).
2. Salut Mbali (*N.d.T.*).
3. Comment ça va ? (*N.d.T.*)
4. Je vais bien (*N.d.T.*).

– Je suis dans Long Street, mais j'ai besoin que tu ailles à Caledon Square.

– Non, mon frère, je dois venir te voir. Je ne peux pas prendre l'affaire en main si je ne sais pas ce qui se passe.

– Quoi ?

– Le commissaire dit que je dois prendre l'affaire en main.

Vusi ferma lentement les paupières.

– Je peux te rappeler ?

– J'attends.

*

Griessel entra dans le passage au 16, Buiten Street. Le bâtiment était construit autour d'un jardin intérieur aux allées pavées qui serpentaient parmi des massifs de fleurs, un bassin à poissons et une vasque pour les oiseaux. Sur le mur de l'aile sud se trouvait l'immense logo d'Afrisound tracé en lettres longilignes probablement destinées à faire africain. Le logo représentait un oiseau hâbleur avec un jabot noir, une gorge et des sourcils jaunes, en train de chanter le bec grand ouvert, le tout sur fond de soleil orangé. Griessel n'avait aucune idée de l'oiseau dont il s'agissait. Il franchit les doubles portes vitrées. Son portable sonna. Il connaissait ce numéro à présent.

– Vusi ?, répondit-il.

– Benny, je crois qu'il y a un malentendu.

*

Le véhicule de patrouille de la police métropolitaine s'arrêta à côté des deux jeunes gens dans la Land Rover Defender, au coin de Prince et de Breda Street. Jeremy Oerson était assis sur le siège passager de la voiture de police. Il baissa la vitre.

– Tu sais ce qu'elle porte, Jay ?, demanda-t-il au jeune Blanc derrière le volant.

Ce dernier acquiesça.

– Un short en jean, un tee-shirt bleu ciel. Et un sac à dos.

– Ok, dit Jeremy Oerson en tendant la main vers la radio et faisant un signe de tête au conducteur. Allons-y.

*

– Merci Monsieur, dit Benny Griessel au téléphone.

Il mit fin à la communication et resta un instant devant les portes en verre d'Afrisound en secouant la tête.

Il n'était pas tuteur, bordel, il était pompier : tout ce qu'il faisait, c'était éteindre les incendies.

Il soupira, ouvrit la porte et entra.

Les murs rouge sang et bleu ciel étaient couverts de disques d'or et de platine encadrés ainsi que d'affiches de concerts de divers artistes. Griessel reconnut certains noms. Une Noire d'âge mûr était assise derrière un bureau moderne en bois clair. Elle leva les yeux à son entrée. Ils étaient rouges, comme si elle avait pleuré, mais elle arborait un sourire courageux.

– Que puis-je pour vous ?

– Je suis ici pour Willie Mouton.

– Vous devez être l'inspecteur Griessel.

Prononciation parfaite.

– C'est exact.

– Quelle terrible affaire, M. Barnard… Ils vous attendent au premier étage, dit-elle en lui indiquant l'escalier d'un signe de tête.

– Merci.

Griessel grimpa l'escalier en bois. La rambarde était en acier chromé et il y avait d'autres disques encadrés au mur, avec le nom de l'artiste ou du groupe sur une plaque en bronze sous chacun d'eux.

Le premier étage s'étalait sous ses yeux. Malgré un choix de couleurs lumineuses et variées, l'atmosphère était sinistre. Pas de musique, juste le doux bruissement de l'air conditionné et les voix étouffées de cinq ou six personnes assises sur des canapés et des fauteuils en cuir d'autruche aux couleurs vives – bleu, vert, rouge – autour d'une énorme table basse chromée, elle aussi.

Elles prirent conscience de sa présence et cessèrent de parler en se tournant vers lui. Griessel vit une femme plus âgée qui pleurait, tout le monde avait l'air affligé, mais aucun signe de Mouton. Certains des visages qui l'étudiaient lui étaient familiers – sans doute des chanteurs ou des musiciens. Josh Geyser était-il parmi eux ? Une seconde, il eut l'espoir que Lize Beekman, Theuns Jordaan ou même Schalk Joubert, soient là. Mais que pourrait-il leur dire, ici, dans ces circonstances ? Il n'y avait pas de honte à rêver un peu.

À sa gauche, près de la fenêtre, une Métisse se leva. Elle était jeune et belle, avec des pommettes hautes, une bouche pulpeuse et de longs cheveux noirs. Elle contourna le bureau. Vêtements élégants et ajustés, chaussures à talons hauts, silhouette élancée.

– Inspecteur ?

Même cordialité discrète que la réceptionniste du rez-de-chaussée.

– Benny Griessel, dit-il en tendant la main.

– Natasha Abader. (Sa main était plutôt menue.) Je suis l'assistante personnelle de M. Mouton. Je vous en prie, suivez-moi.

– Merci, dit Griessel en lui emboîtant le pas dans le couloir.

Il observa les fesses coquines et parfaites de Natasha Abader et ne put s'empêcher de se demander si Adam Barnard avait aussi couché avec elle dans son bureau. Il détourna volontairement le regard vers les pochettes de disques encadrées sur le mur, les affiches. Il y avait des plaques près de chaque porte : Afrisound Promo, Production, Finance et Administration, Studio d'enregistrement, Afrisound Online. Et presque tout au fond, sur la droite : Willie Mouton – Administrateur.

À gauche, une autre porte fermée. Adam Barnard. Directeur général.

Natasha frappa à la porte de Mouton et l'ouvrit. Elle passa la tête à l'intérieur.

– L'inspecteur Griessel est ici.

Elle recula pour le laisser entrer.

– Merci, dit-il.

Elle hocha la tête et regagna son bureau.

Mouton et son avocat, Groenewald, étaient assis, répandus comme deux pachas de chaque côté d'un immense bureau.

– Entrez, dit Mouton.

L'avocat, toujours assis, tendit la main à Griessel sans enthousiasme.

– Regardt Groenewald.

– Benny Griessel. C'est Geyser dans la pièce, là ?

– Non, ils sont dans la salle de conférence, répondit Mouton en montrant le bout du couloir de la tête.

Il affichait un air solennel, toute agressivité disparue.

– « Ils » ?

– Il a amené Melinda avec lui.

Griessel ne put cacher son agacement. Mouton s'en aperçut.

– Je n'ai pas pu l'en empêcher. Je ne lui ai pas dit de l'amener, ajouta-t-il comme s'il parlait à un subalterne.

Griessel connaissait les types comme Mouton, suffisants dans leur petit univers, habitués à diriger. Maintenant qu'il avait eu l'oreille du commissaire régional, il devait croire qu'il pouvait se mêler de tout.

– Nous voulons les interroger séparément, dit Griessel en sortant son portable. Mon collègue pensait qu'elle serait à la maison. Je dois l'appeler.

Il trouva le numéro de Dekker et laissa sonner.

– Geyser est au courant de quoi ?, demanda-t-il pendant que ça sonnait.

– Rien encore. Natasha lui a simplement demandé d'attendre dans la salle de conférence, mais on voit bien qu'il est coupable. Il transpire comme un porc.

– Benny, répondit Dekker.

– Les choses ont changé, lui dit Griessel.

16

Vusi Ndabeni descendait Long Street d'un bon pas quand John Afrika le rappela.

– C'est arrangé, Vusi. Le supérieur de l'inspecteur Kaleni m'avait mal compris.

– Merci, Chef.

– Elle est partie à Caledon Square, elle va informer les commissariats dans un premier temps.

– Merci, Chef.

– Elle vous sera d'un grand secours, Vusi. C'est une femme intelligente.

– Merci, Chef.

*

À plus de mille trois cents kilomètres de là, au nord – Wachthuis Building, Thibault Arcade, Pretorius Street –, à Pretoria, le téléphone du directeur national de la police faisant fonction résonna d'un unique grognement. Le directeur décrocha.

– La ministre déléguée veut vous parler, annonça sa secrétaire.

– Merci.

Il hésita une seconde avant d'enfoncer la touche blanche « Ligne 1 ». Rien de bon en vue. La ministre déléguée n'appelait que quand il y avait de mauvaises nouvelles concernant l'actuel chef de la police en congé longue durée et son procès imminent.

– Bonjour, Madame la ministre, dit-il.

– Bonjour, commissaire, répondit-elle, et il comprit à sa voix qu'elle n'était pas ravie. Je viens de recevoir un coup de fil du consul général des États-Unis au Cap.

*

L'entrée principale du Van Hunks se trouvait dans Castle Street. Une enseigne indiquait le nom et la devise de l'établissement : *Smokin'*. L'inspecteur Vusumuzi Ndabeni poussa et tira la poignée en tous sens, mais la porte était fermée à clé.

– Et zut !, dit-il en tournant le coin de la rue et se dirigeant vers le magasin d'à côté, une boîte qui vendait des lampes.

Il tomba sur une Métisse à la caisse et lui demanda s'il y avait quelqu'un au club.

– Essayez la porte de derrière, répondit-elle en sortant pour lui montrer l'allée de service.

Il la remercia et dépassa des hommes qui déchargeaient des caisses de bières d'un camion et les portaient jusqu'à la cuisine du club. Un Blanc avec une courte queue-de-cheval noire et de petits yeux supervisait le déchargement. Il repéra Vusi.

– Hé !, cria-t-il. Qu'est-ce que vous voulez ?

Agressif, avec un léger accent.

Vusi sortit sa plaque de la SAPS et la lui montra.

– Je voudrais parler au directeur, dit-il poliment.

Queue de Cheval, qui dépassait Vusi d'une tête, plissa le nez devant la plaque et l'inspecteur.

– Pour quoi faire ?

– Vous êtes le directeur ?, demanda Vusi, toujours poli.

– Non.

– Je préfèrerais lui parler à lui.

– À elle. Elle est occupée.

Avec un vague accent. Étranger.

– Pourriez-vous me conduire à elle, s'il vous plaît ?

– Vous avez le mandat ?

– Je n'ai pas besoin de mandat, expliqua patiemment Vusi. J'enquête sur un meurtre et la victime se trouvait dans ce club la nuit dernière. J'ai juste besoin d'informations.

Pendant que Queue de Cheval pesait le pour et le contre, Vusi remarqua que ses yeux étaient trop rapprochés. Il avait entendu dire que chez les Blancs, c'était un signe de crétinerie. Cela aurait expliqué le comportement de ce type.

– Vous attendez parce qu'ils me piquent ma bière, dit Queue de Cheval en désignant les Noirs qui transportaient les caisses. Qu'est-ce que la police compte faire pour ça ?

– Vous l'avez signalé ?

– Pourquoi ?

– Pour que la police puisse mener une enquête, répondit Vusi en articulant lentement. Il faut aller au bureau des plaintes pour signaler le vol.

Queue de Cheval leva les yeux au ciel. Vusi ignorait ce que ça signifiait. Il n'aurait pas pu expliquer les choses plus simplement.

– Écoutez, reprit-il. Cette affaire est très urgente. Je dois parler à la directrice immédiatement.

Autre hésitation. Puis l'homme dit :

– Prenez le couloir. Troisième porte à droite.

– Merci, dit Vusi en quittant la pièce.

*

Willie Mouton tint la porte de la salle de conférence ouverte pour Griessel. Les Geyser étaient assis à la longue table ovale, mains enlacées. Benny s'était imaginé deux jeunes visages rayonnants et angéliques, resplendissants de la liesse exagérée propre aux nouveaux convertis. Mais les Geyser avaient quarante ans bien tassés, elle, peut-être un peu plus que lui. Ils avaient l'air lugubre et tendu. Josh était un type costaud aux cheveux blonds presque blancs et à la brosse stylée. Son visage était marqué de rides profondes, avec une moustache blonde soigneusement taillée qui lui descendait jusqu'au menton. Larges épaules, bras énormes, front luisant de transpiration. À côté de lui, Melinda ressemblait à une poupée minuscule, avec son visage rond et sa chevelure blond-roux qui retombait en une cascade de boucles serrées, sa peau laiteuse et ses longs cils. Beauté d'un autre âge, elle avait la main lourde sur le maquillage. Il y avait quelque chose dans sa bouche et ses yeux qui l'aurait mise dans la catégorie « filles faciles » du Parow de la jeunesse de Griessel.

– Willie, dit Josh Geyser en se mettant debout. Qu'est-ce qui se passe ?

– Voici le sergent Benny Griessel, de la police, Josh. Nous aimerions te parler.

– Inspecteur, corrigea Griessel en lui tendant la main.

Geyser ignora la main tendue.

– Pourquoi ?, demanda-t-il avec un froncement de sourcils autoritaire.

– Adam est mort, Josh.

Une main invisible effaça l'air renfrogné du visage de Geyser. Griessel le vit pâlir. Le silence tomba sur la pièce.

Dans son fauteuil, Melinda laissa échapper un petit bruit, mais Griessel continuait à observer Josh. Le grand type semblait sincèrement choqué.

– Comment ?, demanda Geyser.

– On lui a tiré dessus chez lui hier, répondit Mouton.

– Oh ! Dieu du Ciel !, s'exclama Melinda.

186

– J'aimerais vous parler seul à seul, Monsieur Geyser, s'empressa de dire Griessel de peur que l'impétueux Mouton n'en dise trop.

– Melinda, tu veux bien attendre dans mon bureau ?, dit Mouton.

Elle resta immobile.

– Vous faites erreur, dit Geyser à Griessel.

– Voudriez-vous vous asseoir, s'il vous plaît, Monsieur Geyser ?

– Viens, Melinda, insista Mouton.

– Je reste avec Josh.

– Madame Geyser, j'ai bien peur de devoir lui parler seul à seul.

– Elle reste, répéta Geyser.

*

Vusi découvrit la patronne dans un petit bureau mal rangé, avec des dossiers et des liasses de factures éparpillés sur la table et les étagères. Elle était en train de taper des chiffres sur une grosse machine à calculer, ses ongles peints pianotant sur les touches à la vitesse de l'éclair. Il cogna sur le montant de la porte et demanda si c'était elle la patronne.

– Oui.

Elle leva les yeux. Dans les quarante ans, cheveux noirs coupés courts, traits bien dessinés, mais durs.

Vusi lui montra sa plaque et se présenta.

– Galina Federova, dit-elle en lui serrant la main d'une poigne pleine d'assurance. Qu'est-ce qui vous amène ?

Même anglais accentué que Queue de Cheval.

Vusi lui expliqua l'affaire dans les grandes lignes.

– Asseyez-vous, s'il vous plaît.

Quelque part entre ordre et invitation, son « s'il vous plaît » était une sorte de « s'iouplaît » raccourci et puissant. Elle commença à ramasser les factures sur la table, cherchant quelque chose. Elle finit par trouver un paquet de cigarettes et un briquet, ouvrit le paquet d'une pichenette et en proposa une à Vusi.

– Non, merci.

Elle en prit une, l'alluma et se mit à parler, la fumée s'échappant en volutes de sa bouche.

– Vous savez combien de personnes on a eu la nuit dernière ?

Non, il ne savait pas.

– Peut-être deux cents, peut-être plus. Nous sommes très poplaires.

Cette erreur de prononciation le divertit un instant.

– Je comprends. Mais il a dû se passer quelque chose, Madame Federova.

– Appelez-moi Galia. C'est le russe pour Galina.

– Vous êtes la propriétaire ?

– C'est Gennady Demidov. Moi, je suis juste gérante.

Vusi sortit son calepin de sa poche intérieure et nota quelque chose.

– Pourquoi vous écrivez ça ?

Il haussa les épaules.

– Vous êtes ouverts jusqu'à quelle heure ?

– On ferme la porte à minuit le lundi soir.

– Et ensuite, tout le monde s'en va ?

– Non. Personne ne peut entrer, mais ceux à l'intérieur peuvent rester. On ferme le bar quand tout le monde s'en va.

– Ce matin, à deux heures quinze, vous aviez encore du monde ?

– Vous devez demander au régisseur de nuit. Petr.

– Vous pouvez l'appeler ?

– Il dort.

– Vous allez devoir le réveiller.

Elle n'était pas emballée. Elle tira sur sa cigarette et rejeta la fumée par le nez, comme un taureau de bande dessinée. Puis elle recommença à farfouiller dans les factures, à la recherche du téléphone. Il se demanda comment les gens bordéliques arrivaient à fonctionner.

*

Benny Griessel se rapprocha de Josh Geyser. Il leva les yeux vers le colosse qui pointait à présent le menton en avant d'un air bravache.

– Monsieur Geyser, que je vous explique les différentes options : on peut rester assis ici, juste nous deux, et causer tranquillement...

– Regardt et moi, on sera là aussi, Josh, ne t'inquiète pas, ajouta Willie Mouton dans son dos.

– Non, répliqua Griessel, désarçonné. Ça ne marche pas comme ça.

– Bien sûr que si. Il a le droit...

Griessel se retourna lentement, à bout de patience.

– Monsieur Mouton, je comprends que ce soit un moment difficile. Je sais que la victime était votre associé et que vous voudriez voir cette affaire réglée. Mais c'est mon boulot. Alors, voudriez-vous sortir, s'il vous plaît, que je puisse continuer à le faire ?

Willie Mouton devint cramoisi. Sa pomme d'Adam tressauta plus vite, sa voix atteignant la fréquence de la scie à viande.

– Il a droit à un avocat et hier, il était dans mon bureau. Regardt et moi devons être présents.

L'avocat, Groenewald, arriva dans le corridor derrière Mouton, ayant senti qu'on avait besoin de lui.

Benny chercha un peu de patience et en trouva une infime fraction.

– Monsieur Geyser, il s'agit d'un interrogatoire, pas d'une arrestation. Voulez-vous que Groenewald soit présent ?

Geyser regarda Melinda pour qu'elle vienne à son secours. Elle secoua la tête.

– C'est l'avocat de Willie...

– Je suis disponible, dit Groenewald d'un air compassé.

– J'insiste, reprit Mouton. Tous les deux...

Benny Griessel comprit qu'il était temps de contrer sérieusement Mouton. Il n'y avait qu'un moyen possible. Il s'avança vers l'homme au crâne rasé d'un pas résolu, les paroles officielles au bout de la langue, mais l'avocat collet monté se montra étonnamment rapide. Il s'interposa entre les deux hommes.

– Willie, s'il te met sous les verrous pour obstruction, je ne pourrai rien faire pour toi, dit-il en tenant fermement Mouton par le bras. Viens, allons attendre dans ton bureau. Josh, vous savez où me trouver.

Mouton se leva, ses lèvres remuèrent, mais aucun son n'en sortit. Puis il fit lentement demi-tour sans quitter Griessel des yeux, d'un air de défi. Groenewald le tira par la manche et Mouton se dirigea vers la porte, où il s'arrêta pour lancer par-dessus son épaule :

– Tu as des droits, Josh.

Puis ils disparurent.

Griessel inspira profondément et reporta son attention sur le duo.

– Monsieur Geyser...

– Nous étions à l'église la nuit dernière, commença Melinda.

Il acquiesça lentement et demanda :

– Monsieur Geyser, voulez-vous un avocat ?

Il regarda sa femme. Elle hocha légèrement la tête. Griessel comprit la dynamique du couple. C'était elle qui décidait.

– Je ne veux personne, dit Josh. Qu'on en finisse ! Je sais ce que vous pensez.

– Madame, s'il vous plaît, voudriez-vous attendre dans le bureau de Mouton ?

– Je serai devant. Dans le salon, dit-elle en s'approchant de Josh, touchant son bras musclé et lui lançant un regard avisé. *Beertjie*[1]...

À côté de son mari, elle paraissait petite, mais elle était plus grande que Griessel ne l'aurait cru. Elle portait un jean et un chemisier vert d'eau assorti à ses yeux. Elle avait dû avoir un corps sensationnel avec dix kilos de moins.

– Tout va bien, *Pokkel*[2], répondit Josh, mais il y avait de la tension entre eux, Griessel le sentait.

Après un dernier regard en arrière, elle referma doucement la porte derrière elle.

Griessel sortit son téléphone et le coupa. Puis il leva les yeux sur Geyser, qui se tenait debout à côté de la table ovale, les pieds bien écartés.

– Monsieur Geyser, asseyez-vous, je vous prie.

Il désigna un des fauteuils les plus proches de la porte. Josh ne bougea pas.

– Dites-moi d'abord : êtes-vous un enfant de Dieu ?

1. Mon petit nounours *(N.d.T.)*.
2. Ma chérie *(N.d.T.)*.

17

Au quatrième étage d'un immeuble discret situé au 24, Alfred Street, à Green Point, les chaussures du commissaire de la province du Cap-Occidental claquaient à toute allure dans le couloir.

C'était un Xhosa de petite taille, en uniforme réglementaire, exception faite de ses manches de chemise roulées jusqu'au coude. Il s'arrêta devant la porte ouverte du bureau de John Afrika, commissaire régional, service d'investigation. Afrika était au téléphone, mais il entendit son patron frapper et lui fit signe d'entrer.

– Je te rappelle, dit-il en reposant le combiné.

– John, le directeur national de la police vient d'appeler. On est au courant pour une Américaine qui a été tuée la nuit dernière ?

– On est au courant, répondit John Afrika d'un ton résigné. Je me demandais quand les emmerdes allaient arriver.

Le commissaire de la province s'assit en face d'Afrika.

– L'amie de la fille a téléphoné à son père aux États-Unis il y a une demi-heure en disant que quelqu'un cherchait à l'assassiner, elle aussi.

– Elle a téléphoné d'ici ?

– D'ici.

– *Bliksem*. Elle a dit où elle était ?

– Apparemment non. Le père a eu l'impression qu'elle avait dû s'enfuir avant d'avoir pu finir de parler.

– Il faut que je mette Benny et Vusi au courant. Et Mbali, ajouta John Afrika en soulevant le combiné.

*

Galia Federova, la gérante du Van Hunks, s'entretint en russe au téléphone, puis le tendit à Vusi.

– Petr. Vous pouvez lui parler.

L'inspecteur prit l'appareil.

– Bonjour, je m'appelle Vusi. Je voulais juste savoir si quelque chose s'est passé au club cette nuit, entre deux heures et deux heures quinze. Deux Américaines et des jeunes gens. On les a sur une vidéo en train de remonter Long Street en courant, et on a des témoins qui affirment qu'elles étaient au club.

– Il y avait beaucoup de monde, répondit Petr avec un accent bien moins marqué que celui de la femme.

– Je sais, mais est-ce que quelqu'un aurait remarqué quelque chose d'anormal ?

– C'est quoi « anormal » ?

– Une dispute. Une bagarre.

– Je ne sais pas. J'étais dans le bureau.

– Qui pourrait savoir ?

– Le barman et les serveurs.

– Où est-ce que je peux les trouver ?

– Ils dorment, à mon avis.

– J'ai besoin que vous les appeliez, Monsieur. J'ai besoin qu'ils viennent tous au club.

– Ce n'est pas possible.

– Si, Monsieur, c'est possible. Il s'agit d'une enquête pour homicide.

Petr poussa un profond soupir à l'autre bout, pour bien marquer son agacement.

– Ça va prendre beaucoup de temps.

– Nous n'avons pas le temps, Monsieur. Une des filles est encore en vie et si nous ne la trouvons pas, elle mourra, elle aussi.

Le portable de Vusi se mit à sonner.

– Une heure, annonça Petr.

– Demandez-leur de venir au club, dit Vusi en repassant le combiné à Federova.

Il prit son portable.

– Vusi à l'appareil.

– Elle est encore en vie, Vusi, dit John Afrika. Elle a téléphoné à son père aux États-Unis il y a une demi-heure. Mais je n'arrive pas à joindre Benny.

*

Rachel Anderson descendit Upper Orange Street à toute allure. Du regard, elle balayait désespérément les alentours à la recherche d'une issue, mais les maisons des deux côtés de la rue étaient imprenables – murs immenses, clôtures électrifiées, grilles de sécurité et portails. Il n'y avait pas de temps à perdre, ils allaient retraverser le magasin, elle avait peut-être cent mètres d'avance sur eux. La voix de son père lui avait redonné un nouvel élan, le désir de vivre, de revoir ses parents. Comme sa mère devait être inquiète à présent, sa chère écervelée de mère !

Au coin de la rue à gauche, elle aperçut une maison à une rue seulement du magasin, une demeure victorienne d'un seul étage, avec une palissade blanche et basse et un joli jardin. Elle comprit que c'était sa seule chance. D'un bond, elle franchit la barrière qui lui arrivait à la taille, mais le bout de sa chaussure s'y accrocha et elle s'étala dans le parterre de fleurs juste devant, essaya en vain d'amortir la chute de ses mains, dérapa sur le ventre dans le massif glissant et en eut le souffle coupé, le sol détrempé du jardin laissant une grande trace boueuse sur son tee-shirt bleu. Elle se remit debout comme elle put. Elle voulait contourner la maison en courant pour s'éloigner de la rue avant qu'ils ne la repèrent. Dans l'herbe, une allée pavée, d'autres massifs de fleurs d'un blanc, jaune et bleu éclatants. Elle avait la bouche grande ouverte pour pouvoir respirer. Elle aperçut des bougainvillées énormes et touffues par-delà le coin le plus éloigné de la maison, les fleurs violettes en retombant en cascade sur une tonnelle.

Une cachette. Elle n'hésita qu'un instant, le temps d'évaluer la taille des massifs, mais ne se rendit pas compte qu'ils étaient pleins d'épines. Elle plongea dedans, dans l'ombre la plus profonde à l'arrière. Les pointes acérées la transpercèrent, traçant de longues égratignures sanguinolentes sur ses bras et ses jambes. Elle poussa un cri de douleur étouffé et resta allongée sur le ventre, à suffoquer derrière l'écran de feuilles.

– Je vous en prie, mon Dieu, murmura-t-elle en tournant son visage vers la rue.

Elle ne voyait rien, à part l'épais rideau de verdure et les minuscules fleurs blanches prises dans leurs bractées violettes.

S'ils ne l'avaient pas vue, elle était à l'abri. Pour l'instant. Elle se passa la main sur le corps pour essayer d'enlever les épines.

*

– Laissez-moi téléphoner au consul américain, dit le commissaire de la province à John Afrika. Je vais lui dire que nous faisons tout ce qui est en notre pouvoir pour la retrouver, ajouta-t-il en se levant. John, vous devez vous assurer que c'est vrai. Demandez à Benny Griessel de prendre le contrôle général des opérations.

– Très bien. Mais les commissariats rechignent à nous allouer du personnel…

– Je m'en occupe, répondit le commissaire en se dirigeant vers la porte avant de s'arrêter. Griessel ne devait
pas être promu ?

– Ç'a été approuvé, je pense qu'on doit le lui notifier
aujourd'hui.

– Annoncez-le-lui. Annoncez-le à toute l'équipe.

– Bonne idée.

Le téléphone d'Afrika sonna. Le commissaire de la province attendit, dans l'espoir d'obtenir des informations.

– John Afrika.

– Commissaire, c'est l'inspecteur Mbali Kaleni. Je suis
à Caledon Square, mais ils disent qu'ils n'ont pas de place
pour moi.

– Mbali, je veux que vous vous rendiez au bureau du
commandant parce qu'il va recevoir un coup de fil d'un
instant à l'autre.

– Oui, Chef, répondit-elle.

– La fille disparue… Elle est vivante. Elle a appelé
chez elle il y a une demi-heure.

– Où est-elle ?

– Elle n'a pas eu le temps de le dire. Il faut la retrouver.
Rapidement.

– Je la retrouverai, commissaire, dit-elle très sûre d'elle.

John Afrika reposa le combiné.

– Caledon Square, annonça-t-il au commissaire de la
province. Ils refusent de coopérer.

– Attendez un peu, dit le petit Xhosa à l'uniforme
impeccable. Je vais les appeler aussi.

*

– Pourriez-vous me raconter ce qui s'est passé hier ?

Griessel était assis de l'autre côté de la table ovale et
faisait face à la porte. Le colosse avait fini par s'asseoir
lui aussi et, les coudes sur la table, il tripotait nerveusement sa moustache blonde.

– Ce n'était pas moi.

Sans regarder Griessel.

– Monsieur Geyser, commençons par le début. Apparemment, il y a eu un incident hier…

– Qu'est-ce que vous feriez si un fils de Satan touchait à votre femme ? Qu'est-ce que vous feriez ?

– Monsieur Geyser, comment avez-vous découvert qu'Adam Barnard et votre femme…

– Nous sommes tous des pécheurs. Mais il n'avait aucun remords. Jamais. Il n'arrêtait jamais. Les vedettes. L'appât du gain. Les prostituées. Il croyait à la théorie de l'évolution, dit-il en lançant un regard menaçant à Griessel.

– Monsieur Geyser…

– C'est un fils de Satan. Aujourd'hui, il brûle en enfer…

– Monsieur Geyser, comment avez-vous découvert ?

Avec une infinie patience.

Ce dernier haussa les épaules, comme pour se blinder.

– Hier, quand elle est rentrée à la maison, elle n'avait pas l'air bien, alors j'ai demandé ce qui se passait… (Il posa son front dans sa main et regarda la table.) D'abord, elle a dit « rien ». Mais je savais que quelque chose… alors j'ai insisté : « *Pokkel*, ça ne va pas, qu'est-ce qui se passe ? » Alors elle s'est assise, mais elle n'arrivait pas à me regarder dans les yeux. C'est là que j'ai compris que quelque chose de grave était arrivé…

Il cessa de parler, ne voulant à l'évidence pas revivre les événements.

– Il était quelle heure ?

– Trois heures, environ.

– Et puis ?

– Et puis, je me suis assis à côté d'elle et je lui ai pris les mains. Et elle s'est mise à pleurer. Puis elle a dit « *Beertjie*, prions, *Beertjie* ». Et elle m'a serré les mains très fort en priant et en disant « Mon Dieu, pardonne-moi parce que Satan… (Il ouvrait et fermait les poings, le visage déformé par l'émotion.)… parce que Satan est entré dans ma vie aujourd'hui ». Alors j'ai dit : « *Pokkel*, qu'est-ce qui s'est passé ? » Mais elle a simplement gardé les yeux fermés…

Le colosse se couvrit le visage des deux mains.

– Monsieur Geyser, je sais que c'est difficile.

Geyser hocha la tête, le visage toujours caché dans ses mains.

– Ma Melinda… reprit-il et sa voix se brisa. Ma *Pokkel*.

Griessel attendit.

– Alors elle a demandé à Dieu de lui pardonner parce qu'elle était faible, et je lui ai demandé si elle avait volé quelque chose, mais elle a dit : « Mon Dieu », et s'est mise à réciter la première épître de saint Jean, verset huit, encore et encore jusqu'à ce que je lui ordonne d'arrêter et lui demande ce qu'elle avait fait. Alors elle a ouvert les yeux et m'a répondu qu'elle avait péché dans le bureau d'Adam Barnard, parce qu'elle n'était pas aussi forte que je le croyais, qu'elle ne pouvait pas arrêter le Démon, et je lui ai demandé quel genre de péché et elle a dit : « Le péché de chair, *Beertjie*, le grand péché de chair… »

La voix lui manqua et il s'interrompit, le visage dans les mains.

Benny Griessel resta assis et lutta contre l'envie de se lever pour poser sa main sur son épaule massive, pour le consoler, lui dire quelque chose. En vingt-cinq ans, il avait appris à se montrer sceptique, à ne rien croire jusqu'à ce que toutes les preuves soient réunies. Il avait appris que lorsque l'épée de la vertu vous pend au-dessus de la tête, on est capable de tout… démenti larmoyant à vous fendre le cœur, indignation peinée devant les fausses accusations, protestations virulentes, remords profonds ou pathétique apitoiement sur soi. Les gens peuvent mentir avec une aisance sidérante, allant parfois jusqu'à se leurrer totalement eux-mêmes et à s'accrocher avec une absolue conviction à une innocence fictive.

Alors il ne fit rien. Il attendit simplement que Josh Geyser ait fini de pleurer.

*

Galia Federova appuya sur un interrupteur et les néons s'illuminèrent en tremblotant sous le plafond du club, juste assez pour habiller le large espace d'une clarté crépusculaire.

– Vous pouvez attendre ici, dit-elle à Vusi en lui montrant les tables et les chaises disposées autour de la piste de danse. Vous voulez quelque chose à boire ?

– Vous avez du thé ?

Il crut la voir sourire avant de répondre :

– Je vais les prévenir.

Puis elle disparut.

Il circula entre les tables qui n'avaient pas encore été dressées depuis la veille. Il en choisit une, descendit les chaises et s'installa. Il posa son calepin, son stylo et son téléphone portable et regarda autour de lui, sidéré. À droite contre le mur, se trouvait un long bar, fait d'épais madriers en bois brut. Les murs étaient décorés de bibelots provenant de fausses épaves de l'époque de la marine à voile, enjolivés de fioritures modernistes lumineuses évoquant des motifs de flibustiers. Sur la gauche, tout au fond, on apercevait une rangée de platines et de consoles, une piste de danse juste devant. Quatre plateformes étaient suspendues à quelques mètres au-dessus de la piste. Tout en haut, sous le plafond, pendaient des grappes de lasers et de projecteurs, tous éteints pour l'instant. Des amplis géants étaient montés sur chaque mur.

Il tenta d'imaginer comment ç'avait été la nuit précédente. Des centaines de gens, la musique à fond, les corps qui dansent, les lumières qui vacillent. À présent, tout était silencieux, vide, sinistre.

Il se sentait mal à l'aise dans cet endroit.

Dans cette ville aussi. C'était les gens, se dit-il. Khayelitsha lui avait souvent brisé le cœur avec ses meurtres gratuits, ses violences domestiques, sa terrible pauvreté, ses taudis, son combat de chaque jour. Mais il avait été le bienvenu là-bas, il était celui qui faisait régner la loi et l'ordre. Les gens simples, les gens de son peuple, le respectaient, l'aidaient, le soutenaient.

Quatre-vingt-dix pour cent des affaires ne présentaient aucune difficulté. Dans cette ville, les possibilités étaient légion et complexes, les ordres du jour impénétrables. Tout n'était que suspicion et hostilité. Comme s'il était une sorte d'intrus.

« Pas de respect, disait sa mère. Voilà le problème avec le monde nouveau. » Sa mère sculptait des éléphants en bois à Knysna, les polissant au papier de verre jusqu'à ce qu'ils prennent vie, mais elle refusait de les vendre au bord de la route, près du lagon « parce que les gens ne respectent plus rien ». Pour elle, le « monde nouveau » englobait tout ce qui se trouvait de l'autre côté des eaux marron des rivières Fish et Mzimvubu, mais il n'y avait pas de travail à Gwiligwili, « chez eux ». Maintenant, elle était une exilée, chassée dans ce « monde nouveau ». Même si elle n'allait faire les courses qu'une fois par semaine. Le reste du temps, elle restait assise devant la cabane en tôle ondulée au sud de Khayalethu avec ses éléphants, attendant que son fils l'appelle sur le téléphone portable qu'il lui avait acheté. Ou Zukisa, pour savoir combien d'œuvres d'art ils avaient vendu aux touristes irrespectueux.

Vusi repensa à Tiffany October, la jeune et mince légiste. Elle avait les mêmes yeux doux que sa mère, la même voix agréable qui semblait cacher une grande sagesse. Il avait envie de lui téléphoner, mais son estomac était noué.

Sortirait-elle avec un Xhosa ?

« Pourquoi pas ? avait dit Griessel. Tu peux toujours essayer. » Il chercha le numéro de la morgue dans son agenda.

Et appela. Le téléphone sonna un long moment avant que le standard ne réponde. Il prit une profonde inspiration.

« Pourrais-je parler au Dr October ? » s'apprêtait-il à dire, mais le courage lui manqua, la peur qu'elle refuse tapie au creux de son estomac comme une maladie. Pris de panique, il annula l'appel. Il se traita de tous les noms dans un xhosa colérique, et appela immédiatement Vaughn Cupido, le seul membre de l'unité de lutte contre le crime organisé qu'il connaisse à Belville South. Il dut attendre longtemps avant que Cupido ne réponde avec son habituel mantra, sûr de lui comme toujours : « Je suis à vous. »

Vusi le salua, puis lui demanda s'ils avaient quelque chose sur Gennady Demidov.

Cupido siffla entre ses dents, toujours aussi démonstratif.

– Genna. On l'appelle Demi-dof, ou « demi-crétin[1] », si tu vois ce que je veux dire. Mon frère, la ville lui appartient pratiquement… prostitution, drogue, chantage, blanchiment d'argent, cigarettes…

– Il possède le club Van Hunks…

– *Ja*. Et il en a un autre, à Bree, le Moscow Redd, il a aussi une maison d'hôtes à Oranjezicht, qui n'est autre qu'un bordel, et il semblerait que le Cranky Croc à Longmarket soit aussi à lui, sous un faux nom.

– Le Cranky Croc ?

1. Jeu de mots intraduisible sur *daft* – soit crétin en anglais – et *dof* (*N.d.T.*).

– L'Internet Café de Greenmarket Square. Y a pas plus facile si on veut acheter de l'herbe au Cap.

– J'ai une touriste américaine, environ dix-neuf ans, qui s'est fait trancher la gorge la nuit dernière en haut de Long Street. Elle était au Van Hunks juste avant...

– C'est une histoire de drogue, Vusi. Un deal qui a mal tourné, à mon avis. C'est bien le style des Russes. Pour montrer au réseau qu'on ne la leur fait pas.

– Un deal qui a mal tourné ?

– Demi-dof est un importateur, Vusi. Les dealers se fournissent chez lui, par centaines de milliers de rands à la fois.

– Alors pourquoi est-ce que tu ne l'arrêtes pas ?

– Ce n'est pas si facile, mon frère. Il est malin.

– Mais la fille n'est arrivée ici qu'hier, c'est sa première visite au Cap. Ce n'est pas une trafiquante.

– Ça doit être une mule.

– Une « mule » ?

– Ceux qui font entrer la drogue. Dans les avions, les chalutiers de pêche, par tous les moyens possibles.

– Ah, fit Vusi.

– Et elle n'a sans doute pas livré ce qu'elle était censée livrer. Un truc de ce genre. Je ne peux pas dire ce qui s'est passé, mais c'est une histoire de drogue...

*

Le commandant du commissariat de Caledon Square suivit l'inspecteur Mbali Kaleni dans le couloir, incapable de cacher son mécontentement.

Dix minutes avant, tout était sous contrôle : son commissariat bien rodé fonctionnait normalement et efficacement. Et la voilà qui s'amène en se dandinant et, sans frapper, distribue les ordres à la ronde, réclame un bureau qu'il n'avait pas et refuse de partager celui de l'assistante sociale. La minute d'après, il se fait passer un savon par

203

le commissaire de la province, qui l'accuse de jeter le discrédit sur la police. Et maintenant, les services sociaux ont investi son propre bureau pour que cette femme autoritaire puisse s'installer.

Ils entrèrent dans le bureau des plaintes. On aurait dit un pigeon bien en chair dans son uniforme noir qui la boudinait – petite, avec un gros renflement devant et un gros renflement derrière. Un grand sac à main sur l'épaule, le pistolet de service dans une épaisse ceinture noire passée autour des hanches et son badge de la SAPS autour du cou, au bout d'un cordon, probablement parce que personne ne voulait croire qu'elle était de la police.

Elle s'arrêta au milieu de la pièce, pieds bien écartés, et frappa deux fois dans les mains, sèchement.

– Votre attention, messieurs dames, dit-elle à voix haute, avec son accent zoulou.

Une tête se tourna, ici ou là.

– Silence !

Voix forte et suraiguë.

Le silence se fit, tout le monde lui prêta attention : les plaignants, leurs compagnons, les hommes en tenue.

– Merci. Je suis l'inspecteur Mbali Kaleni. Nous avons un problème et nous devons faire vite. Une touriste américaine a disparu en ville, une fille de dix-neuf ans, peut-être à Camps Bay, peut-être à Clifton ou à Bantry Bay. Il y a des gens qui essaient de la tuer. Nous devons la retrouver. C'est moi qui dirige cette opération. Alors je veux que vous envoyiez tous les véhicules sur le terrain et que vous vous assuriez qu'ils reçoivent bien le message. Ils doivent venir chercher une photo de la fille à partir de midi. Le commissaire de la province a appelé votre commandant en personne et il ne tolèrera aucun problème…

– Inspecteur…, lança l'agent qui avait reçu l'appel de chez Carlucci.

– Je n'ai pas fini, l'interrompit-elle.

– Je sais où elle est, insista-t-il, pas intimidé le moins du monde, ce qui fit la fierté de son officier supérieur.

– Vous savez ?, demanda Kaleni, un peu prise de court.

– Elle n'est pas à Camps Bay, elle est à Oranjezicht, répondit-il.

*

Assis dans la lumière crépusculaire du night-club, Vusi Ndabeni téléphonait à Benny Griessel, mais le portable de ce dernier était sur messagerie.

– Benny, c'est Vusi. Je crois que les filles ont fait entrer de la drogue qu'elles étaient censées livrer au Van Hunks. J'attends les barmen et les serveurs, mais je sais qu'ils ne diront rien. Je crois qu'on devrait en parler au Crime Organisé. Rappelle-moi, s'il te plaît.

Il se replongea dans ses notes. Que pouvait-il faire d'autre ?

Les caméras vidéo.

Il appela la salle de contrôle vidéo de la police métro-politaine, où l'on finit par lui passer la Chouette.

– Je peux vous dire que les deux filles arrivaient de la partie basse de Long Street. La caméra au coin de Long-market et de Long Street les montre en train de marcher à une heure trente-neuf. L'angle de vue n'est pas génial, mais j'ai comparé la cassette avec les autres vidéos. Ce sont les mêmes filles.

– En train de « marcher » ?

– Elles marchaient vite, mais je peux vous assurer qu'elles ne couraient pas. Mais à une heure trente-neuf minutes et quarante-deux secondes, d'après la bande, on voit les types passer devant. La prise de vue est un peu meilleure, j'en compte cinq qui courent dans la même direction, vers le sud.

– Après les filles.

205

– C'est exact. Je cherche encore si on a quelque chose avant, mais il y avait une caméra en panne de l'autre côté de Shortmarket. Alors ne vous faites pas trop d'illusions.

– Merci beaucoup, dit Vusi.

Ainsi donc, ici, à deux cents mètres du club, elles étaient encore en train de marcher, inconscientes des hommes qui les pourchassaient.

Qu'est-ce que ça signifiait ?

Il nota tout ça dans son calepin. Quoi d'autre ?

Il fallait appeler le Gros et le Maigre. Il fallait fouiller le sac de Rachel Anderson pour voir si on y trouvait de la drogue.

Il chercha leur numéro dans son téléphone, le trouva, hésita. Etait-ce bien utile ? Le labo avait six mois de retard, ils étaient en sous-effectif, surmenés.

Plus tard. D'abord, ils devaient retrouver Rachel Anderson.

*

Fransman Dekker hésita dans l'immense hall d'accueil d'Afrisound jusqu'à ce que la belle Métisse se lève et s'approche de lui.

– Puis-je vous aider ?, demanda-t-elle, avec la même retenue que la Noire du rez-de-chaussée, l'intérêt en plus.

– Inspecteur Fransman Dekker, dit-il en lui tendant la main. Désolé pour le deuil qui vous touche.

Elle baissa les yeux.

– Natasha Abader. Je vous remercie.

Sa main était fraîche et minuscule dans la sienne.

– Je cherche l'inspecteur Benny Griessel.

– Il est dans la salle de conférence.

Elle survola ses doigts d'un œil de professionnelle à la recherche d'une alliance. Elle ne laissa rien paraître

206

en découvrant le fin anneau d'or, mais planta son regard dans le sien.

– Il y a des journalistes en bas, devant l'entrée. S'il vous plaît, ne les laissez pas monter.

– Je vais le dire à Naomi. Puis-je vous offrir du café ? Du thé ? Autre chose ?

Cette dernière remarque assortie d'un discret sourire, aux dents blanches parfaites.

– Non, merci, répondit-il en détournant le regard.

Il ne voulait pas démarrer quelque chose pour l'instant. Sous aucun prétexte.

18

– Excusez-moi, dit Josh Geyser.

– Pas besoin de vous excuser.

– C'est juste que… elle est tout pour moi.

– Je comprends, dit Griessel.

– J'étais fini, reprit Geyser. Je n'étais rien. Et puis, elle m'a recueilli…

Josh Geyser commença par le début. Griessel le laissa parler.

Coudes sur la table, Geyser reprit le contrôle de ses émotions. Il fixait le mur derrière Griessel. Il s'était trompé de chemin, dit-il. Il avait été gladiateur à la télé – femmes, alcool, cocaïne et stéroïdes. Une célébrité avec l'argent et la notoriété qui vont de pair. Et puis la SABC avait annulé l'émission. Du jour au lendemain. Tout avait basculé. Pas immédiatement – il avait continué à gagner de l'argent en se produisant encore un moment dans les casinos du Gauteng, il avait toujours quelque chose à la banque. Mais au bout de sept mois, il ne pouvait plus payer le loyer de sa maison à deux étages de Sandton. Il avait été expulsé et le shérif lui avait confisqué ses meubles, la banque repris sa BMW et ses amis cessé d'être ses amis.

Trois mois de déroute, à dormir sur les canapés des autres et à quémander quelques rands à des gens qui en avaient marre de lui et de ses ennuis. Et puis il avait rencontré Dieu. Dans la Maison de la Foi, la grande église charismatique de Bryanston, à Johannesburg, et sa vie toute entière en avait été transformée. Parce que c'était sincère. Tout. Les amitiés, l'amour, la compassion, l'inquiétude, le pardon pour ce qu'il avait été.

Et un jour, le pasteur lui avait dit qu'ils cherchaient des barytons pour les Praise Singers, l'énorme chorale de l'église. Josh avait toujours su chanter, depuis qu'il était enfant. Il avait la voix qu'il fallait, une intuition innée de l'harmonie, il était né avec, mais sa vie avait pris d'autres directions et il s'était peu à peu éloigné de tout ça. Il était devenu un des Praise Singers, et le premier jour, il avait vu Melinda, la jolie femme au visage d'ange qui lui souriait par-dessus les têtes des ténors.

Après la répétition, elle était venue vers lui et lui avait dit : « Je vous connais, vous êtes Éclair Blanc. »

Il avait répondu que tout ça, c'était fini, et son regard s'était alors adouci et elle avait dit « Venez... » en lui prenant la main.

Dans la cafétéria de l'église, ils s'étaient raconté leurs vies. Elle venait de Bloemfontein, avait été choriste dans le groupe de son ex-mari et avait mené une vie de débauche. Après le divorce, elle était à la dérive et avait emménagé à Johannesburg dans l'espoir de trouver du travail. La Maison de la Foi était son salut, sa bouée de secours dans les eaux tumultueuses de l'existence.

Ils avaient immédiatement compris tous les deux ce soir-là... Mais quand on est tombé si bas, qu'on est si amoché, on devient prudent, on parle d'abord, on passe de longues heures à l'abri dans le lieu de rencontres de l'église. Soir après soir. Trois semaines plus tard, un jour qu'ils étaient encore là après la répétition, elle lui avait demandé : « Tu connais *Down to the River to Pray*, le negro spiritual ? »

Il ne connaissait pas et elle s'était mise à chanter la mélodie toute simple de sa jolie voix, jusqu'à ce qu'il l'ait attrapée et qu'il commence à l'accompagner à l'unisson. Ils chantaient doucement, juste pour eux deux, les yeux dans les yeux, parce qu'ils savaient que leurs voix étaient parfaitement accordées.

– C'était magique, dit Josh, le regard toujours fixé sur le mur, c'était… comme un puits de lumière tombant du paradis.

Ils avaient chanté plus fort, toujours la même chanson, et le silence s'était fait dans la cafétéria, un silence absolu, jusqu'à ce qu'ils aient terminé.

– C'est là que tout a commencé, dit-il.

– Je vois.

– Elle est mon tout…

– Monsieur Geyser…

– Appelez-moi Josh, tout simplement.

– Josh, je dois savoir ce qui s'est passé hier.

Josh posa les yeux sur Griessel et leva les mains en signe d'impuissance.

– C'était trop pour moi.

Griessel se contenta d'acquiescer.

– Nous ne savions rien d'Adam Barnard. Notre premier CD est sorti sous le label Chorus. C'est un petit studio spécialisé dans le gospel à Centurion. Adam nous a contactés en disant que nous étions trop bons pour rester méconnus… que nous avions un merveilleux message à faire passer au monde. Un vrai saint, il disait être un enfant de Dieu, il voulait juste aider… alors on a signé et on est venus s'installer au Cap. Ce n'est qu'à ce moment-là que j'ai entendu parler de ses manières.

– Quelles manières ?

– Vous savez bien…

On frappa discrètement à la porte.

– Entrez, dit Griessel.

La porte s'ouvrit. Fransman Dekker passa la tête à l'intérieur.

– Benny…

Griessel se leva.

– Excusez-moi un instant.

Il se dirigea vers la porte et la tira derrière lui.

– Ton portable est éteint, murmura Dekker.

– Je sais.

Il ne voulait pas d'interruptions de ce genre pour le moment.

– Je voulais juste te dire que je suis là. Ils cherchent un endroit où je puisse l'interroger.

– Je te rejoins dès que j'ai fini.

Natasha, la belle assistante personnelle, arrivait dans le couloir.

– Fransman…, lança-t-elle.

Griessel haussa les sourcils.

– Quoi ?, demanda Dekker.

– On en est déjà aux prénoms…, murmura Griessel.

Dekker haussa les épaules.

– C'est l'histoire de ma vie.

– Fransman, vous pouvez vous installer dans le studio, dit Natasha. Donnez-nous dix minutes.

*

Queue de Cheval apporta un plateau avec une théière et le nécessaire à thé. Il le posa à trois tables de Vusi et ressortit.

Vusi se leva pour aller chercher le plateau.

Ils seraient tous pareils. Les employés du Van Hunks. Agressifs et peu coopératifs. Il comprit qu'il n'obtiendrait rien d'eux. Il perdait son temps, la théorie des mules tenait la route.

Il se versa une tasse de thé, ajouta du lait et du sucre, puis il rapporta le plateau à sa table.

D'après Oliver Sands, Anderson avait brutalement changé. Il s'assit, écarta la tasse et parcourut son calepin jusqu'à ce qu'il ait trouvé ce qu'il cherchait. Au lac

212

Kariba. Elle était devenue morose. Sans doute quand elles avaient pris livraison de la drogue. Ou qu'elles s'étaient aperçues de sa disparition ? Possible.

Ce devait être comme ça qu'Erin et elle faisaient passer la drogue – les touristes étaient le nouvel Eldorado de l'Afrique car ils franchissaient sans difficulté les postes frontières. Peut-être avaient-elles apporté la marchandise des États-Unis, ou alors du Malawi ou de Zambie. Il ignorait comment fonctionnait ce genre de trafic. Elles n'en étaient peut-être pas à leur coup d'essai.

Et puis quelque chose avait dû se passer, ou alors elles avaient vendu la drogue ailleurs et étaient venues l'annoncer à Demidov – là, au club –, ou à Galia Federova ou encore au manager, Petr. Ensuite, elles étaient reparties à l'auberge de jeunesse à pied et une ou deux minutes plus tard, Demidov avait envoyé ses brutes pour en faire un exemple. La chasse avait commencé quelque part au-delà de Longmarket Street, ils avaient rattrapé Erin à l'église et lui avaient tranché la gorge.

« C'est bien le style des Russes. Pour montrer au réseau qu'on ne la leur fait pas », avait dit Vaughn Cupido.

Erin Russel était-elle le leader de l'équipe ? Ou Rachel Anderson avait-elle simplement eu la chance de pouvoir s'enfuir ? C'était les gens de Demidov qui traquaient Rachel à présent, la question étant : comment le prouver ? Comment les arrêter ?

Il tendit la main vers la tasse de thé. Il devait rappeler Griessel. Il prit son téléphone et composa le numéro. Toujours la boîte vocale.

*

Josh Geyser expliqua à Griessel qu'il avait simplement lâché les mains de *Pokkel*, là, dans le salon, et qu'il était comme possédé. Il avait sauté dans sa BMW M3 et quitté Milnerton Ridge pour venir ici. Il n'avait aucun

213

souvenir du trajet, c'était à ce point. Il s'était garé à moitié sur le trottoir parce qu'il n'y avait jamais de place et s'était engouffré à l'intérieur, prêt à briser le cou d'Adam Barnard, il ne pouvait le nier. S'il l'avait trouvé, il aurait fait quelque chose qui aurait attiré les foudres du Seigneur.

– Vous admettez être entré dans le bureau de Willie Mouton et avoir proféré des menaces de mort à l'encontre d'Adam Barnard ?

– J'avais déjà dit la même chose à Natasha dans l'entrée. Je jurais. Je viens de m'excuser auprès d'elle. Elle comprend. Elle connaît le Démon.

– Et vous êtes allé trouver Mouton.

– Je suis d'abord entré dans le bureau d'Adam. J'étais persuadé qu'ils me mentaient. Mais il n'était pas là. Alors je suis allé dans le bureau de Willie.

– Et ensuite ?

– Je lui ai demandé s'il était au courant et il a dit « non », et je lui ai lancé que j'allais tuer Adam. Mais Adam n'était pas là. Qu'est-ce que je pouvais faire ?

– Qu'est-ce que vous avez fait ?

– Je suis parti à sa recherche.

– Où ?

– Au Café Zanne et au Bizerca Bistro.

– Pourquoi dans ces endroits ?

– C'est là qu'il a l'habitude de traîner. À la pause déjeuner.

– Vous l'avez trouvé ?

– Non, Dieu merci.

– Et ensuite ?

– Ensuite, le Démon m'a quitté.

Griessel haussa les sourcils d'un air interrogateur.

– À cause de la circulation, expliqua Josh Geyser. Quand j'ai voulu rentrer chez moi, je suis resté coincé dans les bouchons. Une heure et demie. C'est là que le Démon m'a quitté.

Il observa à nouveau le mur et reprit :

– Je me suis assis sous les robiniers de Paardeneiland et j'ai pleuré parce que le Démon m'avait testé et que j'avais laissé tomber le Seigneur. Et Melinda, Melinda…

– Josh, êtes-vous rentré directement chez vous ?

Geyser se contenta d'acquiescer.

– Possédez-vous une arme ?

Il hocha la tête.

– Non.

– Nous allons devoir fouiller votre maison, Josh. Nous avons moyen de savoir s'il y a eu des armes ou de la poudre, même quand elles ne sont plus là.

– Je n'ai pas de pistolet.

– Où étiez-vous à partir de minuit la nuit dernière ?

– Avec Melinda.

– Où étiez-vous ?

– Nous sommes allés à l'église hier soir.

– Quelle église ?

– Le Tabernacle, à Parklands.

– Jusqu'à quelle heure ?

– Je ne sais pas… Je dirais, vingt-deux heures trente.

– À l'église ?

– Après le service, nous sommes allés trouver le pasteur. Pour des conseils.

– Jusqu'à vingt-deux heures trente ?

– Environ.

– Et ensuite ?

– Ensuite, nous sommes rentrés chez nous.

Il regarda Griessel et vit que ça ne suffisait pas.

Il croisa ses doigts épais sur la table et se mit à les observer avec une grande concentration.

– C'était… difficile. Elle… Melinda… Elle voulait que je la prenne dans mes bras… Je…

Il redevint silencieux.

– Josh, êtes-vous parti de chez vous la nuit dernière ?

– Non.

– Pas du tout ?

– Je ne suis sorti que ce matin. Quand Willie a appelé.

Griessel dévisagea intensément Geyser. Il vit la sim-
plicité de ce géant, son honnêteté enfantine. Il repensa
aux larmes, à son désespoir absolu devant l'infidélité
de sa femme. Il ignorait s'il pouvait le croire. Puis il
repensa au mal qu'Adam Barnard avait fait à Alexa, à
Josh, et à de nombreux autres. Il se souvint alors de sa
propre infidélité de la nuit précédente et se leva précipitamment en disant :

– Attendez ici, Josh, si vous voulez bien.

*

Fransman Dekker demanda à Melinda Geyser de
s'asseoir dans un des fauteuils devant l'énorme console
du studio d'enregistrement, mais quand il referma la
porte insonorisée et qu'il se retourna, elle était encore
debout, comme quelqu'un qui a quelque chose d'urgent
à dire.

– Asseyez-vous, je vous prie.

– Je ne peux pas...

Mal à l'aise, tendue.

– Madame, ça risque de prendre un moment. Mieux
vaudrait vous asseoir.

– Vous ne comprenez pas...

– Qu'est-ce que je ne comprends pas ? demanda-t-il
en s'asseyant dans un fauteuil de bureau à roulettes.

– Je... Je vous prie de m'excuser... Je suis un peu
vieux jeu...

Elle fit un geste de la main pour tenter d'expliquer.

Dekker la regarda d'un air interrogateur.

– Je ne... Je ne peux pas vous parler de ce qui s'est
passé hier...

Sa façon de dire ça lui mit la puce à l'oreille.

– À moi ?

Voix coupante. Elle était incapable de le regarder, confirmant ainsi ses soupçons.

– Parce que je suis métis ?

– Non, non, je ne peux pas parler… à un homme.

Dekker perçut au ton de sa voix, celui de quelqu'un qui aurait été démasqué. Il vit la lueur dans son regard.

– Vous mentez.

Une bouffée de colère monta en lui comme si on venait d'appuyer sur un bouton.

– Je vous en prie, c'est déjà assez dur.

Il se leva, la faisant sursauter et reculer d'un pas.

– Les gens comme vous…, lança-t-il en perdant un instant son sang-froid.

D'autres mots se bousculaient derrière la rage. Il ouvrait et fermait les poings, mais Dieu sait comment, il parvint à retrouver son calme. Il émit un bruit à mi-chemin entre dégoût et incrédulité.

– Je vous en prie…, implora-t-elle.

Il la méprisait. Il sortit en essayant de claquer la porte. Benny Griessel se trouvait dans le couloir, téléphone à l'oreille et disait :

– Vusi, je ne fais pas confiance pour un sou aux types du Crime Organisé.

*

Assis dans la véranda du Carlucci, Barry écoutait les sirènes se rapprocher en traversant la ville. Un jeune homme en tablier qui les avait entendues sortit lui aussi. Les véhicules de patrouille montèrent dans Upper Orange à toute allure, gyrophares bleus allumés. Quatre d'entre eux s'arrêtèrent devant le restaurant dans un crissement de pneus, des portières s'ouvrirent à la volée, des uniformes bleus en dégringolèrent. Une grosse Noire courtaude descendit côté passager, un grand sac à main sur l'épaule et un pistolet à la hanche.

Elle traversa la rue à fond de train, la horde d'uniformes dans son sillon. Autour de lui aux autres tables, les clients du restaurant observaient la procession, stupéfaits.

Le jeune homme au tablier les attendait dans la véranda.

– C'est vous qui avez appelé à propos de la jeune fille ?, demanda la Noire avec autorité.

– C'est moi.

– Racontez-moi tout.

Elle entendit traîner des pieds dans son dos et se retourna pour découvrir les sourires amusés des policiers, qui s'effacèrent aussitôt devant son regard courroucé.

– Vous ne pouvez pas tous rester ici. Allez attendre dehors.

19

À quatre heures moins dix-sept, fuseau horaire de l'est des États-Unis, soit cinq heures après l'heure du méridien de Greenwich et sept après celle du Cap, Bill Anderson, assis à son bureau devant son ordinateur portable, parcourait des articles sur l'Afrique du Sud. Sa femme, Jess, s'était assise sur le canapé en cuir derrière lui, jambes repliées sous une couverture. Elle sursauta quand retentit la sonnerie stridente du téléphone.

Il s'en empara.

– Bill Anderson, dit-il d'une voix où perçait l'inquiétude.

– Monsieur Anderson, je m'appelle Dan Burton. Je suis le consul général des États-Unis au Cap. (La voix était aussi claire que du cristal malgré la distance colossale.) Je sais combien cela doit être difficile pour vous en ce moment.

– Merci, Monsieur.

– Qui est-ce ?, demanda Jess Anderson, qui s'était levée pour se rapprocher de son mari.

Il posa la main sur le combiné et murmura :

– Le consul général au Cap.

Puis il leva le téléphone pour qu'elle puisse elle aussi entendre.

– Je viens d'avoir le directeur national de la police sud-africaine ainsi que le commissaire régional au téléphone, et bien qu'ils n'aient pas encore retrouvé Rachel...

Jess Anderson laissa échapper un petit cri et son mari l'entoura de son bras pendant qu'ils écoutaient.

– … ils m'ont assuré qu'ils feront tout ce qui est en leur pouvoir pour y parvenir. Ils ont affecté tout le personnel disponible à sa recherche à l'heure où nous parlons et pensent que ce n'est qu'une affaire de temps…

– Merci, Monsieur…

– En fait, la seule raison pour laquelle l'ambassadeur en personne ne vous appelle pas, c'est qu'il est en voyage officiel dans le Nord, dans la province du Limpopo, mais c'est mon travail de coordonner les différents services du gouvernement américain dans le district consulaire du Cap, où je maintiens le contact avec les responsables officiels sud-africains, à la fois provinciaux et nationaux…

– Monsieur Burton…

– Je vous en prie, appelez-moi Dan…

– Ce qui nous inquiète le plus, c'est que Rachel a dit quelque chose à propos de la police quand elle a appelé.

– Ah bon ?

– Elle a dit qu'elle ne pouvait même pas aller la trouver.

Le consul général resta silencieux un instant.

– A-t-elle dit pourquoi ?

– Non, elle n'a pas eu le temps. Elle était très angoissée, elle a dit « ils sont là » et ensuite, j'ai juste entendu des bruits…

– Elle a dit que la police était là ?

– Non… Je ne sais pas… Elle a dit « il faut que tu m'aides, ils veulent me tuer aussi ». Mais la façon dont elle a parlé de la police… Je ne sais pas, j'ai eu l'impression qu'elle ne pouvait pas lui faire confiance. Et j'ai lu des articles sur Internet. Il semblerait que le responsable des forces de police de ce pays soit accusé de corruption et d'obstruction de la justice…

– Oh, mon Dieu !, s'exclama Jess en regardant l'écran.

– Hé bien… – le consul général semblait avoir besoin de temps pour digérer l'information. Je comprends que ça semble inquiétant, Monsieur Anderson, mais j'ai toutes les raisons de croire que les gens qui font respecter la loi au Cap sont tout à fait compétents et dignes de confiance. Je vais néanmoins appeler le commissaire immédiatement pour obtenir des réponses… En attendant, je me suis permis de communiquer votre numéro de téléphone aux autorités. Le commissaire m'a assuré que l'officier en charge de l'enquête vous appellera dès que possible et qu'il vous tiendra au courant de la moindre avancée. Son nom est… Ghreezil, un certain inspecteur Benny Ghreezil…

– Demande-lui pour Erin, souffla Jess Anderson.

– Monsieur Burton, Erin Russel… Y a-t-il des nouvelles d'Erin ?

– J'ai la grande tristesse de devoir vous annoncer que Mlle Russel a bien été tuée la nuit dernière, Monsieur Anderson…

Jess Anderson laissa la couverture glisser de ses épaules, posa les mains sur celles de son mari, appuya son visage contre son cou et se mit à pleurer.

*

L'inspecteur Mbali Kaleni annonça aux hommes en tenue que le restaurant Carlucci devait être considéré comme une scène de crime. Elle ordonna qu'on délimite le périmètre avec du ruban jaune. Puis elle fit vider le restaurant et demanda aux employés et aux clients d'attendre aux tables du patio, pendant que deux officiers de police prenaient leurs noms, adresses et dépositions.

Elle donna ensuite l'ordre à un sergent d'appeler la police scientifique pour que leurs techniciens relèvent les empreintes de doigts sur les portes extérieures et celles du fond. Elle enjoignit au jeune homme en tablier

– celui qui avait tout vu – de se rendre au commissariat de Caledon Square avec un agent dans un véhicule de la SAPS, pour aider à dresser un portrait robot des agresseurs. Le jeune homme répondit qu'il ne pouvait pas, c'était lui qui tenait le magasin. Ne pourrait-il pas appeler quelqu'un pour le remplacer ?, lui dit-elle. Il répondit qu'il allait essayer.

– Dépêchez-vous, lança-t-elle d'un ton autoritaire. On n'a pas beaucoup de temps.

– Vous avez vérifié le numéro ?, demanda-t-il.

– Quel numéro ?

– Celui de la Land Rover. J'en ai relevé une partie. Je l'ai donné aux types qui étaient là.

– Je vérifierai.

Avant que le jeune homme ne s'éloigne, elle lui demanda de confirmer dans quelle direction les agresseurs et la jeune fille étaient partis. Il lui indiqua du doigt, mais elle leva une main boudinée en disant :

– Non, venez me montrer.

Elle chaussa ses lunettes de soleil Adidas et le précéda hors du restaurant, jusqu'au carrefour d'Upper Orange et de Belmont. Le jeune homme désigna la direction du centre-ville.

– Je veux en être certaine. Vous l'avez vue s'enfuir par là ?

– Non, je vous l'ai dit, je ne l'ai vue s'enfuir dans aucune direction précise, alors elle a dû descendre Upper Orange. Les types ont retraversé le magasin, m'ont poussé, ont couru jusqu'au carrefour et tout ce que je sais, c'est qu'après, ils sont revenus à la Land Rover. Et ils sont partis par là aussi.

– Ils étaient jeunes ?

– Oui.

– C'est quoi « jeune » ?

– Sais pas, vingt ans tout juste…

– Costauds et en forme ?

222

– Oui.

Elle acquiesça et lui fit signe d'y aller. Elle appela le sergent qui avait pris la déposition. Il confirma qu'il avait bien signalé le numéro de la Land Rover par radio.

– Appelez-les. Pour voir ce qu'ils ont trouvé.

Il hocha la tête et se dirigea vers un véhicule de patrouille.

Elle observa à nouveau la rue.

Pourquoi revenir à la Land Rover ? Deux jeunes types, pourchassant une fille depuis deux heures du matin. Elle doit être épuisée, mais ils ne lui courent pas après, ils reviennent chercher un véhicule ? Ça n'avait aucun sens.

Elle essuya la sueur qui lui perlait au front, réajusta la lanière du gros sac à main noir sur son épaule et se mit les mains sur les hanches. Elle avait oublié les hommes en tenue qui l'observaient en ricanant et murmurant derrière leurs mains en coupe.

Elle tourna lentement sur elle-même, observa chaque rue. S'essuya de nouveau le front.

Ils ne pouvaient plus la voir, c'était ça le problème. Les deux agresseurs l'auraient poursuivie à pied s'ils avaient pu la voir. Elle avait disparu ; c'est pour ça qu'ils étaient revenus chercher la voiture.

Kaleni appela deux jeunes agents appuyés contre un fourgon de police.

– Vous, et vous aussi, dit-elle en les désignant du doigt. Venez ici.

Ils s'amenèrent en riant d'un air embarrassé. Elle leur ordonna de regagner l'arrière du restaurant et de rejoindre la porte en bois toujours fermée au verrou.

– Mais ne touchez à rien.

– Oui, inspecteur.

– Et quand je dirai « partez ! », vous retraversez le magasin en courant, vous sortez par la porte de devant, jusqu'à ce vous arriviez à ma hauteur. Demandez au

223

type avec le tablier par où ils sont partis exactement et suivez le même trajet. Compris ?

– Oui, inspecteur.

– Ok. *Ngokushesha*[1] !

Kaleni gagna la porte en bois par l'extérieur et attendit jusqu'à ce qu'elle entende le bruit de leurs pas dans l'allée de l'autre côté.

– Vous êtes près de la porte ?

– Oui.

– Ne touchez à rien – elle vérifia sa montre, attendit que la trotteuse soit tout près de midi. Vous êtes prêts ?

– Oui.

– Quand je dis go…

Elle compta à rebours jusqu'à un, puis aboya :

– Partez !

Elle les entendit détaler, le bruit de leurs pas se répercutant sur le mur du restaurant. Elle regarda la trotteuse marquer cinq, dix, quinze, vingt, puis les deux flics tournèrent le coin de la rue. Vingt-quatre secondes pour arriver jusqu'à elle.

– Ok. Maintenant je veux que vous démarriez de cette porte et que vous descendiez la rue en courant le plus vite possible.

Ils la dévisagèrent, hors d'haleine, mais pleins de bonne volonté. Ils se lancèrent.

– Non, attendez !

Ils s'arrêtèrent et firent demi-tour. Plus aussi souriants à présent.

– Je vais redonner le départ, expliqua-t-elle, les yeux sur la montre.

Elle attendit à nouveau le douze, décompta et cria :

– Partez !

Ils foncèrent, elle garda un œil sur eux et un œil sur la montre. Le jeune homme avait déclaré que les agresseurs

1. Dépêchez-vous ! (*N.d.T.*)

l'avaient poussé. Il fallait rajouter une seconde pour ça, peut-être deux. Ils avaient dû déboucher dans la rue en courant et, ne sachant quelle direction elle avait pris, s'arrêter pour observer Upper Orange jusqu'en haut et ensuite, Belmont jusqu'en bas. Encore deux ou trois secondes.

Elle nota où en étaient les policiers à vingt-quatre secondes trente dixièmes puis hurla : « Ok ! » mais ils étaient hors de portée de voix et continuèrent à courir, deux uniformes bleu en plein vol dans la grande descente.

– Hé !, cria-t-elle à nouveau, sans succès.

– *Isidomu*[1], marmonna-t-elle en commençant à descendre la rue elle aussi, les yeux toujours attentifs aux dixièmes de seconde.

*

Rachel Anderson entendit le bruit des sirènes monter vite dans la rue, là, à seulement vingt mètres de l'endroit où elle était allongée dans les bougainvillées. Elle savait que c'était pour elle, l'homme du restaurant avait sûrement dû appeler la police. Et elle entendit leur hurlement s'arrêter tout près, un peu plus haut au carrefour.

Elle demeura immobile. Elle avait enlevé toutes les épines à présent, ne subsistait que la brûlure, sa respiration était normale, la sueur séchait dans l'ombre fraîche et profonde. Ils ne pouvaient pas la voir, même s'ils descendaient la rue à pied, même s'ils entraient dans le jardin. Elle attendrait qu'ils aient fini leurs recherches. Qu'ils s'en aillent. Ensuite, elle déciderait quoi faire.

*

1. Quels crétins ! (*N.d.T.*)

Mbali Kaleni marcha jusqu'au carrefour d'Upper Orange et d'Alexandra Street, là où la menaient plus ou moins les vingt-quatre secondes. Elle traversa lentement la rue jusqu'au trottoir d'en face. La fille avait dû tourner à gauche dans Alexandra à cet endroit. C'est pour ça que les hommes ne pouvaient pas la voir. Quelque chose ne collait pas.

Elle étudia Alexandra Street jusqu'en haut. La montée. Une fille épuisée. Ce matin très tôt, avant six heures, elle avait été vue au sommet de Lion's Head. Juste après dix heures, elle était ici, à Oranjezicht. Elle avait fait un sacré bout de chemin, mais elle descendait vers la ville. Alors pourquoi, arrivée ici, aurait-elle choisi une rue qui l'éloignait de sa destination ? Qui montait, et pas qu'un peu ; ce devait être l'enfer pour des jambes fatiguées.

Mais si on a peur et si ceux qui vous poursuivent sont juste derrière…

Profondément plongée dans ses pensées, Kaleni posa la main sur la barrière blanche de la maison victorienne à un étage qui se trouvait à sa gauche, cherchant des yeux les deux imbéciles en uniforme. Ils remontaient la rue en bavardant gaiement.

À une rue de là se trouvait le réservoir de Molteno. Mais c'était à plus de quarante secondes de chez Carlucci, même si Rachel Anderson pouvait courir aussi vite que deux policiers reposés et entraînés. Non, elle avait forcément dû tourner ici. Ou alors…

Kaleni examina la maison victorienne, observa la clôture. C'était la seule demeure dans cette partie de la rue sans hauts murs ni grilles, la seule alternative.

C'est alors qu'elle aperçut le parterre de fleurs saccagé. Le sol en surface avait été comme ratissé sur une large bande. Elle ôta ses lunettes de soleil. Vit les empreintes de paumes, celle des pieds un peu plus loin, trois d'entre elles juste avant la pelouse. Elle estima à vue d'œil la distance entre la barrière et les dégâts. Quelqu'un pouvait-il grimper ici ? Et atterrir là bas ? Elle continua d'avancer, cherchant la barrière du jardin, et finit par la trouver. Elle trottina jusqu'à elle, silhouette incongrue et pressée, sac à main sur l'épaule, pistolet à la taille, lunettes noires à la main.

*

– Je ne suis pas assez blanc pour elle, lâcha Fransman Dekker quand Griessel eut terminé sa conversation avec Vusi.

– Quoi ?, dit Griessel, toujours concentré sur le téléphone. Désolé, Fransman, j'ai quatre nouveaux messages… (Il se remit l'appareil à l'oreille.) Melinda ?, demanda-t-il.

– « Je ne peux pas parler à un homme », dit Dekker en imitant cette dernière d'une voix de fausset.

– J'ai bientôt fini… C'est John Afrika…

Dekker fit deux pas dans le couloir et se retourna.

– Mais c'est parce que je suis un *hotnot*. Putain de faux culs de chanteurs de gospel, ajouta-t-il en hochant la tête.

– Encore John Afrika…, dit Griessel en hochant la sienne.

– Une si bonne chrétienne !, continua Dekker.

– Je dois rappeler le commissaire, dit Griessel en s'excusant. La fille… Elle a appelé son père. Aux États-Unis… Commissaire, c'est Benny…

Dekker s'arrêta devant la porte du studio, s'appuya dessus de la main et baissa la tête.

« Oui, Chef », « non, Chef », disait Griessel au téléphone. Puis il ajouta : « Je suis en route, j'arrive d'un instant à l'autre. »

Fin de la communication.

– Elle ne veut pas te parler parce que tu es métis ?, demanda-t-il à Dekker.

– Ce n'est pas ce qu'elle dit, mais c'est ce qu'elle sous-entend.

– On s'en tape. Elle peut avoir un avocat et elle peut demander qu'une femme soit présente, voilà ce qu'elle peut faire...

– Dis-le-lui toi-même.

– J'y vais de ce pas, répondit Griessel.

Et soudain, toutes les lumières s'éteignirent.

20

Ndabeni s'impatientait. Il finit son thé, reposa la tasse sur le plateau et le repoussa. Combien de temps cela allait-il prendre avant que les gens n'arrivent, avant que Petr ne réveille ses employés et qu'ils se bougent ? Qu'est-ce que Mbali Kaleni fabriquait avec son enquête là-haut au restaurant ? C'était là-bas qu'il y avait de l'action, il ne se passait rien ici.

Peut-être allait-il attendre encore dix minutes. Si personne ne se pointait d'ici là…

Puis la grande pièce se retrouva plongée dans le noir, tout devint silencieux et inquiétant, même l'air conditionné s'était arrêté. Encore une coupure de courant. La veille, ça avait duré trois heures.

Un noir d'encre, il n'y voyait rien.

Il fallait qu'il sorte. Il trouva son téléphone à tâtons, enfonça une touche pour illuminer le cadran, l'orienta de façon à ce qu'il éclaire la table, ramassa son calepin et son stylo et se leva. Il se faufila prudemment entre les tables et les chaises et enfila le couloir. Un faible rai de lumière jaune brillait dans le bureau de Galina Federova. Il s'approcha, vit qu'elle avait allumé une bougie et était occupée à en enfoncer une autre dans le goulot d'une bouteille de bière.

– Hello, dit-il.

Elle sursauta, dit quelque chose comme « paune » et faillit lâcher la bouteille.

– Désolé…

– Eskom[1], dit-elle en haussant les épaules.

– Qu'est-ce qu'on peut y faire ?, renchérit-il, par pure rhétorique.

Elle alluma la deuxième bougie, se rassit derrière son bureau et prit une cigarette.

– Je ne peux rien faire.

Elle alluma la cigarette à la flamme de la bougie.

Peut-être les Russes n'étaient-ils pas portés sur la rhétorique ?

– Je suis désolé, mais je vais devoir y aller.

– Je peux vous apporter une bougie.

– Non. La fille… elle a été vue.

– Oh ?

Les sourcils dessinés au crayon montèrent très haut. Il ne sut comment l'interpréter. Il sortit une carte de visite de sa poche et la posa devant elle.

– S'il vous plaît, pourriez-vous m'appeler quand les employés de la nuit dernière seront arrivés ?

Federova ramassa la carte du bout de ses ongles immenses.

– Ok.

– Merci, dit Vusi.

En se servant de son téléphone comme d'une lampe de poche, il reprit le chemin par lequel il était arrivé, retraversa la cuisine dans laquelle Queue de Cheval comptait les bouteilles d'alcool à la lumière qui entrait par la porte du fond.

– Qu'est-ce vous foutez pour le courant ? Que fait la police ?

1. La compagnie Eskom est la première compagnie de production et de distribution de l'électricité en Afrique du Sud.

Il envisagea un instant de lui expliquer calmement que la police n'avait rien à voir avec l'alimentation électrique. Mais il se contenta de répondre :

– On appelle Eskom.

Vusi émergea dans la ruelle aveuglante de lumière. Il entendit Queue de Cheval crier :

– Marrant ! J'aime les flics marrants.

Mais il était pressé et sa voiture se trouvait en haut de Long Street, à plus de dix minutes de marche. Il voulait parler à Kaleni au restaurant, il voulait…

Vusi s'arrêta pile à l'endroit où l'allée débouchait dans Strand Street.

Il pouvait faire quelque chose, même si Benny Griessel était opposé à ce que le Crime Organisé leur donne un coup de main. Il trouva le numéro de Vaughn Cupido.

– Je suis à vous, répondit immédiatement ce dernier.

– Tu as des photos des gens de Demidov ? (Pas de réponse.) Vaughn, tu es là ?

– Pourquoi tu me demandes ça ?, dit-il méfiant.

– Tu en as, Vaughn ?

– Je ne peux ni l'affirmer ni le nier.

– Ce qui signifie ?

– Que je ne suis qu'inspecteur. Il va falloir que tu demandes plus haut.

– À qui ?

– Au grand chef.

– Vaughn, on a un homme qui vient de voir deux des agresseurs à Oranjezicht. S'il peut identifier les hommes de Demidov… ça pourrait sauver la vie de la fille.

Nouveau silence.

– Vaughn ?

– Je te rappelle…

*

Rachel Anderson entendit claquer des talons de femme dans l'allée du jardin, à seulement quelques mètres d'elle, et entendit autre chose : le bruissement cadencé du tissu frottant contre le tissu. Le bruit cessa brusquement. Quelqu'un soupira avant de frapper bruyamment à une porte.

Rachel respirait à peine et tourna lentement la tête pour regarder ses pieds.

Était-elle assez enfoncée dans les buissons ?

Nouveaux coups à la porte.

– Hello, il y a quelqu'un ?

Accent africain, voix de femme, pressante.

Qu'est-ce que ça voulait dire ?

– Hé, les gars !, aboya la même voix, autoritaire, je vous ai rappelés, mais vous n'avez pas entendu.

Un homme répondit de la rue, puis ce fut à nouveau la même Africaine.

– Non, restez sur le trottoir, c'est peut-être une scène de crime. Allez juste leur dire au restaurant que j'ai besoin de la Scientifique. On a des empreintes de chaussures, je veux un moulage et une identification.

On entendit une porte s'ouvrir.

– Puis-je vous aider ?, dit un homme.

– Comment allez-vous ?

– C'est mal venu comme question. Pourquoi martelez-vous ma porte de cette façon ?, répondit l'homme d'une voix calme et timide.

– Parce que votre sonnette est cassée.

– Elle n'est pas cassée. Il y a une coupure de courant.

– Quoi ? Encore ?

– Oui. Que puis-je pour vous ?

– Je suis l'inspecteur Mbali Kaleni de la SAPS. Nous recherchons une jeune fille qui essaie d'échapper à des agresseurs et je pense qu'elle se trouvait dans votre jardin. Je veux savoir si vous l'avez vue.

– Je ne l'ai pas vue…

– Par là. Pouvez-vous venir jeter un coup d'œil ?

– S'agit-il de votre badge de police ?

– Oui.

– Quand est-ce que c'est arrivé ?

– Il y a environ quarante minutes. S'il vous plaît, pourriez-vous venir jeter un coup d'œil dans votre jardin ? Vous ne l'avez vraiment pas vue ?

– Non. Mais je l'ai entendue…

Le cœur de Rachel Anderson se glaça.

– Vraiment ?

– Oui, répondit l'homme. J'ai entendu des bruits de pas, au coin de la maison…

– Ici ?

– Oui, juste ici. Mais je l'ai entendue courir vers le mur là-bas, je pense qu'elle a dû sauter par-dessus et passer chez les voisins. Quand j'ai regardé par la fenêtre, elle avait disparu.

– Jetez un œil aux traces, dit la policière.

Elle éprouva un moment de soulagement en entendant les voix s'éloigner, puis son pouls s'accéléra de nouveau car elle ignorait où menaient ses empreintes. Elle se rappela avoir atterri dans le parterre de fleurs en sautant par-dessus le mur. Est-ce qu'il y avait autre chose ? Les traces menaient-elles jusqu'ici ? Elle avait marché dans la terre mouillée, de la boue avait pu rester collée sur l'herbe ou les dalles en ardoise de l'allée.

Elle entendit la femme revenir vers elle. Resta absolument immobile et ferma les yeux.

*

Benny Griessel ouvrit l'énorme porte du studio d'enregistrement d'un geste colérique. John Afrika lui avait dit de se dépêcher ; ils l'attendaient. La pièce sans fenêtre était plongée dans l'obscurité. Le rai de lumière qui pénétra à l'intérieur illumina Melinda ; elle était debout, les yeux écarquillés de peur, les mains croisées sur sa poitrine, tel Bambi en danger.

– C'est une panne de courant, dit-il, et elle laissa retomber ses mains.

Avait-elle cru qu'il s'agissait d'une mise en scène de la police ?

Il s'approcha d'elle et dit avec toute la patience dont il était capable :

– Madame, vous allez devoir parler à l'inspecteur Dekker. Avec ou sans votre avocat. À vous de choisir. Vous pouvez demander à ce qu'un officier féminin soit présent, mais vous n'êtes pas une victime ; c'est à lui de décider.

– Un officier féminin ?, dit-elle, déconcertée.

– Un membre féminin de la police.

Elle resta songeuse un moment. Puis elle ajouta :

– Il ne m'a pas bien compris.

– Ah bon ?

– Après les événements d'hier, je voulais seulement dire qu'il me serait plus facile d'en parler à une femme.

Un doux petit agneau sans duplicité.

– Alors que voulez-vous faire ?

– Je veux juste être sûre que ça restera confidentiel.

Il lui expliqua que si Josh ou elle étaient accusés, rien ne pourrait rester confidentiel.

– Mais nous n'avons rien fait.

– Dans ce cas, rien ne sortira d'ici.

Alors elle accepta et il dut demander à ce fichu Mouton où Fransman pouvait interroger Melinda parce que le studio était trop sombre. Natasha apporta une lampe à gaz et la posa près de Melinda.

Griessel et Dekker regardèrent Natasha s'éloigner. Quand elle eut tourné le coin du mur, Benny entraîna son collègue par le bras jusque dans le bureau vide d'Adam Barnard. Il avait reçu du chef un message qu'il devait lui transmettre. Il connaissait d'avance sa réaction. Il n'y avait qu'une façon de faire.

– John Afrika dit que je dois faire appel à Mbali Kaleni pour te seconder.

Fransman Dekker explosa. Pas tout de suite, comme si les implications d'une telle décision se faisaient peu à peu jour en lui. Puis il se leva d'un bond, les yeux fous, ouvrit la bouche et la referma, serra les dents et, le visage déformé par la colère, abbatit son poing sur la porte d'Adam Barnard en criant :

– Dieu du Ciel !

Puis il fit un tour sur lui-même, visa de nouveau la porte, mais Griessel l'intercepta et lui saisit le bras.

– Fransman ! (Dekker lutta pour lever son bras.) Ça reste ton enquête.

Le Métis s'arrêta, le regard fixe, les bras toujours en l'air. Griessel sentait la force de ses épaules tandis qu'il le retenait.

– J'ai un fils qui passe son bac, dit Griessel. Il me dit toujours, « Pa, faut te calmer », et je crois que c'est ce que tu dois faire à présent, Fransman.

La mâchoire de Dekker se remit à travailler. Il dégagea violemment son bras de l'étreinte de Griessel et regarda la porte, les yeux brillants de colère.

– Ça sert à rien de t'énerver comme ça.

– Tu peux pas comprendre.

– Essaie toujours.

– Comment je pourrais ? T'es blanc.

– C'est censé vouloir dire quoi ?

– Que t'es pas métis, répondit-il en pointant un doigt coléreux vers le visage de Griessel.

– Fransman, j'vois vraiment pas…

– T'as pas vu, Benny ? La semaine dernière avec le commissaire ? Y avait combien de Métis ?

– Tu étais le seul.

– Oui, juste moi. Parce qu'ils mettent les négros en avant. C'est pour ça qu'ils envoient Kaleni. On doit les caser partout. J'suis qu'une putain de statistique, Benny ! J'suis là que pour remplir leur putain de quotas ! T'as regardé le commissaire jeudi ? Il n'avait d'yeux que pour ces foutus Xhosas, il ne m'a même pas vu. Huit pour cent de métis. Huit pour cent, nom de Dieu ! Voilà combien d'entre nous ils acceptent. Qui a décidé ça ? Comment ? Tu sais combien de métis ça a ruiné ? Des milliers, crois-moi. Pas assez noir, désolé mon frère, dégage de là, trouve-toi un job chez Coin Security, va conduire un fourgon blindé. Pas moi, Benny, moi, j'irai nulle part.

L'emportement de Fransman Dekker lui faisait retrouver les mots et le rythme de son enfance à Atlantis.

– C'est toute ma vie, putain, j'étais haut comme ça quand j'ai dit à ma mère : « J'vais être policier. » Elle s'est crevée le cul pour que je puisse passer mon bac et rentrer dans la police. Pas conduire un putain de fourgon blindé…

Il essuya la salive sur ses lèvres.

– Je comprends, je t'assure, Fransman, dit Griessel, mais…

– Tu crois ça ? Est-ce que tu as été marginalisé toute ta vie ? Maintenant que vous, les Blancs, vous avez la discrimination positive sur le dos, maintenant vous croyez comprendre. Vous comprenez que dalle, moi, j'te le dis ! C'était ou maître ou esclave, on a toujours compté pour des prunes, pas assez blancs à l'époque, pas assez noirs maintenant, ça n'en finit jamais, coincé au milieu de cette putain de palette de couleurs. Et cette « cul bénie » de Blanche qui se la ramène en disant que non… elle ne peut pas parler à un homme… Mais elle ne sait pas que je peux lire en elle comme en tous les Blancs.

– Tu peux lire en moi, Fransman ?

Griessel commençait à être en colère lui aussi.

236

Dekker ne répondit pas, mais se détourna en respirant bruyamment.

Griessel le contourna pour pouvoir lui parler en face.

– On dit que tu as de l'ambition. À présent, écoute-moi bien : j'ai foutu ma carrière en l'air parce que j'étais incapable de me contrôler, parce que j'ai laissé toute cette merde m'atteindre. C'est pour ça que je suis ici à présent. Je n'avais plus d'autre choix. Tu veux avoir le choix, Fransman ? Ou tu veux finir inspecteur à quarante-quatre ans, simple « mentor », parce qu'on ne sait pas quoi faire de toi ? Tu sais ce qu'on ressent quand on te regarde de haut en bas en se demandant ce que tu as bien pu foirer pour être encore inspecteur avec tous ces cheveux gris ? C'est ça que tu veux ? Tu veux être plus qu'une saloperie de statistique raciale dans la police ? Tu veux être le meilleur flic possible ? Alors laisse tomber toutes ces conneries et prends l'affaire en main et résous-la, peu importe ce qu'ils disent ou la façon dont ils te parlent, ou qui John Afrika envoie pour t'aider. Tu as des droits, tout comme Melinda Geyser. Il y a des règles. Sers-t'en. De toute façon, tu peux faire ce que tu veux, ça ne changera pas. J'ai été flic pendant plus de vingt-cinq ans, Fransman, et j'te le dis : ils te traiteront toujours comme un chien, les gens, la presse, les patrons, les politiciens, que tu sois noir, blanc ou métis. À moins qu'ils ne t'appellent en pleine nuit parce que quelqu'un rôde à leur fenêtre, alors là, c'est toi le héros, bordel ! Mais le lendemain, quand le soleil brille, tu n'es à nouveau plus rien. La question, c'est : est-ce que tu peux supporter ça ? Pose-la-toi. Si tu ne peux pas, laisse tomber, trouve-toi un autre boulot. Ou alors, endure, Fransman, parce que ça ne s'arrêtera jamais.

Dekker ne bougeait pas et respirait lourdement.

Griessel voulait ajouter quelque chose, mais s'en tint là. Il s'écarta de Dekker, le cerveau en ébullition, et passa à autre chose.

– Je ne crois pas que ce soit Josh Geyser. S'il ment, alors il mérite un putain d'Oscar. Melinda est son seul alibi et il y a quelque chose chez elle… Elle ne sait pas ce qu'il a dit, laisse-la parler, amène-la à te donner plus de détails sur hier, ce qui s'est passé exactement, ensuite appelle-moi et on comparera leurs versions. Je dois aller voir le commissaire.

Dekker ne le regardait pas. Griessel s'éloigna dans le couloir.

– Benny !, lança Dekker alors que ce dernier était pratiquement arrivé à la réception.

Griessel se retourna.

– Merci.

Avec une franchise pleine de réticence.

Griessel fit un geste de la main et sortit.

Un des hommes du salon quitta son canapé en cuir d'autruche et tenta de l'intercepter. Benny essaya de fuir le contact visuel, mais l'homme fut trop rapide pour lui.

– Vous êtes de la police ?

Grand, dans les trente ans, avec un visage qui semblait très familier à Griessel.

Agacé et pressé, il répondit :

– Oui, mais je ne peux pas vous parler pour l'instant.

Il aurait aimé ajouter : « Parce qu'on est en train de se foutre de ma gueule aujourd'hui », mais il s'abstint.

– Mon collègue est toujours à l'intérieur. Vous pouvez lui parler quand il sortira, dit-il en descendant les marches au trot et en traversant la pelouse pour regagner sa voiture.

Il y avait une contravention coincée en plein milieu du pare-brise, juste devant le volant.

– Bordel de merde !, s'exclama-t-il, la frustration déferlant par-dessus le mur de *self control* qu'il s'était bâti.

De la paperasse en plus dont il se serait bien passé. Les flics de la police métropolitaine avaient le temps de leur coller des putains d'amendes, mais il ne fallait surtout pas leur demander un coup de main pour quoi que

238

ce soit d'autre. Il laissa la contravention où elle était, monta en voiture, mit le moteur en marche, recula et s'éloigna en faisant craquer les vitesses.

Il allait demander au chef de lui préciser ses prérogatives.

Benny Griessel, « Tuteur en Chef », ça ne marchait tout bonnement pas pour lui. Le jeudi précédent, il avait demandé à John Afrika en quoi exactement consistait son travail. La réponse avait été : « Benny, tu es mon filet de sécurité, mon superviseur. Contente-toi de jeter un coup d'œil, vérifie comment ils gèrent la scène de crime, ne les laisse pas passer à côté d'un suspect. *Bliksem,* Benny, on les forme jusqu'à ce que ça nous sorte par les oreilles, mais dès qu'ils sont sur le terrain, soit ils ont le trac, soit ils salopent le boulot. Je ne sais pas. Peut-être qu'on les pousse trop vite, mais je dois atteindre mes objectifs, qu'est-ce que je peux faire d'autre ? Prends cette fichue affaire Van der Vyver, il intente un procès au ministre pour des millions, on ne peut pas laisser une chose pareille arriver. Regarde par-dessus leurs épaules, Benny, donne-leur un gentil petit coup de pouce si nécessaire. »

Un « gentil petit coup de pouce », nom de Dieu ?

Il dut freiner brutalement à cause des bouchons devant lui, deux rangées de voitures, sur dix de long. La coupure d'électricité signifiait que tous les feux étaient en panne. Le chaos.

– Nom de Dieu !, dit-il à voix haute.

Au moins Eskom était-elle une entreprise publique pire que la SAPS.

Il se renfonça dans son siège. Ça ne servait à rien de se mettre en colère.

Mais, bon sang, qu'était-il censé faire ?

D'une affaire à l'autre. D'abord ici, ensuite là. La recette du désastre.

Si Josh Geyser n'était pas celui qui avait descendu Barnard...

Ce type à l'intérieur... il venait de retrouver qui c'était. Iván Nell, la star, il avait entendu tout ce qu'il faisait sur RSG, du bon rock, bien foutu, même si ça manquait un peu de basse. Il s'en voulait de ne pas lui avoir dit un petit mot, il aurait pu raconter ça à Carla ce soir, mais c'était comme ça, il n'avait le temps de rien, sauf de rester assis dans les bouchons, à jurer.

Il avait faim, ça aussi. Il n'avait avalé que du café depuis la veille, il allait devoir faire quelque chose pour son taux de sucre, et soudain, il éprouva l'envie de fumer. Il ouvrit la boîte à gants, fouilla dedans et dégotta un demi-paquet de Chesterfield et une boîte d'allumettes Lion. Il alluma une cigarette, baissa la vitre et sentit la chaleur qui montait de l'asphalte s'engouffrer par la fenêtre.

Il tira sur la cigarette, rejetant lentement la fumée. Elle alla buter sur le pare-brise avant de disparaître dehors en flottant.

Ce matin-là, Alexa Barnard lui avait proposé une cigarette et il avait décliné son offre.

« Un alcoolique qui ne fume pas ? » avait-elle alors lancé. Il avait répondu qu'il essayait de diminuer parce que son parrain aux AA était médecin.

« Alors changez de parrain », avait-elle rétorqué.

Il l'aimait bien.

Il n'aurait jamais dû lui donner d'alcool.

Puis il se souvint qu'il voulait racheter son erreur. Il palpa sa poche pour trouver son téléphone pendant qu'il progressait d'une longueur de voiture et enfonça les touches du pouce.

Ça sonna longtemps, comme d'habitude.

– Benny !, s'exclama Doc Barkhuizen, toujours plein d'allant. Vous tenez bon ?

– Doc, vous avez entendu parler de la célèbre chanteuse, Xandra Barnard ?

– Y a une des baraques qu'a l'air de pas mal les intéresser, dit Barry au téléphone.

Il descendit lentement Upper Orange dans sa Toyota
rouge – cabine simple déglinguée.

– Intéresser comment ?

– Y a tout un tas de flics en uniforme sur le trottoir et
la grosse inspectrice dans le jardin avec un vieux type.

– Débrouille-toi pour savoir ce qui se passe.

Barry observa les maisons de la rue. À droite, cent
mètres plus bas que la maison victorienne sur l'autre
trottoir, il y avait une possiblité. Une longue allée goudronnée menait à un garage.

– Ouais…

Il vit les hommes en tenue qui l'observaient.

– Peut-être. Mais pas tout de suite, y a trop de spectateurs. Donne-moi une dizaine de minutes…

11 h 03 - 12 h 00

21

La lampe à gaz chuintante posée sur la table de mixage projetait l'ombre biscornue de Melinda Geyser sur le mur d'en face. Son visage se trouvait à quelques centimètres seulement du verre, les studios d'enregistrement derrière elle noyés dans l'ombre. Dekker, assis dans un fauteuil en cuir roulant, s'était penché en avant, les coudes sur les genoux – le dossier de cuir craquait bruyamment quand il s'y appuyait. Il transpirait. Sans air conditionné, l'atmosphère était étouffante.

– Désolée pour le malentendu, dit-elle en croisant les bras sous sa poitrine.

Sa silhouette n'était pas sans charme – le chemisier vert, le jean avec la ceinture de cuir blanc et la grosse boucle en argent, les chaussures blanches à semelles de liège compensées. Mais quelque chose le gênait, ce n'était pas ce à quoi il s'attendait chez une chanteuse de gospel, les vêtements étaient un rien trop moulants. Ils lui faisaient penser au genre de femmes qu'il attirait immanquablement, celles qui approchaient de la quarantaine ou venaient de la passer, celles dont la silhouette commençait à se faner et qui voulaient profiter au maximum de leurs dernières années de sensualité et de jeunesse.

Peut-être était-ce simplement le style des musiciens.

– Je me suis peut-être emballé, dit-il.

Sa sincérité le surprenant.

– Connaissez-vous la différence entre la vie et la fabrication d'un CD ? lui demanda-t-elle.

Elle continuait à fixer le verre. Il se demanda si elle observait son propre reflet.

– Non, répondit Dekker.

– La différence, c'est que dans la vie, il n'y a qu'une prise.

Allait-elle lui faire un sermon ?

– Adam ne m'avait jamais demandé de venir seule avant. Hier matin, il m'a téléphoné pour me dire qu'il devait absolument me voir. C'était ses propres mots, comme s'il n'avait pas le choix. Comme si j'avais des ennuis. « Je dois te voir. Toi seule. » Comme un maître d'école qui envoie chercher un enfant désobéissant.

Elle bougea, décroisa les bras et se tourna vers lui. Elle fit deux pas et s'assit sur un canapé en face de lui, le bras droit sur l'accoudoir, le gauche sur les coussins. Elle le regarda droit dans les yeux et continua :

– Quand on a fait des choses dans sa vie qui risquent de vous rattraper un jour, on ne proteste pas. On ment à son mari adoré, Monsieur Dekker, et on se rend dans le bureau d'Adam Barnard pour lui demander ce qui se passe.

« Monsieur », voilà qu'elle me donne du « Monsieur ».

– Adam Barnard, plutôt enjoué d'habitude, était sérieux, reprit-elle.

Elle ne bougeait absolument pas en parlant, ni le corps ni les mains, comme si elle se trouvait sur une couche de glace peu épaisse au-dessus d'une eau profonde. Il y avait de la détermination dans sa voix.

Barnard avait fait glisser un mince boîtier de DVD sur le bureau – le genre de DVD réenregistrable où l'on distingue le logo du fabricant à travers le plastique. Elle l'avait dévisagé d'un air interrogateur. Il n'avait rien dit. Elle l'avait ouvert. À l'intérieur, sur une des faces, quelqu'un avait écrit à l'encre indélébile : *Melinda 1987*. Elle avait tout de suite compris de quoi il s'agissait.

Elle prit une profonde inspiration, regarda la lampe à sa droite, comme pour se voir une dernière fois.

– Il faut que je vous explique d'où je viens, Monsieur Dekker. Nous vivons dans un monde étrange, dans une société qui a besoin de mettre un nom sur les choses pour pouvoir les appréhender.

Sa maîtrise de la langue était plus sophistiquée qu'il ne l'aurait cru et le surprit.

– Mais le processus n'est ni logique ni juste. Si vous êtes une personne qui lutte par nature pour se conformer à ce qu'on attend d'elle, alors on vous traite de rebelle quand vous êtes jeune. Après, on vous donne d'autres noms. J'étais une de ces soi-disant rebelles. À l'école, j'étais… désobéissante. Je voulais tout faire à ma façon. J'étais curieuse. De tout. Je mourais d'envie de faire des choses excitantes, des choses qu'une bonne petite fille afrikaner n'est pas censée faire. Pendant des années, j'ai choisi des hommes qui représentaient une certaine forme de risque. C'était instinctif, inconscient. Parfois, je me demande si les choses auraient tourné autrement si ç'avait été ma seule faiblesse. Mais ça ne l'était pas. Depuis toute petite, j'avais soif de reconnaissance. De prouver que je n'étais pas ordinaire. Je voulais sortir du lot. Je ne cherchais pas nécessairement la notoriété, j'avais juste besoin d'attention, je crois. En fin de compte, c'est ce mélange qui a fait de moi ce que je suis.

Elle n'est pas idiote, se dit-il. C'est une femme qui peut facilement leurrer les gens.

– Je n'ai jamais été d'une beauté effarante. Pas que je sois atroce, Dieu merci. Si je me sers de ce que j'ai, je peux attirer l'attention, mais je ne suis pas à couper le souffle. Je me savais assez intelligente pour faire des études, mais il n'y a pas de diplôme dans ce que je voulais faire. Tout ce qui me restait, c'était ma voix. Et un

247

sens de la scène mais ça, je ne l'ai découvert que plus tard. Et un jour, j'ai croisé le chemin de Danny Vlok – il peut tout jouer, du violon à la trompette. Il avait un magasin de musique en ville, à Bloemfontein, et un quartet qui animait les mariages et les soirées. J'ai vu qu'il cherchait une chanteuse dans les annonces du *Volksblad*. Danny rêvait de devenir une rock star. Il essayait d'y ressembler. À l'époque, je trouvais ça cool. Il avait dix ans de plus que moi. Il connaissait la vie. Il essayait de vivre comme un rocker. Herbe et alcool. Le problème, c'est que Danny ne pouvait chanter que la musique des autres. La sienne était… mauvaise. J'ai passé une audition avec son groupe et ensuite, on est allés dans son appartement de Park Road, on a fumé un joint et on a fait l'amour. Deux mois après, on se mariait devant le juge. Quatre ans plus tard, on divorçait.

Elle se sert de cette histoire pour se punir, se dit Dekker. C'est sa pénitence de tout révéler ainsi. Mais elle s'interrompit et regarda autour d'elle.

– D'habitude, il y a de l'eau ici. Il fait chaud…

– Je vais demander à Natasha, répondit-il en se levant.

En sortant, il aperçut Josh dans le couloir, l'air agité et inquiet.

– Vous avez fini ?

– Pas encore, Monsieur Geyser.

Le grand costaud hocha la tête et regagna la salle de conférence.

*

Rachel Anderson entendait les voix un peu plus loin, sans parvenir à distinguer les mots. Elles continuèrent si longtemps qu'elle finit par se convaincre qu'aucune trace ne menait à elle. La tension reflua lentement ; les battements de son cœur se calmèrent.

Jusqu'à ce qu'elle entende le tip-tap de chaussures de femme, tout près d'elle, à deux ou trois pas.

– Très bien, merci, dit la même Noire qu'un peu plus tôt.

– J'espère que vous allez la trouver, répondit la voix d'homme.

– Elle ne peut pas être bien loin. On va fouiller le parc.

– Bonne chance.

– Merci.

La femme s'éloigna. Un instant plus tard, la porte se referma et elle sut que tout irait bien.

*

Melinda Geyser avala d'un trait un demi-verre d'eau et le garda à la main, celle qui reposait sur l'accoudoir.

– Nous sommes allés jouer pour un mariage à Bethléem, dans l'est du Free State. Après la réception, nous devions dormir dans les chalets du lac Athlone. L'endroit était désert. Nous avons fait un feu dehors et sommes restés assis dans le noir, à boire et à bavarder. Danny a dit qu'il allait se coucher, il était fatigué, saoul et il avait fumé. À l'époque, on était mariés depuis trois ans et ça ne marchait pas terrible entre nous. Mais nous sommes restés dehors, les trois autres et moi. Ils étaient jeunes, dans les vingt ans, comme moi. Le bassiste avait une caméra vidéo qu'il avait achetée la semaine d'avant. Il nous filmait. Au début, c'était juste un jeu innocent, on jouait les idiots, on faisait semblant d'être célèbres et interviewés par la SABC. On a continué à boire. Trop. Je crois que c'est arrivé à cause de la dynamique du groupe… Danny était le leader, on était les quatre employés, les sous-fifres. On a commencé à raconter des choses sur Danny à la caméra. On l'imitait et on se moquait de lui. On savait que s'il tombait sur les images, ça le mettrait hors de lui… il avait un caractère épouvantable, en particulier le matin, après une nuit de beuverie. Mais c'était précisément ce risque qui rendait les choses si amusantes ; il était endormi juste sous notre nez pendant qu'on se fichait de lui sur écran et il y avait des preuves de ce qu'on fabriquait figées sur images pour l'éternité. C'est le guitariste qui m'a embrassée en premier. Il a dit qu'il savait ce qui rendrait Danny complètement dingue. Il s'est approché et m'a embrassée sur la bouche. Après, il n'y avait qu'un pas à franchir. Surtout dans l'état où on était. Je vous passe les détails. La vidéo montre comment ils m'ont deshabillée, avec mon aide, comment ils m'ont chacun léché les seins. Elle montre comment deux d'entre eux ont fait l'amour avec moi, un devant et l'autre derrière. Elle montre combien j'ai aimé ça. Il y a un gros plan de mon visage et on voit clairement… On m'entend aussi…

Elle regarda Dekker, il y avait une sorte d'énergie en elle.

– Je me demanderai toujours jusqu'à quel point la présence de la caméra a contribué à l'expérience – elle se tut un instant puis elle baissa les yeux. Je ne l'ai jamais regretté. Jusqu'à hier. Jusqu'à ce que je comprenne que mes péchés pouvaient rattraper Josh. Ça lui ferait tellement de mal de découvrir tout ça. C'est d'une autre moi-même qu'il a besoin.

– C'était ça, sur le DVD ?, demanda Dekker pendant qu'elle se taisait.

Elle fit oui de la tête.

– Barnard a voulu vous faire chanter, ajouta-t-il sans hésitation.

– Non. C'est lui qu'on faisait chanter. Quand je lui ai rendu le DVD en disant que je savais de quoi il s'agissait, il a ajouté qu'il avait dû payer soixante mille rands pour l'avoir. C'était arrivé une semaine avant en recommandé, accompagné d'un mot : « Regardez ça quand vous serez seul, ou la carrière de Melinda est terminée. » Le coup de fil est arrivé trois jours plus tard… un type qui réclamait cinquante mille rands pour ne pas la diffuser sur Internet. J'ai demandé à Adam pourquoi il avait payé soixante mille dans ce cas. Il m'a répondu que les dix mille en plus, c'était pour s'assurer qu'il n'y avait qu'une seule copie.

– Comment s'y est-il pris ?

– C'est aussi ce que je lui ai demandé. Il m'a expliqué que ce n'était pas la première fois qu'il devait protéger les intérêts d'un de ses artistes. Il avait des gens pour l'aider dans cette tâche, un genre d'agence. Ils ont remonté la piste des transferts d'argent jusqu'à ce qu'ils trouvent le type.

– C'était le bassiste ?

– Non. Danny Vlok.

– Votre ex ?

– Il faut admettre qu'il y a un semblant de justice là-dedans.

– Comment pouvaient-ils être sûrs que c'était la seule copie ?

– Je l'ignore. J'ai essayé d'appeler Danny en sortant d'ici. Quelqu'un du magasin m'a dit qu'il était à l'hôpital. Il a été agressé chez lui dimanche soir.

Dekker digéra l'information. Cette affaire ne cessait de grossir. Et de se compliquer.

– Mais pourquoi Barnard vous a-t-il raconté tout ça, si c'était réglé ?

– Je pense que la vidéo l'a émoustillé.

– Alors il vous a fait chanter ?

– Non, il a simplement sauté sur l'occasion.

– Ah bon ?

– Il m'a dit que je n'avais pas à m'inquiéter. Je lui étais reconnaissante. Et puis il a souri et a mis le DVD dans le lecteur. J'aurais pu m'en aller. Mais je voulais le revoir.

Une dernière fois. On l'a regardé ensemble. À la fin, il m'a demandé s'il pouvait m'embrasser. J'ai dit oui.

Elle vit la tête de Dekker et ajouta :

– Je lui étais très reconnaissante de sa discrétion. Il s'était donné beaucoup de mal et avait dépensé beaucoup d'argent. De voir une fois encore cette vidéo… de moi-même. Jeune… si… excitée…

Dekker fronçait toujours les sourcils.

– Vous devez vous demander comment une « Born Again » a pu faire une chose pareille. Voyez-vous, Monsieur Dekker, je ne crois pas en un Dieu qui condamne. C'est Monseigneur Tutu, je crois, qui a dit : « Dieu a un faible pour les pécheurs. Ses critères sont plutôt bas. » Il n'est pas assis là-haut, les poings fermés, prêt à nous punir. Je crois que c'est un Dieu d'amour, Il sait que nous sommes ce que nous sommes, juste comme Il nous a faits, avec nos faiblesses et tout le reste. Il comprend. Il sait qu'en fin de compte, ça nous rapproche de lui, de savoir à quel point nous sommes faibles. Il veut juste que nous nous confessions…

Dekker était sans voix. Ils restèrent assis en silence, à écouter le chuintement de la lampe à gaz. Pour la première fois, elle joignit les mains sur ses genoux.

– Vous voulez savoir pourquoi j'ai tout raconté à Josh. C'est la seule chose que je ne peux vraiment pas expliquer. Je suis sortie du bureau avec le DVD dans mon sac. Je savais qu'ils savaient, Willie, Wouter…

– Wouter ?

– Le directeur financier. Wouter Steenkamp. Son bureau se trouve à côté de celui d'Adam. J'étais sûre qu'ils m'avaient entendue parce que je suis bruyante en matière de sexe. Adam est… plutôt doué. Et Natasha avait une drôle de voix quand je suis passée devant elle… Peut-être était-elle dans le couloir pendant ce temps-là. Elle se doutait de quelque chose. Mais je suis sortie de là et suis allée m'asseoir dans ma voiture. J'avais le DVD avec moi et voulais le détruire, mais je n'aurais jamais cru que ç'aurait été aussi dur. Ça plie, mais ça ne casse pas facilement, exactement comme l'esprit humain. J'ai sorti une pince à épiler de mon sac à main et je l'ai rayé. C'était le mieux que je puisse faire. Je l'ai rayé jusqu'à être certaine qu'il était devenu illisible. J'ai téléphoné à Danny à son magasin, je suis rentrée chez moi et j'ai mis le DVD à la poubelle. En rentrant à la maison, j'ai trouvé ce cher et tendre Josh sur le canapé, Josh qui m'aime d'un amour inconditionnel. Il m'a prise dans ses bras comme il le fait toujours, mais la seule chose que j'avais en tête, c'est qu'il allait sentir l'odeur du sexe sur moi. Josh a dû se rendre compte que j'étais tendue, c'est quelqu'un de très sensible, toujours à se demander s'il est à ma hauteur. C'est son affection qui m'a désarçonnée, cette affection d'une honnêteté absolue. À ce moment-là, je me suis trouvée confrontée à la différence entre l'image qu'il avait de moi et ce que j'étais réellement. C'était dévastateur, si vous voulez bien excuser ce langage théâtral. Il avait le droit de connaître la vérité, mais les mots refusaient de sortir. Les vieilles habitudes, on se protège jusqu'au bout. Je préfèrerais croire que je voulais le protéger, lui, parce qu'aussi difficile que ce soit de vivre avec moi-même, Josh ne pourrait jamais s'en remettre s'il apprenait la vérité.

22

Quand Vusi Ndabeni se gara en face de chez Carlucci, l'hélicoptère de la police survolait l'endroit dans un bruit de rotor assourdissant. Il repéra Mbali Kaleni à côté d'un véhicule de patrouille, micro dans une main, le cordon de la radio tout entortillé à travers la vitre ouverte. Elle avait un plan du Cap posé devant elle sur le capot du véhicule et le maintenait ouvert de son autre main.

Vusi traversa la rue et l'entendit dire d'une voix forte :

– Le point central est là où je me trouve. Vous devez chercher à partir d'ici. D'abord, vérifiez toutes les maisons de ce bloc. Elle évite la rue, alors elle doit se trouver quelque part dans une arrière-cour. Ensuite, vous fouillez les parcs, De Waal est juste en bas, il y a aussi Leeuwenhof... à deux, trois, quatre rues d'ici, à l'est. Non, attendez... à l'ouest, vous le voyez ?

Vusi s'arrêta à côté d'elle. Elle lui jeta un coup d'œil, essayant de comprendre ce que disait le pilote de l'hélicoptère.

– Je ne vous entends pas, dit-elle dans le micro.

– Où voulez-vous qu'on aille quand on aura vérifié les parcs ?

– Fouillez la zone entre ce point-ci et la ville.

– Roger.

L'hélicoptère amorça un virage vers le nord, direction De Waal Park. Kaleni se contorsionna pour reposer le micro à l'intérieur de la voiture sans y parvenir vraiment, elle était trop petite et trop large. Vusi lui ouvrit la portière. Elle lui tendit le micro comme s'il était fautif. Il le replaça et referma la portière tandis que le vacarme de l'hélicoptère s'estompait.

– On va la trouver, dit Kaleni.

Le bus blanc de la police scientifique était en train de se garer. Le Gros et le Maigre en sortirent et s'approchèrent, leurs valises à la main.

– Où vous étiez passés ? leur lança-t-elle en rouspétant.

*

Benny se trouvait à deux cents mètres du carrefour de Riebeeck Street quand il comprit qu'il allait devoir laisser la voiture quelque part dans Bree Street et marcher jusqu'à Alfred Street. Traverser Buitengracht dans un tel chaos prendrait au moins quarante minutes. Il trouva à se garer en face d'un magasin de cycles et se demanda s'il ne devrait pas mettre son vélo dans la voiture tous les matins. Les coupures de courant étaient aussi régulières que le coup de canon de midi à Signal Hill. Une surveillante de parking s'approchait d'un air officiel et déterminé, sa machine à carte à la main.

– Police, dit Griessel en lui montrant sa plaque.

Il avait hâte d'y aller. La voix pressante de John Afrika résonnait encore à son oreille.

– Ça change rien, répliqua-t-elle. Vous voulez rester combien de temps ?

Peut-être devrait-il tout simplement s'en aller.

– Combien pour deux heures ?

– Quatorze rands.

– Nom de Dieu !, s'exclama-t-il.

Il sortit son portefeuille, chercha de la monnaie, la lui tendit, ferma sa voiture à clé et commença à trottiner au milieu de la circulation immobile. Ce n'était qu'à quatre rues de là, en prenant Prestwich, il irait plus vite. Pendant ce temps, il pourrait se mettre au courant de la situation. Il sortit son téléphone en chemin et appela Vusi.

– Salut, Benny.

On entendait un hélicoptère dans le lointain.

– Vusi, je vais voir le commissaire. Je veux juste savoir ce qui se passe. Tu es où ?

– Chez Carlucci.

– Des nouvelles ?

– Elle a disparu, Benny, mais l'hélicoptère la cherche et on a neuf véhicules de patrouille à présent, plus un qui arrive, mais avec les bouchons…

– Je sais. Tu as parlé à la police métropolitaine ?

– Je n'ai pas eu le temps.

– Je m'en occupe. On va devoir établir un emploi du temps sinon on ne va pas arrêter de se marcher sur les pieds, mais je te rappelle dès que j'ai fini avec le commissaire. Tiens-moi au courant s'il y a du nouveau.

– Benny, le Crime Organisé a des photos des gens de Demidov. Je veux que le type du restaurant y jette un œil.

Griessel hésita. Six mois plus tôt, il avait mis au jour une affaire de corruption au sein du Crime Organisé. Ils n'étaient pas en bons termes, même si l'équipe avait été entièrement renouvelée et qu'ils partageaient les mêmes locaux à Belville South. Mais le plan de Vusi tenait la route.

– Si tu peux t'en occuper, Vusi. Ça ne peut pas faire de mal.

*

Situé au quatrième étage du 24 Alfred Street, à Green Point, le bureau de John Afrika était étouffant sans l'air conditionné. Il ouvrait une fenêtre quand il entendit le commissaire de la province arriver d'un pas vif.

Il soupira. Encore des ennuis. Il resta debout et attendit que son patron se pointe. Cette fois, le petit Xhosa entra sans frapper ; il était trop pressé et trop préoccupé.

– Ils disent qu'elle a peur de la police, lança-t-il à peine arrivé.

Il s'approcha du bureau et s'y appuya des deux mains, comme un homme qui a soudain besoin d'un soutien.

– Je vous demande pardon ?, fit Afrika qui n'avait pas la moindre idée de ce dont il parlait.

– D'après le consul général, Rachel Anderson a dit à son père qu'elle ne pouvait pas aller trouver la police.

– Elle ne peut pas… « aller trouver la police » ?

– Son père a eu l'impression qu'elle s'en méfiait.

– *Bliksem !*, lança John Afrika en s'asseyant derrière son bureau.

– Exactement mon point de vue, dit le commissaire de la province.

*

Buitengracht était un vrai cauchemar. La circulation était bloquée sur les cinq files. Griessel fonçait entre les voitures, soulagé d'être à pied. Son téléphone sonna. Probablement le commissaire qui voulait savoir ce qu'il foutait. Mais l'écran affichait le numéro de Dekker.

– Fransman ?

– Benny, c'est un vrai roman-photo, annonça Dekker, et il entreprit de lui raconter à grands traits l'histoire de Melinda.

Il n'avait toujours pas fini quand Benny arriva au carrefour de Prestwich et Alfred.

– Putain !, lança Griessel à la fin. Qu'est-ce qu'elle a dit pour hier soir ?

– Qu'ils sont restés à l'église jusqu'à vingt-trois heures. Le Tabernacle, à Parklands. Et puis ils sont rentrés chez eux. Melinda a dormi sur le canapé, Josh dans

258

la chambre, mais ils n'ont pas bougé de la maison jusqu'à ce matin. Et ils n'ont pas de pistolet non plus.

– C'est aussi ce qu'il a déclaré...

Geyser mentait peut-être à propos de l'arme, mais il avait eu toute la nuit pour s'en débarrasser.

– Fransman, dis à Josh que tu veux fouiller sa maison...

– J'ai demandé une vérification au fichier national. Aucune arme...

– Non, je n'ai pas dit qu'on devait la chercher. C'est juste pour voir comment ils réagissent. Fais-lui le coup du mandat de perquisition...

– « Le coup du mandat de perquisition » ?

– Dis-lui qu'on peut en avoir un mais que s'ils nous donnent la permission, ce ne sera pas nécessaire...

– Ok. Mais l'ex, Benny, ça pourrait être lui ; cette affaire est un vrai bordel. Je vais appeler Bloemfontein, voir s'ils peuvent dégotter quelque chose. Je vais laisser repartir Josh et Melinda...

– Tu peux le faire. Mais tu peux aussi les faire poireauter dans la salle de conférence. Laisse-les mariner un peu jusqu'à ce que tu aies des nouvelles de Bloemfontein. Et va discuter avec ta copine sexy à la réception. Où était Barnard la nuit dernière ? Épluche son agenda, fouille son bureau, vérifie ses e-mails...

Au début, Dekker ne répondit pas, puis il dit :

– Ok.

Il n'était pas ravi.

– Désolé, Fransman, je prends encore la main.

– J'essaie de me calmer, Benny. De me calmer.

*

– Laisse-moi prendre leur adresse e-mail, dit Vusi Ndabeni à Vaughn Cupido.

Il s'approcha du jeune homme en tablier assis sur la véranda avec son équipe.

– Vous avez une adresse e-mail ici ? Nos collègues du Crime Organisé vont envoyer des photos que je veux que vous regardiez.

– On en a une. C'est info@carlucci.co-za. Mais ça ne va pas beaucoup aider.

– Pourquoi ?

– Il n'y a pas de courant. Le PC ne marche pas.

Les épaules de Vusi s'affaissèrent, mais il dit néanmoins à Cupido :

– Envoie-le quand même, Vaughn, voici l'adresse…

La grosse inspectrice Mbali Kaleni vint se poster près de Vusi et demanda au jeune homme :

– Vous êtes sûr du numéro de la Land Rover ?

– Je suis pratiquement sûr qu'elle était du Cap et qu'il y avait un 4-1-6.

– On n'a pas de Land Rover Discovery enregistrée au Cap avec 4-1…

– Ce n'était pas une Discovery.

– Ah non ?

– J'ai dit au type que c'était une Defender. À empattement long. Et neuve.

– Les hommes !, dit Kaleni en hochant la tête.

– Que voulez-vous dire ?, demanda le jeune homme au tablier.

– Pas vous, répondit Kaleni en sortant son téléphone. Les crétins avec qui je suis obligée de bosser.

Elle appela le bureau des plaintes de Caledon Square et écouta sonner un bon moment avant que quelqu'un ne décroche. Elle demanda à parler à l'agent qui avait fait la recherche initiale.

– Ce n'est pas une Land Rover Discovery, c'est une Defender. Il faut recommencer la recherche.

– Je ne peux pas, répondit le planton.

– Et pourquoi ?

– Il n'y a pas de courant.

Benny Griessel entra dans le bureau de John Afrika en sueur et à bout de souffle à cause de la chaleur, des quatre étages qu'il avait dû grimper à pied car les ascenceurs étaient en panne et parce qu'il était peu à peu gagné par le sentiment que le temps pressait.

Le commissaire de la province était assis en face de John Afrika. Ils avaient tous deux l'air sombre.

– Bon après-midi, commissaire, dit Griessel.

Il vérifia sa montre, constata qu'il n'était encore que midi moins vingt-cinq ; on se serait déjà cru à trois heures.

– Bonjour, commissaire, rectifia-t-il.

Le petit Xhosa se leva, très sérieux, et lui tendit la main.

– Félicitations, capitaine Griessel.

Il se trouva pris au dépourvu. Il lui serra la main et, déconcerté, regarda John Afrika qui lui décocha un clin d'œil en disant :

– Félicitations, Benny.

– Euh… dit Griessel en essuyant la sueur sur son front. Euh…

Puis :

– Merde alors, commissaire !

Le Xhosa se mit à rire et posa une main sur son épaule.

– Vous feriez mieux de vous asseoir, capitaine. J'ai comme l'impression qu'aujourd'hui, vous allez la gagner, cette promotion.

*

Dans le jardin de la maison victorienne, à côté des trois empreintes de chaussures dessinées dans la terre meuble, le grand et maigre Jimmy, de la police scientifique, ouvrit le sac en plastique contenant le ciment dentaire et regarda le gros Arnold y verser une dose précise d'eau.

261

– Elle est tellement énorme que quand elle se pèse, la balance doit afficher « à suivre… », lâcha Arnold.

– Hihi, gloussa Jimmy.

– Elle est tellement énorme qu'elle doit avoir son propre code postal, continua Arnold. Tiens, vas-y, secoue.

– Si seulement elle était moins autoritaire, répondit Jimmy en faisant coulisser la fermeture du sac avant de l'agiter. Je veux dire… tu n'es pas précisément mince toi non plus, mais au moins, tu n'es pas une salope !

– Ce serait censé me consoler ?

– Je disais ça comme ça, rétorqua Jimmy en secouant le sac avec une grande concentration. Et puis zut, tout ce que je veux savoir, c'est ce qu'elle compte faire de ces moulages. On sait que ce sont les empreintes de la fille. Autant pisser dans un violon !

– C'est prêt. Touille.

Jimmy malaxa le sac en plastique contenant la pâte verte molle et visqueuse.

– Je suis loin d'être aussi gros qu'elle.

– Tu es juste plus grand, c'est ça, la différence, répliqua Jimmy. Prépare le moule.

Arnold attrapa un moule long, l'ajusta pour qu'il recouvre l'empreinte et l'enfonça avec précaution dans le sol. Puis il sortit une bouteille de talc et en saupoudra l'empreinte.

– Verse, dit-il.

Jimmy ouvrit le sac et le tint au-dessus du moule, bien au milieu. La pâte se mit à dégouliner.

– J'ai un métabolisme qui est lent, c'est ça mon problème, continua Arnold. Mais elle, par contre, elle bouffe comme quatre… j'ai entendu dire que c'était KFC matin, midi et soir…

*

Dans la maison victorienne, derrière ses rideaux de voilage et à seulement dix mètres de l'endroit où le Gros et le Maigre étaient agenouillés, le vieil homme ne pouvait entendre leur conversation. Mais il pouvait les voir. Juste comme il avait vu la fille sauter par-dessus la barrière, la Land Rover passer devant la maison peu après, et les jeunes hommes qui la cherchaient. Et les policiers qui avaient descendu Upper Orange Street en courant avec détermination, et l'inspectrice noire qui s'était arrêtée, pensive, devant la clôture, et avait ensuite étudié le parterre de fleurs.

Il savait qui ils cherchaient. Et il savait où elle se cachait.

23

Capitaine Benny Griessel, nom de Dieu ! Incroyable, non ?

Il était assis là, savourant avec satisfaction sa promotion. Il aurait voulu pouvoir rentrer chez lui pour écrire à sa fille : « Ma chère Carla, ton père est devenu capitaine aujourd'hui. » Ce soir, il entrerait au Primi Piatti où Anna l'attendrait à une table éclairée par une bougie et il se pencherait pour lui donner un baiser sur la joue en disant : « Capitaine Benny Griessel, enchanté de faire votre connaissance », et elle, elle lèverait les yeux vers lui, surprise, et dirait « Benny ! » avant de l'embrasser sur la bouche en retour.

– Comment Dekker a-t-il pris la nouvelle pour Kaleni ?, demanda John Afrika en le tirant de sa rêverie.

– Je l'ai assuré qu'il s'agissait encore de son affaire, commissaire, répondit Griessel. Il a accepté.

Afrika eut l'air sceptique, mais se contenta de hocher la tête.

– Tu lui as dit à elle ?

Il avait oublié. Totalement. Il allait devoir se bouger le cul.

– Je n'en ai pas encore eu l'occasion.

– Vous savez ce que signifie Mbali ?, demanda le commissaire de la province. Fleur. Ça veut dire fleur en zoulou.

265

Afrika sourit.

– Elle parle cinq langues et possède un quotient intellectuel de cent trente-sept. Pas mal pour une fleur.

– Un jour, elle sera assise à ma place, dit le petit Xhosa.

– Elle croit qu'elle y est déjà, répliqua Afrika, et les deux officiers se mirent à rire de bon cœur.

Griessel se contenta de sourire, ne sachant pas vraiment s'il était convenable pour un capitaine de rire avec eux.

Le commissaire régional reprit brusquement son sérieux.

– Benny, il y a du nouveau. Le père de Rachel Anderson a dit qu'elle ne pouvait pas aller trouver la police. D'après lui, ça signifie qu'elle ne peut pas nous faire confiance.

– Pas nous faire confiance ?, répéta Griessel.

Les deux officiers supérieurs acquiescèrent à l'unisson, attendant qu'il leur trouve l'explication.

– C'est ce qu'elle leur a dit au téléphone ?

Nouveau signe de tête.

– Attendez un peu, dit-il en se penchant sur le coussin gris du fauteuil à structure métallique fourni par l'administration. On ne regarde pas les choses sous le bon angle, commissaire. D'après Vusi, elles auraient servi de mules, elle et la fille décédée. Ça collerait avec pas mal de choses… la façon dont elles sont entrées dans le pays, le night-club, les Russes, le sac à dos qui a disparu, la poursuite. Si elle ne peut pas faire confiance à la police, c'est parce qu'il s'agit d'une criminelle. Elle ne peut pas se pointer dans un commissariat en disant : « Aidez-moi, je viens de faire entrer pour un demi-million de drogue et j'ai entubé Demidov. »

Il lut le soulagement sur le visage des deux hommes. Mais John Afrika fronça les sourcils :

– On peut difficilement annoncer ça au consul général ou à son père. Pas sans preuve.

– On a promis à son père qu'on l'appellerait, reprit le commissaire de la province, et, voyant l'air peu emballé de Benny, il ajouta sciemment « capitaine ».

– Immédiatement, renchérit John Afrika.

– Pour le rassurer, glissa le frêle Xhosa.

– Ça lui permettrait de souffler un peu.

– S'il savait qu'un officier supérieur est en charge de l'affaire.

– Mais il ne faut pas se précipiter sur cette histoire de drogue.

– Je vais vous chercher le numéro, dit le commissaire de la province en se levant.

– Utilise le bureau d'Arendse, ajouta John Afrika. Il est en congé.

Afrika se leva à son tour.

– Viens, je vais te montrer où c'est.

Et soudain, le courant revint avec un frisson qui traversa le bâtiment de part en part.

*

– Vous n'allez pas l'arrêter ?, demanda Willie Mouton d'un ton incrédule tandis que le néon fluorescent se rallumait en tremblotant avant de se refléter de tous ses feux sur son crâne chauve.

– Pour le moment, il n'y a aucune raison de l'arrêter, répondit Dekker, debout à la porte. Pourrais-je vous poser quelques questions ?

– Quoi ? À moi ?

Dekker avisa un fauteuil près de l'avocat.

– S'il vous plaît. Sur Adam Barnard. Et les Geyser.

– Oh. Bien sûr. Je vous en prie, asseyez-vous, dit Mouton sans la moindre cordialité.

Dekker s'assit.

– Ce matin, dans la maison de Barnard... vous avez parlé de ses « manières » juste avant que Mme Barnard...

Il vit Mouton jeter un coup d'œil vers Groenewald, en quête d'approbation.

– Les journaux en ont déjà dévoilé une partie, Willie, dit lentement l'avocat.

Mouton s'éclaircit la gorge et se passa rapidement la main sur son crâne rasé.

– Harcèlement sexuel, avança-t-il d'un ton circonspect – Dekker attendit. Je ne crois pas que ç'ait quoi que ce soit à voir avec son décès.

– Laisse-les en décider, Willie.

– D'accord, Regardt, mais il y a quinze ans, un type pouvait encore tenter sa chance et la nana refuser sans que ça fasse toute une histoire. Maintenant, tout d'un coup, c'est du harcèlement sexuel.

De nouveau la main sur le crâne, signe d'hésitation. Il tripota l'anneau en argent puis se pencha en avant d'un seul coup, sa décision prise.

– Tout le monde sait qu'Adam faisait une fixation sur les nanas. Et elles l'aimaient pour ça, je peux vous le dire. Il y a quinze ans, j'étais manager pour des groupes de pop, et j'en ai entendu des histoires à l'époque : Adam avait Xandra à la maison, mais ça ne lui suffisait pas, il voulait plus. Il m'a demandé de rejoindre Afrisound en tant qu'associé pour m'occuper de la production et de la promotion et il m'a dit : « Willie, autant que tu le saches… j'aime les femmes. » Il n'en avait pas honte. Mais du harcèlement ? C'est un monceau de conneries. Bien sûr qu'il essayait. Mais il ne faisait jamais miroiter un contrat à une femme si elle acceptait de coucher avec lui. Jamais. Il écoutait les CD de démo ou allait voir un spectacle et ensuite, il disait oui ou non. « Vous avez du potentiel, on veut signer avec vous », ou « Non, ça ne convient pas à ce qu'on fait ». Je vous le dis, il y avait bien des chanteuses qui essayaient, qui entraient dans son bureau, tout en seins et en jambes, maquillées et battant des cils, et il leur disait tout de go : « Je vous nique, mais je ne vous signe pas. »

– « Je vous nique. »

Dekker savoura l'expression en se disant que les Blancs avaient vraiment un langage bien à eux.

– Vous voyez ce que je veux dire.

– Et cette histoire de harcèlement ?

– Il y a un an, Nerina Stahl a reçu une proposition importante du Centre Stage et tout à coup, les journaux n'ont plus parlé que de ces histoires de harcèlement…

– Je ne suis pas sûr de comprendre.

– Nerina Stahl… la star.

Dekker hocha la tête.

– Jamais entendu parler d'elle.

– Vous devez écouter KFM… ils passent complètement à côté de la musique afrikaans.

– 5FM, le corrigea Dekker.

Mouton hocha la tête, comme si ça expliquait tout.

– C'est Adam qui l'a faite. Il y a quatre ans, elle chantait…

– Vous parlez de Nerina Stahl ?

– Oui, elle chantait pour Mc Cully, dans un hommage à Abba, un mois au Liberty de Johannesburg, un mois au Pavillon, un de ces spectacles qui vont et viennent. Adam y est allé un soir. Jolie fille, chouette voix, jeune, elle avait vingt-quatre ans à l'époque ; elle est originaire de Danielskuil ou de Kuruman… Si on ne l'avait pas repérée, elle serait en train de vendre des baraques pour Pam Golding à Plattekloof, moi, je vous le dis. Adam l'a invitée à déjeuner et lui a dit qu'elle pouvait faire une carrière solo. Elle a signé l'après-midi même. On lui a fait refaire les nichons, Adam a traduit un paquet de chansons allemandes et on a mis un peu de fric dans un clip vidéo. Ce CD s'est vendu à vingt-cinq mille exemplaires et deux ans plus tard, elle passait dans ce show hyper connu, *Huisgenoot Skouspel*[1]. Elle était encore sous contrat

1. Spectacle musical annuel présenté par le très populaire magazine *Huisgenoot* (*N.d.T.*).

avec nous pour un an quand Centre Stage lui a offert plus, alors elle est allée trouver les journaux avec cette saloperie d'histoire de harcèlement sexuel parce que c'était son seul moyen de rompre le contrat. Du coup, il y en a trois autres qui lui ont emboîté le pas, deux has been…

– Monsieur Mouton…, dit Dekker en faisant un geste lui indiquant de ralentir. Centre Stage ?

– C'est un label concurrent. Ils ne produisaient que des spectacles en anglais avant la déferlante afrikaans et après, ils ont essayé de piquer les artistes des autres labels. Nikki Kruger est parti chez eux, et les Bloedrivier Blues Band. Et Ministry of Music aussi. Mais Nerina a eu cette idée de procès pour harcèlement.

– Et d'autres femmes ont proposé de témoigner ?

– C'était juste pour se faire de la pub, bon Dieu ! Tanya Botha et Largo, elles étaient toutes les deux en train de faire un flop alors…

Il vit Dekker froncer les sourcils.

– Vous savez bien, un flop, les ventes étaient en chute libre. Tanya s'est brusquement retrouvée au fond du trou, ses deux premiers CD étaient des reprises, on avait travaillé un joli son pour elle, mais tout à coup, elle a voulu chanter ses propres trucs, des histoires de douleur et de souffrance, et personne n'avait envie d'écouter ça. Quant à Largo… Je ne sais pas, j'imagine que la date de péremption était arrivée pour elle.

– Et elles aussi ont accusé Adam Barnard de harcèlement ?

– En première page du *Rapport* : « *Sangeresse span saam teen seks*. Une chanteuse s'élève contre le harcèlement sexuel », ou un truc dans le genre.

– Quelle était la nature de la plainte déposée par Nerina Stahl ?

– Un monceau de conneries, je vous dis. Adam ne la laissait soi-disant jamais en paix, ne pouvait pas s'empêcher de la peloter dans son bureau, voulait tout le temps la ramener chez lui, mais tout le monde savait que Xandra était à la maison, malade, et que ce n'était pas la façon de faire d'Adam.

– Et ensuite ?

– On a laissé partir Nerina et l'orage est passé. Tanya Botha et son avocat ont accepté de discuter, on lui a offert trente mille et elle s'en est contentée. J'ai vu qu'elle était en train de sortir un CD de gospel pour un de ces nouveaux labels. Tout le monde chante du gospel en afrikaans à présent, le marché est porteur.

– Quand est-ce que tout ça est ressorti pour la dernière fois ?

– Je ne suis pas sûr… chaque fois que les journaux n'ont rien à se mettre sous la dent. Regardt ?

– On n'a pas eu de problèmes les cinq ou six derniers mois. Mais maintenant qu'Adam est mort…

– Vous imaginez le cirque que ça va être ? Et personne ne se souviendra qu'il a sauvé l'industrie du disque afrikaans.

– Comment ça ?, demanda Dekker.

– Personne n'a fait plus pour la *luisterliedjie*[1] qu'Adam Barnard. À part Anton Goosen peut-être…

– C'est quoi, la *luisterliedjie* ?

– Oh, ça date du début des années 1980. Mais vous devez comprendre ce qu'était la scène musicale de l'époque. Dans les années 1970, les Afrikaners n'écoutaient que des trucs sans intérêt… Jim Reeves, Gè Korsten, Min Shaw, Groep Twee, Herbie and Spence… de la pop du style « je t'aime, je t'aime ». C'était l'âge d'or de l'apartheid et les gens ne voulaient pas penser, ils voulaient simplement fredonner des chansons. Et puis Anton Goosen et Koos du Plessis ont débarqué avec des trucs originaux, des textes géniaux… On a parlé du

1. La chanson à textes (*N.d.T.*).

271

mouvement « Music and Lyrics », ne me demandez pas pourquoi. Ou plus simplement de la *luisterliedjie* parce qu'il fallait être attentif aux textes, on ne pouvait pas se contenter de siffloter la mélodie. Bref, Adam avait dans les vingt ans, il bossait pour De Vries & Kotzé, un de ces énormes cabinets juridiques, mais il n'était pas heureux et c'était un dingue de musique. Il écoutait tout, dans les pubs, les petits clubs, et il avait remarqué qu'il y avait pléthore de talents en herbe, mais que les grandes maisons de disques n'étaient pas intéressées, elles ne voulaient que des stars. Et il a découvert Xandra. Vous saviez qu'Alexa Barnard avait été une star de tout premier ordre ?

– J'ai entendu dire…

– Il a démissionné de son boulot pour lancer Afrisound, a pris Xandra et quelques autres. Il a mis la main sur les meilleures chansons et les a lancées intelligemment parce qu'il avait compris que c'était l'avenir. Ça a bien marché. Pas génial, mais elles ont fait plus que survivre et ensuite, il y a eu Voëlvry et il s'est mis à jouer sur les deux tableaux…

– Voëlvry ? « Le mouvement pour la liberté » ?

Mouton soupira.

– Vous avez déjà entendu parler de Johannes Kerkorrel et de Koos Kombuis ?

– Oui.

– Ils en faisaient partie. C'est là que j'ai débuté, en tournant avec un de ces types. On dormait dans le combi et on n'avait ni studio ni maison de disques. On vendait des cassettes à l'arrière d'un minibus à la fin des années 1980. Je faisais tout, depuis conduire jusqu'à empêcher les gars de se saouler, les courses, le programme, réparer les amplis, coller les affiches, ramasser l'argent des billets… C'était une époque délirante, c'était génial. Voëlvry écrivait des chansons protestataires en afrikaans, vous voyez, contre l'apartheid. Les étudiants nous suivaient par milliers, pendant que papa et maman écoutaient les chansons d'amour de Bles Bridges dans leurs banlieues. Cette nouvelle vague était en train de déferler juste sous leur nez. C'est à cette époque qu'Adam est venu me trouver… c'est là qu'on a commencé à travailler ensemble. C'est nous qui avons donné sa légitimité à Voëlvry. On leur a fourni un label qui les a fait connaître du grand public, avec le management, le marketing et la promotion. Ça n'a pas cessé de se développer depuis et regardez la musique afrikaans maintenant. Ces cinq ou six dernières années, la situation s'est détériorée parce que la langue est menacée et que les journaux ne sont capables de parler que de harcèlement. Nom de Dieu ! Ou alors ils parlent du tube de De la Rey, même si pratiquement personne n'écoute le disque en entier. Vous savez que la plupart des chansons parlent de sexe et d'alcool ?

– Quelles chansons ?

– Celles de De la Rey.

Dekker fit non de la tête et réfléchit avant de répondre :

– Est-ce qu'Adam Barnard vous aurait parlé d'un DVD la semaine dernière ?

– Quel DVD ?

Sa surprise semblait sincère.

– N'importe lequel.

– On travaille sur un ou deux. Celui de Josh et Melinda est programmé pour le KKNK[1], un enregistrement public…

Dekker hocha de nouveau la tête.

– Est-ce que Barnard vous aurait parlé d'un DVD qu'il aurait reçu par courrier ?

– Pourquoi est-ce qu'on lui enverrait un DVD ? C'est moi qui m'occupe de la production et de la promo. S'il

1. *Klein Karoo Nasionale Kunstefees* – festival d'arts afrikaans se tenant chaque année à Oudtshoorn (*N.d.E.*).

273

avait effectivement reçu quelque chose, il me l'aurait transmis.

– Il est possible qu'il ait quand même reçu un paquet contenant un DVD. La semaine dernière. A-t-il mentionné quelque chose ?

– Pas devant moi. De quel genre de DVD s'agissait-il ? Qui a dit qu'il en avait reçu un ?

– Ouvrait-il son courrier lui-même ?

– Adam ? Oui, qui d'autre le ferait ?

– Il n'avait pas de secrétaire ?

– Natasha est notre assistante personnelle à tous les deux, mais elle n'ouvre pas notre courrier. Nous faisons presque tout par électronique. S'il y avait eu un DVD, elle me l'aurait apporté. Qu'y avait-il dessus ?

– Je ne peux pas en divulguer les détails à ce stade de l'enquête, Monsieur Mouton. Avec qui pourrais-je parler des virements que M. Barnard aurait pu faire ces derniers jours ?

– Des virements ? Pourquoi voulez-vous connaître ce genre de choses ?

– Willie, dit Groenewald en guise d'avertissement.

– C'est ma boîte, Regardt, j'ai le droit de savoir. Qu'est-ce que racontent les Geyser ?

– Willie, cette enquête est en cours d'instruction. Ce qui veut dire qu'il n'a pas à…

– Je sais ce que ça veut dire, Regardt, mais c'est ma boîte maintenant qu'Adam nous a quittés.

– Monsieur Mouton, malheureusement, vous êtes obligé de répondre à mes questions.

Sa pomme d'Adam tressauta, sa main tripota l'anneau d'argent.

– C'était quoi votre question ?

– À qui pourrais-je parler d'éventuels virements que M. Barnard aurait effectués la semaine dernière ?

– En faveur de qui ?

– N'importe qui.

– C'est Adam qui s'occupait des finances et de l'administration. C'est lui qui signait les chèques. Mais Wouter le saurait sûrement. C'est le comptable.

– Où puis-je trouver Wouter ?

– Porte suivante dans le couloir.

– Merci, dit Dekker en se levant. Je vais aussi devoir fouiller le bureau de M. Barnard. Quelqu'un y est-il entré depuis hier soir ?

– Demandez à Natasha, je n'en sais rien.

Dekker se dirigea vers la porte.

– Ils mentent, lança Mouton. Les Geyser mentent pour sauver leurs fesses. Des virements ? Quels virements ?

– Willie, répéta Groenewald.

*

Griessel était assis dans le bureau du directeur absent. L'imposant fauteuil était confortable et le bureau très large et très propre. Il observait la feuille de papier blanc que lui avait donnée le commissaire de la province. Bill Anderson, pouvait-on y lire. Plus un numéro avec un code pour l'étranger. Il rechignait à passer ce coup de fil. Il n'était pas doué pour ce genre de choses. Il se montrerait trop rassurant, ce qui provoquerait de faux espoirs, et il savait ce que ressentait cet homme. Si Carla devait lui téléphoner de Londres en disant que des gens essayaient de la tuer, des gens qui avaient déjà tué, il deviendrait complètement fou. Il sauterait dans le premier avion. Mais il n'y avait pas que ça qui le tracassait.

Depuis que John Afrika était sorti en refermant la porte derrière lui, Griessel s'interrogeait avec inquiétude sur l'autre alternative. Et si Rachel Anderson n'était pas une mule ? Gennady Demidov avait une triste réputation, il possédait un vaste réseau d'activités. D'après la rumeur, il avait des conseillers municipaux dans sa poche. Et aussi des membres de la SAPS. Au moins quelques hommes en tenue. Il y avait eu une plainte pour agresssion, des gens auraient été battus à coup de battes de base-ball parce qu'ils refusaient de lui vendre un terrain – terrain que la municipalité devait acquérir pour y construire le stade destiné à la Coupe du monde de football. Le dossier avait disparu du commissariat de Sea Point et les témoins avaient cessé de parler.

Six mois plus tôt, l'unité de lutte contre le crime organisé avait été nettoyée en fanfare. Il y avait un nouvel officier supérieur, de nouveaux inspecteurs, un certain nombre issu du Gauteng et du KwaZulu, mais six mois, c'était long. Et les Russes avaient les moyens.

Sa théorie n'allait sûrement pas plaire à ses chefs.

Griessel soupira, souleva le combiné et entendit la tonalité. « Capitaine Benny Griessel », allait-il annoncer. Ça au moins, ça ferait de l'effet, bon Dieu !

24

Vusi Ndabeni, Mbali Kaleni et le jeune homme au tablier étaient debout devant l'ordinateur dans le petit box d'un bureau chez Carlucci. Ils regardaient l'e-mail en train de se télécharger.

– Vous n'avez pas l'ADSL ?, demanda Kaleni comme si c'était un crime.

– On n'en a pas besoin, répliqua le jeune homme.

Vusi se demanda s'il était censé savoir ce qu'était l'ADSL, mais fut sauvé par la sonnerie d'un téléphone. Celui de Kaleni.

– Oui, répondit-elle d'un ton brusque, agacée.

Elle écouta un bon moment, puis lança :

– Ne quittez pas.

Elle enleva son gros sac à main de son épaule, plongea la main dans ses profondeurs et ramena à la surface un calepin noir relié et de quoi écrire. Elle l'ouvrit d'un geste solennel, le posa sur la table, enfonça le bouton poussoir du stylo et dit :

– Ok, envoyez.

Puis :

– Je veux dire… donnez-le-moi.

Elle griffonna quelque chose, dit « c'est noté » et mit fin à la communication.

– Vusi, je vais à Parklands. Ils ont mis dans le mille avec la plaque minéralogique.

– La Land Rover ?

– Oui. Un certain J. M. de Klerk, 24 Atlantic Breeze à Parklands a fait immatriculer une Land Rover Defender 110 de 2007, en septembre. Numéro d'immatriculation : CA 416 7889. Et il est né en 1985. Un jeune.

– Mais pas un Russe, dit Vusi, déçu.

– Il doit avoir un père friqué, ajouta le jeune homme au tablier en ouvrant l'e-mail. Ces Landies coûtent trois cent mille rands.

– Où est-ce qu'il bosse ?, demanda Vusi, plein d'espoir.

– Même adresse. Il travaille à domicile.

*

Griessel entendit le téléphone sonner sur un autre continent, clair comme de l'eau de roche, et se demanda quelle heure il était à West Lafayette, Indiana.

– Anderson, répondit la voix au bout du fil.

– Monsieur Anderson, je m'appelle Benny Griessel…

Il avait conscience de son accent afrikaans et pendant une fraction de seconde, il eut la suite logique de la phrase au bout de la langue… « et je suis un alcoolique ». Il la ravala et dit :

– Je suis capitaine dans la police sud-africaine et c'est moi qui suis chargé de l'enquête sur la disparition de votre fille. Je suis absolument désolé de ce qui s'est passé, mais je peux vous dire que nous faisons notre maximum pour la retrouver et la protéger.

– Merci capitaine, tout d'abord, d'avoir pris le temps de téléphoner. Y a-t-il du nouveau ?

La voix, polie et américaine, donnait à Griessel l'impression irréelle de se trouver dans une série télé.

– Nous avons un hélicoptère de la police qui sillonne la zone où elle a été vue pour la dernière fois et nous avons plus de dix patrouilles qui fouillent les rues à sa recherche et d'autres qui vont arriver. Mais jusqu'à présent, nous n'avons pas pu la localiser.

Il y eut un silence à l'autre bout du fil, pas simplement les habituels parasites d'un coup de fil local.

– Capitaine, il m'est difficile de vous demander ça, mais quand Rachel m'a parlé au téléphone, elle a dit qu'elle ne pouvait pas aller trouver la police… j'espère que vous comprenez, en tant que père… je suis très inquiet. Sauriez-vous pourquoi elle a dit ça ?

Griessel inspira profondément. C'était la question qu'il redoutait.

– Monsieur Anderson, nous avons réfléchi à cette affaire… (ce n'était pas le bon mot), à ce problème, je veux dire. Ça peut signifier différentes choses et je suis en train d'examiner toutes les possibilités – mais ça ne semblait pas suffisant. Je voulais vous dire… j'ai une fille du même âge que Rachel. Elle est à Londres en ce moment. Je sais ce que vous ressentez, Monsieur Anderson. Je sais que ce doit être très difficile pour vous. Les enfants sont notre raison de vivre.

Ses mots sonnaient bizarrement, pas tout à fait justes.

– Oui, capitaine, c'est exactement ce que je me suis dit ces dernières heures… C'est pourquoi je suis si préoccupé. Dites-moi, capitaine… puis-je vous faire confiance ?

– Oui, Monsieur Anderson. Vous pouvez me faire confiance.

– Alors, voilà ce que je vais faire. Je vais vous confier la vie de ma fille.

Ne dis pas ça, pensa Griessel. Il fallait d'abord la retrouver.

– Je ferai tout ce qui est en mon possible, dit-il.

– Y a-t-il quelque chose que nous puissions faire d'ici ? Je… n'importe quoi…

– Je vais vous donner mon numéro de portable, Monsieur Anderson. Vous pourrez me joindre quand vous voulez. Si Rachel vous rappelle, je vous en prie, donnez-lui mon numéro et dites-lui que c'est moi qui viendrai la trouver, moi seul, si elle a peur... Et je vous promets de vous contacter s'il y a du nouveau.

– Nous nous disions... Nous voulons prendre un avion pour le Cap...

Il ne sut que répondre.

– Je... Vous pouvez, bien entendu... Laissez-moi la retrouver, Monsieur Anderson. Laissez-moi la retrouver d'abord.

– Vous allez la retrouver, capitaine ?

Il y avait une note de désespoir dans sa voix, comme quelqu'un qui s'accroche à quelque chose de vital.

– Je ne m'arrêterai pas tant que je ne l'aurai pas trouvée.

*

Bill Anderson reposa précautionneusement le combiné et se rencogna dans son fauteuil. Il se couvrit le visage de ses mains. Sa femme se tenait à côté de lui, une main sur son épaule.

– Il n'y pas de mal à pleurer, lui souffla-t-elle d'une voix à peine audible – il ne répondit pas. Je vais être forte à présent, alors tu peux pleurer.

Il laissa lentement retomber ses mains. Regarda les longues rangées de livres sur les étagères. Tant de savoir, se dit-il. Et tellement inutile à présent.

Il baissa la tête, les épaules agitées de tremblements.

– Je l'ai entendu, dit Jess Anderson. Il la retrouvera. Je l'ai entendu dans sa voix.

*

Le capitaine Benny Griessel était assis, les coudes sur le bureau du directeur, le menton dans la main. Il n'aurait pas dû dire ça. Il ne voulait pas faire de promesses. Il aurait dû s'en tenir à « je ferai tout ce qui est en mon possible », ou à « étant donné les circonstances, je ne peux présager de rien ». Mais le père de Rachel Anderson l'avait imploré : « Vous allez la retrouver, capitaine ? »

Et il avait répondu qu'il ne s'arrêterait pas tant qu'il ne l'aurait pas trouvée.

Mais bordel, par où commencer ?

Il laissa retomber ses bras et tenta de se concentrer. Il se passait trop de choses à la fois.

L'hélicoptère et les patrouilles ne la trouveraient pas. Elle se cachait par peur de la police. Et il ignorait pourquoi.

La solution était de découvrir qui la pourchassait. Le plan de Vusi lui semblait de mieux en mieux. Il devait vérifier où ils en étaient.

Griessel se leva pour prendre son téléphone. Mais ce dernier sonna alors bruyamment dans le bureau silencieux, le faisant sursauter.

– Griessel.

– C'est l'inspecteur Mbali Kaleni, SAPS, Benny.

Elle avait un accent zoulou très marqué, mais prenait soin de bien articuler chaque mot d'afrikaans. Nous avons remonté la piste d'une Land Rover Defender dont le numéro correspond. Elle appartient à un homme de Parklands, un certain J. M. de Klerk. Je suis en route.

– Très bon boulot, mais le commissaire a demandé si tu pouvais donner un coup de main sur une autre affaire. L'enquête de Fransman Dekker…

– Fransman Dekker ?

Griessel ignora le dédain dans sa voix.

– Je peux te donner son numéro ? Il est en ville…

– J'ai déjà son numéro.

– Appelle-le, s'il te plaît.

– Ça ne me plaît pas, répondit la Fleur, mais je vais l'appeler.

*

– Le 11 janvier, sur ordre d'Adam, nous avons viré par ordinateur un montant de cinquante mille rands sur un compte d'ABSA, déclara le comptable d'Afrisound, Wouter Steenkamp, d'une voix précise et modulée.

Il était confortablement installé derrière un grand ordinateur à écran plat, les coudes sur le bureau et les doigts joints devant la poitrine. C'était un homme courtaud d'un peu plus de trente ans, avec un visage anguleux et des sourcils fournis. Il était clair qu'il prenait soin de son apparence – les lunettes à la monture épaisse et les cheveux coupés court étaient à la mode, un duvet noir de deux jours savamment entretenu lui couvrait le menton et les poils noirs de sa poitrine étaient tout juste visibles dans l'encolure de son polo bleu ciel à fines rayures blanches. Grosse montre de sport, bras bronzés. Aucun problème de confiance en soi.

– Au nom de qui a été fait le virement ?, demanda Dekker assis dans le fauteuil qui lui faisait face.

Steenkamp consulta son écran sans dénouer ses doigts.

– D'après la note d'Adam, le titulaire du compte est « Bluegrass ». Le code bancaire correspond à une succursale d'ABSA dans le centre de Bloemfontein. La transaction n'a pas posé de problèmes.

– M. Barnard a-t-il expliqué pour quelle raison il effectuait ce virement ?

– Dans son e-mail, il m'a demandé de le mettre dans la rubrique « Divers ».

– C'est tout ?

– C'est tout.

– Y a-t-il aussi eu un virement de dix mille ?

– Exactement ?

Steenkamp parcourut des yeux le tableau sur l'écran.

– Je crois.

– La semaine passée ?

– Oui.

– Je n'en ai pas de trace écrite.

Dekker se pencha en avant.

– Monsieur Steenkamp…

– Wouter, s'il vous plaît.

– D'après mes informations, Adam Barnard aurait fait appel à une agence pour découvrir qui se planquait derrière le compte de Bluegrass. Pour dix mille rands.

– Aah… fit Steenkamp en se redressant et en tendant la main vers sa corbeille de courrier en attente impeccablement rangée.

Il souleva des documents et en sortit un.

– Dix mille précisément, dit-il en passant la feuille à Dekker. Jack Fisher et Associés.

Dekker connaissait la boîte – d'anciens hauts gradés de la police, des Blancs, qui étaient partis avec de belles indemnités de retraite cinq ou six ans avant et avaient monté leur agence de détectives privés. Il prit le document et l'examina. C'était une facture. Client : Afrisound ; contact client : M. A. Barnard.

Sous objet et prix on pouvait lire : Renseignements administratifs – 4 500 R. Entretien privé – 5 500 R.

– Entretien privé ?, dit-il à voix haute.

Steenkamp se contenta de hausser les épaules.

– C'est la signature d'Adam Barnard là ?

– Oui. Je ne paye que si j'ai sa signature, ou celle de Willie.

– Donc, vous ne savez pas à quoi a servi ce virement ?

– Non. Adam ne m'en a pas parlé. Il l'a mis dans son courrier sortant et Natasha l'a posé là-dedans. Si c'était signé de sa main…

– Vous faites souvent appel à Jack Fisher ?

– De temps à autre.

– Vous savez que ce sont des privés ?

– Inspecteur, l'industrie du disque n'est pas que clair de lune et bouquets de roses… D'habitude, c'était Adam qui s'occupait de ce genre de problèmes.

– Est-ce que Willie Mouton serait au courant ?

– Demandez-le-lui.

– Je vais devoir garder ce virement.

– Puis-je en faire une copie ?

– Je vous en prie.

*

L'inspecteur Vusi Ndabeni n'était jamais monté dans un hélicoptère.

Le pilote lui passa un casque à écouteurs par-dessus son épaule, quelqu'un ferma la porte, le moteur rugit, les rotors se mirent à tourner et ils décollèrent. Il sentit son estomac se soulever. Il mit le casque avec des mains tremblantes et regarda De Waal Drive se ratatiner sous ses yeux. Parfois ces machines dégringolaient du ciel, se dit-il. Il ne faut pas regarder en bas, lui avait-on dit une fois, mais la ville se trouvait sous leurs pieds à présent, le Parlement, le Château, les rails de chemin de fer qui menaient à la gare en rangs bien nets, la baie, l'océan aveuglant sous les reflets du soleil. Vusi sortit ses lunettes noires de la poche de sa veste et les chaussa.

– Est-ce que Table View sait que nous sommes en chemin ?, demanda-t-il en observant Robben Island d'un air pensif.

– Tournez le micro… il est trop loin de votre bouche, répondit le copilote en lui montrant comment faire.

Vusi fit pivoter le micro pour l'avoir devant la bouche.

– Est-ce que Table View sait qu'on arrive ?

– Vous voulez leur parler ?, demanda le pilote.

– Oui, s'il vous plaît. On va avoir besoin de véhicules de patrouille.

– Laissez-moi vous mettre en contact.

Avec Table Bay qui étincelait à sa gauche et les industries de Paarden Island s'étirant à l'infini à sa droite, l'inspecteur Vusumuzi Ndabeni s'entretint avec le commandant de Table View par l'intermédiaire d'une radio d'hélicoptère. Quand il eut fini, il se demanda ce que sa mère aurait dit si elle avait pu le voir.

25

Benny Griessel redescendit Buitengracht au trot. Les bouchons s'étaient évaporés comme s'ils n'avaient jamais existé. Il pensait à Rachel Anderson, la fugitive. Où allait-elle ? La seule possibilité était l'auberge de jeunesse du Cat and Moose, c'était là que se trouvaient ses bagages et son ami Oliver Sands. Où aurait-elle pu aller sinon ?

Il appela Caledon Square et demanda à l'opérateur radio d'envoyer une équipe à Long Street.

– Mais ils ne doivent pas se garer devant l'auberge. Dites-leur d'attendre à l'intérieur. Si jamais elle y revient, elle ne doit pas les voir.

C'était tout ce qu'il pouvait faire. D'après Vusi, le témoin oculaire de chez Carlucci avait regardé les photos confidentielles des troupes de Demidov et hoché la tête en disant que non, ce n'était aucun d'entre eux. Ce qui, à vrai dire, ne signifiait rien, le Crime Organisé n'ayant peut-être pas envoyé toutes les photos. Ou alors les clichés étaient peut-être trop vieux. Ou encore, ils n'avaient pas les photos de tous les types qui bossaient pour Demidov. Vusi ou lui allait devoir retourner au Van Hunks. Mais d'abord, il fallait vérifier ce qu'on avait trouvé dans la maison de Table View. Il devait insuffler une direction à l'enquête, il utiliserait Caledon Square comme base, c'était central et c'était là que se trouvait le standard pour les véhicules de patrouille.

Il parcourut en courant les deux cents derniers mètres qui le séparaient de sa voiture, dans la chaleur étouffante qui enveloppait à présent la ville comme une couverture.

*

– Je ne sais pas pour quoi c'était, dit Willie Mouton en repassant la facture de Jack Fisher à Dekker. Et je ne pense pas qu'ils vous le diront.

– Oh ?

– Ce sont des informations sensibles. Confidentielles.

– Non, Willie, dit Groenewald, l'avocat.

– Bien sûr que si. Ils garantissent la discrétion. C'est pour ça qu'on fait appel à eux.

– La confidentialité ne vaut que pour les médecins, les psychologues et les hommes de loi, Willie. Si les policiers ont un mandat, ils peuvent obtenir cette information.

– À quoi sert leur garantie alors ?

Sa pomme d'Adam tressauta.

– Traitez-vous avec quelqu'un en particulier chez Jack Fisher ? demanda Dekker.

– Nous travaillons avec Jack lui-même. Mais vous faites fausse route, moi, je vous le dis.

*

Rachel Anderson n'entendait plus l'hélicoptère.

Effrayant au début, le silence devenait peu à peu rassurant. En dépit de ses traces dans le parterre de fleurs, et bien qu'une femme policier se soit trouvée à deux pas seulement de sa cachette, elle leur avait échappé.

Elle prit sa décision. Elle resterait là jusqu'au soir.

Elle jeta un coup d'œil à sa montre. Midi moins onze. Encore huit heures avant le coucher du soleil. L'attente serait longue. Mais qu'ils la cherchent donc ailleurs ; qu'ils oublient donc ce jardin.

La douleur sourde des égratignures et des bleus ne la quittait pas. Il lui faudrait trouver une position confortable si elle devait rester allongée aussi longtemps.

Elle se redressa lentement et repoussa les épais branchages couverts d'épines d'un côté. Elle ne voulait faire aucun bruit, ni aucun mouvement qu'on puisse repérer. Elle ignorait s'il y avait des yeux braqués sur ces buissons.

Si elle enlevait le sac, elle pourrait s'en servir comme oreiller.

Elle en desserra les boucles et fit glisser les bretelles de ses épaules. Il resta accroché dans les branches épineuses derrière elle – embarrassant. Elle le décoinça avec précaution et le posa par terre. Elle se retourna doucement sur le dos et appuya sa tête sur le sac.

Le sol n'était pas trop inconfortable. L'ombre touffue la protègerait de la déshydratation. Elle savait que son taux de sucre était bas, mais elle pourrait survivre jusqu'à la nuit tombée. Il lui faudrait trouver un téléphone quelque part, des gens lui permettraient sûrement d'appeler, ils le devaient, elle les supplierait. Il fallait qu'elle dise à son père où elle était.

Elle inspira profondément et observa les morceaux de ciel qui filtraient à travers l'épais feuillage. Ses yeux se fermèrent.

Puis elle entendit qu'on ouvrait la porte d'entrée de la maison.

*

Barry regagna Upper Orange dans son pick-up Toyota en prenant par la ville. La rue était calme à présent, les véhicules de police et les hommes en tenue étaient partis, seul un minibus blanc à l'emblème de la SAPS était encore garé au carrefour.

Il se demanda si ça valait le coup de surveiller la demeure victorienne.

Il chercha l'allée qu'il avait repérée un peu plus tôt, la remonta et alla se garer à l'arrière, contre la porte du garage. Il prit les jumelles posées à côté de lui sur la housse de siège fatiguée. Et se rendit compte que de là, il ne pouvait pas voir la maison. Le mur à gauche était trop haut. Il grimpa sur le plateau du Toyota et s'appuya contre la cabine, jumelles devant les yeux. La villa se trouvait à peine à cent mètres. Il balaya toute la longueur de la façade.

Pas un mouvement.

Il vérifia le jardin. Retour à la maison.

Une perte de temps.

Puis la porte d'entrée s'ouvrit. Un homme apparut. Barry fit la mise au point sur ce dernier et attendit.

Un vieil homme était debout devant la porte. Absolument immobile.

*

Josh et Melinda Geyser étaient assis l'un près de l'autre à la grande table ovale de la salle de conférence quand Dekker ouvrit la porte. Ils le regardèrent, pleins d'espoir, mais ne dirent pas un mot jusqu'à ce qu'il se soit installé, à un fauteuil de Josh.

– L'inspecteur Griessel et moi ne vous croyons pas suspects à ce stade de l'affaire…

– « À ce stade » ?

– Madame, l'enquête vient juste de commencer. Nous…

– Ce n'est pas nous, dit Josh avec emphase.

– Alors aidez-nous à vous rayer de notre liste.

– Qui d'autre y a-t-il sur la liste ?, demanda Melinda. Dekker voulut la faire taire.

– Nous essayons de retrouver la trace d'un paquet.

Il lut la peur sur son visage.

– Quel paquet ?, demanda Josh.

– Je ne suis pas autorisé à vous le dire, monsieur Geyser, mais je vous le demande encore : aidez-nous.

– Comment ?

– Donnez-nous l'autorisation de fouiller votre maison, afin que nous soyons certains que rien ne vous relie à la mort de Barnard.

– Du genre ?

– Une arme à feu. Vous pouvez refuser et nous devrions alors nous procurer un mandat de perquisition. Mais si vous nous donnez la permission…

Josh regarda Melinda. Elle acquiesça.

– Allez-y. Il n'y a rien.

Dekker l'observa attentivement. Et ne vit que sa détermination.

– Attendez ici, s'il vous plaît. Je reviens dès que possible.

*

En franchissant les portes à double battant du rez-de-chaussée d'Afrisound, Mbali Kaleni vit quatre Blancs debout en grande conversation devant le bureau de la réceptionniste noire.

– Excusez-moi, dit-elle en montrant sa plaque. Police.

Les quatre se tournèrent vers elle. L'un d'eux avait une caméra autour du cou.

– Vous êtes ici pour l'affaire Barnard ?, demanda une jeune femme aux cheveux blonds très courts.

– Vous êtes journaliste ?, rétorqua Kaleni.

– *Die Burger*, répondit la jeune femme. Est-il vrai qu'on est en train d'interroger Josh et Melinda Geyser ici même ?

– Je ne parle pas à la presse, répondit Mbali Kaleni en s'adressant à la réceptionniste.

– Inspecteur Dekker. *Ngaphakathi*[1] ?

– Oui, il est à l'intérieur.

– S'il vous plaît, cria un autre journaliste. Est-ce que les Geyser sont ici ?

Kaleni se contenta de hocher la tête en montant les marches.

– *Izidingidwane*[2].

*

Rachel Anderson demeura parfaitement immobile, mais elle n'entendait rien.

Avait-il simplement ouvert et refermé la porte ?

Elle respirait à peine.

Il y eut des bruits de pas, presque inaudibles, un, deux, trois, quatre.

Puis le silence.

– La policière m'a dit que vous étiez américaine, dit la voix qu'elle avait entendue auparavant.

La brusquerie de la remarque la sidéra, puis elle se raidit en comprenant que c'était à elle qu'il parlait.

– Je vous ai vue sauter par-dessus la barrière. J'ai vu combien vous aviez peur. Et puis, les hommes dans la Land Rover…

Il y avait beaucoup de compassion dans la voix, mais la peur de se savoir découverte la paralysait.

– La policière m'a expliqué que ces hommes vous pourchassaient, qu'ils veulent vous faire du mal.

Elle respirait par la bouche, silencieusement.

– Vous devez être très effrayée et très fatiguée. J'imagine que vous ne savez pas à qui faire confiance. Je vais laisser la porte ouverte. Si vous voulez entrer, vous êtes la bienvenue. Je vis seul. Ma femme est morte l'année

---

1. Il est dedans ? (*N.d.T.*)
2. Espèce d'idiot (*N.d.T.*).

dernière. Il y a de quoi manger et boire à l'intérieur et vous avez ma parole que personne ne saura jamais que vous étiez là.

L'émotion la submergea. L'apitoiement sur soi, la gratitude, l'envie soudaine de se lever d'un bond.

Non !

– Je peux vous aider.

Elle entendit des pas traînants.

– Je serai à l'intérieur et la porte est ouverte.

Il y eut un moment de silence avant que les pas ne reprennent et s'éloignent. La porte s'ouvrit et se referma.

Puis un canon gronda au loin et elle fit un bond, sur le qui-vive.

12 h 00 - 12 h 56

26

Plongé dans ses pensées, Fransman Dekker s'arrêta une seconde dans le couloir d'Afrisound et, un bras replié et l'autre sur la joue, contempla les motifs dépouillés du long dhurry tissé qui recouvrait le sol. Toutes les portes autour de lui étaient fermées : les Geyser étaient restés dans la salle de conférence, Mouton et son avocat se trouvaient dans le bureau de gauche, le comptable Wouter Steenkamp dans celui de droite.

Il devait appeler Bloemfontein pour voir ce qu'ils avaient, aller chez Jack Fisher et Associés, fouiller le bureau de Barnard et parler à Natasha de l'emploi du temps de Barnard. Il ne savait par où commencer et n'était pas très chaud pour Jack Fisher ou Natasha Abader. L'agence de détectives privés était pleine de Blancs, tous d'ex-policiers qui adoraient moucharder auprès des journaux s'ils pouvaient montrer la SAPS sous un mauvais jour. Natasha représentait une tentation qu'il préférait s'éviter. L'histoire d'Adam Barnard, le coureur de jupons, était un miroir qu'on lui tendait. Il ne voulait pas être comme ça ; il avait une jolie femme, intelligente et adorable, qui lui faisait entièrement confiance.

Le grondement du canon de midi se fit entendre sur Signal Hill, interrompant le cours de ses pensées. Il leva les yeux et aperçut le visage énervé de la grosse inspectrice Mbali Kaleni qui traversait la réception, ou le salon, ou quelque autre nom que ces gens de la musique donnaient à la pièce.

– Hé merde, lâcha-t-il à voix basse.

*

Benny Griessel entendit le canon au moment où il franchissait le seuil du commissariat de Caledon Square et se fit la remarque que ça le faisait sursauter à chaque fois ; il ne s'y habituerait jamais. N'était-il réellement que midi ? Il vit le photographe à cheveux longs trottiner vers lui, cherchant quelque chose des yeux, un paquet de photos à la main.

– Vous cherchez Vusi ?

– Oui, répondit le photographe. Il a tout bonnement disparu.

– Il est parti à Table View. Vous êtes sacrément en retard.

– On a eu une une coupure de courant, comment suis-je censé tirer des copies sans électricité ?, rétorqua ce dernier en tendant les clichés à Benny d'un geste rageur.

Qui les prit.

– Merci.

Le photographe sortit sans un mot. Indigné.

Griessel étudia la photo du dessus. Rachel Anderson et Erin Russel en train de rire, bien vivantes. Peau claire et peau foncée, la blonde et la brune. Russel avait un visage d'ange avec ses cheveux blonds coupés court, son joli petit nez et ses grands yeux verts. Rachel Anderson était sensuelle, d'une beauté moins évidente, avec sa natte sombre sur l'épaule, son long nez droit, sa large bouche et sa mâchoire charmante et déterminée. Mais toutes deux n'étaient encore que des enfants, exubérantes et insouciantes, les yeux brillants d'excitation.

Derrière elles, menaçante, se dressait la seule autre icône marquante des montagnes africaines, le Kilimandjaro.

Des mules ?

Tout était possible, il le savait, il avait déjà vu ça avant. L'appât du gain, l'imprudence, la stupidité. Le crime n'avait pas de visage, c'était une question de disposition, de milieu, et d'occasion. Mais son cœur lui soufflait que non, pas ces deux-là.

*

Elle était déchirée entre sa peur de faire confiance à quelqu'un et l'honnêteté dans la voix de l'homme. Elle ne pouvait pas rester ici car sa cachette avait été découverte, elle ne pouvait pas non plus retourner dans la rue, tout allait recommencer. Savoir que la porte était ouverte à quelques pas de là, lui offrant la sécurité d'un refuge, à boire et à manger, eut raison d'elle et l'emporta sur tout le reste.

Elle se redressa lentement, le cœur battant, consciente du risque qu'elle prenait. Elle ramassa son sac à dos et se traîna sur les genoux jusqu'à la lisière du rideau de feuilles, évitant les branches épineuses au-dessus d'elle.

Il y avait un petit bout d'allée pavée, une unique marche, une véranda pas très haute, un paillasson marron qui disait BIENVENUE et la porte en bois au vernis décoloré par le temps.

Elle hésita encore, envisageant une dernière fois les conséquences. Puis elle rampa sur les derniers centimètres, clignant des yeux à la lumière aveuglante du soleil. Puis se mit debout, étira ses jambes, ankylosée d'être restée aussi longtemps allongée. Elle remonta l'allée à grands pas, atteignit la marche, la partie ombragée de la véranda. Posa la main sur la poignée en cuivre oxydé, fraîche sous ses doigts, inspira et ouvrit la porte.

*

Barry ne regardait pas avec les jumelles. Elles étaient trop lourdes à porter en permanence sans l'aide d'un trépied.

Il avait tourné la tête de quelques degrés et observait le haut de la rue, en direction de Carlucci. Il perçut un mouvement en périphérie, à plus de cent mètres de là, près de la maison. Il tourna la tête et plissa les paupières. Aperçut un instant la silhouette, minuscule à cette distance ; un vêtement bleu du ton qu'il cherchait. Il prit les jumelles, les porta à ses yeux et fit la mise au point.

Rien.

– Merde !, dit-il à voix haute.

Il garda les lentilles braquées sur la porte d'entrée. Il n'en voyait qu'une partie derrière les fioritures baroques de la véranda, mais non, il n'y avait personne.

S'était-il imaginé des choses ? Non, il l'avait bien vue. Il cligna des yeux, se concentra. Petite silhouette, bleue…

– Merde !, répéta-t-il.

C'était peut-être son imagination qui lui jouait des tours. En haut de la montagne, il avait cru la voir plusieurs fois, éprouvant ainsi une montée d'adrénaline, mais quand il faisait la mise au point, ce n'était généralement qu'une fausse alerte, une illusion d'optique née de l'attente et de l'espoir.

Il abaissa les jumelles et observa la maison à l'œil nu. Il voulait se remettre en situation.

Elle avait bougé. Juste là, main droite sur la poignée de porte ? Main gauche tendue derrière elle et tenant quelque chose. Le sac à dos ?

Retour aux jumelles. D'où était-elle sortie ? Pour la première fois, il prit conscience du potentiel qu'offraient les bougainvillées, la vieille tonnelle croûlant sous la végétation. Il en étudia l'épaisseur.

– Putain !, lâcha-t-il.

L'idée germa peu à peu dans son esprit, elle avait pu courir, la grosse policière en train d'inspecter le parterre de fleurs sur la gauche…

Il attrapa son téléphone dans la poche de son jean et le sortit sans quitter la maison des yeux.

C'était forcément elle. Ça expliquait comment elle avait disparu sans laisser de traces. Il en était pratiquement sûr.

Pratiquement. À quatre-vingt-dix pour cent. Quatre-vingts.

S'il se trompait…

– Merde !

*

La maison était fraîche et silencieuse.

Elle resta debout dans l'entrée, à l'écoute de sa propre respiration. Un meuble ancien se trouvait contre le mur, surmonté d'un grand miroir ovale. À côté, elle vit des portraits de visages barbus en noir et blanc dans des cadres en bois sombre.

Un pas en avant. Le parquet grinça et elle s'arrêta. À sa gauche s'ouvrait une vaste pièce entre deux piliers tout simples ; elle se pencha pour regarder. Une grande table ravissante avec un ordinateur posé dessus, pratiquement noyé entre des piles des livres et de papiers. Des étagères contre le mur, bourrées de livres, trois grandes fenêtres, dont une qui donnait sur la rue et la barrière par-dessus laquelle elle avait sauté. Un vieux tapis persan rouge, bleu et beige élimé sur le sol.

– Je suis dans la cuisine.

La voix venait d'en face, elle était apaisante, mais elle se sentit néanmoins effrayée.

Des livres. Comme chez ses parents. Elle était forcément en sécurité avec quelqu'un qui aimait les livres.

Elle avança vers la voix. Une des lanières du sac à dos traîna sur le parquet en chuintant.

À travers le chambranle peint en blanc, elle découvrit la cuisine. L'homme était de dos. Chemise blanche, pantalon marron, chaussures de sport blanches ; il avait une allure de vieux moine avec sa couronne de cheveux gris clairsemés entourant une tonsure qui brillait à la lumière du néon. Il se détourna lentement de son occupation, une cuillère en bois à la main.

– Je fais une omelette. Vous en voulez ?

Il était plus âgé qu'elle ne l'avait cru, légèrement voûté, avec un visage bienveillant profondément ridé, une peau flasque au-dessus de la cravate rouge, des taches de vieillesse sur le crâne et les mains. Ses yeux espiègles, d'un bleu fané, pleuraient derrière d'énormes lunettes à monture dorée. Il posa la cuillère à côté d'un saladier, s'essuya les mains sur un torchon blanc et lui en tendit une.

– Je m'appelle Piet van der Lingen, dit-il avec un sourire qui révéla ses fausses dents d'un blanc immaculé.

– Ravie de faire votre connaissance, répondit-elle machinalement sans réfléchir en lui rendant sa poignée de main.

– Omelette ? Des toasts ?

Il reprit la cuillère.

– Ce serait merveilleux.

– N'hésitez pas à accrocher votre sac à dos au portemanteau derrière la porte, ajouta-t-il en désignant l'entrée du bout de la cuillère.

Puis il retourna à son saladier.

Elle resta debout, refusant d'accepter le soulagement, le contraste, la détente.

– Et la salle de bains se trouve au bout du couloir, deuxième porte à gauche.

*

– Je l'ai vue, dit Barry au téléphone, d'un ton plus assuré qu'il ne l'était en réalité.

– Où ça ?

– Elle est entrée dans une maison à une rue du restaurant.

– Nom de Dieu. Quand ?

– Il y a quelques minutes.

– Tu l'as vue ?

– J'ai eu de la chance, je l'ai juste entraperçue, mais c'était elle. Pas de doute.

– Entraperçue ? Putain, ça veut dire quoi ?

*

Ils s'installèrent dans le studio d'enregistrement. Fransman Dekker voulait la mettre au courant pour l'affaire Barnard.

– Juste une minute, dit l'inspecteur Mbali Kaleni en fermant les yeux – elle voulait s'enlever l'histoire de l'Américaine de la tête, elle avait été tellement sûre de la retrouver. Elle rouvrit les yeux, l'esprit plus clair. Allez-y, dit-elle.

Dekker commença d'un air renfrogné, lui donnant les détails avec concision, sans s'appesantir, pour bien montrer qu'il exécutait une tâche qu'on lui avait imposée.

Mbali n'était pas surprise de son attitude.

Elle savait que ses collègues masculins ne l'aimaient pas. Et celui qui l'aimait le moins de tous était Fransman Dekker. Mais ça ne la perturbait pas parce qu'elle savait pourquoi. En général, les hommes se sentaient menacés par son talent et intimidés par son éthique et son intégrité. Elle ne buvait pas, ne fumait pas, ne jurait pas. Elle n'avait pas non plus sa langue dans sa poche ; la SAPS n'était pas faite pour flagorner – la tâche était trop importante et les conditions trop pénibles pour ça. Elle disait donc ce qu'elle pensait. De leurs egos, autour

303

desquels tournait trop souvent tout le reste. De leur racisme et de leur sexisme incessants. De leur manque de concentration. Trop de « et si on se faisait un petit barbecue » ou de « on se jette une petite bière ? » comme des gamins qui n'auraient pas fini de grandir. Trop de bavardages dans les bureaux, sur le sport, la politique et le sexe. Elle leur avait carrément dit que c'était déplacé. Voilà pourquoi ils la détestaient.

Mais Dekker avait une raison supplémentaire de la haïr. Elle l'avait pris sur le fait quelques semaines avant. Il se trouvait dans le couloir où il croyait que personne ne pouvait l'entendre. Téléphone collé à l'oreille, il murmurait des cochonneries à une certaine Tamaryn, alors que sa femme s'appelait Crystal. Quand il était revenu en catimini dans le bureau, elle s'était plantée devant lui et avait déclaré :

– Un homme devrait être fidèle à sa femme.

Il s'était contenté de la dévisager. Elle avait alors ajouté :

– La tromperie revêt de nombreux aspects.

Et elle était partie.

Depuis, elle lisait la haine dans ses yeux. Parce qu'elle savait et qu'elle le méprisait pour ça. Mais là, il y avait du travail à faire. Alors elle l'écouta attentivement. Ne lui répondit qu'en anglais bien qu'il lui parle en afrikaans. Parce qu'elle savait que ça aussi, il détestait.

*

Rachel Anderson referma la porte de la salle de bains derrière elle, avec une furieuse envie d'uriner. Elle ouvrit la braguette de son short en jean, le baissa sur ses genoux et s'assit. Le soulagement était si grand et le bruit si fort qu'elle se demanda s'il pouvait l'entendre de la cuisine. Elle observa la salle de bains. Les murs étaient bleu ciel, les installations en porcelaine d'un blanc immaculé. La

304

vieille baignoire à pattes de lion restaurée la tenta brusquement, un bain chaud et moussant pour éliminer l'épouvantable fatigue et la douleur sourde de ses membres. Mais elle s'interdit cette idée, c'était une capitulation à laquelle elle n'était pas encore prête. Et le vieil homme était en train de préparer à manger dans la cuisine.

Quand elle eut fini, elle se pencha sur le lavabo, ouvrit les robinets, prit le savon et nettoya le sang séché et la boue sur ses mains, toute cette saleté accumulée au contact des plantes et des rochers, des murs et de la terre. Elle la regarda s'écouler dans le siphon. Elle mélangea eau chaude et froide dans ses mains en coupe et s'en aspergea le visage. Puis elle reprit le savon, le fit mousser sur ses joues et son front, sa bouche et son menton, et rinça à nouveau.

La serviette bleu foncé était fraîche et rugueuse. Elle s'en frotta lentement le visage, puis la raccrocha avec soin. Ce n'est qu'alors qu'elle se regarda dans le miroir. Par réflexe, elle attrapa ses cheveux et les rejeta en arrière.

Elle avait l'air hagard. Affreuse. Ses cheveux étaient en désordre, des mèches s'étaient échappées de la natte et lui tombaient dans la figure, ses yeux étaient injectés de sang et des rides d'épuisement se dessinaient autour de sa bouche. Elle avait une coupure au menton, auréolée d'un bleu légèrement violacé, ainsi qu'une écorchure plus petite au milieu du front ; elle ignorait où elle s'était fait ça. Son cou était crasseux, comme son tee-shirt bleu pastel.

Mais tu es vivante.

Elle se sentit envahie par une incommensurable gratitude. Puis vint la culpabilité, parce qu'Erin était morte, chère Erin. L'émotion la submergea comme une lame de fond, soudaine et irrésistible, la honte abominable de pouvoir ainsi se réjouir d'être encore en vie alors qu'Erin était morte. Elle brisa toutes ses défenses et pour la première fois, elle revécut tout ce qui s'était passé : les deux filles qui s'enfuient terrorisées, Erin qui pose une main sur le mur de l'église et saute par-dessus la balustrade aux pointes de fonte acérées. Erreur fatale.

– Non !, avait-elle crié avant de la suivre à l'aveuglette et de franchir l'obstacle sans le moindre effort.

Erin s'était arrêtée dans une allée étroite et obscure du cimetière, entre des arbres immenses. Rachel avait compris qu'elles étaient coincées, elle avait continué à courir, cherchant désespérément une issue. Elle voulait passer devant, lui montrer le chemin autour de l'église et pensait qu'Erin la suivait. Elle était déjà derrière le bâtiment, hors de vue et à l'écart des lampadaires quand elle s'était rendu compte qu'elle n'entendait plus les pas d'Erin dans son dos. Elle s'était retournée, une peur mortelle s'était emparée d'elle, comme un poids qu'elle traînait avec elle. Où était Erin ? Paniquée et à contrecœur, elle était repartie en courant jusqu'au coin de l'église. Erin était par terre, les cinq types autour d'elle, penchés, agenouillés, hurlant comme des bêtes. La lame du couteau avait brillé. Le hurlement désespéré d'Erin, brutalement interrompu. Le sang noir dans l'obscurité.

Ce moment était gravé dans les synapses de son cerveau, irréel, accablant. Lourd comme du plomb.

Elle s'était enfuie pour sauver sa peau. Avait contourné l'église. Sauté de nouveau la balustrade. Cette fois, elle avait plus d'avance.

Soulagement. Gratitude. Elle était vivante.

Devant le miroir de la salle de bains, tout ça était trop pour elle. Elle était incapable de se regarder. Elle baissa la tête de honte, agrippa les bords du lavabo dans son désespoir. Son émotion était physique, nausée qui lui montait de l'estomac et lui contractait les entrailles, lui donnait envie de vomir, onde de haut-le-cœur. Elle hurla une fois et frissonna.

Puis elle se mit à pleurer.

*

Vusi Ndabeni était assis à l'avant dans un des véhicules de patrouille, entre un gendarme et un inspecteur, tous deux en uniforme. Derrière eux, sur la route de la West Coast, se trouvait un autre fourgon de police. Ils avaient voulu mettre les sirènes et les gyrophares, mais il leur avait demandé de ne pas le faire. Il voulait arriver chez J. M. de Klerk sans tambours ni trompettes, encercler discrètement la maison et ensuite frapper à la porte. L'inspecteur dit qu'il connaissait l'adresse, c'était dans une des rues circulaires de Parklands, une nouvelle zone résidentielle où les Blancs et les Noirs d'une classe moyenne pleine d'avenir vivaient côte à côte, apparemment en paix ; la nouvelle Afrique du Sud dans toute sa splendeur.

À un groupe de feux, ils tournèrent à droite dans Park Road. Centres commerciaux, lotissements, puis à gauche de nouveau, dans Ravenscourt, et à droite, dans Humewood. Ce n'était pas les alignements rectilignes de Mandela Park ou Harare à Kayelitsha, mais un labyrinthe d'impasses et de rues en arc de cercle. Vusi regarda l'inspecteur.

– C'est juste là, première à gauche, deuxième à droite.

Maisons individuelles ou mitoyennes, appartements, tous neufs et impeccables, jardins en cours d'aménagement avec de petits arbres, voire pas d'arbres du tout.

– Il ne faut pas se garer devant la maison, dit Vusi. Je ne veux pas lui faire peur.

– Ok, répondit l'inspecteur en montrant au policier où aller.

Pour finir, un panneau indiqua Atlantic Breeze.

Des maisons mitoyennes. Les numéros de ce côté de la rue étaient dans les quarante – résidences imposantes derrière de hauts murs.

307

– Ce sont toutes des maisons mitoyennes ? demanda Vusi.

– Je ne crois pas.

Mais le numéro 24 l'était. Ils s'arrêtèrent un peu à l'écart.

– J'y vais, dit Vusi.

L'inspecteur ouvrit la portière et se glissa dehors.

Il se trouvait devant un haut mur blanc surmonté de pointes métalliques dissuasives, avec de gros numéros peints, un deux et un quatre. Au centre, un large portail automatique en métal masquait des pavillons de style campagnard, avec toitures en A et volets bleu et vert encadrant des châssis de fenêtres de couleur neutre. Encore une de ces opérations immobilières bâclées qui seraient passées de mode et sans intérêt dans moins de cinq ans.

– Aïe, dit Vusi.

Ce n'était pas comme ça qu'il avait vu la chose.

Il fit signe aux deux hommes dans l'autre véhicule. Ils vinrent le rejoindre.

– Les gilets, dit-il.

L'inspecteur ouvrit le coffre du fourgon. Les gilets pare-balles n'étaient plus en pile bien nette comme au départ. Vusi en prit un, l'enfila et commença à l'attacher.

– Vous aussi. Attendez ici pendant que je vais jeter un coup d'œil et faire ouvrir le portail.

Ils acquiescèrent avec enthousiasme. Il traversa la rue et longea le mur. Il y avait un panneau à l'entrée avec une grille pour l'interphone, des boutons d'appel, certains avec des noms écrits à côté. Il les parcourut et ne vit aucun de Klerk. Le bouton en haut à gauche annonçait « Administrateur ». Il l'enfonça. Un bip électronique se fit entendre. Puis plus rien.

Il appuya à nouveau. Pas de réponse.

Il regarda à travers les barreaux de la grille. L'allée grimpait tout droit, puis tournait à quatre-vingt-dix degrés sur la gauche avant de disparaître derrière un groupe de maisons. Aucun signe de vie. Il appuya encore, sans le moindre espoir.

L'interphone grésilla et siffla brièvement. Une voix de femme monocorde se fit entendre :

– Qu'est-ce que vous voulez ?

*

Seize étages au-dessus de la foule qui se pressait dans Adderley Street, l'homme était debout à la fenêtre, tournant le dos à l'appartement luxueux derrière lui. Il observait la ville. Juste en face se trouvait le Golden Acre, à sa gauche le Cape Sun Hotel, derrière lequel on pouvait voir les immeubles du front de mer, grand mélange de styles architecturaux se découpant sur l'horizon. On apercevait l'océan bleu azur bien que la vue soit gâchée par les grues de la baie, deux plateformes de forage et des mâts de bateaux.

Les cheveux blond roux de l'homme et sa barbe fournie étaient coupés court et prématurément grisonnants – il paraissait avoir à peine cinquante ans. Il était maigre et semblait en bonne santé, portait une chemise en jean, un pantalon kaki et des chaussures de bateau bleues. Dans le reflet de la haute baie vitrée, il affichait un visage bronzé et sans expression.

Une main dans la poche, il tenait un minuscule téléphone portable dans l'autre. Il délaissa la vue pour regarder le clavier de son téléphone. De mémoire, il composa un numéro et tint l'appareil à quelques millimètres de son oreille. Il l'entendit sonner une fois avant que Barry ne réponde.

– Monsieur B.

L'homme hocha légèrement la tête, satisfait de l'entendre réagir aussi vite et d'une voix aussi calme.

– Je prends les choses en main, dit-il d'un ton mesuré.

– Très bien.

Soulagement.

– Décris-moi la maison.

Barry fit de son mieux, décrivit l'unique étage, la situation au coin de la rue et la position de la porte d'entrée.

– Est-ce que la maison a une porte à l'arrière ?

– Je ne sais pas.

– Si elle en a une, elle devrait donner dans Belmont Street, non ?

– C'est exact.

– Ok. Je vais envoyer Eben et Robert couvrir cet angle-là. Je pars aussi de l'hypothèse qu'elle n'a aucune raison de sortir par la porte de derrière, étant donné qu'elle ignore qu'on l'a vue. Est-ce que je me trompe, Barry ?

– Non, Monsieur.

– Et elle ignore aussi que nous surveillons la maison ?

– Oui, Monsieur.

– Bien. Que rien ne change. D'après ce que je sais, tu n'as vu qu'un seul occupant, un vieil homme ?

– Exact.

– Aucune trace d'autres personnes ?

– Non, Monsieur.

– Bien. À présent, écoute-moi bien, Barry : Eben, Robert et vous, devez vous tenir prêts à agir en cas d'urgence. Si vous recevez le coup de fil, vous entrez et vous la ramenez, à n'importe quel prix. Tu me suis ?

– Oui, Monsieur.

– Mais ce serait en dernier recours, et seulement si elle appelle les flics. On ne sait pas pourquoi elle ne l'a pas déjà fait, mais ça peut arriver d'un moment à l'autre, et dans ce cas-là, on aura peut-être cinq minutes devant nous. Ce qui veut dire que vous devrez être très rapides.

– Très bien, dit-il d'une voix où perçait l'anxiété.

– Et quoi que vous fassiez, récupérez le sac.

– Ok.

– Et nous ne voulons aucun témoin.

– Je n'ai pas d'arme.

– Barry, Barry, qu'est-ce que je t'ai appris ?

– S'adapter, improviser et gagner.

– Exactement. Mais ce ne sera peut-être pas nécessaire, parce qu'on travaille sur le plan A. Ça va prendre vingt ou trente minutes à mettre sur pied, pour être sûr que ce sera vite fait, bien fait. En attendant, Barry, je compte sur toi. Si on appelle, vous foncez. Si elle part, vous l'interceptez. Pas d'erreur. On ne peut plus se permettre d'erreur. Tu comprends ?

– Oui, Monsieur.

– Tu es sûr ? Tu as songé aux conséquences ?

– Oui.

– Bien.

Au moment où il remettait son téléphone dans sa poche, il vit l'hélicoptère de la police survoler Table Bay, directement vers lui. Il le suivit des yeux jusqu'à ce qu'il l'ait dépassé. L'appareil volait bas au-dessus de la ville.

27

Les hommes en uniforme attendaient dehors, gilets pare-balles sur le dos et mitraillettes à la main. Vusi était à l'intérieur, seul, avec l'administratrice de la résidence. Elle lui faisait penser à de la pâte à pain, pâle et informe ; même sa voix était sans caractère.

– De Klerk est au A6. Il n'est pas locataire, il a acheté. Je ne le vois pas souvent. Il paie par prélèvement automatique.

Elle avait aménagé une des pièces de sa maison en bureau. Elle était assise devant un petit meuble en mélaminé bon marché, sur lequel un ordinateur et un clavier étaient posés devant des étagères blanches contenant des dossiers. L'un d'eux était ouvert à côté de l'ordinateur. Vusi se tenait debout à la porte.

– Il est ici en ce moment ?

– Je ne sais pas.

Simple constatation.

– Quand l'avez-vous vu pour la dernière fois ?

– Je crois que c'était en novembre.

– Donc, il était chez lui pour la dernière fois en novembre ?

– Je ne sais pas. Je ne sors pas beaucoup.

– Y a-t-il des numéros de téléphone ?

Elle vérifia.

– Non.

– Pouvez-vous le décrire ?

– Il est jeune, dit-elle en posant son index boudiné sur le document. Vingt-six ans – elle leva les yeux et lut la question sur son visage – plutôt grand, cheveux bruns.

– Où travaille-t-il ?

L'index se déplaça sur le document imprimé.

– Ici, c'est juste marqué « consultant ».

– Puis-je jeter un coup d'œil, s'il vous plaît ?

Elle fit glisser le dossier vers lui. Il sortit son calepin et son stylo, les posa sur le dossier et étudia le formulaire.

Initiales et nom de famille : J. M. de Klerk. Un numéro d'identité.

Locaux : Duplex deux chambres.

Statut : propriétaire et occupant.

Sous-location : non.

Loyer : 800 R.

Date d'entrée : 1er avril 2007.

Profession : Consultant.

Adresse postale : Bâtiment A6, 24 Atlantic Breeze, Parklands 7441.

Adresse professionnelle : /

Numéro personnel : /

Numéro professionnel : /

Portable : /

Adresse et personnes à contacter (famille) : /

Il avait signé à la hâte la déclaration stipulant qu'il acceptait le règlement de la résidence.

– Conduit-il une Land Rover Defender ?

– Je ne sais pas.

Vusi repoussa le dossier.

– Merci beaucoup, dit-il. Vous auriez une clé de son appartement ? ajouta-t-il plein d'espoir.

– J'en ai une.

– Vous pourriez nous ouvrir, s'il vous plaît ?

– Le règlement précise que je dois garder un mandat de perquisition dans les archives.

*

Benny Griessel était assis dans la salle radio du commissariat de Caledon Square, un plan de la ville étalé devant lui sur la table, son calepin et son stylo posés dessus. Il écoutait le jeune sergent demander à chaque véhicule de patrouille quelle zone ils avaient fouillée. Il prenait des notes à la va-vite, essayant de visualiser où elle pouvait bien se trouver, dans quelle direction elle allait, ce qu'ils devraient faire. Il luttait pour rassembler ses idées – trop de changements et de doutes.

Son téléphone sonna. Il fit signe au sergent de faire taire la radio un instant, vérifia rapidement l'écran et répondit.

– Vusi ?

– Benny, on a besoin d'un mandat pour entrer dans la maison.

– Il n'est pas là ?

– Je ne crois pas. On va frapper mais la gardienne a une clé – une voix de femme se fit entendre en arrière-plan –, l'administratrice… elle a une clé.

– On n'a pas assez pour un mandat, Vusi. Trois numéros sur une plaque…

– Je pensais bien. Ok. Je te rappelle…

Griessel reposa le téléphone, reprit son stylo et fit signe au sergent de continuer. Il étudia la carte, déplaçant le bout de son stylo vers Company Gardens. C'est là qu'elle était.

Son instinct lui soufflait qu'elle était là, parce qu'il connaissait De Waal Park, il connaissait Upper Orange, c'était chez lui, son territoire, son parcours de vélo. Upper Orange Street, Gouvernement Avenue, Gardens, s'il était à sa place, s'il devait s'enfuir de là, apeuré et hésitant, se dirigeant grosso modo vers Long Street, il prendrait par là.

– Je veux deux équipes à Gardens, dit-il au sergent. Mais d'abord, ils doivent venir récupérer les photos.

*

Piet van der Lingen entendit sangloter à l'intérieur. Il se tenait devant la porte de la salle de bains, légèrement penché, prêt à frapper. Il ne voulait pas lui faire peur.

– Rachel, dit-il doucement.

Les sanglots s'interrompirent d'un seul coup.

– Rachel ?

– Comment connaissez-vous mon nom ?

– La policière me l'a dit. Vous êtes Rachel Anderson, de Lafayette, Indiana.

Il y eut un long silence avant que la porte ne s'ouvre lentement et il vit qu'elle pleurait.

– West Lafayette, à vrai dire, reprit-elle.

Il sourit avec bienveillance.

– Venez, ma chère. Le repas est presque prêt.

*

Fransman Dekker mit la grosse inspectrice Mbali Kaleni au courant des dix mille rands qui avaient été versés à Jack Fisher et Associés. Ce faisant, il perçut avec une clarté et une acuité lumineuses comment il allait pouvoir résoudre toute une série de problèmes. Il peaufina sa stratégie pendant qu'il lui faisait son compte rendu. Il devait se montrer prudent en l'appâtant.

Elle était réputée pour son habileté à flairer les embrouilles.

– C'est l'affaire de Bloemfontein qui est la clé de tout, lança-t-il d'une voix volontairement neutre. Mais Fisher et ses amis sont malins. Vous êtes d'attaque ?

Il avait choisi ses mots avec soin.

Elle laisssa échapper un bruit de gorge moqueur.

– Malins ?, dit-elle en se levant. Ce ne sont que des hommes, poursuivit-elle en se dirigeant vers la porte.

Il se sentit soulagé, mais n'en laissa rien paraître.

– Ce sont des vieux de la vieille, insista-t-il.

Elle ouvrit la porte.

– Laissez-moi donc Bloemfontein.

*

Après que Vusi eut frappé à la porte d'entrée et à celle de derrière, il envoya les hommes en tenue demander aux voisins si quelqu'un connaissait de Klerk. Il attendit derrière la maison, dans le patio et, posté à côté du gros bidon monté sur roulettes qui faisait office de barbecue, il tenta d'apercevoir quelque chose par l'unique fente entre les rideaux.

Il vit un séjour avec une petite cuisine tout au fond et une bouteille de bière vide posée sur un placard. Il y avait un canapé recouvert d'un tissu sombre et, juste devant lui, le coin d'une énorme télé à écran plat.

Pas de tapis sur le sol carrelé. La bouteille de bière était peut-être là depuis des semaines. Les cendres dans le *braai*[1] ne lui en disaient pas plus.

Posté à l'ombre du petit balcon, observant la minuscule pelouse, il attendit le retour des policiers.

« L'administratrice de la personne morale » lui avait dit que ces maisons avec deux chambres et une salle de bains à l'étage, une grande pièce à vivre, une cuisine à l'américaine et des toilettes au rez-de-chaussée, coûtaient à peine moins d'un million de rands l'année précédente. Une Land Rover neuve en valait plus de trois cent mille. Une nouvelle télé géante. Comment un type de vingt-six ans pouvait-il se payer tout ça ? La drogue, se dit-il.

1. Barbecue en afrikaans (*N.d.T.*).

Il vit les policiers revenir. Il comprit à leur démarche qu'ils n'avaient rien à signaler. Soudain, il se sentit fébrile et s'avança à leur rencontre. Il voulait retourner en ville, au Van Hunks, parce que c'était là que se trouvait la clé du puzzle.

*

C'était irréel, ce vieil homme en chemise blanche impeccable en train de lui avancer une chaise pour qu'elle s'asseye. Le délicieux fumet du bacon frit réveilla sa faim, tel un animal endormi. La table était soigneusement mise pour deux. Les gouttes de condensation qui coulaient le long du gros broc en verre rempli de jus d'orange lui donnaient une envie irrépressible de goûter au liquide frais et sucré.

Il s'approcha de la cuisinière, lui demanda si elle voulait du fromage et du bacon sur son omelette.

– Oui, s'il vous plaît, répondit-elle.

Il l'invita à prendre du jus d'orange. Elle se servit d'une main qui tremblait légèrement et porta le verre à ses lèvres en essayant de contrôler la soif qui la dévastait.

Pouvait-il lui faire deux toasts ?

S'il vous plaît.

Il s'activait, graissant une poêle, ajoutant les jaunes battus aux blancs déjà montés en neige bien ferme, versant la mixture dans la poêle. Il y avait des morceaux de bacon frit sur une assiette avec du fromage rapé. Il mit la poêle à frire sur le gaz.

Il mettait toujours la table pour deux, lui expliqua-t-il, depuis que sa femme était morte. Il avait déjà pris cette habitude avant, d'ailleurs, quand elle était malade. Ça lui donnait l'impression d'être moins seul. C'était un grand privilège d'avoir quelqu'un à sa table, maintenant. Elle devait l'excuser, il allait sûrement beaucoup trop parler car il n'avait pas beaucoup de compagnie. Juste les livres : c'était ses compagnons à présent. Quand avait-elle mangé pour la dernière fois ?

Elle dut y réfléchir.

– Hier, répondit-elle, en revoyant les énormes hamburgers qu'elles avaient avalés vers seize heures dans un endroit qui rappelait presque l'atmosphère des *sixties* aux États-Unis. « Un vrai boui-boui », avait dit Erin et ensuite, elle ferma les vannes de sa mémoire parce qu'elle ne voulait pas se rappeler.

Il parsema l'omelette de bacon et de fromage râpé et ouvrit le four. Enleva la poêle de la flamme, la mit au four et en referma la porte. Puis il lui fit face.

– Ça retombe tellement vite, dit-il, si on ne fait pas attention.

Il vit que son verre était vide. Il s'approcha de la table et le lui remplit à nouveau. Elle le remercia avec un petit sourire cordial.

Le silence s'installa, mais un silence confortable.

– Et les livres ? dit-elle, en posant la question du bout des lèvres, pour faire la conversation, par politesse, pour le remercier.

– J'étais historien, répondit-il. Maintenant, je ne suis plus qu'un vieil homme avec du temps libre à revendre et un fils médecin qui vit au Canada et m'envoie des e-mails pour me dire de rester actif, car j'ai encore beaucoup à donner.

Il se pencha sur le four et jeta un coup d'œil.

– Ça y est presque, annonça-t-il. J'écris un livre. Je me suis juré que ce serait le dernier. C'est sur la reconstruction de l'Afrique du Sud après la guerre des Boers. Je l'écris pour les gens de mon peuple, les Afrikaners, pour qu'ils se rendent compte qu'ils ont traversé des épreuves similaires à celles que les Noirs traversent de nos jours. Eux aussi ont été opprimés, eux aussi ont été très pauvres, sans terre, écrasés. Mais ils se sont relevés grâce à la discrimination positive. Et au fait de pouvoir jouer un rôle dans l'économie. Il y a de très grands parallèles. Les Anglais aussi se sont plaints du fait que les services étaient beaucoup moins efficaces dans les municipalités parce que des Afrikaners incompétents en avaient pris le contrôle...

Il attrapa les maniques et ouvrit le four. L'omelette avait gonflé dans la poêle, faisant fondre le fromage, et l'odeur lui mit l'eau à la bouche. Il saisit une spatule et la fit glisser sur une assiette blanche, la roula adroitement et la lui apporta.

– Catsup ?, demanda-t-il avec un regard espiègle derrière ses grosses lunettes à monture dorée. Je crois que c'est comme ça que vous dites.

– Non, merci, ça a l'air magnifique.

Il rapprocha le sel et le poivre en lui expliquant qu'il avait appris à ne plus saler sur ordre de son docteur de fils, et que de toute façon, il n'avait plus la même finesse de palais qu'avant. Par conséquent, l'omelette allait peut-être manquer de sel.

– Le problème avec les omelettes, c'est que je ne peux en faire qu'une à la fois. Allez-y, mangez la vôtre pendant que je prépare la mienne.

Il retourna à la cuisinière. Elle prit sa fourchette et son couteau, coupa dans les œufs boursouflés et les porta à sa bouche. Elle mourait de faim et l'odeur était divine.

– Mais le livre est aussi destiné aux Noirs de ce pays, reprit-il. Les Afrikaners se sont relevés... un exploit incroyable. Mais ensuite, leur pouvoir les a corrompus. Il y a des signes qui tendent à prouver que le gouvernement noir est en train de faire la même chose. J'ai peur qu'ils ne commettent les mêmes erreurs. Ce serait tellement dommage ! Nous sommes un pays qui a du potentiel, avec des gens bons et merveilleux qui ne veulent tous qu'une chose : un futur pour nos enfants. Ici. Pas au Canada.

Il remit la poêle dans le four. Il était dingue de fromage, lui dit-il, et son fils lui déconseillait les laitages. À soixante-dix-neuf ans, ça n'avait sans doute plus beaucoup d'importance, ajouta-t-il en souriant une fois encore de ses fausses dents blanches bien alignées. Le toast ! Il avait complètement oublié... Il fit claquer sa langue, sortit deux tranches de pain d'un sac en plastique et les mit dans le grille-pain.

– C'est délicieux, dit-elle, parce que ça l'était.

Elle avait déjà avalé la moitié de l'omelette.

– Je nous prépare un bon café ? Il y a un torréfacteur exceptionnel dans le Bo-Kaap. Ce sont eux qui le torréfient, mais je le mouds moi-même.

– Ce serait merveilleux.

Elle eut envie de se lever pour l'étreindre. Elle éprouvait un chagrin immense et accablant, mais il était tenu à distance par l'enthousiasme et l'hospitalité du vieil homme.

Il ouvrit le placard de la cuisine et en sortit une grande boîte en fer argentée. Il ne devait pas oublier son omelette dans le four, dit-il, c'était ça le problème avec l'âge : l'étourderie. Quand il était jeune, il pouvait faire plusieurs choses à la fois, mais à présent, c'était tout ce dont il se souvenait : sa jeunesse. Il mit une dose de café en grain dans un moulin et enfonça le bouton. Les lames crissèrent en écrasant les grains. Il murmura quelque chose, elle ne vit que ses lèvres qui bougeaient. Il finit de moudre le café, ouvrit le filtre de la machine et y versa la poudre. Il prit les maniques et ouvrit le four.

– Le mélange de cheddar et de gruyère, ça sent toujours meilleur que ça ne l'est en réalité. C'est un des trucs quand on vieillit. L'odorat dure plus longtemps que le goût.

Le grille-pain rejeta les deux toasts. Le vieil homme prit une petite assiette, les posa dessus et les lui apporta.

– De la confiture de figues ? J'ai un très bon camembert pour l'accompagner, riche et crémeux ; il vient d'une petite fromagerie près de Stellenbosch.

Il ouvrit le frigo et le sortit avant qu'elle ait pu répondre quoi que ce soit.

Il revint à la cuisinière, fit glisser l'omelette sur son assiette. L'apporta à table, s'assit et en avala une bouchée.

– Souvent, j'ajoute aussi de la feta à ce mélange, mais c'est peut-être trop salé pour une jeune fille... le café !

Il bondit sur ses pieds avec une énergie surprenante, pour mettre de l'eau dans la cafetière. Il en fit gicler sur le plan de travail qu'il essuya avec le torchon blanc avant de lancer la machine et de se rassoir.

– West Lafayette. Vous êtes bien loin de chez vous, ma chère.

28

Au seizième étage de l'immeuble d'appartements, la silhouette de l'homme à la barbe grise, mains dans le dos, se découpait sur le panorama aveuglant de la ville. Devant lui se trouvaient les six jeunes gens. Ils l'observaient, sûrs d'eux, et attendaient. Trois Noirs, trois Blancs, réunis par leur jeunesse, leur intrépidité, leur maigreur.

– Il y a eu des erreurs de faites, dit l'homme en anglais, mais avec un accent caractéristique. Tirez-en les leçons. Je prends les choses en main à présent. Ce n'est pas un vote de censure. Voyez-y plutôt une occasion d'apprendre.

Un ou deux acquiescèrent discrètement, il détestait qu'on étale ses sentiments.

– Le temps joue contre nous. Alors je vais faire court. Notre ami de la Métro va nous fournir un véhicule adéquat, une camionnette qui est à la fourrière de Green Point depuis quatre mois et n'a pas été réclamée. Allez la récupérer ; Oerson attendra à la grille. Laissez le minibus dans le parking de l'hôtel Victoria Junction.

Il attrapa une petite valise métallique brillante par terre et la posa sur la table devant lui.

– Le Taurus ?, demanda-t-il à l'un des jeunes gens.

– Sous l'eau, dans la baie.

– Bien.

Barbe grise ouvrit la valise et la fit pivoter pour qu'ils voient tous.

– Quatre Stechkin APS, modèle APB. Le B signifie *Bes-shumniy*, c'est le russe pour « silencieux », parce que le canon est foré pour des projectiles à basse vélocité et, comme vous le voyez, ils sont livrés avec un silencieux. Ces armes ont trente-cinq ans, mais ce sont les pistolets automatiques les plus fiables de la planète. Neuf millimètres, vingt balles dans le chargeur. Les munitions ont moins de six mois. Le silencieux ne signifie pas que l'arme le soit complètement. Elle fait le bruit d'un calibre 22, semi-automatique, c'est suffisant pour attirer l'attention, ce que nous ne voulons pas. À n'utiliser qu'en cas d'urgence. C'est clair ?

Cette fois, tout le monde acquiesça, regard gourmand braqué sur les armes.

– Beaucoup plus de puissance d'arrêt que le Taurus. Ne l'oubliez pas. Les numéros ont été effacés ; impossible de remonter jusqu'à nous. Assurez-vous de porter des gants et débarrassez-vous-en si nécessaire.

Il attendit encore une seconde pour être sûr qu'il n'y avait pas de questions.

– Très bien. Voici comment nous allons procéder.

*

L'inspecteur Fransman Dekker se dirigeait vers Natasha quand le Blanc de haute taille l'intercepta.

– Vous êtes de la police ?

– C'est exact, répondit Dekker.

Son visage lui semblait familier.

– Je suis Iván Nell, dit l'homme avec une inflexion dans la voix qui montrait que le nom avait son importance.

– Vous n'étiez pas dans un show à la télé ?

– J'étais un des mentors de Superstars…

– Vous chantez…

– C'est exact.

– Ma femme regardait Superstars. Ravi de faire votre connaissance. Je vous prie de m'excuser... on est un peu débordés ici ce matin, dit Dekker en se remettant en route.

– C'est pour ça que je suis là, dit Nell. À cause d'Adam.

Dekker s'arrêta à contrecœur.

– Oui ?

– Je pense être la dernière personne à l'avoir vu vivant.

– La nuit dernière ?

Le chanteur avait toute son attention à présent.

Nell acquiesça.

– On a mangé au Bizerca Bistro, tout en bas, près de Pier Place, et on y est restés jusqu'à vingt-deux heures.

– Et ensuite ?

– Ensuite, je suis rentré chez moi.

– Je vois.

Dekker réfléchit un instant.

– Et Barnard ?

– Je ne sais pas où Adam est allé. Mais ce matin, quand j'ai entendu à la radio...

Nell regarda autour de lui, les gens étaient trop près à son goût, Natasha s'était levée et se rapprochait.

– On peut parler quelque part ?

– De quoi ?

Nell se rapprocha et dit à voix basse :

– Je pense que sa mort a quelque chose à voir avec notre conversation de la nuit dernière, je ne sais pas...

– De quoi avez-vous parlé, Monsieur Nell ?

Il parut embarrassé.

– Est-ce qu'on peut parler ailleurs ?

Murmuré d'une voix pressante.

Dekker réprima un soupir.

– Vous pouvez me donner deux minutes, s'il vous plaît ?

– Bien sûr. Simplement, je ne veux pas que vous croyiez, vous voyez...

– Non, Monsieur Nell, je ne vois pas, répondit Frans-man Dekker.

Il observa Natasha qui attendait patiemment à quelques pas seulement, puis son regard revint vers Nell.

– Donnez-moi un instant.

– Je vous en prie.

*

Benny Griessel n'était pas doué pour rester assis à attendre. Alors il quitta la salle radio, traversa le bureau des plaintes grouillant d'activité et franchit les portes de sécurité pour émerger dans Buitenkant Street. Son cerveau était en ébullition et son courage au plus bas. Ils ne la retrouveraient pas. Il avait quatorze véhicules de patrouille qui sillonnaient la zone quadrillée, plus un garé dans Long Street, avec les hommes qui attendaient à l'auberge du Cat and Moose. Il avait dix patrouilles à pied, dont deux qui fouillaient les Company Gardens. L'hélicoptère était revenu de Table View et avait couvert toute cette foutue ville. Aucun signe d'elle.

Où pouvait-elle être ?

Il se dirigea vers sa voiture, l'ouvrit, sortit les Chesterfield de la boîte à gants, referma la portière et resta debout sur le trottoir, le paquet de cigarettes à la main.

Qu'est-ce qui lui échappait ?

Aurait-il raté quelque chose dans la confusion de la matinée ? Il connaissait bien cette sensation. Le jour où un crime avait lieu, les informations étaient si nombreuses qu'on en avait plein la tête et les morceaux du puzzle étaient déconnectés et s'éliminaient les uns les autres. Il fallait du temps, une nuit de sommeil parfois, pour que le subconscient trie et classe tout ça, comme une secré-taire un peu lente qui travaillerait à son propre rythme.

Il prit une cigarette et la porta à ses lèvres.

Il manquait quelque chose...

Il ouvrit la boîte d'allumettes.

Le maréchal. Jeremy Oerson et la recherche du sac à dos.

Il revint sur ses pas à toute allure, remit les allumettes dans sa poche et la cigarette dans le paquet. Il rentra dans le commissariat. Était-ce le seul indice qui frappait à la porte de son subconscient ?

Dans la salle de radio, il demanda à un homme en tenue où il pouvait trouver un annuaire.

– Bureau des plaintes.

Griessel alla en chercher un et le feuilleta en marchant. Les numéros des administrations locales étaient tout à la fin. Il trouva celui de la police métropolitaine et posa l'annuaire sur la vieille table en bois sombre fournie par l'administration, près de ses cartes, son calepin, son stylo et son téléphone. Un doigt sur le numéro, il appela. Deux sonneries et une voix de femme répondit :

– Police métropolitaine du Cap, bon après-midi, *goeimiddag*.

– Jeremy Oerson, s'il vous plaît.

– Attendez une seconde, dit-elle avant de transférer son appel.

Ça sonna longtemps. Un homme finit par répondre.

– Métro.

– Jeremy Oerson ?

– Jeremy n'est pas là.

– C'est l'insp… le capitaine Benny Griessel, SAPS. Où puis-je le trouver ? C'est assez urgent.

– Attendez – on mit une main sur le combiné et il entendit des mots échangés d'une voix étouffée –, il devrait être bientôt là. Vous voulez son numéro de portable ?

– S'il vous plaît.

Griessel prit son calepin et son stylo.

L'homme récita le numéro et Griessel le nota. Mit fin à la communication et appela. Oerson répondit immédiatement.

– Jeremy.

– Benny Griessel, SAPS. Nous nous sommes parlé ce matin dans Long Street.

– Oui.

Manque total d'enthousiasme.

– Vous avez trouvé quelque chose ?

– Où ?

– En ville. Le sac à dos de la fille. Vous étiez censé le chercher…

– Oh. Oui. Non, il n'y avait rien.

Griessel n'était pas impressionné par son attitude.

– Pourriez-vous me dire exactement où vous avez cherché ?

– Je dois vérifier. Je ne l'ai pas fait moi-même. On a vraiment du boulot, vous savez…

– Je croyais que c'était ça, votre boulot, lutter contre le crime ?

– Votre affaire n'est pas la seule sur laquelle on bosse.

Non, c'est sûr, ils avaient aussi des amendes à distribuer, mais il s'en tint au sujet du moment :

– Et vous êtes absolument certain de n'avoir rien trouvé ?

– Rien qui appartenait à la fille.

– Donc, vous avez bien trouvé quelque chose ?

– Les rues sont pleines de trucs. Il y a un sac de cochonneries dans mon bureau, mais pas de passeport ni de portefeuille, rien qui aurait pu appartenir à une Américaine.

– Comment le savez-vous ?

– Vous me prenez pour un imbécile ?

Bon Dieu. Griessel inspira lentement et profondément.

– Non, je ne vous prends pas pour un imbécile. Où est le sac ?

Oerson attendit avant de répondre.

– Vous êtes où en ce moment ?

– Non, dites-moi où est votre bureau et j'enverrai quelqu'un le chercher.

*

Natasha Abader ouvrit le bureau d'Adam Barnard et dit :

– Je vais devoir vous donner le mot de passe si vous voulez vérifier son ordinateur.

Elle entra et Dekker suivit. Les murs étaient couverts de grandes photos encadrées montrant Barnard entouré de stars, un vrai défilé, les hommes le tenant par l'épaule, les femmes par la taille. Chaque photo arborait une dédicace et un message écrits au marqueur noir : « Merci Adam ! », « Adam pour président !!! », « Avec tout mon amour et mes remerciements », « L'étoile de mon paradis », « Je t'adore ». Plus des cœurs, des croix en guise de baisers, des notes de musique.

Il regarda le bureau sur lequel, d'après son propre témoignage, Melinda Geyser s'était fait baiser. À part l'ordinateur portable, il était vide. Son imagination se déchaîna, Melinda couchée sur le dos sur le grand plateau en bois, complètement nue, les jambes crochetées autour des épaules de Barnard, debout devant elle, la bouche ouverte d'extase tandis qu'il la baisait, les sons audibles à travers les murs peu épais.

Dekker regarda Natasha d'un air coupable. Elle était concentrée sur l'ordinateur, sourcils haussés d'un air interrogateur.

– Quoi ?

– Adam a laissé son ordinateur allumé.

Dekker contourna le bureau et vint se poster à côté d'elle. Il sentait son parfum. Subtil. Sexy.

– Et alors ?

– D'habitude, il ne fait pas ça. Je l'allume quand j'arrive, pour qu'il…

L'économiseur d'écran était allumé, le logo d'Afri-sound, tel un petit drapeau flottant au vent. Elle déplaça la souris, l'image disparut, remplacée par une demande de mot de passe. Natasha se pencha en avant pour le taper, faisant claquer ses ongles longs sur les touches et bâiller son encolure. Dekker était bien placé, impossible de détourner les yeux. Ses seins étaient petits, fermes et parfaits.

Elle se releva brusquement. Il se concentra sur l'écran. Aucun programme d'ouvert.

– Je vais devoir lire ses e-mails.

Elle acquiesça et se pencha à nouveau pour attraper la souris. Pourquoi ne s'asseyait-elle pas ? Savait-elle qu'il regardait ?

– Où est son agenda ?

– Il utilisait Outlook. Laissez-moi vous montrer, répondit-elle en déplaçant la souris, cliquant ici et là. Vous pouvez vous servir d'Alt et Tab pour basculer des e-mails au calendrier, expliqua-t-elle avant de s'écarter pour qu'il puisse s'installer dans le grand fauteuil confortable.

– Merci, dit-il. Puis-je vous poser quelques questions ?

Elle se dirigea vers la porte. Au début, il crut qu'elle l'ignorait, mais elle ferma cette dernière et revint s'asseoir en face de lui. Elle le regarda droit dans les yeux.

– Je sais ce que vous voulez me demander.

– Quoi ?

– Vous voulez savoir si Adam et moi… vous voyez…

– Pourquoi est-ce que je voudrais savoir ça ?

Elle haussa les épaules avec dédain. C'était un geste sensuel, mais elle n'en avait sans doute pas conscience. Elle avait l'air éteint, triste.

– Vous allez interroger tout le monde, dit-elle.

À présent, il voulait vraiment savoir, mais pour une autre raison.

– Et c'est le cas ?

Son cerveau lui criait, Fransman, qu'est-ce que tu fabriques ? Mais il savait ce qu'il faisait : il cherchait les ennuis et il était incapable de s'arrêter.

– Oui.

Elle baissa les yeux.

– Ici ?

Il montra le bureau.

– Oui.

Pourquoi s'était-elle donnée à un Blanc, un Blanc d'âge mûr, alors qu'elle était assez jolie pour faire la couverture d'un magazine ? Il voulait savoir si ça signifiait qu'elle était facile, accessible. Pour lui.

– Ce matin, je suis contente de l'avoir fait, reprit-elle.

– Parce qu'il est mort ?

– Oui.

– On raconte des histoires sur lui… et les femmes.

Elle ne répondit pas.

– Les forçait-il ?

– Non.

En montrant bien qu'elle désapprouvait la question.

– Avez-vous entendu, hier ? Quand Melinda était là ?

– Oui, j'ai entendu.

Sans rougir ni détourner les yeux.

– Savez-vous pourquoi il l'a fait venir ?

– Non. J'ai seulement vu qu'elle était inscrite à l'agenda.

– Mais d'habitude, Josh est avec elle.

Nouveau haussement d'épaules.

– C'est ça que je ne comprends pas : trois d'entre vous l'ont entendue la… « niquer » dans son bureau, dit-il en mimant des guillemets, une chanteuse de gospel, et personne n'a trouvé ça bizarre. On est où, ici ?

331

La question la mit en colère ; il le comprit à son langage corporel, à la façon dont elle pinça soudain les lèvres d'un air revêche.

– Allez, ma sœur, vous voyez de quoi ça a l'air.

– Pas de « ma sœur » avec moi.

Il attendit qu'elle s'explique, mais elle se contenta de rester assise.

– Est-ce qu'Adam aurait parlé d'un DVD la semaine dernière ? Quelque chose qui serait arrivé par la poste ?

– Non.

– Savez-vous qui lui a tiré dessus ?

Il fallut un moment avant que la réponse ne sorte, à regret, plutôt une interrogation.

– Josh Geyser ?

– Peut-être pas.

Elle eut l'air surpris et rejeta ses longs cheveux par-dessus son épaule d'un geste bien rodé.

– Pourquoi croyez-vous que c'est Josh ?

– Je l'ai vu hier. Il était plutôt en colère. Et il est… bizarre.

– « Bizarre » ?

Nouveau haussement d'épaules, qui eut pour conséquence de faire curieusement bouger ses seins sous le fin tissu moulant.

– Un gladiateur qui devient chanteur de gospel… Vous ne trouvez pas ça bizarre ? Regardez-le…

– Je ne peux pas l'enfermer à cause de son allure. Qui d'autre était fâché avec Adam Barnard ?

Elle émit un bruit désabusé.

– On est dans l'industrie du disque.

– Ce qui veut dire…

– Que tout le monde se fâche avec tout le monde à un moment donné.

– Et que tout le monde couche avec tout le monde.

Air indigné à nouveau.

– Qui d'autre était assez fâché pour le tuer ?

– Je ne sais vraiment pas.

Il posa la question qui le fascinait.

– Pourquoi les femmes étaient-elles… tellement dingues de lui ? Il avait plus de cinquante ans…

Elle se leva, croisa les bras sur sa poitrine, glaciale et en colère.

– Il en aurait eu cinquante-deux. En février.

Il attendit une réponse, mais rien ne semblait venir. Il insista.

– Pourquoi ?

– Ça n'a rien à voir avec l'âge, ça a à voir avec l'aura.

– L'« aura » ?

– Oui.

– Quelle aura ?

– Il y en a plus d'une sorte.

– Et son aura à lui, c'était quel genre ?

– Vous ne comprendriez pas.

– Expliquez-moi.

– Il avait l'aura du pouvoir. Très forte.

Puis elle le regarda dans les yeux avec défi et ajouta :

– Les femmes aiment le pouvoir de l'argent, et il l'avait. Et pour beaucoup de femmes, il était le sésame qui les menait aux stars. Il pouvait les présenter aux célébrités richissimes. Mais il y a un autre pouvoir qui est totalement irrésistible… Le pouvoir de donner du pouvoir.

– Là, je ne vous suis plus.

– Le prix de consolation, c'est d'avoir un homme de pouvoir dans sa vie. Mais le premier prix, c'est de détenir soi-même le pouvoir, pour ne pas avoir besoin d'un homme. C'est ce genre de pouvoir qu'Adam Barnard pouvait conférer.

– Aux artistes ? Il pouvait leur donner gloire et fortune ?

– Oui.

Il acquiesça lentement. Elle hésita, puis fit demi-tour et se dirigea vers la porte.

– Mais vous n'êtes pas chanteuse, ajouta-t-il.

Une main sur la poignée, elle répondit sans se retourner :

– Le prix de consolation n'est pas si mal.

Sur ce, elle ouvrit la porte et sortit.

– Envoyez-moi ce Nell, s'il vous plaît, cria-t-il dans son dos, sans savoir si elle l'avait entendu.

29

Alexa Barnard prit conscience d'une présence à côté de son lit.

Elle souleva ses paupières lourdes, sentit la douleur lancinante dans son avant-bras, la pesanteur de son corps et l'odeur particulière de la chambre d'hôpital. À droite de son lit, elle vit de grands yeux derrière d'épaisses lunettes. Elle essaya de se concentrer, mais referma les yeux.

– Je m'appelle Victor Barkhuizen et je suis alcoolique, lui dit une voix très douce et compréhensive.

Elle rouvrit à nouveau les yeux. C'était un vieux type.

– Benny Griessel m'a demandé de passer vous voir. L'inspecteur. Je suis son parrain aux AA. Je veux juste que vous sachiez que vous n'êtes pas seule.

Elle avait la bouche très sèche. Elle se demanda si c'était les médicaments, les trucs qu'on lui donnait pour dormir.

– Le médecin ?, demanda-t-elle, mais sa langue lui collait au palais, ses lèvres étaient ankylosées et ne parvenaient pas à former les mots.

– Vous n'avez pas besoin de parler. Je vais simplement rester ici un moment avec vous et je laisserai mon numéro à la surveillante. Je reviendrai ce soir.

Elle tourna péniblement la tête vers lui et parvint à ouvrir les yeux. Il était petit et voûté, chauve et à lunettes, et les quelques cheveux qui lui restaient pendaient dans son dos, attachés en une longue natte. Elle tendit lentement la main droite. Il la lui prit et la tint bien serrée.

– Vous êtes le docteur, essaya-t-elle de dire.

– Pour mes péchés.

– Je fume, dit-elle.

– Alors que vous n'avez même pas de fièvre.

Elle ne sut pas si son sourire se voyait sur son visage.

– Merci, dit-elle en refermant les yeux.

– Pas de problèmes.

Puis elle se souvint, dans son brouillard, qu'elle avait eu une pensée, un message. Sans ouvrir les yeux, elle reprit :

– L'inspecteur…

– Benny Griessel.

– Oui. Je dois lui dire quelque chose.

– Je peux lui faire passer un message.

– Dites-lui de venir. Au sujet d'Adam…

– Je lui dirai.

Elle voulait ajouter quelque chose, quelque chose qui lui échappait pour l'instant, comme un poisson argenté lui glissant des mains et filant dans des eaux sombres. Elle soupira, chercha la main de Victor Barkhuizen et la serra lentement pour être sûre qu'elle était encore là.

*

– Je voudrais appeler mon père. Je paierai, bien sûr, dit Rachel Anderson en l'aidant à porter les assiettes jusqu'à l'évier malgré ses protestations.

– Hors de question, répondit-il. Le téléphone est sur la table, là où je travaille.

Puis il se mit à rire.

– Si vous arrivez à le trouver. Allez-y, je vais débarrasser.

– Non, répondit-elle. Le moins que je puisse faire, c'est de laver la vaisselle.

– Pas question.

– Je vous en prie, j'insiste. J'adore faire la vaisselle.

– Vous mentez avec une telle grâce, ma chère.

– C'est vrai ! À la maison, c'est tout le temps moi qui la fais.

– Dans ce cas, on va la faire ensemble, rétorqua-t-il en faisant gicler du produit vaisselle sur les assiettes et en ouvrant les robinets. Vous lavez, j'essuie et je range. Vous vivez toujours chez vos parents ?

– Oh oui, j'ai fini le lycée l'année dernière. Cette année est censée être une année sabbatique, avant de commencer l'université.

– Voilà, vous pouvez mettre ces gants… Et où aimeriez-vous faire vos études ?

– Purdue. C'est là que travaillent mes parents.

– Ils sont professeurs d'université ?

– Mon père a une chaire au département de littérature anglaise. Ma mère travaille à l'école d'aéronautique et d'astronautique, dans l'équipe de recherche sur l'astrodynamique et les applications spatiales.

– Seigneur !

– C'est une vraie scientifique, la personne la plus tête en l'air que je connaisse. Je l'adore, elle est brillante, elle travaille sur la dynamique des engins spatiaux, la mécanique des orbites, c'est lié au contrôle des satellites, comment leurs orbites se détériorent, comment ils rentrent dans l'atmosphère terrestre. C'est comme une comptine, je peux le répéter, mais je ne comprends rien à ce qu'elle fait, je crois que j'ai dû hériter de mon père, et pour l'instant, je parle trop.

Il lui posa une main sur le bras.

– Et moi, j'apprécie chaque minute, alors parlez autant que vous voulez.

– Ils me manquent beaucoup.

– Je n'en doute pas.

– Non, c'est plus comme… j'ai quitté la maison il y a presque deux mois, ça fait si longtemps que je ne les ai pas vus, ça vous fait… je ne m'étais pas rendu compte à quel point j'étais épouvantable, comme adolescente…

– On l'a tous été. C'est la vie.

– Je sais, mais il a fallu qu'il se passe quelque chose de terrible…

Ses mains cessèrent de bouger, elle baissa la tête sur sa poitrine et se tut.

Il ne dit rien au début, se contenta de la regarder avec une immense compassion. Il vit les larmes couler silencieusement sur ses joues.

– Vous voulez en parler ?

Elle fit non de la tête, lutta pour retrouver son calme. Qui revint peu à peu.

– Je ne peux pas. Je ne devrais pas…

– C'est presque fini. Allez appeler votre père.

– Merci. (Elle hésitait.) Vous avez été si gentil… je…

– Je n'ai presque rien fait.

– Est-ce que ce serait grossier si je… ?

– Je ne crois pas que vous ayez quoi que ce soit de grossier en vous, ma chère. Allez-y, demandez.

– Je meurs d'envie de prendre un bain, je ne crois pas avoir jamais été aussi sale, je ferai vite, je vous le promets…

– Dieu du Ciel, bien entendu, et prenez le temps qu'il vous faut. Voulez-vous du bain moussant ? Mes petits-enfants m'en ont offert pour mon anniversaire, mais je ne m'en sers jamais…

*

Impossible de se garer dans Castle Street. Griessel dut laisser la voiture à un pâté de maisons du Van Hunks, dans Long Street, et le gardien du parking lui fonça dessus tel un vautour. Il paya pour deux heures et se dirigea rapidement vers la boîte de nuit, surpris de trouver Vusi qui attendait devant la porte d'entrée.

– Je croyais que tu étais encore en chemin ?

– Ces types de Table View sont dingues. Ils ont mis les sirènes tout le long. La porte est fermée à clé. Il faut passer par-derrière.

– J'ai envoyé chercher le témoin oculaire de chez Carlucci, Vusi. Et Oliver Sands à l'auberge de jeunesse, ajouta Griessel tandis qu'ils marchaient côte à côte.

– Ok, Benny.

Ils tournèrent dans l'allée de service. Le téléphone de Griessel se mit à sonner : « Mat Joubert », disait l'écran.

– Salut, fit Benny.

– Je parle bien au capitaine Benny Griessel ?, lança Joubert.

– Nom de Dieu, c'est pas croyable, non ?

– Félicitations, Benny. Il était grand temps. Où es-tu ?

– Une boîte de nuit dans Castle Street. Le Van Hunks.

– Je suis juste au coin. Des Steers, ça te dirait ?

– Putain, ce serait génial ! (Il n'avait rien avalé depuis la veille.) Un Dagwood Burger, des frites et un coca, je te rembourserai – son estomac gronda d'avance. Attends, je demande à Vusi s'il veut quelque chose…

*

Au troisième étage d'un immeuble de bureaux récemment restauré dans St. Georges Mall, les portes de l'ascenseur s'ouvrirent pour laisser passer la grosse femme.

Elle remonta son sac à main sur son épaule, déplaça le pistolet à sa ceinture et se dirigea d'un pas décidé vers un bureau de bois sombre en piétinant l'épaisse moquette marron clair. Elle prit la plaque de la SAPS qu'elle portait autour du cou entre le pouce et l'index et la montra à une Métisse entre deux âges qui tenait la réception, tout en observant les lettres de cuivre rutilantes montées une à une sur un panneau de bois foncé : Jack Fisher et Associés.

– Inspecteur Mbali Kaleni, SAPS. Je dois parler à Jack Fisher.

La femme n'eut pas l'air impressionnée.

– Je doute qu'il soit disponible, répondit-elle en tendant la main à contrecœur vers le téléphone.

– Il est là ?

La réceptionniste l'ignora. Elle composa un numéro à quatre chiffres et dit à mi-voix :

– Marli, il y a une femme de la police qui veut parler à Jack…

– Jack est là ?, insista Kaleni.

– Je vois, répondit la réceptionniste d'un air satisfait. Merci, Marli.

Elle reposa le combiné et renifla en fronçant légèrement les sourcils.

– C'est quoi, cette odeur ?

– Je vous ai demandé si Jack Fisher était là.

– L'agenda de M. Fisher est plein. Il ne pourra vous recevoir qu'après dix-huit heures.

– Mais il est ici ?

La femme acquiesça sans enthousiasme.

– Dites-lui que c'est en rapport avec le meurtre de son client, Adam Barnard. Je veux lui parler d'ici quinze minutes.

La réceptionniste ouvrit la bouche pour répondre, mais elle vit Kaleni faire demi-tour et se diriger en se dandinant vers un des larges fauteuils rembourrés alignés contre le mur. Elle s'assit et se mit à l'aise, posa son sac à main sur ses genoux et en sortit un sac en plastique blanc avec les lettres KFC et le dessin d'un vieil homme barbu et à lunettes imprimés dessus.

Son froncement de sourcils s'intensifia quand elle vit Kaleni plonger sa main potelée dans le sac et en sortir un petit carton rouge et blanc et une canette de jus de raisin Fanta. Elle regarda la policière poser son sac à main par terre et le Fanta sur la table à côté d'elle, puis ouvrir le carton avec une concentration totale.

– Vous ne pouvez pas manger ici, lança-t-elle d'un ton plus stupéfait qu'autoritaire.

Mbali Kaleni sortit un pilon de poulet du paquet.

– Bien sûr que si !, répondit-elle en mordant dedans.

La réceptionniste, incrédule, secoua la tête en laissant échapper un petit bruit désespéré. Elle souleva le combiné sans quitter des yeux la femme qui machouillait.

*

Galina Federova avançait dans le couloir, suivie de Vusi et Griessel. Benny avait senti l'odeur d'alcool avant même qu'ils entrent dans l'immense night-club, l'odeur familière de moisi des bars où l'on a versé, bu et renversé de l'alcool, l'odeur qui, pendant plus de dix ans, lui avait servi de refuge. Son estomac se noua de peur et d'appréhension. Tandis qu'il franchissait la porte et que la boîte de nuit s'ouvrait devant lui, il chercha des yeux les étagères de bouteilles contre le mur, vit de longues rangées scintillant comme des joyaux alignés les uns à côté des autres dans la lumière éclatante.

Il entendit la Russe qui disait « voici l'équipe de nuit », mais il continuait à fixer les bouteilles, la tête pleine de souvenirs. Il fut envahi par une grande vague de nostalgie pour les jours et les nuits de beuverie en compagnie de potes de comptoir oubliés. Et pour l'atmosphère de ces lieux crépusculaires, le sentiment de totale soumission qu'il éprouvait quand il étreignait un verre en sachant qu'il n'avait qu'à hocher la tête pour qu'on le lui remplisse à nouveau.

Le goût qu'il avait dans la bouche à présent n'était pas celui du cognac ou du Jack Daniels qu'il avait l'habitude de boire, mais celui du gin qu'il avait versé à Alexa Barnard le matin même. Il revit son soulagement avec une précision dérangeante ; il n'avait que trop clairement perçu les effets de l'alcool sur elle, comment le liquide avait chassé tous les démons. Voilà ce qu'il désirait à présent : ni l'odeur ni le goût, mais le calme, l'équilibre qui lui avait manqué toute la journée. C'était les effets de l'alcool dont il avait furieusement envie. Il entendit Vusi prononcer son nom une fois, deux fois, puis il s'arracha à la contemplation des bouteilles et se concentra de toutes ses forces sur son collègue.

– Voici l'équipe de nuit, dit Vusi.

– Très bien.

Il parcourut la pièce des yeux, conscient que son cœur battait trop vite, que ses paumes étaient moites, qu'il devait extirper ce désir à toute force. Il observa tous les gens. Certains employés étaient assis, d'autres occupés à disposer les chaises et à nettoyer les tables. Pour la première fois, il entendit la musique en arrière-fond, un rock inhabituel.

– Vous pouvez leur demander de s'asseoir, s'il vous plaît ?, dit-il à Federova.

Il avait intérêt à se ressaisir au plus vite ; il avait une jeune fille perdue et effrayée à retrouver.

La femme acquiesça et tapa dans ses mains pour obtenir leur attention.

– Venez. Asseyez-vous.

Griessel remarqua qu'ils étaient tous jeunes et beaux, des hommes en majorité, neuf ou dix, et quatre femmes. Aucun d'entre eux ne semblait particulièrement impressionné de se trouver là.

– Est-ce que quelqu'un peut arrêter la musique ?, demanda Griessel, sa patience mise à rude épreuve par le manque général d'intérêt, l'alcool et l'urgence de la situation.

Un jeune homme se leva et se dirigea vers la sono, enfonça ou tourna quelque chose et soudain, tout devint silencieux.

– Ils sont de la police, annonça Galina Federova d'une voix professionnelle, mais on sentait l'agacement qui perçait. Ils ont des questions à vous poser à propos de la nuit dernière.

Elle regarda Griessel.

– Bonjour, commença-t-il. La nuit dernière, deux Américaines sont venues ici, de jeunes touristes. Ce matin, le cadavre de l'une d'entre elles a été retrouvé en haut de Long Street. La gorge tranchée.

Il ignora les murmures de consternation ; au moins avait-il leur attention à présent.

– Je vais vous faire passer une photo de la victime et de son amie. Nous avons besoin de votre aide de toute urgence. Si vous vous souvenez d'elles, levez la main. Nous pensons que l'autre jeune fille est encore en vie et nous devons la retrouver.

– Avant qu'il ne soit trop tard, souffla Vusi Ndabeni à côté de lui.

– Oui, répondit Griessel en lui passant la moitié des photos.

Il se dirigea vers les tables du fond et commença à les montrer, observant l'intérêt morbide que, comme d'habitude, ils prenaient à les regarder.

Puis il revint devant et attendit que Vusi ait fait circuler les dernières photos. Federova était assise au bar et allumait une cigarette. Devant lui, les jeunes employés étudiaient les clichés, tête baissée.

Puis deux ou trois levèrent lentement les yeux, prudemment, avec l'expression hésitante disant qu'ils reconnaissaient les filles, mais ne voulaient pas être les premiers à lever la main.

30

Mbali Kaleni sentit la désapprobation de la réceptionniste sans la comprendre. Il fallait bien manger. C'était
l'heure du déjeuner et il y avait une table et des chaises.

Voilà le problème dans ce pays, se dit-elle, toutes ces
minuscules différences culturelles. Une Zouloue mange
quand elle doit manger, c'est normal, naturel et il n'y a
pas de quoi en faire tout un plat. Elle n'embêtait personne ; elle n'avait aucun problème avec la façon, l'heure
et ce que mangeaient les Noirs ou les Blancs. S'ils avaient
envie de manger leurs insipides sandwichs au pain blanc
derrière des portes de bureaux fermées ou quelque part
dans une cuisine minuscule à vous rendre claustrophobe,
c'était leur problème. Elle ne les jugeait pas.

Elle secoua la tête, sortit la boîte de purée de pommes
de terre en sauce, souleva le couvercle transparent, prit
la petite cuillère en plastique blanc et s'assura qu'elle se
servait une portion correcte, comme quelqu'un de bien
élevé. Cela faisait partie de son rituel ; d'abord, elle
mangeait tout le poulet, ensuite la purée, et laissait la
moitié de la boisson pour la fin. Et, comme d'habitude,
elle réfléchissait pendant qu'elle mangeait. Pas au meurtre
du manager, c'était l'Américaine qui la hantait. Elle
avait été tellement sûre de la retrouver. Ses collègues
s'étaient jetés partout, paniqués ; au moment critique, ils
s'étaient conduits comme des poulets sans tête, mais

c'était comme ça avec les hommes. En cas d'urgence, il fallait qu'ils fassent quelque chose ; ils étaient incapables de s'en empêcher. Cette affaire demandait du calme, de la logique, qu'on réfléchisse aux causes. C'était de cette façon qu'elle avait découvert la traînée dans le parterre de fleurs.

Et puis, plus rien. C'était ça qui la laissait perplexe.

La fille n'aurait pas sauté la barrière uniquement pour escalader le mur d'à côté et se remettre à courir dans la rue.

Mais le vieil homme disait l'avoir entendue s'approcher du mur.

Pourquoi Rachel Anderson n'avait-elle pas frappé à sa porte pour lui demander protection ? Pas assez de temps. Et si elle avait aussi peu de temps, elle avait dû trouver moyen de se planquer d'une autre façon. Pourquoi l'hélicoptère ne l'avait-il pas repérée ? Tandis qu'elle réfléchissait à la question, il semblait à Kaleni qu'il n'existait que deux options pour une jeune fugitive essayant de rester à l'écart de la rue : entrer dans une maison, ou se cacher dans un jardin où personne ne pourrait la voir. Si elle n'était pas entrée dans la maison du vieil homme, elle avait dû escalader le mur nord qui donnait chez les voisins. Mais Kaleni avait demandé à un policier, un grand Xhosa maigrichon, de regarder par-dessus le mur pour elle, parce qu'elle était trop petite. Et il n'avait rien vu, juste un petit jardin de plantes aromatiques et une table en plastique avec des chaises.

Avait-elle aussi escaladé le mur suivant et traversé le jardin d'après ? Tôt ou tard, l'hélicoptère l'aurait repérée.

Et si elle était allée aussi loin, pourquoi Mbali Kaleni avait-elle l'impression tenace qu'elle se trouvait dans le coin ?

Elle racla le reste de purée, remit le couvercle sur la boîte et la boîte dans le petit carton.

Dès qu'elle aurait fini ici, elle retournerait à Upper Orange. Jeter un nouveau coup d'œil. Elle devait bien ça à cette fille : le calme, la logique et la réflexion féminines.

*

Iván Nell était assis en face de Fransman Dekker dans le bureau d'Adam Barnard.

– Je voulais voir Adam parce que j'ai l'impression qu'ils me volent, dit-il de sa voix grave. Mon argent.

– Comment ça ?

– C'est une longue histoire…

Dekker rapprocha son calepin et son stylo.

– Pouvez-vous m'expliquer le plus important ?

Nell se pencha en avant dans son fauteuil, coudes sur les genoux, et dit d'un air sérieux :

– Je pense qu'ils falsifient leurs comptes. Hier soir, j'ai prévenu Adam que je voulais faire venir un commissaire aux comptes, parce que les choses ne m'avaient pas l'air correctes. Et quand j'ai entendu à la radio ce matin qu'il était mort…

– Qu'est-ce qui vous fait penser que les choses ne sont pas correctes ?

– Hé bien, pour obtenir les chiffres des ventes, il faut vraiment leur tirer les vers du nez ; c'est devenu très difficile d'avoir la moindre information de leur part. Et puis, l'année dernière, l'argent que j'ai reçu pour certaines chansons dans des compilations sur des labels indépendants… C'était vachement plus que ce à quoi je m'attendais. Alors j'ai commencé à faire mes propres calculs…

– Donc Afrisound n'est pas votre maison de disques ?

– Si, elle l'était, jusqu'en février l'année dernière.

– C'est elle qui a sorti vos CD ?

– Mon contrat stipulait trois albums originaux et une option pour un *Greatest Hits*. C'est sorti l'année dernière, tout ça avec Adam.

– Et ensuite, vous êtes parti dans une autre maison ?

– Non, j'ai lancé mon propre label.

– Parce qu'Afrisound avait profité de vous ?

– Non, non, à l'époque, j'ignorais qu'ils me volaient. Dekker se rencogna dans le confortable fauteuil.

– Monsieur Nell, pouvez-vous commencer par le début, s'il vous plaît ?

– Je... je vous en prie, appelez-moi Iván.

Dekker acquiesça, impressionné, mais n'en montra rien. Il s'était attendu à un poseur, l'homme était célèbre, blanc et couronné de succès. Mais il n'y avait pas d'ego surdimensionné en lui, pas de condescendance vis-à-vis d'un Métis, juste une sincère envie d'aider.

– À la fac, vers 1996, j'ai commencé à jouer dans des bars, pour l'argent de poche surtout. Je faisais des reprises de chansons en anglais, Kristofferson, Cohen, Diamond, Dylan, ce genre de trucs, juste moi et ma guitare. Quand j'ai eu mon diplôme en 1998, je me suis mis à faire du porte-à-porte pour décrocher des contrats à Pretoria. J'ai commencé à chanter au Café Amics, au Mc Ginty's, au Maloney's, des endroits qui ne payaient pas. Personne ne me connaissait. J'avais l'habitude de faire deux sets de reprises en anglais et le dernier set en afrikaans avec une ou deux de mes propres compositions glissées dedans, juste pour tester le public. Et puis ça a commencé à marcher, quand arrivait le moment du dernier set, l'endroit était soudain bondé. Les gens chantaient avec moi. Et le public est devenu de plus en plus nombreux, comme s'ils avaient soif de trucs en afrikaans, comme s'ils voulaient se reconnaître dans quelque chose, les étudiants, les jeunes. En tout cas, les contrats ne cessaient de pleuvoir, à la fin, je jouais six soirs par semaine et je gagnais plus d'argent qu'au boulot, alors je n'ai plus fait que ça à partir de 2000. En 2001, j'ai édité mon propre CD que je vendais à la fin du spectacle...

– Pour quel label ?

– Non, je n'avais pas de label.

– Comment on peut éditer un CD sans label ?

– Il faut juste avoir de l'argent. Il y avait un type à Hartebeespoort qui possédait un studio dans une pièce attenante à sa maison. Je l'ai enregistré chez lui. Il prenait environ soixante mille rands à l'époque, j'ai dû emprunter...

– Alors pourquoi aviez-vous besoin d'un label ?

– Pour à peu près tout, mais essentiellement le capital. Si vous voulez faire un album digne de ce nom, un enregistrement qui tienne la route avec de bons musiciens et assez de temps de studio, il vous faut à peu près deux cent mille rands. Je ne les avais pas. Mon premier CD est plutôt rustique, ça s'entend bien. Mais quand vous êtes en train de chanter dans un bar le soir et que vous dites aux gens qu'il y a un CD à vendre et qu'ils ont bu un ou deux verres, ils l'achètent, disons dix par soirée, ça permet de rentrer dans ses frais, mais ça ne peut passer à la radio, ce n'est pas assez bon. Si vous avez une maison de disques, ils payent les musiciens, le producteur, l'ingénieur du son, ils s'occupent du marketing, de la distribution, c'est complètement différent.

– Alors comment avez-vous atterri chez Afrisound ?

– Adam a entendu parler de ce qui se passait là-bas, du public qui ne cessait de grossir et tout le reste. Il est venu écouter et a décrété qu'il voulait me signer. Je veux dire, Adam Barnard, tout ce dont un type peut rêver, une vraie légende, Monsieur Musique Afrikaans. C'est lui qui m'a donné ma première grande chance, qui m'a lancé. Je lui en serai toujours reconnaissant... Bref, on a signé pour trois albums et l'option d'un *Greatest Hits*. Pour commencer, il m'a fait réenregistrer mon premier album avec les meilleurs musiciens. Adam l'a produit lui-même ; une équipe de rêve. Ils ont payé radio RSG pour passer le CD, l'album a été double platine. Ça a pris plus de trois ans, mais ça a bien marché. Alors on a fait les deux suivants et le *Greatest Hits*, déjà tous albums de platine.

– Alors pourquoi est-ce que vous ne voulez plus travailler avec Afrisound ?

– Pour de nombreuses raisons. Écoutez, les gros labels essayent de vous exploiter jusqu'au dernier centime. Ils vous font de grandes promesses, mais ils ne les tiennent pas toujours… En fin de compte, c'est une histoire de marge. Une maison de disques vous refile douze pour cent, parfois moins. Mais tout seul, vous gardez tout, sauf l'apport de départ, entre quatre-vingts et quatre-vingt-cinq pour cent, une fois qu'on est rentré dans ses frais de studio. Ça fait une sacrée différence ! Et maintenant, j'ai le capital suffisant pour louer un studio décent le temps nécessaire pour produire le meilleur album possible.

– Que voulez-vous dire par « ça a bien marché » ? De quelles sommes est-ce qu'on parle ?

– Écoutez, ça dépend…

Mal à l'aise, comme s'il n'avait pas vraiment envie d'en parler.

– En gros.

– *Jonkmanskas*, mon premier album avec Adam, n'a fait que quinze mille la première année, mais il faut construire son image parce que si les gens aiment votre deuxième album, alors ils achèteront le premier. Donc, *Jonkmanskas* a démarré doucement, mais à présent, on en est à cent cinquante mille…

– Et vous touchez combien là-dessus ?

– Ça aussi, ça dépend si je le vends moi-même pendant un concert ou si vous l'achetez dans un magasin.

Dekker soupira.

– Iván, je suis en train d'essayer de comprendre comment fonctionne l'industrie du disque. Donnez-moi un chiffre approximatif de ce que vous gagnez avec un CD. Aujourd'hui.

Nell se redressa lentement, toujours mal à l'aise sur le sujet.

– Disons dans les sept cent cinquante, sur trois ou quatre ans.

– Sept cent cinquante mille ?

– Oui.

– Putain !, fit Dekker en notant quelque chose dans son calepin. Et donc, comment vous ont-ils grugé ?

– Ça semble peut-être beaucoup d'argent, inspecteur, mais c'est avant les impôts, et il y a beaucoup de frais…

– Comment vous ont-ils grugé ?

– Je l'ignore. C'est pour ça que je veux faire faire un audit.

– Mais vous avez certainement une théorie ?

– Hé bien, l'année dernière, j'ai fait trois chansons pour des compilations… une pour le CD de rugby de Sean Else, et deux pour Jeremy Taylor, un album country et un album de Noël. Sean et Jeremy sont indépendants, et quand j'ai reçu l'argent pour le CD de rugby, j'ai commencé à m'interroger, parce que c'était une sacrée somme, bien plus, en proportion, que ce que je gagnais avec Adam. Quand l'argent du CD de country est arrivé, ç'a été la même histoire. Alors j'ai soigneusement étudié les relevés, les retenues, les ventes et les royalties, et plus je regardais, moins ça paraissait clair. Rappelez-vous, sur une compilation, vous êtes un parmi dix artistes ou plus ; donc, vous devriez recevoir, grosso modo, disons, dix pour cent des royalties que vous recevez habituellement. Je ne m'attendais pas à grand-chose. Et en fin de compte, j'ai touché beaucoup. Par la suite, j'ai commencé à avoir des soupçons.

– Et vous en avez parlé à Adam Barnard.

– Je lui ai téléphoné il y a environ une semaine en disant que je voulais venir le voir. Je n'ai pas expliqué pourquoi ; j'ai simplement dit que je voulais parler de mon contrat.

– Allons-y, a-t-il répondu, on ira tranquillement dîner ensemble.

– Et c'était hier soir ?

– C'est exact.

– Quelle a été sa réaction ?

– Il a dit que pour autant qu'il sache, ils n'avaient rien à cacher. Quand j'ai expliqué que je voulais faire venir mon propre expert, il a répondu : « Pas de problèmes. »

– Et ensuite ?

– Il m'a proposé un nouveau contrat. J'ai décliné. Et c'est tout. Alors on a parlé d'autre chose. Adam… Il était de bonne compagnie, comme toujours. Ses histoires… Le truc, c'est que d'habitude, Adam fait la fête jusqu'à minuit ou une heure, il ne fatigue jamais. Mais hier soir, vers vingt et une heure trente, il a dit qu'il devait passer un coup de fil vite fait, il est sorti dehors pour appeler, et en revenant, il a annoncé qu'il devait s'en aller. On a demandé l'addition et on est partis vers vingt-deux heures.

Dekker jeta un coup d'œil dans l'agenda de Barnard. À côté de dix-neuf heures, on pouvait lire Iván Nell – Bizerca, mais rien d'autre n'était noté pour plus tard dans la soirée. Il écrivit dans son calepin : « Portable 21 h 30 ?? » en se demandant où était passé le téléphone de Barnard, vu qu'il n'était pas sur la scène de crime le matin venu.

– Vous auriez une idée de son interlocuteur ?

– Non. Mais Adam n'était pas le genre de type à quitter la table pour téléphoner. D'habitude, il reste plutôt assis à discuter avec vous, quelle que soit la personne. Quand j'ai entendu ce matin qu'on lui avait tiré dessus, une fois passé le premier choc, j'ai commencé à me poser des questions.

*

Un pied dans le bain chaud et moussant, elle envisageait de s'abandonner au luxe, mourait d'envie de se laver les cheveux et de se décrasser le corps, puis de s'allonger simplement et de laisser la fatigue et la douleur s'effacer.

Impossible. Elle devait appeler son père ; ils étaient sûrement fous d'inquiétude.

Mais elle voulait se laver rapidement d'abord. À l'instant, dans la cuisine, elle avait entrevu une issue, pour la première fois depuis la veille, une perspective de sécurité. Si elle appelait son père, il s'arrangerait pour que quelqu'un vienne la chercher, quelqu'un de l'ambassade peut-être, et ils pourraient l'interroger et elle leur raconterait tout. Ce serait un long processus, de longues discussions sur tout ce qui s'était passé. Ce qui signifiait des heures avant qu'elle puisse éliminer le sang, la sueur et la poussière. C'était l'occasion ou jamais de se laver vite fait maintenant.

Elle entra dans le bain et s'assit. L'eau chaude irritait sa peau écorchée et coupée, mais le plaisir était immense. Elle se laissa lentement aller en arrière jusqu'à ce que sa poitrine disparaisse sous la mousse.

Dépêche-toi.

Elle se rassit rapidement, avec beaucoup d'autodiscipline, se leva, prit le savon et le gant de toilette et commença à frotter son corps juvénile.

12 h 57 - 14 h 01

31

Une serveuse, deux garçons et un barman se souvenaient d'Erin Russel et de Rachel Anderson. Griessel les fit asseoir à une table séparée avec Vusi. Il prit un siège, dos au bar pour ne pas voir les fichues bouteilles, mais il n'y avait rien à faire contre l'odeur.

– Les autres peuvent rentrer chez eux, ordonna Galina Federova.

– Non, j'ai encore besoin d'eux.

Il restait à vérifier si le type de chez Carlucci en reconnaissait certains.

– Pour quoi faire ?

Elle commençait à lui taper sur les nerfs. Il faillit lui rétorquer que ce n'était pas ses affaires, bordel, qu'il n'aimait pas son attitude, mais le besoin pressant qu'il avait de glaner la moindre information le poussa à se retenir.

– Qu'ils attendent dix minutes, répondit-il d'un ton sec, histoire qu'elle comprenne le message et arrête de les emmerder.

Elle dit quelque chose en russe, hocha la tête et sortit. Griessel la regarda s'éloigner. Puis il se retourna lentement et essaya de s'éclaircir les idées en demandant aux jeunes gens autour de la table qui voulait commencer.

– Elles étaient assises juste là, dit un des garçons en montrant une table tout près et en jouant d'un air embarrassé avec le collier de perles en bois qu'il portait autour du cou.

Et soudain, tous les serveurs levèrent les yeux vers la porte qui se trouvait derrière Griessel. Il se retourna lui aussi et découvrit Mat Joubert, un sac de plats à emporter dans chaque main.

– Continuez, dit Joubert, je suis avec le capitaine Griessel.

Il posa les sacs sur la table, sortit les boîtes et les poussa vers Vusi et Benny. L'odeur de frites fit gargouiller l'estomac de Griessel.

– Merci, Mat.

– Merci, Chef, dit Ndabeni.

Joubert se contenta de hocher la tête, approcha une chaise et s'assit avec eux.

– Voici le superintendant Mat Joubert, de la brigade d'intervention de la province, annonça Griessel aux serveurs en les voyant intimidés par la taille de son collègue. Et il n'est pas très patient, ajouta-t-il en mentant pour faire bonne mesure.

Il regarda le garçon qui avait parlé en premier.

– Où on en était ?

Le garçon observa Griessel, puis regarda Joubert avec respect.

– Les deux de la photo, elles étaient assises seules au début, reprit-il avec un soudain accent de sincérité. C'est moi qui les ai servies. Elles buvaient du Brutal Fruit[1]. Celle-là, la blondinette, elle faisait sacrément la fête. L'autre n'en a bu que quatre ou cinq de toute la soirée. Un peu bizarre.

– Pourquoi ?, demanda Griessel en déchirant le sachet de sel de chez Steers pour en saupoudrer ses frites.

– Les routards en sac à dos… en général, ils se bourrent la gueule.

1. Un mélange d'alcool et de jus de fruits (*N.d.T.*).

Griessel réprima son envie de jeter un coup d'œil sur les rangées de bouteilles derrière le bar.

– Comment savez-vous que c'était des routardes ?, demanda-t-il en empalant quelques frites avec la fourchette en plastique et en les propulsant dans son gosier qui salivait.

Le garçon fronça les sourcils d'un air franc.

– Ça fait deux ans que je travaille ici maintenant…

La bouche pleine de pommes de terre, Griessel ne put qu'acquiescer et lui fit signe de poursuivre en agitant sa fourchette.

– On apprend à les connaître. Le bronzage, les fringues, les accents… et ils ne filent pas beaucoup de pourboires.

– Quand sont-elles arrivées ?

– Hum, voyons… avant ma première pause clope, vers vingt et une heures, je dirais.

Griessel empala d'autres frites.

– Et au début, elles étaient assises seules ?

– Pendant un moment. Ensuite, ça a commencé à se remplir. Je m'occupe de huit tables… je ne peux pas dire exactement. Elles dansaient ; beaucoup de types les ont invitées. À un moment, ils étaient cinq à table, des amis, apparemment.

– Garçons ou filles ?

– Ah… les deux… Écoutez, il faut comprendre… (il regardait surtout Mat Joubert), c'est du délire ici quand c'est plein. Je me souviens des filles parce qu'elles étaient jolies, mais c'est à peu près tout.

– Donc, vous ne vous souvenez pas des types qui étaient avec elles ?

– Non.

– Est-ce que vous les reconnaîtriez si vous les voyiez à nouveau ?

– Peut-être.

Griessel dégoupilla la canette de Coca avec un bruit sec.

– Et vous ?, demanda-t-il aux autres.

– Je les ai simplement vues danser, répondit la serveuse. Mes tables sont là-bas. Elles dansaient beaucoup ensemble, ce qui n'est pas si bizarre, mais on aurait dit qu'elles s'engueulaient, vous voyez, elles étaient là debout à danser et à s'engueuler. Mais c'est tout ce que je peux vous dire.

La bouche pleine de Dagwood Burger, Griessel hocha la tête en direction du barman.

– Celle-ci…, reprit ce dernier en désignant Erin Russel du doigt, elle… Je travaille tout au bout du bar. Il y avait deux types qui étaient là en train de boire et à un moment donné, elle s'est amenée et leur a parlé. Je me souviens d'elle parce que je me suis dit : « C'est le cul dix de la soirée », et elle a parlé à ces deux…

– Le cul quoi ?

– C'est un jeu entre serveurs. On note les plus belles jambes, les plus beaux culs, etc. Sur dix. Et…

– Vous êtes malades, lança la serveuse.

– Et vous les filles ? L'autre jour, quand ce type des *Idols*[1]…

Mat Joubert allongea lentement les bras sur la table, faisant paraître ses larges épaules encore plus larges. Le barman ravala ses paroles et le regarda d'un air coupable.

– De toute façon, elle avait un cul de dix. Le reste n'était pas mal non plus. Des jambes de neuf, sans problèmes, et je dirais un huit…

– Parlez-moi des hommes, le coupa Griessel, impatient.

– Le premier… Je me rappelle vaguement son visage, il est déjà venu ici… l'autre, je ne sais pas… deux potes, je pense, ils buvaient ensemble, ils ne dansaient pas, ils sont simplement restés au bar à discuter.

– Et ensuite ?

– J'ai dit aux autres gars qu'on avait des fesses de dix dans la courbe. Là-bas, où le comptoir vire vers le mur.

1. Show télévisé, style *Nouvelle Star* (N.d.T.).

Mais quand je me suis retourné, elle avait disparu. Et les types sont partis d'un coup eux aussi.

– Attendez, attendez, attendez. Elle est venue discuter avec eux ? De quoi ? Vous avez entendu ?

– Non, je ne faisais pas... attention.

– Tu lui matais les fesses, lança la serveuse, mauvaise.

Il l'ignora.

– Et ensuite, elle est partie ?

– En fait, je ne l'ai pas vraiment vue partir.

– Elle est restée combien de temps avec eux ?

Il réfléchit à la question.

– Écoutez, je ne l'ai pas vue arriver, on est toujours en mouvement, il n'y a jamais assez de barmen ici. Tout ce que je sais, c'est que je l'ai vue debout là-bas, j'ai jeté un coup d'œil vite fait et ensuite, je suis allé chercher d'autres commandes, et quand j'ai enfin pu regarder un peu mieux, j'ai remarqué son cul. Je suis allé le dire à Andy et aux autres, mais quand j'ai voulu leur montrer, elle n'était plus là. Elle est peut-être restée cinq minutes. Ou dix...

– Quand ils sont partis, ils étaient pressés ?

– Absolument.

– Il était quelle heure ?

– Environ... Hé bien, il était tard, je ne peux pas dire exactement... un peu après une heure ?

Griessel et Vusi échangèrent un regard. Ça devenait intéressant.

– Vous aviez vu l'un d'eux avant ?

– Je crois. Son visage me disait vaguement quelque chose.

– Décrivez-le-moi.

– Un type plutôt grand...

Puis il se tut.

– Vieux ? Jeune ? Noir ? Blanc ?

– Non, un Blanc, mon âge environ, pas beaucoup plus de vingt ans, des cheveux bruns coupés court, très bronzé…

– Et l'autre ?

– Un Noir, le même âge à peu près…

Le serveur au collier de perles pointa soudain le doigt vers la porte derrière Griessel et dit d'un ton excité :

– Le gars là-bas, il était à leur table hier soir.

Les inspecteurs se retournèrent lestement. Contre le mur, attendant patiemment, se trouvaient trois hommes de la SAPS en uniforme bleu. L'un d'eux avait un gros sac-poubelle transparent posé par terre à côté de lui. Oliver Sands et un jeune homme que Griessel n'avait jamais vu avant se trouvaient entre eux.

– Oui, on sait, dit Griessel.

– L'autre type est le gars de chez Carlucci, dit Vusi en se levant.

Griessel le suivit.

– C'est le sac de la Métro pour moi ?, demanda Griessel à l'un des hommes en tenue.

– Oui, inspecteur.

– C'est « capitaine » maintenant, lança Joubert depuis la table.

– Vraiment, Benny ?, demanda Vusi, d'une voix sincèrement ravie.

*

Avant de quitter le bureau d'Adam Barnard, Fransman Dekker appela la Scientifique.

– Jimmy à l'appareil, répondit le Maigre.

– Jimmy, c'est Fransman Dekker. Je voulais juste savoir… dans l'affaire Barnard… vous auriez pas trouvé son portable quelque part ?

Il fallut un moment à Jimmy pour raccrocher les wagons.

– Attendez…

Dekker l'entendit demander d'une voix assourdie :

– Arnie, ce type de la maison de disques qui s'est fait descendre, on a trouvé un téléphone portable ?

– Non, Fransman, on a trouvé que dalle.

– Dans sa voiture non plus ?

– Que dalle.

– Merci, Jimmy.

Dekker resta immobile une seconde, réfléchit, ouvrit la porte du bureau et se dirigea vers celui de Natasha Abader. Elle était au téléphone, mais quand il approcha, elle mit la main sur le combiné et haussa les sourcils en le regardant.

– Le numéro de portable d'Adam Barnard ?

Elle lui récita le numéro, la main toujours sur le combiné. Il le composa.

– Merci.

Il s'éloigna tandis que ça sonnait. Il enfila le couloir. Peut-être le portable de Barnard était-il dans son bureau, auquel cas, il l'entendrait. Mais la seule sonnerie audible était dans son oreille. Et ça durait. Juste au moment où il s'attendait à ce que ça bascule sur la boîte vocale, une voix familière répondit :

– Allô ?

– Qui est-ce ?, demanda Dekker, surpris.

– Capitaine Benny Griessel, de la SAPS, dit la voix.

– Capitaine ?, fit Dekker, complètement ébahi.

*

Griessel et Vusi espéraient que le jeune homme de chez Carlucci allait identifier un des employés du Van Hunks quand une sonnerie de portable stridente se fit entendre, avec le dring dring d'un ancien téléphone de ferme. Tout un tas de gens vérifièrent leur appareil jusqu'à ce qu'un policier dise :

– C'est dans le sac.

Griessel déchira le sac-poubelle et se mit à fouiller dedans avec frénésie. Il s'empara de quelque chose et en sortit le téléphone. Il le contempla un instant d'un air incrédule avant de répondre. La conversation était surréaliste – apparemment, la personne au bout du fil le connaissait –, jusqu'à ce que tout s'éclaire.

– Benny, c'est Fransman Dekker. Je viens de faire le numéro d'Adam.

– Tu rigoles.

– Non.

– Tu ne croiras jamais où était ce téléphone. À l'intérieur d'une chaussure noire, dans un sac de cochonneries que la Métro a récupéré ce matin dans les rues autour du cimetière où on a retrouvé la fille.

– Une chaussure ? Tu as vu la taille ?

Griessel ramassa la chaussure, regarda l'intérieur, mais ne vit rien. Il la retourna. Les chiffres étaient presque effacés.

– C'est du quarante-quatre.

– Pas croyable. Où est-ce qu'ils l'ont trouvée ?

– J'en sais rien, faudra demander à Jeremy Oerson, de la Métro. Il est au moins maréchal ou un truc du genre.

– C'est quoi un maréchal ?

– Je veux dire, un de ces grades débiles. Attends, je te donne son numéro…

Il commença à le chercher dans son propre répertoire.

– Et tu es capitaine à présent ?

Griessel sentit combien Dekker luttait pour dissimuler sa jalousie. Puis ce dernier ajouta :

– Tu peux vérifier ses appels pour moi ?

– Attends.

Il lui fallut un moment parce qu'il ne connaissait pas le téléphone.

– Je crois qu'il a appelé quelqu'un hier soir, juste avant vingt-deux heures, dit Dekker.

Griessel finit par trouver la bonne icône. AUCUN APPEL, disait l'écran.

– Aucune trace, dit-il à Dekker.

*

Tout en répondant au téléphone, Barry ne quittait pas des yeux le camion de livraison garé au coin devant chez Carlucci.

– Barry à l'appareil.

– Pourquoi ne sont-ils pas encore entrés ?, demanda l'homme à la barbe grise.

– Ils ne peuvent pas. Il y a une camionnette de livraison garée dans Upper Orange, devant le magasin en haut de la rue et le chauffeur a une vue directe sur la descente.

– Depuis combien de temps ?

– Ben, ça fait un moment qu'ils déchargent, alors ça ne devrait plus être très long…

Silence au bout du fil.

– On n'a plus le temps.

C'était la première fois que Barry percevait une pointe d'inquiétude dans la voix de l'homme. Mais celui-ci se reprit :

– Appelle-moi dès que la voie est libre. Je veux savoir exactement quand ils entrent.

– Ok, Monsieur B.

32

Sa moustache est aussi démesurée que son ego, se dit Mbali Kaleni.

Elle était assise devant une table ronde dans le luxueux bureau de Jack Fisher. D'un côté se trouvait un bureau en bois sombre hors de prix, de l'autre une étagère qui couvrait le mur entier et était remplie de ce qui ressemblait à des ouvrages de référence sur le droit. Sur chacun des murs restants était accrochée une grande peinture à l'huile, un paysage du Bushveld et du Boland, respectivement. De lourds rideaux rouge sombre pendaient devant la fenêtre. Le sol était recouvert d'un magnifique tapis persan neuf.

Fisher approchait de la soixantaine, avec une chevelure abondante soigneusement coiffée d'une raie sur le côté. Des tempes grisonnantes encadraient un visage belliqueux et buriné, marqué des fines rides du fumeur invétéré. Et cette énorme moustache extravagante. Le costume bleu foncé semblait fait sur mesure, la coupe en était parfaite.

Elle ne l'aimait pas. Sa fausse cordialité légèrement condescendante était typique de l'attitude de nombreux Afrikaners d'âge mûr vis-à-vis des Noirs. Il s'était levé, un dossier bleu à la main, et l'avait invitée à s'asseoir à la table. Il avait entamé la conversation par un :

– Que pouvons-nous faire pour vous ?

Nous. Et quand elle s'était expliquée, il avait souri sous sa moustache.

– Je comprends. Je vous aurais volontiers offert un rafraîchissement, mais je vois que vous avez apporté le vôtre.

Elle n'avait pas réagi.

– Vous êtes bien consciente que je ne suis pas obligé de vous fournir ces informations sans mandat.

Elle s'était mise à son aise dans le fauteuil de prix et avait hoché la tête.

– Néanmoins, nous sommes d'anciens membres de la Police, nous aussi.

C'est le « néanmoins » qui l'avait poussée à lui expliquer deux ou trois petites choses en matière de langage.

– De nos jours, nous préférons parler de la SAPS comme d'un « service », répondit-elle. Je comptais sur le fait que d'anciens policiers seraient à même d'apprécier l'importance et l'urgence d'une enquête pour homicide.

Il afficha une fois de plus son sourire arrogant.

– Nous ne comprenons que trop bien. Vous pouvez compter sur mon entière coopération.

Il ouvrit le dossier. En page intérieure, on pouvait lire « Afrisound » suivi d'un numéro de code. Elle se demanda si le comptable de la maison de disques lui avait téléphoné pour le prévenir que la police arrivait. Ce qui aurait déjà été intéressant en soi.

– Nous avons simplement remonté la piste du versement de cinquante mille rands effectué par Afrisound jusqu'au compte d'un certain M. Daniel Lodewikus Vlok, et nous avons donc contacté un sous-traitant à Bloemfontein pour qu'il aille parler à M. Vlok. Le but de cette conversation étant simplement de vérifier que M. Vlok était au courant de la transaction et des circonstances menant à celle-ci. Nous ne voulions pas désigner un innocent à notre client.

– Et le sous-traitant l'a agressé.

– Absolument pas.

Indigné.

Elle le regarda de façon à lui signifier qu'elle avait beau être une femme dans un monde d'hommes, il n'était pas obligé de la prendre pour une idiote.

– Inspecteur Kaleni, reprit-il faussement courtois, nous sommes l'agence de détectives privés qui connaît le développement le plus rapide dans tout le pays… parce que nous sommes efficaces et que nous avons une éthique. Pourquoi est-ce que je voudrais nous mettre en danger en pratiquant des activités illégales ?

C'est à ce moment-là qu'elle fit le lien entre l'ego et la moustache.

– Nom et coordonnées du sous-traitant ?

Il rechigna à les lui donner. Au début, il se contenta d'observer un de ses tableaux, son langage corporel exprimant comme un soupir inaudible. Puis il se leva lentement pour sortir son carnet d'adresses d'un des tiroirs de son bureau gigantesque.

*

– Il faut que j'y aille, dit Mat Joubert, parce qu'il voyait qu'ils avaient du boulot.

Griessel le raccompagna à la porte. Une fois qu'ils furent éloignés des autres, l'immense inspecteur lui dit :

– Benny, je vais bosser pour Jack Fisher.

– Nom de Dieu, Mat !, s'écria Griessel.

Joubert haussa ses énormes épaules.

– Ça fait longtemps que j'y pense, Benny. Ça n'a pas été une décision facile. Tu sais bien : je suis flic.

– Alors pourquoi tu fous le camp ? Pour le fric ?

Il était en colère contre Joubert à présent, il allait pratiquement être le seul Blanc restant dans la SAPS et ils avaient fait un bon bout de chemin ensemble.

– Tu sais très bien que je ne partirais pas juste pour l'argent.

Griessel détourna le regard et observa Vusi assis avec Oliver Sands. Il savait que Joubert disait vrai. Margaret, la femme de Mat, était très à l'aise financièrement suite à un gros héritage.

– Pourquoi partir alors ?

– Parce que ça ne m'amuse plus, Benny. À la brigade criminelle, je pouvais encore apporter ma contribution, mais maintenant…

Joubert avait été commandant en second de l'ancienne brigade criminelle, et il était doué, le meilleur patron pour qui Benny avait jamais bossé. Benny acquiesça enfin, il comprenait.

– Ça fait quatre mois que je travaille pour la brigade d'intervention de la province et je n'ai toujours pas de portefeuille, reprit Joubert. Pas d'équipe, pas de profil d'emploi. Ils ne savent pas quoi faire de moi. John Afrika m'a dit que je devais accepter l'idée de ne pas être promu… c'est tout simplement comme ça que ça marche à présent. Ce n'est pas ce qui m'ennuie le plus, mais rester assis à ne rien faire… Et puis aussi, je suis trop vieux pour toutes ces conneries, Benny, les magouilles du chef de la police, la dissolution des Scorpions[1], les quotas raciaux qui changent tous les ans, tout est politisé. Et si Zuma devient président, ils vont virer les Xhosas et coller des Zoulous partout, et tout va changer une fois de plus, nouvelle hiérarchie, nouvelles priorités, nouveaux problèmes.

Et qu'est-ce que je deviens dans tout ça ?, faillit demander Griessel, avec une appréhension grandissante, mais il se contenta de fixer Joubert.

1. Les Scorpions étaient une unité d'opérations spéciales, des enquêteurs d'élite luttant contre le crime organisé et la corruption en Afrique du Sud (*N.d.T.*).

– J'ai fait ma part, Benny. Tout ce que je pouvais pour le nouveau pays. Qu'est-ce que j'ai comme choix à mon âge ? Je vais avoir cinquante ans en juillet. Il y a un type qui recrute des flics pour l'Australie, il est venu me voir, mais qu'est-ce que j'irais foutre là-bas ? C'est mon pays ici, j'aime cet endroit...

– Ok, dit Benny Griessel en voyant à quel point Joubert était sérieux.

Il mit de côté sa propre frustration.

– Je voulais juste te le dire.

– Merci, Mat... Quand est-ce que tu pars ?

– À la fin du mois.

– Ce Jack Fisher, c'est pas une enflure ?

Joubert sourit. Il n'y avait que Benny pour dire les choses comme ça.

– Pour combien de salauds est-ce qu'on a bossé, Benny ?

Benny lui renvoya son sourire.

– Pas mal.

– Jack et moi, on a travaillé ensemble à l'ancienne brigade des vols et homicides. C'était un bon flic, honnête, même s'il s'arrêtait devant chaque miroir pour se peigner les cheveux et la moustache.

*

À West Lafayette – six heures neuf du matin – Bill Anderson descendit les marches à toute allure. Son avocat, Connelly, et le chef de la police de la ville, Dombowski, se tenaient dans l'entrée avec sa femme.

– Désolé de vous avoir fait attendre, Chef, dit Anderson. Il fallait que je m'habille.

Le chef de la police, un costaud entre deux âges avec un nez d'ancien boxeur, lui tendit la main.

– Je suis vraiment désolé de tout ça, Bill.

– Merci, Chef.

– On y va ?, demanda Connelly.

Les deux autres hommes acquiescèrent. Anderson prit les mains de sa femme dans les siennes.

– Jess, si elle appelle, reste calme et tâche d'en savoir le plus possible.

– C'est compris.

– Et donne-lui le numéro du capitaine. Ghree-zil, elle doit absolument l'appeler...

– Tu préfères rester, Bill ?, demanda Connelly.

– Non, Mike, il faut que j'y aille. Je dois bien ça à Erin et sa famille.

Il ouvrit la porte d'entrée. Le froid s'insinua à l'intérieur et sa femme resserra sa robe de chambre autour d'elle.

– J'ai mon portable. Tu appelles au cas où, lui dit-il.

– Immédiatement.

Ils passèrent dans la véranda. Anderson referma la porte derrière lui. Profondément plongée dans ses pensées, Jess regagna lentement le bureau.

Le téléphone se mit à sonner.

Paniquée, elle sursauta, porta la main à son cœur en inspirant bruyamment. Puis elle courut à la porte d'entrée, l'ouvrit à la volée et vit les hommes qui montaient dans le véhicule de police.

– Bill !, hurla-t-elle d'une voix suraiguë et apeurée.

Il revint en courant et elle se précipita sur le téléphone.

*

Rachel Anderson était assise à la table de travail de Piet van der Lingen. Son ordinateur et une kyrielle de livres de référence et de papiers divers étaient éparpillés dessus. Dans son oreille, le téléphone continuait à sonner sur un autre continent... beaucoup trop longtemps, se dit-elle. Que fabriquait son père ?

– Rachel ?, dit soudain sa mère, anxieuse et hors d'haleine.

– Maman !

Rachel se trouva prise au dépourvu, s'attendant au calme de son père.

– Oh, mon Dieu, Rachel, où es-tu, tu vas bien ?

Elle entendit la terreur et l'hystérie sous-jacentes.

– Maman, je vais bien, je suis avec un homme très gentil, je suis en sécurité pour l'instant...

– Oh, Dieu merci, Dieu merci. Nous avons parlé à la police de là-bas, nous avons parlé à l'ambassadeur et au député, ça va aller, Rachel. Tout va... Bill, elle est en sécurité, elle est chez quelqu'un, un homme gentil, Rachel, c'est une nouvelle tellement merveilleuse, je t'aime ma chérie, tu m'entends, je t'aime tellement !

– Moi aussi, je t'aime, Maman...

– À présent, je vais te passer ton père, écoute très attentivement, il va te donner un numéro à appeler. Promets-moi que tu feras exactement ce qu'il dira, Rachel, s'il te plaît.

– Je te le promets, Maman. Je vais bien, je sais que ça a dû être vraiment dur pour vous...

– Ne t'inquiète pas pour nous, on va s'occuper de tout, chérie, c'est tellement formidable d'entendre ta voix, je ne peux pas le croire, voici ton père, je t'aime, tu entends, je t'aime énormément.

– Je t'aime aussi, Maman, dit Rachel Anderson en souriant à travers les larmes de nostalgie et de gratitude qui s'étaient brusquement mises à couler.

La voix de son père se fit entendre au bout du fil.

– Chérie ? Tu vas bien ?

– Oui, Papa, je vais bien, je suis avec un monsieur très gentil, dans sa maison, je suis parfaitement en sécurité.

– Je ne peux pas te dire à quel point on est soulagés, chérie, c'est vraiment une nouvelle géniale – la voix de son père était calme. On s'est beaucoup démenés ici pour essayer de te trouver de l'aide, j'ai parlé au consul général du Cap, ils sont prêts à intervenir, je vais te donner leur numéro, mais d'abord, je vais te donner le numéro d'un capitaine de police. Écoute, je sais que tu as dit quelque chose à propos de la police quand tu as appelé la dernière fois, mais cet homme nous a été recommandé par sa hiérarchie et je lui ai parlé personnellement. C'est lui qui s'occupe de ton affaire et il m'a donné sa parole qu'il te sortirait de là, d'accord ?

– Tu es sûr ?

– Absolument, même leur secrétaire de… leur ministre de la police est au courant pour toi, le consul général est en train de leur parler, donc tout ça se passe dans les instances supérieures, rien ne peut t'arriver. Tu peux noter les numéros ?

Elle chercha sur le bureau et repéra le bout d'un crayon à papier jaune sous un imprimé, l'attrapa et retourna une des feuilles tapées à la machine.

– Je suis prête, dit-elle d'un ton décidé, avec un soulagement indicible.

Le cauchemar était presque fini.

*

Mbali Kaleni se gara dans Parade. Dans la lumière éblouissante, elle descendit l'allée des marchands de fleurs, et dépassa l'ancienne poste, au milieu de stands vendant toutes sortes de choses, des chaussures jusqu'aux paquets de noix. Un instant, elle envisagea de s'acheter des noix de cajou enrobées de sucre, mais elle changea d'avis, elle voulait arriver le plus vite possible à Upper Orange. Juste retourner dans cette maison…

Elle accéléra le pas, son gros sac à main noir se balançant à chaque pas qu'elle faisait.

*

374

– Expliquez-moi simplement une chose, dit Griessel à Oliver Sands.

Il était debout ; Oliver était assis à la table, les yeux écarquillés, comme si toute cette attention qu'on lui portait était plus qu'il n'en pouvait supporter.

– Pourquoi les filles avaient-elles apporté leur sac à dos au club ?

– Ces sacs, dit Sands. Elles les emportaient partout. C'est un truc de fille, je crois. Vous voyez, le maquillage et tout le reste…

Griessel réfléchit au sac qu'Oerson avait apporté. Petit et compact. Ça tenait la route. Il allait devoir fouiller le sac-poubelle, mais pas ici. Il fallait retourner à Caledon Square.

*

– Jeremy à l'appareil, répondit Oerson, et Fransman Dekker sut immédiatement qu'il était métis et sans doute en voiture.

– *Bro*, je m'appelle Fransman Dekker, je suis de la SAPS, ça gaze chez vous ?, lança-t-il parce que Griessel l'avait prévenu que l'officier de la Métro était une « tête de lard ».

– Comme sur des roulettes et vous ?

– Pareil, mon frère, écoute, on a eu une sacrée surprise dans le sac que les gens de chez vous ont trouvé, une chaussure, du quarante-quatre, si tu pouvais simplement me dire où il a été ramassé.

– Aucune idée, mon frère, mais je vais appeler les gars pour savoir.

– Merci beaucoup, c'est un homicide, je dois foncer, tu sais ce que c'est.

– Je sais. Donne-moi dix minutes, je suis comme qui dirait coincé pour le moment.

– Tu me rappelles ?

– Tout de suite, mon frère.

Dekker mit fin à la communication et frappa à la porte du comptable, Wouter Steenkamp. Pas de réponse, il ouvrit la porte. Steenkamp était au téléphone et disait :

– … faudra que ces foutus flics aident sinon je change mon fusil d'épaule.

Il vit Dekker et ajouta :

– Attends une minute.

Puis à Dekker :

– Les journalistes bloquent la réception. Vous allez devoir nous donner un coup de main pour les canaliser.

– Ok.

– Ils vont aider, dit-il au téléphone. D'accord, au revoir.

Il regarda Dekker, plein d'espoir.

– Je vais aller leur dire d'attendre dehors. Mieux vaudrait verrouiller la porte d'entrée.

– Quel cirque !, dit Steenkamp.

– Attendez ici, dit Dekker. On n'en a pas fini.

– Quoi encore ?

– De nouvelles informations, répondit ce dernier avant de s'éclipser pour aller s'occuper des médias. Il y en a qui racontent que vous les avez entubés.

*

– Vos employés peuvent y aller, dit Vusi à Galina Federova.

– Donc, vous n'arrêtez personne, lança-t-elle d'un ton sarcastique, une cigarette à la main.

– Non. Ils nous ont beaucoup aidés.

Griessel trouvait Vusi trop poli ; il aurait dû dire à cette foutue étrangère qu'il allait la jeter en prison si ça l'amusait de se foutre de sa gueule. Il se rendit compte que sa patience était à bout. Il devait sortir d'ici, s'éloigner de l'odeur d'alcool et des bouteilles. Cette satanée pépie se trouvait juste sous la surface. Il n'avait absolument pas la moindre idée de ce qu'il allait faire ensuite. Ils savaient que les filles étaient passées au club, qu'il y avait eu des discussions et des disputes. Ils savaient que deux hommes étaient partis tout de suite après les filles et qu'il s'était ensuivi une course-poursuite dans Long Street, mais tout ça ne servait à rien parce que ça ne leur disait pas où elle se trouvait. Son téléphone sonna. Il l'attrapa avec colère et dit :

– Benny Griessel.

– Je suis allé voir Alexa Barnard, Benny, dit Doc Barkhuizen.

– Elle va bien, Doc ?

– Elle est bourrée de médocs, mais vous savez ce qui l'attend. C'est une femme forte, Benny. Et belle avec ça, je comprends pourquoi vous êtes si préoccupé par son cas.

– Lâchez-moi, Doc.

Tandis que Doc Barkhuizen gloussait à l'autre bout du fil, il entendit un nouveau bip.

– Elle a dit que quand vous auriez un moment, elle aimerait vous parler. Quelque chose au sujet de son mari.

– Doc, on m'appelle sur l'autre ligne, c'est un peu dingue en ce moment, merci d'être passé la voir. On en reparle plus tard, dit-il en prenant la communication.

Griessel se présenta et une jeune femme à l'accent américain demanda :

– Vous êtes le capitaine Benny Ghree-zil ?

Est-ce que ça n'est pas ce que je viens de dire, bordel, pensa-t-il, mais il répondit oui poliment.

– Je m'appelle Rachel Anderson. Mon père a dit que je devais vous appeler.

Le nom le transperça au plus profond, effaçant sa déception pour Mat Joubert, les frustrations de la journée, l'envie de boire.

– Bon Dieu !

Puis :

– Oui, oui, vous êtes saine et sauve, où êtes-vous ?

L'adrénaline et le soulagement déferlant en lui, il fit deux pas vers Vusi et lui posa une main impérieuse sur l'épaule. Son collègue se retourna.

– Rachel Anderson, dit-il en lui montrant le téléphone.

Le visage de Vusi s'illumina.

– Oui, je suis chez un M. Pete Vander Liengen, l'adresse est… (Griessel entendit un homme parler en arrière-plan, puis de nouveau la voix de Rachel)… 6 Upper Orange Street… dans Orainisiegh ?

– Oui, oui, Oranjezicht, 6 Upper Orange, ne bougez surtout pas, je suis en route, n'ouvrez la porte à personne, j'appelle dès que j'arrive, je vous en prie, Mlle Anderson, la supplia-t-il.

Dieu du Ciel, enfin une bonne nouvelle ! Griessel fit signe à Vusi qu'ils devaient y aller, trottina vers la porte, direction l'allée, de plus en plus vite, les pas de Vusi se faisant entendre derrière lui.

– Je ne bouge pas, dit Rachel Anderson d'une voix gaie, comme si elle attendait sa venue avec impatience, et Benny sortit par la porte de derrière et s'engagea dans l'allée en courant aussi vite qu'il pouvait.

*

Debout à l'arrière de son pick-up, Barry vit le chauffeur de la camionnette monter dans le véhicule et démarrer le moteur. Il regarda à droite où attendait la fringante Peugeot Boxer argentée. Il tenait le téléphone dans sa paume moite. Il enfonça le bouton d'appel et porta l'appareil à son oreille.

– Oui ?, dit l'homme à la barbe grise.

– Le camion vient de partir.

– Bien. Tu vois la fourgonnette ?

Barry regarda la Peugeot sale et poussiéreuse.

– Oui, ils arrivent.

– Jay va appeler Eben, ils couvriront la porte de derrière. Ensuite, il va faire demi-tour et revenir se garer devant la grille, dans Upper Orange, de façon à ce que l'avant soit en direction de la ville. Dès qu'ils sortent et passent la barrière, tu me préviens.

– Très bien. On est prêt.

33

Piet van der Lingen était debout à côté de sa grande table de travail.

– La police est en route, dit-elle, le capitaine Benny Ghree-zil.

Le vieil homme la vit se métamorphoser ; ses yeux se mirent à briller et la tension disparut. Il lui sourit de toutes ses fausses dents blanches en disant :

– Il va falloir que je vous apprenne à prononcer l'afrikaans correctement… c'est Griessel.

– Ggggg… répéta-t-elle derrière lui, comme si elle était en train de se racler la gorge.

– C'est ça. Et roulez aussi le r. G-riessel.

– Ghe-riessel.

– Presque. Ggg-rrriessel.

– Griessel.

– Très bien.

Ils éclatèrent de rire ensemble.

– Comment pourrais-je jamais vous remercier ?, demanda-t-elle.

– De quoi ? D'avoir illuminé la journée d'un vieil homme ?

– De m'avoir sauvé la vie.

– Hé bien, si c'est comme ça… je vous demande de revenir déjeuner avec moi avant de repartir chez vous.

– J'adorerais…

Elle le vit lever les yeux vers la fenêtre, le visage soudain assombri par l'inquiétude. Elle suivit son regard et les aperçut : quatre hommes qui remontaient l'allée du jardin.

– Oh, mon Dieu !, s'exclama-t-elle.

Elle bondit sur ses pieds.

– N'ouvrez pas la porte !

La peur était revenue dans sa voix.

– Ils veulent me tuer... ils ont tué mon amie la nuit dernière !

Elle fit quelques pas en courant dans le couloir, pas d'issue. Elle entendit qu'on s'échinait sur la porte d'entrée et fit demi-tour, affolée.

Puis la fenêtre à petits carreaux de la porte vola en éclats. Elle retraversa l'entrée à toute allure, direction la cuisine, la porte de derrière. Une main se glissa dans l'interstice pour ouvrir de l'intérieur.

– Venez !, hurla-t-elle à van der Lingen.

Le vieil homme était cloué sur place, comme s'il avait l'intention de les arrêter.

– Non !, hurla-t-elle à nouveau.

La porte s'ouvrit. Il fallait qu'elle sorte de là, elle traversa la cuisine en courant, entendit une détonation dans l'entrée. Elle gémit de peur, atteignit la porte du fond et repéra le long couteau à viande sur l'égouttoir. Elle s'en empara, ouvrit la porte d'une secousse et sortit soudain dans la lumière aveuglante. Il y en avait deux autres entre elle et la petite barrière qui faisait le coin, un Noir et un Blanc, qui lui fonçaient dessus d'un air décidé. Des pas pressants dans son dos, elle n'avait pas le choix. Elle se jeta sur le Blanc qui se trouvait devant elle, bras grands ouverts pour l'attraper, brandit brusquement le couteau et le lui enfonça dans la poitrine de toute sa haine et son dégoût, en proie à une terreur intense. Il tenta de l'éviter, trop tard, et le couteau lui traversa la gorge. Ses yeux se remplirent d'étonnement.

– Salope !, hurla le Noir en lui décochant un coup de poing qui l'atteignit à l'arcade.

Une cascade de lumière lui explosa dans la tête. Elle bascula sur la droite, dans l'herbe, en les entendant hurler. Elle lutta pour se relever, mais ils étaient sur elle, un, deux, trois, plus même. Un autre poing s'abattit sur son visage, des bras la clouèrent au sol. Ils grognaient comme des bêtes, elle vit un bras haut levé, un objet massif et métallique se rapprocha de son visage, puis ce fut le noir.

*

Griessel fonçait. Il avait sorti le gyrophare bleu du coffre, l'avait branché dans l'allume-cigare et posé sur le tableau de bord, mais ce fichu truc refusait de fonctionner. Alors il roulait en faisant clignoter les feux de détresse de l'Opel, mais ça ne servait pas à grand-chose. Il écrasa le klaxon en disant à Vusi :

– J'aurais dû prendre une bagnole avec une putain de sirène !

Ils remontèrent Long Street à toute allure, grillant feu rouge sur feu rouge. À chaque fois, il devait ralentir, sortir un bras par la portière et l'agiter frénétiquement en direction des voitures qui traversaient le carrefour. Vusi faisait de même de son côté.

– Au moins, elle semble être en sécurité, avança prudemment Vusi, toujours aussi diplomate.

Ce qu'il voulait vraiment dire, c'était : « On n'a pas besoin de conduire comme des malades… elle a dit qu'elle était en bonnes mains. »

– Oui, elle semble l'être, rétorqua Griessel en continuant à agiter les mains comme un forcené et en klaxonnant sans arrêt. Mais je ne peux pas me permettre un foirage.

Il enfonça la pédale d'accélérateur, faisant crisser les pneus de l'Opel.

Mbali Kaleni descendait tranquillement Annandale dans une circulation intense, approchant du carrefour qui donnait dans Upper Orange. Elle mit son clignotant pour changer de file, attendit patiemment, mais personne ne la laissait passer. Elle hocha la tête... ces automobilistes du Cap... à Durban, ce genre de chose n'arriverait jamais. Le flot de véhicules diminua enfin dans la voie de droite et elle déboîta, toujours avec son clignotant.

Les feux étaient au rouge.

*

Ça ressemble à un nid de frelons, se dit Fransman Dekker, entre le brouhaha de la foule et les micros tendus, prêts à piquer.

Debout sur les marches, il cria très fort :

– Votre attention, tout le monde.

Ils fondirent sur lui tel un essaim, il devait bien y en avoir vingt, tous en train de parler, aiguillons dardés vers lui dans des mains désespérées. Il n'entendait que des bribes de questions :

– ... Iván Nell l'a tué ?... les Geysers prient ?... essayé d'assassiner Alexa Barnard ? Est-ce que Josh Geyser a été arrêté ?... Xandra morte ?

Il leva la main droite, paume ouverte, baissa la tête pour éviter tout contact visuel et resta immobile. Il savait qu'ils allaient finir par se taire.

*

Kaleni les vit.

Elle repéra la fourgonnette devant la maison, croyant tout d'abord qu'il s'agissait des clowns de la police scientifique. Elle ne pouvait pas les supporter et se demanda, agacée, ce qu'ils faisaient encore là.

Il y avait du mouvement en face, côté Belmont, tandis qu'elle approchait. Des gens qui portaient quelque chose.

Que se passait-il ?

Une fois plus près, elle se rendit compte qu'il s'agissait de quatre hommes pressés, cramponnant chacun quelque chose. Ils se déplaçaient en crabe le long du trottoir, mais la barrière dissimulait leur fardeau. Ils se dirigeaient vers la fourgonnette garée dans Upper Orange.

Bizarre.

Ils portaient quelqu'un, elle s'en aperçut quand ils tournèrent le coin de la rue et sortirent de derrière la barrière qui lui bouchait la vue. Elle ne les quitta pas des yeux : c'était la fille, inconsciente, dont ils tenaient fermement les bras et les jambes. Mbali accéléra, porta la main à sa ceinture, fit sauter la boucle en cuir de son pistolet de service, traversa la rue, direction l'avant de la fourgonnette.

Elle allait trop vite et ne put s'arrêter à temps, freina de toutes ses forces. Devant elle, un homme sauta du véhicule, côté conducteur, un pistolet muni d'un silencieux à la main. Les petits pneus de la Corsa hurlèrent, la voiture chassa sur le côté, fonçant droit sur le trottoir. Elle batailla avec le volant et finit par s'arrêter à un mètre de la Peugeot, à angle droit. D'instinct, elle nota le numéro d'immatriculation, CA 4…

Elle vit un pistolet pointé sur elle, le pare-brise explosa et la balle s'écrasa bruyamment contre le métal dans son dos. Elle voulut plonger en avant, mais sa ceinture l'en empêcha.

– Mon Dieu !, dit-elle à voix basse en tendant une main pour la détacher.

Il tira. Elle ressentit un choc épouvantable, mais la ceinture était ouverte, elle se baissa et attrapa son pistolet de la main droite. Elle le leva et tira trois balles en aveugle à travers le pare-brise. La douleur se répandait lentement en elle tel un tremblement de terre, inexorable. Elle vérifia la blessure. Un trou sous le sein gauche, du sang qui dégoulinait, formant une mare sur le tissu du siège. Quel dommage, elle qui gardait toujours la voiture impeccable. Elle tira encore et se redressa vivement. La douleur lui déchirait la poitrine. D'un coup d'œil, elle essaya de le repérer à travers le pare-brise. Ne le vit nulle part. Un mouvement, il était là, juste à côté de la portière, tenant le pistolet à deux mains, le long silencieux pointé sur son visage. Il portait un genre de collier africain autour du cou, les perles formant un mot. Elle rejeta brusquement la tête en arrière, fit pivoter son arme, certaine qu'elle allait mourir. Elle ressentit une tristesse passagère, si courte, cette vie, tandis qu'elle voyait le doigt du type se crisper résolument sur la détente.

*

Griessel se fraya un chemin dans la circulation à coups de klaxon et quitta Annandale pour prendre Upper Orange. Un homme dans un putain d'Humvee jaune lui fit un doigt d'honneur, deux voitures durent piler pour le laisser franchir le carrefour à fond. Sans voix, Vusi agrippait la poignée au-dessus de la portière.

Benny fonça, accélérant à la sortie du virage. Ils y étaient presque. Un dingue dans une grosse fourgonnette argentée dévalait la côte en plein milieu de la route. Benny klaxonna de nouveau et fit un écart pour l'éviter. Il aperçut le visage du conducteur, un jeune trouduc à l'air mauvais, puis il regarda la route devant lui, soudain vide. Il rétrograda, enfonça la pédale d'accélérateur, le moteur protesta, encore une vitesse, il attaqua la côte. Il était chez lui ici, son appartement ne se trouvait qu'à un pâté de maisons de là, dans Friend Street, un nom à la con, pensait-il encore. De Waal Park à droite, puis Vusi dit : « C'est juste là » au moment où ils atteignaient le sommet. Ils aperçurent la Corsa en même temps et aucun d'eux ne dit mot : vu la façon dont elle était arrêtée, quelque chose clochait.

Le pick-up lui déboucha pile sous le nez, sortant en marche arrière d'une allée située à gauche de la rue. Griessel freina à mort. L'Opel piqua du nez, les pneus crissèrent et se mirent à fumer, et il dérapa jusqu'à ce que ses roues gauches viennent heurter le trottoir.

– Merde !, dit-il en sentant l'odeur de caoutchouc brûlé et en reculant brutalement, manquant de peu l'aile avant de la Toyota.

Il aperçut les grands yeux fous et paniqués de l'homme au volant. Griessel observa la Corsa, la vitre était-elle brisée ? Il fit demi-tour et s'arrêta derrière la petite voiture blanche, sortit d'un bond et entendit la Toyota qui s'éloignait à toute allure vers la ville. Il lui jeta un rapide coup d'œil, espèce de trouduc. Nota le numéro de la maison sur la barrière en bois. Numéro six. Une douille, une odeur de cordite. Y avait eu du grabuge ici, des impacts de balles dans le pare-brise et la vitre côté conducteur, et il y avait quelqu'un au volant, merde, merde.

– C'est Mbali !, cria Vusi en ouvrant la portière côté passager.

Griessel vit sa tête sur sa poitrine, le sang sur l'appui-tête. Il ouvrit à son tour.

– Nom de Dieu !, fit-il en lui tâtant le cou pour essayer de trouver un pouls.

Ses doigts glissèrent dans le sang. Il vit la blessure sous l'oreille, les bribes de mâchoire, petits fragments blanchâtres, et une veine qui palpitait, rejetant des flots de liquide rouge et épais.

– Appelez l'ambulance ! Elle est vivante !, cria-t-il plus fort qu'il n'en avait l'intention, son cœur battant la chamade.

Il la tira doucement par l'épaule pour la retourner, dos contre lui, puis il la prit sous les bras et sentit le sang couler. Il la sortit de la voiture avec précaution et l'allongea sur le trottoir. Vusi fit le tour du véhicule en courant, téléphone à la main.

Deux blessures, mais c'était celle à la tempe qui saignait le plus. Il se leva rapidement, chercha son mouchoir à tâtons, le trouva, s'agenouilla à côté de Mbali Kaleni et appuya le mouchoir sur le trou. Vusi parlait d'une voix pressante au téléphone. Griessel changea de main et attrapa le sien. Une voiture prit le virage de Belmont sur les chapeaux de roues, il ne put se retourner à temps, aperçut simplement l'arrière. Il regarda Kaleni, elle n'allait pas s'en sortir, l'ambulance prendrait trop de temps.

– Aide-moi, dit-il à Vusi. Je l'emmène moi-même.

Vusi s'agenouilla à côté de lui et dit d'une voix calme :

– Benny, ils arrivent.

– Nom de Dieu, Vusi, tu es sûr ?, répondit-il en cherchant dans son répertoire le numéro de Caledon Square.

– Ils savent que c'est un flic. Ils arrivent.

Griessel pressa plus fort le mouchoir. Mbali Kaleni bougea, sa tête tressauta.

– Mbali, dit-il, désespéré.

Elle ouvrit les yeux. Regarda dans le vague, puis se concentra sur lui.

– L'ambulance arrive, Mbali, dit-il pour l'encourager. Tu vas t'en tirer.

Elle laissa échapper un bruit.

– Du calme, du calme, ils seront bientôt là.

Vusi prit la main de Mbali. Il lui parla d'une voix douce dans une langue africaine. Griessel remarqua le calme du petit Xhosa et se dit que Vusi avait beau ne pas être un dur à cuire, il n'en était pas moins solide.

Mbali essayait de dire quelque chose. Il sentit sa mâchoire bouger sous sa main, vit le sang couler de sa bouche.

– Non, non, ne parle pas maintenant ; l'ambulance arrive.

Il leva les yeux vers la maison.

– Vusi, il faut aller voir ce qui se passe là-dedans.

L'inspecteur acquiesça, sauta sur ses pieds et disparut en courant. Griessel regardait Mbali qui continuait à l'implorer du regard. Il tenait le mouchoir fermement appuyé sur son cou et se rendit compte qu'il avait toujours son téléphone dans l'autre main. Il appela le commissariat. Ils avaient besoin de renfort.

Mbali Kaleni ferma les yeux.

34

Elle eut d'abord uniquement conscience du bruit : des cris, le hurlement d'un moteur. Puis elle sentit que son visage lui faisait mal et voulut y porter la main. Impossible. Elle éprouvait une sensation de mouvement, de perte d'équilibre, comme dans un véhicule qui tourne brutalement et accélère.

C'est alors que tout lui revint et elle sursauta.

– La salope se réveille, dit l'un d'eux.

Elle essaya d'ouvrir les yeux, elle voulait voir, mais n'y arrivait pas. L'un d'eux était si enflé qu'il restait fermé, l'autre ne parvenait pas à accommoder, elle voyait flou. Quatre personnes la maintenaient au sol. La pression sur ses bras et ses jambes était trop forte, trop lourde, trop douloureuse.

– Je vous en prie, dit-elle.

– Va te faire foutre !

Les mots furent crachés avec haine, des gouttes de salive lui éclaboussant le visage. Une sonnerie de portable stridente se fit entendre.

– C'est le boss, fit une voix qu'elle connaissait.

– Merde ! (Autre voix familière.) Dis-lui.

Elle tourna rapidement les yeux, mais ne vit que les quatre qui la tenaient. Ils attendaient tous à présent, impatients.

– Bon Dieu. Ok.

Puis :

– Monsieur B., c'est Steve. Cette salope a poignardé Eben… Non, il était avec Robert, à la porte de derrière… Ça sent mauvais, Chef… Non, non, il est avec Rob dans le pick-up, vous devez l'appeler… Ok. Oui, c'est là… Non… Ok, attendez…

– Le boss veut savoir ce qu'il y a dans le sac…

Celui qui lui tenait la jambe la lâcha.

– Tiens, prends-le !, dit-il.

Elle en profita pour lui balancer un coup de pied de toutes ses forces, le touchant quelque part.

– Putain !

Coup violent sur la tête, jambe immobilisée à nouveau. Elle se mit à hurler, de frustration, de douleur, de furie et de peur. Elle se débattit sauvagement, contractant bras et jambes pour se libérer, sans succès.

*

Vusi revint en courant, Griessel entendit ses pas précipités.

– Benny, il y a un vieil homme à l'intérieur. On lui a tiré dessus, mais il est vivant.

– Un vieil homme, tu dis ?

– Oui, il est touché à la poitrine, il doit avoir le poumon perforé.

– Personne d'autre ?

– Personne.

– Merde !

Et soudain, le hurlement distinct et plaintif d'une ambulance se fit entendre.

*

– Tu refais ça, je te tire une balle dans la jambe, tu m'entends, bordel ?

Le visage du postillonneur était tout contre le sien, grimaçant, et la voix hystérique. Elle ferma les yeux et relâcha ses membres.

– C'est pas là-dedans, dit Steve à l'avant.

– Bordel, renchérit Jay.

– Monsieur B., y a rien dans le sac… Oui, j'en suis sûr.

Long silence, le bruit du véhicule ralentit et prit sa vitesse de croisière, sans heurt.

Puis :

– On n'a pas eu le temps et après, cette grosse vache de flic s'est pointée, mais Jay l'a descendue, elle est foutue… Non, j'vous dis, on n'avait pas le temps… ok, ok… (bruit sec d'un téléphone qu'on referme), le grand patron dit de l'emmener à l'entrepôt.

*

Dès qu'il eut réussi à faire sortir les derniers représentants de la presse et à refermer la porte derrière eux, Fransman Dekker entendit une voix dans son dos :

– Bordel de merde, il va falloir faire quelque chose, ça ne peut pas continuer comme ça !

Mouton était debout dans l'escalier, mains sur les hanches, l'air très en colère.

– Je vais passer un coup de fil tout de suite, les gens des RP vont venir nous donner un coup de main, répondit Dekker.

– Les « RP » ?

– Les relations publiques.

– Mais quand est-ce que vous en aurez terminé ?

– Quand j'aurai posé toutes mes questions, rétorqua Dekker en grimpant les marches et en dépassant Mouton, qui fit demi-tour pour le suivre.

– Combien de questions est-ce que vous voulez encore poser ? Et c'est à mes employés que vous parlez, sans la présence d'un avocat. Ça ne peut pas continuer comme ça… à qui est-ce que vous voulez parler maintenant ?

– À Steenkamp.

– Mais vous lui avez déjà parlé !

Ils traversèrent le spacieux salon. Dekker s'arrêta net et colla son visage tout contre celui de Mouton.

– Je veux lui parler encore une fois, Willie. Et j'ai le droit de parler à n'importe quel membre de votre fichue équipe sans que votre avocat assiste à l'entretien. Pas question de refaire ce petit pas de deux avec vous.

Mouton devint cramoisi du cou à la racine des cheveux, sa pomme d'Adam se mit à sauter comme si les mots venaient buter dessus.

– Que vous a raconté Iván Nell ?

Dekker s'éloigna dans le couloir d'un air digne. Mouton le suivit une fois encore, deux pas derrière lui.

– Il ne travaille plus avec nous, il n'a pas son mot à dire.

Dekker l'ignora, se dirigea vers la porte de Steenkamp et l'ouvrit sans frapper. Il voulait la refermer avant que Mouton s'engouffre dans la pièce, mais il aperçut alors l'avocat à tête de croque-mort assis en face du comptable.

– Je vous en prie, inspecteur, prenez un siège, lança Groenewald de sa voix atone.

*

Les auxiliaires médicaux franchirent la porte au pas de course en portant la civière. Griessel leur tint la barrière du jardin ouverte, puis trottina derrière eux.

– Elle va s'en sortir ?

– Aucune idée, répondit celui de devant en lui tendant la poche de plasma. Prenez ça pendant qu'on la charge, levez-la bien.

– Et le vieil homme ?, demanda Griessel, le sac de fluide transparent à la main.

Vusi tenait une des portes de l'ambulance pour éviter que le vent ne la referme.

– Ça devrait aller, répondit l'infirmier.

Ils soulevèrent la civière et poussèrent le vieil homme à l'intérieur, à côté de Mbali Kaleni, deux silhouettes allongées, totalement immobiles, sous de minces couvertures bleues. Un auxiliaire fit le tour de l'ambulance au pas de charge, ouvrit la portière et sauta dans le véhicule. L'autre monta à l'arrière.

– Fermez les portes, dit-il.

Griessel et Ndabeni en prirent chacun une et les claquèrent. Toutes sirènes hurlantes, l'ambulance s'engagea dans Upper Orange, fit demi-tour et repassa devant eux au moment même où le premier d'une série de véhicules de patrouille faisait son apparition au sommet de la colline.

– Vusi, dit Griessel assez fort pour être entendu par-dessus le bruit des sirènes, dis-leur de boucler les rues et de tenir tout le monde à l'écart. Je ne veux pas voir un seul homme en tenue plus près que le trottoir.

– Ok, Benny.

Griessel sortit son portable.

– Il va aussi falloir faire venir la Scientifique.

Debout devant la maison, il fit un inventaire de la scène de crime – la voiture de Mbali, les douilles éparpillées, la porte d'entrée ouverte, le verre brisé. Le vieil homme avait été descendu dans l'entrée et quelque part, ses agresseurs avaient mis la main sur Rachel Anderson… Ça allait prendre des heures pour tout analyser. Des heures qu'il n'avait pas. Les chasseurs avaient attrapé leur proie. Combien de temps la garderaient-ils en vie ? Pourquoi ne l'avaient-ils pas tuée sur place comme Erin Russel ? Pourquoi Vusi et lui n'avaient-ils pas retrouvé son corps à cet endroit, telle était la grande question.

Une chose dont il était sûr, c'est qu'il avait besoin d'aide, qu'il avait besoin de gagner du temps. Entre Vusi et lui, ils manquaient d'effectifs.

Il composa le numéro de Mat Joubert. Il savait que ça allait mettre John Afrika en rogne. Mais vu le tableau général, ça n'avait guère d'importance.

– Benny, fit Joubert qui avait reconnu son numéro.

– Mat, j'ai besoin de toi.

– Alors j'arrive.

*

Wouter Steenkamp, le comptable, se mit à rire et Willie Mouton, appuyant son grand corps maigrichon contre le mur, laissa échapper un grognement moqueur. L'avocat Groenewald hocha la tête d'un air désabusé comme si maintenant, il avait tout entendu.

– Qu'est-ce que ça a de si drôle ?, demanda Fransman Dekker.

Steenkamp se rencogna dans son trône derrière l'ordinateur, doigts joints devant lui.

– Croyez-vous vraiment qu'Iván Nell soit le premier artiste persuadé de s'être fait plumer ?

Dekker haussa les épaules. Qu'est-ce qu'il en savait ?

– C'est toujours la même histoire, renchérit Willie Mouton. À chaque fois.

– À chaque fois, répéta Steenkamp, songeur, en croisant les doigts et faisant craquer ses phalanges – il reposa la tête sur le dossier du fauteuil. Dès qu'ils commencent à gagner beaucoup d'argent.

– Au début, avec leur premier chèque, ils s'amènent ici et c'est du style : « Merci les gars, nom de Dieu, j'ai jamais vu autant d'argent », dit Mouton d'une voix maniérée imitant Nell. On est des héros à ce moment-là, ils sont si reconnaissants que c'en est pathétique...

– Mais ça ne dure pas, enchaîna Steenkamp.

– Ils ne font plus ça pour l'ââârt.

– C'est l'argent qui parle.

– Plus ils en gagnent, plus ils en veulent.

– C'est la voiture qui en jette et la grosse baraque, et tout ce qui est clinquant. Et puis c'est la maison sur la plage, le bus publicitaire avec sono et un immense poster du type dessus et tout doit être mieux et plus grand que ce qu'ont Kurt, Dozi ou Patricia. Ça coûte un paquet de fric, tout ça.

Groenewald acquiesça lentement. Steenkamp se remit à rire.

– Deux ans, *pappie*, montre en main, puis ils commencent à se pointer en disant : « C'est quoi cette déduction et pourquoi y a si peu. » On passe soudain de héros à zéros, ils ont même oublié à quel point ils étaient fauchés quand ils ont signé avec nous.

Il avait posé les mains sur les genoux et tripotait son alliance de la main droite.

– Nell dit que…, commença Dekker.

– Vous savez comment il s'appelait ?, demanda Mouton en se décollant soudain du mur et se dirigeant vers la porte. Sakkie Nell. Isak, voilà d'où vient le I. Et s'il vous plaît, n'oubliez pas l'accent sur le A, dit-il en ouvrant la porte. Je vais me chercher un fauteuil.

– Iván Nell dit qu'il a comparé vos chiffres avec les sommes qu'il a gagnées en faisant des compilations chez des distributeurs indépendants.

Cette fois, même l'avocat rejoignit le chœur des indignés. Steenkamp se pencha en avant, prêt à parler, mais Mouton intervint :

– Attends, Wouter, attends une minute, je ne veux pas rater ça, et il disparut dans le couloir.

397

*

Debout dans l'entrée, Benny Griessel bouillait d'impatience. Il ne voulait pas trop s'investir dans cette partie de l'enquête, il devait se concentrer sur Rachel et le moyen de la retrouver.

Il enfila des gants de caoutchouc et jeta un bref coup d'œil au sang qui maculait le beau tapis bleu et argent sur lequel l'homme avait été abattu, aux éclats de verre sur le sol.

Il allait devoir téléphoner à son père.

Bordel, comment l'avaient-ils trouvée ? Comment savaient-ils qu'elle était là ? Elle avait passé un coup de fil de cette maison. Je m'appelle Rachel Anderson. Mon père a dit que je devais vous téléphoner. Elle avait parlé à son père, puis l'avait appelé. Combien de temps avait-il mis pour venir ? Dix minutes ? Neuf, huit ? Douze au plus. Comment avaient-ils pu arriver ici, tirer sur Mbali et le vieil homme et enlever Rachel en douze minutes ?

Comment allait-il expliquer ça au père de Rachel ? À l'homme qui lui avait demandé : « Dites-moi, capitaine, est-ce que je peux vous faire confiance ? »

Et il avait dit : « Oui, Monsieur Anderson. Vous pouvez me faire confiance. »

« Alors c'est ce que je vais faire. Je vais vous confier la vie de ma fille », lui avait-il répondu.

Comment l'avaient-ils trouvée ? C'était ça la question, la seule qui comptait, parce que le « comment » lui fournirait le « qui », et c'est précisément le « qui » qu'il lui fallait découvrir. Tout de suite. Avait-elle téléphoné à quelqu'un d'autre ? C'était par là qu'il fallait commencer. Il allait devoir le découvrir. Il sortit son portable pour appeler Telkom.

Non, d'abord joindre John Afrika. Merde. Il savait d'avance ce que le commissaire régional allait lui dire.

Il entendait déjà sa voix, son ton consterné. Comment, Benny ? Comment ?

Griessel soupira, un bref et léger soupir. Cette fichue prémonition qu'il avait eue ce matin-là, que les emmerdes arrivaient…

Et la journée était encore loin d'être finie.

*

Mouton approcha son luxueux fauteuil de bureau en cuir de Groenewald et s'assit en disant :

– Les jeux sont ouverts !

– Que je vous explique d'abord ce qu'est une compilation, commença Steenkamp en se penchant par-dessus le bureau pour attraper un crayon qu'il fit tourner entre ses doigts. Un charlot quelconque décide qu'il veut se faire du fric avec la Saint-Valentin, Noël ou n'importe quoi d'autre. Il appelle quelques personnes et leur dit : « Tu aurais une chanson pour moi ? » Pas de frais de studio, pas un centime puisque l'enregistrement a déjà été fait. Ça fait une énorme différence, parce que tout ce qu'il a à faire, c'est un peu de promo pour le CD, quelques pubs télé qu'il va faire bricoler par un type avec Mac et Final Cut ; ce qui fait qu'en réalité, il ne paye que le temps d'antenne pour les caser trois jours dans les plages de pub de quinze secondes passant pendant *7de Laan*[1] et toutes les vieilles biques se l'arrachent.

– Il fait ses comptes sur le dos d'un paquet de cigarettes, lâcha Mouton, agacé.

– Pas de frais généraux. Ici, on gère un service administratif et financier, plus le marketing et la promo. On retient

---

1. *7de Laan* est une série télévisée populaire en Afrique du Sud. Elle narre les péripéties des habitants d'un quartier multiethnique de Johannesburg situé autour de la « septième avenue » (*N.d.T.*).

quarante pour cent sur la distribution parce qu'on est une entreprise qui couvre tous les domaines, on soutient l'artiste à long terme. On construit une marque, il ne s'agit pas seulement de refourguer quelques CD, dit Steenkamp.

– Parle-lui de RISA et de NORM, dit Mouton.

Steenkamp prit une feuille de papier A4 dans l'imprimante à côté de lui et commença à écrire RISA sur le côté au crayon. Recording Industry of South Africa.

– Une bande de mafieux, dit Mouton.

– Au moins, ils présentent les SAMA Awards[1], glissa Groenewald et Mouton eut un grognement railleur.

– Ils prennent vingt-cinq pour cent sur chaque CD qu'on vend parce qu'ils… « nous protègent du piratage ».

– Ha !, s'exclama Mouton.

– Vous croyez que l'indépendant qui fait la compil' va tenir ses comptes ? Qu'il va payer sur chaque CD ? Y a peu de chances parce que c'est du boulot, c'est chiant, c'est une histoire de dépenses et de profit.

Steenkamp gribouilla une autre étoile et écrivit NORM[2] sur la feuille.

– NORM, ce sont les types chargés de vérifier que si j'écris une chanson et que tu en fais une reprise, je toucherai quelque chose : 6,7 %. Mais ça, c'est la théorie, parce qu'en pratique, il n'y a que les gros joueurs comme nous qui crachent au bassinet. Si tu es indépendant, tu verses l'argent à NORM quand les CD sont pressés. Tu en fais graver cinq mille par-ci et cinq mille par-là, mais tu n'en déclares que cinq mille à NORM, tu leur montres les reçus et tu ne paies que la moitié. NORM se fait arnaquer, le mec qui a écrit la chanson se fait arnaquer et l'indépendant est plié de rire en allant à la banque.

---

1. South African Music Awards, l'équivalent de nos Victoires de la musique (*N.d.T.*).
2. Association sud-africaine de compositeurs, l'équivalent de la SACEM en France (*N.d.T.*).

– Nous, on doit payer NORM quand l'argent des ventes commence à rentrer, continua Mouton, les comptes sont vérifiés, tout est réglo. Mais alors l'artiste se plaint : « Comment se fait-il que ma part soit aussi petite ? »

Il imita à nouveau la voix de Nell.

– Que je vous dise autre chose. La moitié des tubes dans ce pays sont des chansons allemandes qui ont été traduites. Ou hollandaises, flamandes, ou autre. C'est ce qu'Adam faisait et il le faisait avec brio. Il avait des contacts en Europe et dès qu'une chanson sortait du lot, ils la lui envoyaient par e-mail au format MP3, Adam s'asseyait ensuite avec un stylo pour écrire des paroles en afrikaans. Quarante minutes, c'est tout ce que ça lui prenait et après, il appelait Nerina Stahl et…

– Enfin, avant qu'elle ne décide de partir…

– Tous ses succès étaient de la pop allemande, bordel, qui va les lui dégotter à présent à votre avis ? Bref, on se retrouve avec tout le bazar sur les bras, on doit le gérer. Ce fric doit partir en Allemagne, le parolier et l'éditeur doivent toucher leur part. Mais voilà que cet indépendant se ramène et trouve quelqu'un pour faire une reprise de la traduction qu'Adam a faite de cette chanson allemande… Vous me suivez ?

– Je crois, répondit Dekker, fasciné.

– … et maintenant, Adam doit être payé, l'Allemand et son éditeur doivent être payés, mais l'indépendant dit que non, qu'il n'en a tiré que cinq mille, mais il ment – on n'a aucun moyen de contrôle sur la distribution, les indépendants distribuent eux-mêmes à présent et personne ne suit ce qui se passe.

– C'est pour ça que les chèques sont si importants.

– Et puis le salopard se ramène en disant qu'on l'arnaque.

– Qu'il fasse donc ses propres CD et on verra. Qu'il paye deux cent mille de sa poche pour un studio, qu'il crache donc lui-même les quatre cent mille pour une campagne de pub à la télé.

– Amen !, lança Groenewald. Parle-lui des mots de passe et du PDF.

– Oui, dit Mouton. Demandez à Sakkie Nell si l'indépendant lui envoie un PDF protégé par un mot de passe.

Steenkamp dessina une autre étoile. PDF.

– Il y a seulement trois ou quatre grands distributeurs en Afrique du Sud. Ce sont les types qui chargent les cargaisons de CD et les distribuent aux magasins de musique à travers tout le pays – Musica, Look & Listen, Checkers et les habituels hypermarchés Pick'n Pay. Adam a lancé une branche distribution, mais c'est une compagnie indépendante à présent, AMD, African Music Distribution, on détient quarante pour cent du capital. Ce qu'ils font, comme tous les grands groupes, c'est de tenir un registre des ventes de chaque CD qu'ils m'envoient tous les trois mois en PDF protégé par un mot de passe. Et on vire l'argent à l'artiste en question…

– Avant de toucher l'argent des distributeurs, ajouta Mouton.

– C'est exact. On les paie avec nos propres deniers. C'est nous qui prenons les risques. Je fais suivre par e-mail le même relevé en PDF, sous la forme exacte où je l'ai reçu du distributeur, complet, pour que l'artiste puisse tout vérifier. Personne ne peut falsifier le relevé puisque nous ne connaissons pas le mot de passe. Alors dites-moi comment on pourrait les rouler ?

– Impossible, renchérit Groenewald.

– Parce qu'on est bien trop honnêtes, nom de Dieu, voilà le problème.

– Mais qu'il fasse donc ses propres CD. Qu'il se frotte un peu aux frais généraux. Ensuite, on en reparlera.

– Amen, confirma l'avocat.

35

John Afrika avait fulminé au téléphone : « Tu appelles le père en Amérique, Benny, tu lui téléphones, pas question que je m'en charge, tu imagines, bordel, je suis en route, nom de Dieu, Benny, comment c'est arrivé ? »

Il avait reposé violemment le combiné du téléphone et Griessel était resté debout, son portable à la main, à se demander si Jack Fisher et Associés auraient du boulot pour un alcoolique qui venait de foirer deux affaires en une seule journée. Il avait failli balancer l'appareil contre le mur, mais s'était contenté de baisser la tête et de contempler le sol en se disant que ça ne servait à rien d'être sobre, autant picoler. Et puis Vusi s'était pointé, hors d'haleine :

– Benny, c'est la fourgonnette de livraison qui a failli nous rentrer dedans... on a un témoin oculaire.

Et maintenant, ils se trouvaient sur le trottoir avec une femme d'une trentaine d'années, lunettes noires, un peu pâle et timide. Au premier regard, elle paraissait plutôt quelconque, insignifiante, jusqu'à ce qu'elle se mette à parler d'une voix douce et mélodieuse qui semblait lui venir du fond du cœur. Elle dit s'appeler Evelyn Marais et déclara avoir tout vu.

Elle sortait de chez Carlucci et se dirigeait vers sa voiture garée le long du trottoir d'en face. Elle leur montra du doigt une Toyota Tazz rouge d'une dizaine d'années. Elle avait entendu des coups de feu et s'était arrêtée en plein milieu de la rue. Elle parlait calmement et clairement, sans hâte, mais elle était visiblement mal à l'aise de faire l'objet de tant d'attention.

– Les premiers coups de feu ne ressemblaient même pas à des détonations, on aurait plutôt dit des pétards, c'est seulement après que j'ai compris de quoi il retournait. Alors j'ai regardé. Ils étaient quatre à porter une fille et ils sortaient de là-bas – elle leur désigna d'un ongle sans vernis le coin de Belmont. Ils...

– La fille... comment la tenaient-ils ?

– Deux l'avaient prise par les épaules, les autres lui tenaient les jambes ici, derrière le genou.

– Pourriez-vous dire si elle résistait ?

– Non, on aurait dit qu'elle était... Je crois qu'il y avait du sang sur ses mains, je me suis dit qu'elle était peut-être blessée et qu'ils la transportaient jusqu'à la camionnette ou une ambulance...

– C'était une ambulance ?

– Non. J'ai juste supposé. Un moment. C'était logique, dans un sens, jusqu'à ce que j'entende les autres détonations. Elles étaient bien plus fortes. Mais je ne pouvais pas voir qui tirait parce qu'ils étaient devant la camionnette. Je ne les ai vus que quand ils en ont fait le tour en courant. Un homme, le conducteur, tenait un pistolet avec un silencieux à la main.

C'est à ce moment-là que Griessel en vint à flairer qu'elle n'était pas un témoin ordinaire.

– Un pistolet avec un silencieux ?

– Oui.

– Madame, vous travaillez dans quoi ?

– Je fais des recherches. Pour une maison de production. Et c'est Mademoiselle, en fait.

– Pouvez-vous décrire ces hommes ?

– Ils étaient jeunes, une vingtaine d'années, je dirais. Jolis garçons. C'est pour ça qu'au début, je me suis dit

404

qu'ils devaient l'aider. Trois étaient blancs, le quatrième noir. Je n'ai pas fait attention à la couleur de leurs cheveux, désolée... Mais ils... trois d'entre eux portaient des jeans et des tee-shirts ; non, l'un d'eux avait une chemise de golf, vert clair, presque jaune, ça allait plutôt bien avec le jean. Oh, et l'autre avait un pantalon kaki marron et une chemise blanche avec une inscription sur la poche. J'étais trop loin pour voir...

Griessel et Vusi l'observaient, stupéfaits.

– Quoi ?, demanda-t-elle, mal à l'aise, en remontant ses lunettes noires au sommet de son crâne et en retournant son regard à Griessel.

Il découvrit ses yeux d'un bleu éclatant, couleur de mer tropicale. Tout son visage en fut transformé, de pâle à ravissant, d'ordinaire à extraordinaire.

– Vous êtes particulièrement observatrice, Mademoiselle.

Elle haussa timidement les épaules.

– C'est simplement ce que j'ai vu.

– La fille, Mademoiselle, c'est très important... vous dites qu'elle avait du sang sur les mains ?

– Oui, sur une main, attendez un peu, la main droite et sur le bras, jusque-là, ajouta-t-elle en montrant son coude.

– Nulle part ailleurs ?

– Non.

– Mais elle ne se débattait pas ?

– Non.

– Vous a-t-il semblé qu'elle était... inconsciente ?

– Je... peut-être. Non. Je ne sais pas. Mais elle ne se débattait pas.

– Et la camionnette ?, demanda Vusi. Vous connaissez la marque ?

– Une Peugeot. Mais je dois admettre que je n'en savais rien. Ce n'est que quand elle s'est éloignée que j'ai vu le logo. Celui avec le petit lion, vous savez, les pattes levées…

Griessel se contenta d'acquiescer. Putain, il n'aurait pas fait le rapprochement entre le lion et la Peugeot. Il regarda ses yeux en se disant : cette femme est un génie.

– Une Peugeot couleur argent, mais plutôt sale, continua-t-elle. Je vais devoir chercher de quel modèle il s'agit…

Avant que Griessel ait pu dire que ce ne serait pas nécessaire, elle ajouta :

– Et le numéro d'immatriculation si vous voulez, bien entendu.

– Vous avez le numéro d'immatriculation ?, demanda Griessel sidéré.

– CA 409, tiret (elle dessina une ligne horizontale dans les airs) et puis 341.

Les inspecteurs sortirent leurs téléphones portables en même temps.

– Mademoiselle, dit Benny Griessel, vous aimeriez travailler pour nous ?

*

– Quoi qu'il en soit, continua Willie Mouton en se levant et commençant à faire rouler son fauteuil sans bruit vers la porte, Adam m'a téléphoné hier soir, un peu après vingt et une heures, pour me raconter les balivernes d'Iván Nell.

– Et… ?, demanda Fransman Dekker.

– On a bien ri. Qu'il fasse faire son audit, a-t-il dit. Qu'il se confronte donc lui-même aux frais généraux.

– Et c'est tout ?

– Adam a dit qu'il rentrait à la maison parce qu'Alexandra n'allait pas bien, il était inquiet à son sujet. Et c'est là que Josh Geyser l'attendait, peu importe ce qu'il vous raconte. Je ne suis pas inspecteur ou un truc du genre,

406

mais on voit bien dans ses yeux que cet homme est capable de tout.

*

– Vusi, c'est une course contre la montre à présent, dit Benny Griessel en arrivant à la barrière du jardin. J'ai appelé Mat Joubert à l'aide… Je sais, mais j'emmerde le commissaire, dit-il en voyant la tête de Ndabeni, il faut qu'on retrouve la fille. Je veux que tu suives la piste de la Peugeot. C'est peut-être une fausse plaque, mais ça vaut le coup d'essayer. Peu importe ce que tu dois faire, il ne peut pas y en avoir des centaines au Cap. Oublie la scène de crime, oublie tout le reste, la camionnette est à toi.

Vusi acquiesça avec enthousiasme, galvanisé par le ton pressant de Benny.

– Mat Joubert peut s'occuper de la scène de crime, je vais la retrouver, Vusi. Tout ce que je veux à présent, c'est la retrouver. Je vais juste jeter un rapide coup d'œil dans la maison pour voir s'il y a quelque chose de significatif et ensuite, je vais tâcher de découvrir comment ils ont su qu'elle était ici. D'une façon ou d'une autre… Je ne sais pas comment, je veux savoir qui d'autre elle a appelé…

– Très bien, Benny.

– Merci, Vusi.

Il fit demi-tour et rentra dans la maison en essayant de reconstituer rapidement la scène. Ils avaient brisé les petits carreaux de la porte d'entrée, l'avaient ouverte et s'étaient engouffrés à l'intérieur. C'est là qu'ils avaient tiré sur le vieil homme. Sur la gauche se trouvait un gigantesque bureau, peut-être un salon à une époque. La grande table de travail croulait sous d'innombrables documents. Un téléphone s'y trouvait aussi. Sur un côté, un fauteuil était renversé. Avait-elle appelé de cet endroit ?

Il enfila le couloir en jetant un coup d'œil dans toutes les chambres. Rien de particulier. Au retour, il entra dans la salle de bains réservée aux invités. D'après l'odeur qui y flottait, elle semblait avoir été utilisée récemment. Il fit courir un doigt sur la paroi de la baignoire. Elle était humide. Il renifla. Du savon. Ça ne voulait rien dire. Il examina minutieusement l'intérieur de la baignoire. Des cheveux dans la bonde, deux longs filaments noirs. Ceux de Rachel ? Il sortit. Elle avait pris un bain. Elle avait pris le temps de faire ça. Ce qui signifiait qu'elle avait toute confiance dans le vieil homme. Il devait trouver le nom de ce dernier.

Il retraversa l'entrée et entra dans la cuisine. Tout était d'une propreté immaculée. La porte de derrière était ouverte, il sortit en courant, fit attention où il mettait les pieds. Il vit du sang à l'extérieur, une longue traînée qui s'étirait le long d'une allée pavée et sur une partie de la pelouse. La peur lui serra la poitrine. Il s'accroupit à contrecœur pour examiner les éclaboussures.

Mon Dieu, lui avaient-ils tranché la gorge ? Cette idée le transperça avec la violence d'un coup de poignard.

Non, impossible. Il avait demandé à Evelyn Marais de préciser si la fille n'avait du sang que sur les mains :

« – Oui, sur une main, la main droite, et sur le bras, jusque-là.

– Nulle part ailleurs ?

– Non. »

Mais l'aspect des éclaboussures à l'extérieur disait autre chose.

Espérant qu'elle n'était pas déjà partie, il bondit sur ses pieds, repassa la grille de derrière en courant, tourna à gauche dans Belmont jusqu'à l'endroit où la foule grandissante se tenait derrière le ruban jaune, sous la surveillance attentive des policiers. Des yeux, il chercha la

Tazz. Elle était encore là, avec la femme à l'intérieur, prête à partir.

– Désolé, désolé, dit-il pour se frayer un chemin à travers la foule.

La Tazz démarra, mais il arriva juste à temps pour frapper un coup sur l'aile. Elle leva les yeux, effrayée, le vit et s'arrêta.

– Mademoiselle, dit-il en suffoquant, hors d'haleine, tandis qu'elle baissait la vitre, relevait ses lunettes noires et appuyait son bras droit sur la portière. Excusez-moi.

– Pas de problème.

Les yeux bleus le fixaient, dans l'expectative.

– La fille – il luttait pour reprendre son souffle –, êtes-vous absolument certaine qu'elle n'avait du sang que sur le bras ?

Elle coupa le moteur et ferma les yeux. Resta assise ainsi près de trente secondes. Griessel rongeait son frein, il voulait qu'elle soit absolument sûre de sa réponse.

Elle rouvrit les yeux.

– Oui, fit-elle en hochant la tête d'un air déterminé.

– Il n'y avait pas de sang ailleurs ?

Elle hocha la tête de droite à gauche, absolument certaine.

– Non, juste sur le bras.

– Pas sur le cou ou sur la tête ?

– Absolument pas.

– Dieu soit loué !, dit-il.

Il prit la main qui reposait sur la vitre ouverte et y déposa un baiser.

Merci. Merci, merci, puis il fit demi-tour et repartit au pas de course.

Ce n'était pas le sang de Rachel Anderson.

*

409

La première réaction de Fransman Dekker fut de blâmer Mouton et Steenkamp pour la frustration et la colère qu'il ravalait. Debout devant la porte fermée du bureau d'Adam Barnard, il regardait les portraits encadrés. Il avait envie d'en attraper un, de le jeter par terre et de le piétiner. C'était la façon dont Mouton avait estampillé Josh Geyser coupable, comme si Dekker était un imbécile. C'était la façon dont Steenkamp s'était laissé aller dans son fauteuil, ce petit Blanc branleur et suffisant…

Il jeta un coup d'œil furibard à un portrait d'Adam Barnard. Un homme de haute stature et sûr de lui. Le sourire était le même sur chaque photo, la façon dont il regardait l'appareil, le corps légèrement tourné, les mains autour des épaules ou de la taille des artistes. L'image même du succès, M. le Bien-Aimé, pas un seul ennemi au monde.

Impossible.

Et c'était ça, Dekker le savait, la raison de sa frustration, il était dans une impasse. L'enquête tout entière était lentement, mais sûrement, en train de sombrer dans un océan d'invraisemblances, bordel. Rien n'avait de sens et les Blancs se foutaient de lui.

Et où était Mbali Kaleni ?

Il contourna le bureau, s'assit, posa les coudes dessus, se prit la tête dans les mains et se frotta les yeux. Il fallait réfléchir, il devait se calmer et tout reprendre depuis le début parce qu'aucune des pièces du puzzle ne collait. Josh et Melinda Geyser. Les deux mentaient. Ou aucun. La vidéo ? Le maître-chanteur ? Bon sang, mais où était Mbali ? Elle avait découvert quelque chose et était en train de suivre une piste, elle allait résoudre l'affaire et il aurait l'air d'un imbécile. Il sortit son téléphone et l'appela. Ça sonna, sonna et sonna.

Elle avait vu qui l'appelait, elle faisait exprès de ne pas lui répondre. La colère le reprit de plus belle, en un éclair.

Attends, attends, attends. Calme-toi.

La tête de nouveau dans les mains, il ferma les yeux. Bon Dieu, il allait devoir se décarcasser pour résoudre cette affaire.

Concentre-toi : Adam Barnard avait été porté jusque chez lui, on lui avait fait monter les marches pour le déposer près de sa femme saoule. On parlait donc de quelqu'un qui savait que cette dernière était bourrée tous les soirs, au point de perdre conscience. On parlait de quelqu'un d'assez costaud pour soulever le poids mort qu'était Adam Barnard. Quelqu'un qui savait que Barnard avait une arme chez lui… et où la trouver.

Oublie Bloemfontein et le maître-chanteur, ça ne tient pas debout. Savoir qu'il avait une arme, c'était ça, la clé.

Qui pouvait être au courant ?

Josh Geyser ? Peut-être. Peut-être aussi Melinda. L'info. Le mobile. La force physique.

Mais Benny Griessel avait décrété que ce n'était pas Josh. Et Griessel n'était pas né de la dernière pluie, même si on racontait qu'avant, il buvait comme un trou. Griessel s'était-il trompé, dans quelle mesure l'attention du tout nouveau capitaine était-elle retenue par le meurtre de l'église ? Il n'était qu'un homme après tout…

Savoir qu'il y avait un pistolet. Combien de personnes pouvaient connaître l'existence d'une arme ? Alexa Barnard, elle aussi déclarée innocente par Griessel, elle aussi alcoolique. Benny était-il objectif ? En tant que consœur de boisson, l'aurait-elle mené en bateau ? Aurait-elle eu de l'aide ? Un amant ?

Qui d'autre ? Si on considère que soixante-dix à quatre-vingts pour cent des crimes sont commis par des personnes de l'entourage immédiat…

Et puis, une idée le frappa : la domestique. La larmoyante Sylvia Buys, uniquement préoccupée de son futur emploi. Sylvia, si terriblement attachée à Adam Barnard, si prompte à rejeter la faute sur Alexandra. Il ne devait pas négliger cette piste. Le mobile ? N'importe quoi. Adam l'aurait-il surprise en train de voler ? L'aurait-il mise devant le fait accompli ?

À quel point les Geyser étaient-ils intimes avec Barnard ? Avaient-ils eu l'occasion de venir chez lui ? L'un d'eux aurait-il pu savoir où se trouvait le pistolet ? Il faudrait vérifier. Il devait d'abord téléphoner à Griessel, lui faire part de ses doutes concernant Alexandra, les Geyser, Benny n'allait pas aimer.

Où était Mbali ?

Quelqu'un frappa.

– Oui ?

Natasha Abader passa la tête dans l'entrebâillement de la porte.

– Il y a un policier à la porte. Il dit qu'il veut vous montrer à quel endroit ils ont trouvé une chaussure.

Il bondit sur ses pieds.

– Merci, répondit-il en s'avançant vers elle. Je veux vous parler à nouveau, s'il vous plaît.

Elle n'eut pas l'air particulièrement ravie à cette idée.

14 h 02 - 15 h 10

36

Dekker et le jeune policier noir de la Métro durent se frayer un chemin à coups d'épaule parmi la foule de journalistes massée devant la porte d'entrée, puis traverser la minuscule pelouse, dépasser l'étang aux carpes et prendre le tunnel d'accès qui menait à Buiten Street. La presse ne cessa de le harceler de questions accusatrices, jusqu'à ce qu'il arrive à se débarrasser du dernier charognard au coin de Bree Street. Quand est-ce que Cloete allait arriver pour mettre un terme à tout ce bazar ?

– Là-haut, au coin de la rue, dit l'homme de la Métro, et ils marchèrent en silence.

Dekker se rendit compte que le vent de sud-est s'était mis à souffler et que la parfaite journée d'été était fichue. Il leva les yeux vers Table Mountain. Le nuage commençait à se former à son sommet comme un présage. En fin d'après-midi, le vent soufflerait en tempête, mais on était en janvier, il n'y avait rien à faire.

L'homme de la Métro l'entraîna jusqu'à un carrefour, ils tournèrent à gauche dans New Church Street et traversèrent la rue. Six pas plus loin, il s'arrêta et désigna un endroit avec sa matraque.

– Juste là.

– La chaussure était posée là ?

– Juste là, confirma l'homme. Presque dans le caniveau.

– Vous en êtes sûr ?

– C'est là que je l'ai trouvée.

– Vous n'avez pas regardé dedans ?

– Dans la chaussure ?

L'homme grimaça d'un air dubitatif, comme s'il mettait en doute l'intelligence de Dekker.

– Je n'aurais pas regardé non plus, ajouta Dekker. Merci beaucoup.

– Je peux y aller maintenant ?

– Attendez. Juste pour savoir… vous a-t-on demandé de ramasser ce qui traînait ?

– Oui, l'inspecteur en chef Oerson nous a envoyés sur place avec ordre de récupérer tout ce qui aurait pu se trouver dans un sac à dos. Tout. C'est là que j'ai vu la chaussure. Je l'ai ramassée et mise dans le sac plastique. J'ai aussi trouvé un chapeau, là-bas, au carrefour de Watson Street. Mais c'est tout. Je l'ai apporté à Abraham, c'est lui qui avait le grand sac-poubelle. Je l'ai mis dedans. Abraham a porté le grand sac-poubelle à l'inspecteur Oerson parce qu'il avait dit qu'il voulait tout voir.

Sa description était consciencieuse et méthodique, comme s'il doutait encore que Dekker fût très malin.

– Merci. C'est tout ce que je voulais savoir.

L'homme acquiesça, fit demi-tour et s'éloigna d'un pas nonchalant en balançant sa matraque et tenant sa casquette d'une main pour qu'elle ne s'envole pas.

Dekker observa l'endroit où la chaussure avait été découverte. Puis le carrefour de New Church et de Buiten. Environ deux à trois cents mètres le séparaient d'Afrisound.

Qu'est-ce que tout ça signifiait ?

Il sortit son téléphone. Il était temps d'appeler Benny Griessel.

*

416

Le service des permis de conduire de la police métropolitaine annonça à Vusi que la fourgonnette Peugeot, CA 409-341, appartenait à CapSud Trading...

– Vous pourriez me l'épeler, s'il vous plaît, demanda Vusi.

– C majuscule, a-p en minuscules, S majuscule, u-d en minuscules... La personne de contact est un certain M. Frederik Willem de Jager, l'adresse est Unit 21, Access City, La Belle Street, à Stikland.

– Merci beaucoup, dit Vusi.

– Mais il y a un PV dessus, ajouta son interlocutrice. Le véhicule est à la fourrière.

– Quelle fourrière ?

– La nôtre. À deux pas d'ici, à Greenpoint.

– Il est là-bas à présent ?

– C'est ce que dit l'ordinateur.

Vusi réfléchit un instant.

– Vous avez un numéro de téléphone pour de Jager ?

– Ouaip.

Elle le lui donna.

*

Debout devant la grande table de travail, Griessel tenait à la main une feuille de papier avec deux numéros écrits dessus. L'un d'eux était son numéro de portable. L'autre, un numéro au Cap qui lui était inconnu. Il étudia l'écriture et la compara aux notes griffonnées, minuscules et presque illisibles, sur les monceaux de documents éparpillés sur la table. Les numéros étaient tracés en lettres plus grosses, plus arrondies et plus féminines.

Rachel Anderson ?

Il composa l'autre numéro du Cap. Trois sonneries et une femme répondit avec un accent caractéristique.

– Consulat des États-Unis, bonjour, que puis-je pour vous ?

– Oh, désolé, je me suis trompé de numéro, dit-il en mettant fin à la communication.

*

– Aux Fins Gourmets, bonjour, dit une voix de femme.

– Je ne suis pas chez CapSud Trading ?

– Vous êtes bien chez CapSud, notre enseigne est « Aux Fins Gourmets ».

– Pourrais-je parler à M. de Jager, s'il vous plaît ?

– Qui est à l'appareil ?

– Inspecteur Vusi Ndabeni, SAPS.

– M. de Jager est décédé, inspecteur.

– Oh. Je suis désolé. Quand cela est-il arrivé ?

– Il y a quatre mois.

– J'appelle au sujet d'une fourgonnette Peugeot Boxer immatriculée CA 409-341 et enregistrée au nom de Cap-Sud Trading.

– Il doit s'agir de celle qu'on nous a volée.

– Ah bon ?

– On l'a achetée début octobre l'année dernière et puis on l'a envoyée au garage pour y faire apposer notre logo. Elle a disparu la nuit même du garage. Et vous ne les avez jamais attrapés, dit-elle accusatrice.

– Saviez-vous que ce véhicule se trouvait à la four-rière de la police métropolitaine ?

– Oui, ils l'ont retrouvé à Salt River, dans un parking réservé aux pompiers, alors ils l'ont confisqué, l'ont embarqué à la fourrière et nous ont appelé. C'était à la mi-octobre.

– Pourquoi n'êtes-vous jamais allés la chercher, Madame ?

– Parce que quand Frik est mort, tout a été bloqué, per-sonne ne pouvait retirer d'argent ou signer de chèque, et la succession ne sera réglée que dans deux mois. C'est la nouvelle Afrique du Sud, vous savez, il faut savoir être patient.

– Donc, d'après ce que vous savez, la fourgonnette est toujours à la fourrière ?

– Sûrement, parce que toutes les semaines, quelqu'un téléphone en disant qu'on doit venir la récupérer et payer l'amende, et plus j'explique ce qui se passe, moins ça aide, parce que ça recommence toutes les semaines avec quelqu'un d'autre.

– Vous êtes Madame… ?

– Saartjie de Jager. La femme de Frik.

– Puis-je vous demander de quoi est mort M. de Jager, Madame ?

– Cholestérol. Le docteur l'avait prévenu, je l'avais prévenu, mais Frik ne voulait rien entendre. Il a été comme ça toute sa vie. Et maintenant, c'est moi qui essaie de mettre de l'ordre dans cette pagaille.

*

Tout arriva en même temps. Pendant que Griessel attendait impatiemment devant la grande table que son contact de Telkom le rappelle, John Afrika traversa prudemment l'entrée en évitant le sang qui maculait le sol et le regarda en y allant d'un « non, oh, mon Dieu ! » horrifié. Enfin le portable de Griessel se mit à sonner et Vusi apparut dans l'encadrement de la porte avec un « Benny ! » excité.

Il crut que c'était le type de Telkom, se détourna et répondit.

– Griessel.

À travers la fenêtre, il vit Mat Joubert remonter l'allée du jardin.

– Benny, c'est Fransman.

C'était trop d'un coup.

– Fransman, je peux te rappeler ?

Derrière lui, le commissaire lança quelque chose sur un ton de reproche.

– Benny, vite fait… jusqu'où est-on sûr que la femme de Barnard et Josh Geyser ne sont pas impliqués ?

Il devait prévenir Afrika qu'il avait demandé à Joubert de venir avant que ça fasse des étincelles.

– Sais pas, répondit-il, l'esprit ailleurs.

– Alors je peux les questionner encore un peu ? Je vais demander à Mbali de s'occuper d'Alexandra…

Le nom de la policière l'obligea à se reconcentrer.

– Tu n'es pas encore au courant ?, demanda-t-il.

– Qu'est-ce que vous foutez là ?, lança John Afrika dans son dos.

Il se retourna. Joubert venait d'entrer dans la pièce. Il mit une main sur le combiné tandis que Dekker demandait :

– Pas encore au courant de quoi ?

– Commissaire, je vous explique dans une minute, dit Griessel.

Puis à Dekker :

– Mbali s'est fait tirer dessus, Fransman. Ici, dans Upper Orange, l'Américaine…

Dekker était abasourdi.

– Elle est à l'hôpital, ajouta Griessel.

– L'Américaine ? Qu'est-ce que Mbali foutait là-bas ?

– C'est ce que je voulais te demander.

– Comment je le saurais ? Je l'avais envoyée chez Jack Fisher !

– Jack Fisher ?, demanda-t-il, surpris, avant de comprendre que ce n'était pas le truc à dire avec Afrika et Joubert dans les parages.

– Ils ont bossé pour Afrisound, mais je pense que ça ne mène nulle part. Comment va Mbali ?

– Fransman, on n'en sait rien, je suis désolé, je dois y aller. Réinterroge Geyser si tu penses qu'il le faut, je te rappelle plus tard.

420

Il mit fin à la communication et dit :

– Commissaire, c'est moi qui ai demandé à Mat de venir nous donner un coup de main.

Afrika commença à grimacer en signe de protestation, mais Griessel ne lui en laissa pas le temps.

– Sauf votre respect, commissaire, commença-t-il en sachant que ce qu'il s'apprêtait à dire n'était absolument pas respectueux, mais il s'en fichait complètement à présent, vous avez dit qu'on avait un problème d'effectifs. Mat est... sous-employé à la brigade d'intervention de la province, c'est le meilleur enquêteur du Cap et j'ai une Américaine à retrouver à tout prix. Vous pouvez me virer demain, vous pouvez me rétrograder au rang d'inspecteur ou de sergent si ça vous chante, mais Dieu sait qu'il n'y a pas de temps à perdre. Vusi travaille sur la fourgonnette dans laquelle ils ont enlevé Rachel Anderson, je vais tâcher de découvrir qui pouvait savoir qu'elle se trouvait dans cette maison. Nous n'avons pas le temps de traiter la scène de crime et j'ai besoin de quelqu'un qui sache ce qu'il fait. Vous avez dit que je devais appeler le père de Rachel et je vais le faire, mais pas avant de savoir où on en est. Parce qu'il va me poser la question et je veux avoir des réponses qui puissent satisfaire un père. Alors, s'il vous plaît, si on pouvait laisser tomber les conneries et retrouver la fille...

Puis il ajouta un dernier « avec tout le respect que je vous dois, commissaire », plein d'espoir en attendant que le couperet tombe.

John Afrika observa tour à tour Griessel, puis Joubert et Ndabeni et revint à Griessel. Des émotions contradictoires se succédaient sur son visage telles les saisons. Il hocha légèrement la tête.

– Trouvez-la, Benny, dit-il avant de sortir en faisant attention à ne pas marcher dans la flaque de sang.

Le téléphone de Griessel se remit à sonner. C'était l'homme de Telkom.

– Benny, entre midi et deux heures, il n'y a eu que deux coups de fil passés depuis ce numéro. Le premier à West Lafayette, dans l'Indiana, c'est en Amérique, et le second, vers ton portable.

– Dave, à quelle heure a-t-elle passé le premier ?

– Attends un peu… à treize heures trente-six. Ça a duré deux minutes, vingt-deux secondes.

– Merci, Dave, merci beaucoup.

Il mit fin à la communication et réfléchit. Essaya de reconstituer l'ensemble, de renouer les milliers de fils déconnectés dans sa tête.

– Benny…, commença Vusi, mais il l'interrompit d'une main, vérifia l'écran de son portable et chercha dans la liste des appels entrants à quelle heure Rachel lui avait téléphoné. Treize heures quarante et une. Il était alors sorti en courant de chez Van Hunks et il avait rappliqué à toute allure. Si ses agresseurs avaient, d'une façon ou d'une autre, intercepté son premier appel, ils n'auraient eu que cinq minutes d'avance. Et s'ils étaient planqués quelque part dans les environs ? Ils auraient dû arriver juste après qu'il ait eu fini de parler à Rachel. C'était rapide comme réaction. Trop rapide…

Une étincelle jaillit dans son cerveau, il eut subitement une intuition.

– Vusi, c'est là-bas au coin qu'elle est entrée dans le café ?

– L'épicerie, oui, acquiesça Vusi.

– Et ensuite, elle est descendue par là en courant, dit Griessel en montrant Upper Orange.

– Mbali a trouvé des empreintes dans le jardin.

Griessel se gratta la tête.

– Ils attendaient quelque part, Vusi. Ils ont dû la voir, mais avec tous ces flics dans le coin…

– Benny, la fourgonnette…

Mais Griessel ne l'entendait pas. Pourquoi ne l'avaient-ils pas descendue ? Pourquoi juste le vieil homme ? Ils avaient égorgé Erin Russel. Mais ils avaient laissé Rachel en vie alors qu'ils auraient facilement pu la tuer. Ici, dans cette maison. Mais l'enlever ?

Autre révélation.

– Le sac à dos, dit-il.

Ils avaient coupé les bretelles du sac à dos d'Erin Russel pour le lui prendre. Il se pencha et regarda sous la table.

– Vois si tu peux trouver un sac à dos.

Il enfila le couloir.

– Vusi, prends le côté gauche, la salle de bains, cette chambre. Je prends à droite – il s'arrêta. Mat, s'il te plaît, tu peux regarder dans la cuisine et dehors ?

– À quoi ressemble le sac à dos ?

– Aucune idée, répondit Griessel.

Mais une pensée lui vint brusquement et l'arrêta net, de sorte que Vusi faillit lui rentrer dedans. Il composa fiévreusement un numéro de téléphone. Il se fit connaître auprès du sergent de Caledon Square qui décrocha et lui demanda s'il y avait encore des hommes en tenue au Cat and Moose de Long Street.

– Oui, ils sont encore là-bas.

– Sergent, dites-leur de vérifier où se trouvent les bagages des jeunes Américaines. Erin Russel et Rachel Anderson. Ils doivent mettre la main dessus et les surveiller comme la prunelle de leurs yeux.

– Je transmets.

– Ils cherchent quelque chose, Vusi, dit-il à Ndabeni. Ces enfoirés cherchent quelque chose qu'ont les filles. C'est pour ça que Rachel est encore en vie.

Il fonça vers les chambres à la recherche du sac à dos.

37

– Quoi encore ?, demanda Natasha Abader, tandis qu'il refermait la porte de feu Adam Barnard derrière elle.

– Asseyez-vous, s'il vous plaît, dit Dekker en s'appuyant contre le bureau tout près d'elle, pour l'impressionner.

Elle n'aimait pas ça, ses beaux yeux le disaient, mais elle obéit.

– Puis-je vous faire confiance, *sister* ?

– Je vous l'ai déjà dit, je ne suis pas votre sœur.

– Et pourquoi ça, *sister* ? Vous êtes devenue trop bêcheuse à force de bosser ici avec les Blancs et moi, je ne suis qu'un pauvre *hotnot* d'Atlantis sans intérêt ? Vous êtes métis, un point c'est tout.

– Parce que vous pensez que c'est de ça qu'il s'agit ? (Ses yeux étincelaient.) Vous ne pouvez pas supporter que j'aie couché avec un Blanc, n'est-ce pas ? Non, pas la peine de secouer la tête, j'ai vu comment vous avez changé d'un seul coup quand j'ai dit qu'il l'avait fait ici avec moi aussi. Que je vous dise : ce n'était pas le premier Blanc et ça ne sera pas le dernier. Mais je ne fais pas de discrimination, je couche avec qui je veux parce que c'est la nouvelle Afrique du Sud, mais vous, vous ne voulez pas entendre parler de ça. Vous voulez nous donner à tous du « brother » et du « sister ». Vous voulez qu'on soit une tribu séparée, nous les Métis, vous êtes du genre à passer votre temps à vous plaindre d'être métis. Réveillez-vous, inspecteur, ça ne sert à rien. Si vous ne vous intégrez pas, personne ne le fera pour vous. C'est ça le problème avec ce pays, tout le monde se plaint, personne ne veut rien faire, personne ne veut oublier le passé. Et, juste pour mémoire, vous avez couché avec combien de Blanches ?

Il détourna le regard vers la fenêtre.

– C'est bien ce que je pensais, dit-elle.

– Qu'est-ce qui vous fait croire que c'est le cas ?

– Quelle femme pourrait vous voir sans penser à la baise ? lança-t-elle.

Il planta ses yeux dans les siens et elle lui retourna son regard, provocante, en colère.

– Je prends ça pour un compliment.

Sachant qu'il avait perdu la bataille, il tentait de renforcer sa position.

– Pourquoi suis-je ici ?

Il se sentait mal à l'aise à présent d'être aussi près d'elle. Il se leva et contourna le bureau.

– Parce que j'ai confiance en vous.

Elle hocha la tête, ses longs cheveux retombant en cascade.

– Je vais vous dire des choses que vous ne pouvez pas répéter, continua-t-il.

Elle se contenta de le dévisager.

– Les gens qui ont tué Adam Barnard le connaissaient très bien. Ils savent que sa femme se saoule tous les soirs. Ils savent où il garde son arme. Vous êtes la seule à qui je puisse faire confiance. Dites-moi qui le connait aussi bien.

– Comment pouvez-vous dire ça ? Il a été tué chez lui...

– Non, il a été tué ailleurs. Peut-être pas très loin d'ici, dans la rue. On a retrouvé sa chaussure. Et son téléphone portable – il vit qu'elle était surprise et en éprouva une certaine satisfaction. Ensuite, on l'a ramené chez lui, on l'a porté en haut des marches et laissé dans le salon... Qui est au courant pour sa femme, Natasha ? Qui est au courant pour le pistolet ? Les Geyser ?

Elle réajusta sa jupe et rejeta ses cheveux en arrière avant de répondre.

– Non. Je ne crois pas. Je ne crois pas qu'ils soient déjà allés chez lui. Adam avait... honte d'Alexa. Plusieurs fois, elle avait...

– Quoi ?

– Fait une scène quand il avait ramené des gens chez lui. Il vivait ici. Du matin au soir. Il rentrait chez lui vers dix-neuf heures, mais il revenait, souvent. Vingt heures, vingt et une heures, ensuite il travaillait jusqu'à minuit...

– Alors qui aurait pu savoir ?

Elle réfléchit avant de répondre.

– Vraiment, je ne sais pas.

– Je vous en prie. Vous avez bien une idée.

– Une idée ?

– Imaginez.

– Je savais pour sa femme...

– Qui d'autre ?

– Willie et Wouter et Michèle...

– Qui est Michèle ?

– Elle a été assise ici toute la matinée. Elle s'occupe de la presse.

– Je croyais que Willie Mouton gérait la production et la promotion ?

– Oui, mais elle, elle s'occupe de la presse. La promotion, c'est quand on paie pour quelque chose. La presse, c'est quand les journaux écrivent des articles sur un sujet quelconque ou que quelqu'un passe à la télévision ou à la radio et pour ça, on ne paie pas.

– Laquelle est Michèle ?

– La femme d'un certain âge qui était assise avec Spider et Iván...

427

Il revoyait vaguement une femme plus âgée assise entre des hommes plus jeunes.

– Et elle connaît bien Adam ?

– Ils ont travaillé ensemble pendant des années. Depuis le début. Elle est devenue free-lance il y a sept ans environ, mais elle est toujours sous contrat pour nos relations publiques.

– « Free-lance » ?

– Vous voyez, elle a monté sa propre agence. Pour les artistes qui n'ont pas de label, ou pour de plus petites maisons.

– Adam et elle s'entendaient bien ?

– Ils étaient comme frère et sœur…

Insinuant à demi-mot que l'histoire ne s'arrêtait pas là.

– Qu'est-ce que ça veut dire ?

– On raconte qu'Adam et Michèle ont été amants. Il y a des années de ça.

– Combien d'années ?

– Ce ne sont que des rumeurs.

Il lui décocha un regard du style « à d'autres ».

– À l'époque où Alexa s'est mise à boire, apparemment. Il est allé pleurer sur l'épaule de Michèle. Elle-même était mariée à l'époque…

– Putain !, s'exclama Dekker.

Elle lui lança un regard désapprobateur.

– Nom de Dieu, *sister*, reprit-il d'un ton indigné. Ma liste ne cesse de s'allonger.

*

Mat Joubert retraversa la cuisine et regagna l'entrée où Griessel et Vusi l'observaient, pleins d'espoir. Il fit non de la tête. Pas de sac à dos. Il regarda Benny assimiler l'information en silence et attendit patiemment jusqu'à ce qu'il soit sûr de pouvoir parler.

– Tu es au courant pour le sang dehors, j'imagine, demanda-t-il à Griessel.

Il le regarda répondre par l'affirmative. Benny ne bougeait pas, la tête penchée de côté, sa main droite montant inconsciemment vers son crâne et fourrageant dans sa masse de cheveux indisciplinée, juste derrière l'oreille.

Une vague de compassion submergea Joubert tandis qu'il observait son collègue, son ami, cet homme qu'il connaissait depuis toujours. La carcasse de Griessel avait toujours été trop petite pour contenir toute son énergie, de sorte que parfois, on avait l'impression qu'elle vibrait, comme traversée par des ondes de choc passionnées, tel un tsunami. Ce visage… il y a vingt ans de ça, il avait quelque chose du lutin, le culot espiègle du bouffon, avec un rire communicatif et un sens de la repartie et de l'absurde perpétuellement à l'affût derrière ces yeux slaves et pétillants et cette grande bouche, il était prêt à prendre son envol sans qu'on puisse rien faire pour l'arrêter. C'était à peine perceptible à présent, la vie avait effacé tout ça, le remplaçant par un réseau de rides minuscules. Mais Joubert savait que les synapses étaient en ébullition dans ce cerveau en ce moment même. Griessel, balloté de l'un à l'autre toute la matinée, essayait de venir à bout du puzzle. Quand il y serait parvenu, ça ferait des étincelles. Benny avait l'esprit d'un enquêteur, toujours plus rapide et plus créatif que le sien. Joubert avait toujours été lent, méthodique et organisé, mais Griessel fonctionnait à l'instinct, il avait un flair inné, il était l'étincelant demi d'ouverture, tandis que Joubert n'était qu'un laborieux avant.

– C'est peut-être une histoire de drogue, dit Griessel en se parlant à lui-même. Je crois que le… le sac à dos…

– Benny, la fourgonnette se trouvait à la fourrière de Green Point, dit Vusi.

Griessel fixait un point dans le vide.

– … les filles… non, je ne sais pas. Peut-être qu'elles ont piqué la drogue. Ou qu'elles l'ont prise sans la payer…

Joubert attendit tranquillement jusqu'à ce qu'il voie Benny se concentrer à nouveau sur Vusi et lui.

– C'est le sang de la fille ?, demanda-t-il alors.

– Non.

Puis Benny le fixa avec intensité, avec une clairvoyance soudaine, et dit :

– C'est le sang de quelqu'un d'autre, pas celui de Rachel, c'est le sang d'un de ces enfoirés.

Il s'empara de son téléphone.

– Benny, laisse-moi appeler les hôpitaux, dit Joubert.

– Non, Mat, Caledon Square peut s'en occuper. (Et il les appela illico et transmit l'ordre au sergent du standard.) N'importe quel homme jeune entre, disons, dix-huit et trente-cinq ans, peu importe la couleur, la race ou la langue. Sergent, je veux qu'on me signale le moindre enfoiré avec du sang sur lui.

Puis il regarda Vusi et ajouta :

– La fourrière de la Métro ?

– C'est exact. Même Peugeot, même numéro. Elle a été volée et la Métro l'a retrouvée à Salt River. Elle est à la fourrière depuis octobre parce que son propriétaire est mort d'un infarctus et que la succession est bloquée. J'y vais, Benny. Je vais voir ce qui se passe là-bas. Comment ont-ils fait pour la sortir de la fourrière ?

Joubert vit une étincelle vaciller dans le regard de Griessel, une prise de conscience momentanée.

– Quoi ?

Il connaissait la valeur des intuitions de Benny. Griessel hocha la tête.

– J'en sais rien. Ils ont dû trouver un moyen. Bon Dieu, il faudrait que je prenne le temps de réfléchir, mais ce n'est pas possible… Vusi, excellent boulot, va voir ce qu'ils fabriquent, il faut qu'on ait accès à cette fourgonnette parce que c'est à peu près tout ce qu'on a… (Il inspira brusquement.) Attends !, cria-t-il en rappelant Ndabeni. Vusi, je veux être absolument certain, le type de l'épicerie, est-ce qu'il a vu les photos des gars de Demidov ?

– Oui.

– Rien ?

– Rien.

– Ok. Merci.

Vusi s'éloigna au pas de course et Griessel baissa la tête pendant que Mat attendait patiemment en le regardant, debout à côté de lui. Longtemps. En silence, de sorte qu'on entendait le tic-tac de l'horloge du grand-père dans le bureau. Tous les deux étaient les dinosaures de la SAPS, se dit-il, une espèce en danger, en voie d'extinction. Le réchauffement politique global et le changement dans les relations raciales auraient dû avoir leur peau depuis longtemps, mais ils étaient encore là, deux vieux carnivores dans la jungle, membres raides, crocs émoussés, mais pas encore complètement inefficaces.

Griessel se gratta bruyamment les cheveux derrière l'oreille. Puis il fit demi-tour avec un grognement et sortit. Joubert lui emboîta tranquillement le pas, franchit le petit paillasson, la véranda, dépassa les bougainvillées et descendit l'allée d'ardoise. Griessel ouvrit la barrière du jardin et passa dans la rue, face à Lion's Head.

Joubert était debout derrière lui et regardait le dôme rocheux qui dominait la ville, il sentait le vent se lever, ébouriffant encore plus la chevelure de Benny. Cette journée qui avait commencé de façon si parfaite était rattrapée par le vent de sud-est. Ce soir, il mugirait tel un démon autour de Table Mountain.

– Avant six heures ce matin, là-haut, dit Griessel en désignant Lion's Head, elle a demandé à une femme d'appeler la police. Ces jeunes types la pourchassaient depuis deux heures du mat. À onze heures, dans l'épicerie là-bas, elle a téléphoné à son père depuis un téléphone public et lui a dit qu'elle ne pouvait pas parler à la police…

Téléphone public, pensa Joubert. Un mot préhistorique.

Griessel baissa à nouveau la tête. Puis il leva les yeux sur la montagne. Mesura mentalement la distance jusqu'à Lion's Head. Et regarda Joubert.

– Cinq heures après avoir été sur Lion's Head, elle arrive au café. Et l'enfoiré se gare dans la rue et la prend en chasse. Comment ont-ils su, Mat ? Où était-elle entre-temps, pourquoi n'ont-ils pas pu la retrouver ? Pourquoi a-t-elle changé d'avis à propos de la police ? (Il porta à nouveau la main à son crâne.) Qu'est-ce que tu ferais ? Une fille, une étrangère, tu désespères de la retrouver, elle pourrait être n'importe où. Comment est-ce que tu surveilles toute la ville ?

Ils regardèrent fixement la montagne. Comme toujours, la facilité qu'avait Griessel à se glisser dans la peau de quelqu'un d'autre, que ce quelqu'un d'autre soit victime ou agresseur, fascinait Joubert.

Puis il comprit ce que Griessel avait déjà compris, à l'évidence. Ils s'étaient installés au sommet de la montagne pour surveiller la ville.

– Peut-être, dit-il.

– Ça ne nous sert plus à rien à présent, dit Griessel, toujours en avance d'une longueur. Ils ont la fille.

– Mais on ne peut pas voir cette maison depuis la montagne, dit Joubert en montrant du menton le bâtiment victorien à côté d'eux.

– C'est vrai…

De nouveau perdu dans ses pensées, Benny s'activait, Joubert le savait. Il connaissait la frustration, le ramassis d'informations bonnes à jeter d'une journée comme celle-ci, quand tout arrivait en même temps. Il fallait passer en revue tout le bazar, tout ce qu'on avait vu et entendu, tout ce qu'on savait, devait être classé. Pour lui, c'était le travail de la nuit, quand il était allongé aux côtés de Margaret, derrière son corps chaud, la main sur son ventre arrondi. Ses pensées suivaient alors de lents chemins méthodiques. Mais la façon de faire de Griessel était différente : impatiente, vive, pas toujours dénuée d'erreurs, mais beaucoup plus rapide. Griessel redressa brutalement la tête, un domino venait de tomber, il regarda au bas de la rue et se mit à marcher dans cette direction. Joubert dut allonger ses jambes interminables pour pouvoir suivre. Cent mètres plus loin, Griessel s'arrêta dans une allée, observa la maison, le garage.

– Il était installé là dans un pick-up, dit-il excité. Il nous a pratiquement obligés à quitter la route…

Griessel remonta l'allée au trot, se retourna, étudia la maison de Piet van der Lingen.

– Non…, dit-il.

Il fit plusieurs allers-retours, sauta sur place, puis il appela Joubert :

– Mat, viens te mettre ici.

Joubert s'avança jusqu'à l'endroit demandé.

– Mets-toi sur la pointe des pieds.

Joubert s'étira.

– Qu'est-ce que tu peux voir de la maison ?

Joubert regarda.

– C'est trop bas pour tout voir.

– Il est sorti d'ici, un type en pick-up. Un 4 × 4 Toyota rouge passe, un modèle ancien. La petite ordure derrière le volant était jeune, hyper pressé ; il est sorti juste sous notre nez et a disparu à fond de train vers la ville…

Joubert réfléchissait différemment, libre de tous souvenirs.

– Il a pu se mettre debout sur le plateau du pick-up, dit-il. Comme ça, il pouvait tout voir.

– Nom de Dieu !, fit Griessel. Jeune, il était jeune, exactement comme les autres. (Il regarda Joubert.) Je pourrais le reconnaître, Mat, si je revoyais son visage. Je le reconnaîtrais.

Il resta silencieux le temps d'un battement de cœur, puis reprit :

– Une vieille Toyota… c'est pas une bagnole de dealer, Mat…

Son téléphone se mit à sonner. Il vérifia l'écran avant de répondre.

– Sergent ?

Il écouta environ quarante secondes et se remit en route. Mat Joubert lui emboîta le pas, de plus en plus vite, ne le quittant pas des yeux. Voilà que le tsunami revenait.

– Trouvez du renfort, sergent, dit Griessel au téléphone. J'arrive.

Il se retourna vers Joubert avec le regard illuminé que ce dernier connaissait bien.

– Il y a environ dix minutes, quelqu'un a déposé un jeune Blanc devant les Urgences de City Park avant de filer. La victime a reçu un coup de couteau dans la gorge, ils vont peut-être pouvoir le sauver. J'y vais, Mat…

Griessel se mit à courir.

– Je m'occupe de la scène de crime !, cria Joubert dans son dos.

– Merci, Mat !

Les paroles de Benny furent emportées par le vent.

– Trouve-la, Benny !, cria encore Joubert sans savoir si ce dernier l'avait entendu.

Il regarda la silhouette de son collègue qui s'éloignait en courant, si déterminé, si pressé, et une fois encore, il sentit l'émotion l'envahir, tristesse, nostalgie, comme si c'était la dernière fois qu'il voyait Benny Griessel.

38

Ce fut Jess Anderson qui rompit le silence dans le bureau et mit des mots sur leur anxiété.

– Pourquoi est-ce qu'il n'appelle pas ?

Bill Anderson aurait voulu faire les cent pas pour éva-cuer un peu de la tension qu'il éprouvait. Mais il ne le pouvait pas parce qu'il savait que ça n'aurait fait que la perturber davantage. Alors il resta assis à côté d'elle sur le canapé en cuir marron. Son ami avocat, Connelly, et le chef de la police, Dombowski, avaient insisté pour qu'il reste, de façon à être là quand le policier sud-africain appellerait. Maintenant, il était désolé de ne pas les avoir accompagnés chez les parents d'Erin. C'était son devoir. Mais il ne pouvait pas laisser Jess seule en de telles cir-constances.

– Ça fait presque quarante minutes, reprit-elle.

– On ne sait pas jusqu'où il a dû aller, dit Anderson.

– On pourrait l'appeler…

– Laissons-lui encore un peu de temps.

*

Ils la déposèrent sur le sol de ciment, à quatre. Un cinquième glissa une lame sous son tee-shirt et le découpa, ainsi que son short et ses sous-vêtements. Le même couteau qui avait tranché la gorge d'Erin, la même main, la mirent à nu, sans effort. Ils la relevèrent, la poussèrent contre l'étroit pilier en fer, bras en arrière et l'attachèrent au poteau. Puis ils reculèrent et tout ce qu'elle put faire fut de se laisser glisser le long de ce dernier, aussi bas que le permettaient ses liens, pour cacher sa honte, les yeux fixés sur ses chaussures de course.

– Où il est ?

Elle ne répondit pas. Elle l'entendit approcher, le bruit de ses pas, seulement deux. Il l'empoigna par les cheveux et lui redressa violemment la tête, la lui cognant contre le poteau de métal. Il s'agenouilla devant elle.

– Où il est ?, répéta-t-il.

Son œil gauche était si enflé qu'elle ne pouvait plus l'ouvrir et il lui faisait mal. De l'autre, elle se concentra sur lui. Son beau visage était tout contre le sien, calme. Comme toujours. Sa voix n'était qu'autorité et contrôle.

La révulsion qu'elle éprouvait pour lui était plus forte que sa peur de mourir. Elle en prit conscience en un éclair, ce fut comme une libération et elle eut envie de faire quelque chose, donner un coup de pied, cracher, et elle commença à rassembler la salive dans sa bouche. Pour tout ce qu'il avait fait, tout, elle voulait lui montrer son mépris et sa haine, mais elle se ravisa. Elle n'était pas impuissante. Ils ne pouvaient pas la tuer. Pas maintenant. Pas encore. Elle pouvait gagner du temps. Elle n'était pas seule. « Je suis en route, n'ouvrez à personne, j'appellerai quand j'arrive là-bas, je vous en prie, Mlle Anderson », la voix du policier, sa bienveillance, sa volonté de la mettre à l'abri, de la sauver. Il était quelque part dans la nature, à sa recherche, il allait la trouver, d'une façon ou d'une autre, il allait découvrir qui la traquait. C'était si évident, il allait comprendre, il allait la trouver.

Elle lui répondit en hochant lentement la tête.

Il lui prit les cheveux d'une main de fer.

– Je vais te faire du mal, dit-il.

Toujours avec le même sens pratique.

– Allez-y.

Elle essaya de garder une voix aussi neutre que la sienne.

Il lui rit au nez.

– Tu n'as pas idée…

Peu importe, se dit-elle. Laisse-le rire.

Il lui lâcha brusquement les cheveux et se leva.

– Leurs bagages sont encore au Cat and Moose…

– On aurait dû les récupérer il y a longtemps.

– On n'en savait rien, Steve. Tu sais ce qu'elle a dit au club… Putain, où est Barry ? Appelle-le et allez chercher leurs affaires.

– Ils vont pas nous les refiler comme ça, Jay.

Elle leva la tête et les vit échanger un regard. On sentait la tension entre eux.

Steve, le Noir, finit par acquiescer, fit demi-tour et sortit. Jay parlait avec un autre, un type qu'elle ne connaissait pas.

– Il y a une quincaillerie à une rue de là, au coin à droite…

Elle le vit plonger une main dans sa poche, en sortir quelques billets et les lui tendre.

– Je veux des cisailles. On va lui couper les orteils. Puis les doigts. Et les tétons. Dommage. Des nibards pareils !

*

Il s'écoula un moment avant que Fransman Dekker ne demande à Michèle Malherbe si Adam et elle avaient été amants. Sa dignité le frappant quand elle entra dans le bureau, il ne se rendit compte qu'après coup qu'elle était plus petite qu'il le pensait. Elle avait des cheveux blonds coupés court et un visage attirant. Il était difficile de lui

439

donner un âge précis jusqu'à ce qu'on regarde ses mains et qu'on se rende compte qu'elle ne devait pas avoir loin de soixante ans, voire plus. Elle se présenta, écouta attentivement pendant qu'il déclinait son grade et son nom et prit place dans un des fauteuils réservés aux invités avec l'air de celle qui prend sur elle après un deuil. Dekker ne pouvait s'asseoir au bureau de Barnard, c'était inapproprié vu les circonstances. Il s'installa dans l'autre fauteuil.

– C'est une grande perte, inspecteur, dit-elle, les coudes sur les bras du fauteuil et les mains jointes sur les genoux.

On voyait qu'elle avait pleuré. Il se demanda immédiatement comment une femme comme elle avait pu tomber amoureuse d'Adam Barnard.

– Effectivement, répondit-il. Vous le connaissiez bien ?

– Depuis presque vingt-cinq ans.

– Ah... euh... Madame, d'après ce que je sais, vous connaissez parfaitement l'industrie du disque, son fonctionnement...

Elle acquiesça, le visage sérieux, attentive.

– Pourquoi quelqu'un voudrait-il... (il cherchait une façon détournée de formuler les choses) se débarrasser de lui ?

– Je ne crois pas que la mort d'Adam ait quoi que ce soit à voir avec son travail, inspecteur.

– Ah bon ?

Elle fit un petit geste de la main droite. Elle portait une seule bague, élégante, au majeur.

– Nous sommes peut-être des gens émotionnels, par définition. Après tout, la musique, c'est l'émotion, n'est-ce pas ? Mais dans son essence même, il n'y a pas grande différence entre l'industrie du disque et n'importe quelle autre industrie. Nous nous battons, nous nous disputons, nous sommes en compétition les uns avec les autres, nous disons et faisons des choses qu'il vaudrait mieux ne pas dire ou faire, mais c'est comme ça partout. La seule grosse différence, c'est que les médias… ont tendance à laver notre linge sale en public.

– Je ne suis pas sûr de vous suivre.

– Ce que j'essaie de dire, c'est que je ne vois pas dans l'environnement d'Adam une seule personne qui aurait eu la moindre raison de le tuer. Je ne vois pas une seule personne capable de faire ça.

Il prit une inspiration pour répondre, mais elle refit le même geste de la main et ajouta :

– Je ne suis pas naïve. J'ai appris que la nature humaine est capable de tout. Mais quand on a travaillé un quart de siècle avec les gens, on connaît toutes leurs facettes et, en chemin, on acquiert une certaine dose de sagesse qui peut vous aider en pareilles circonstances.

– Madame, la façon dont les choses se sont passées… désigne quelqu'un qui connaissait la situation familiale d'Adam.

Elle ne détourna pas le regard. Elle avait des yeux marron clair. Une sensualité subtile. Le résultat, peut-être, de ce qu'il savait d'elle et de son apparence raffinée.

– Je ne suis pas sûre de comprendre à quoi vous faites allusion.

– Quelqu'un qui savait pour sa femme, par exemple…

Elle eut un sourire compatissant.

– Inspecteur, malheureusement, l'état de cette chère Alexandra est connu de tous. Particulièrement dans l'industrie du disque.

– Est-ce que Barnard en parlait ?

Indignation muette.

– Adam n'aurait jamais songé à faire ça.

Il attendit.

– Je peux comprendre que la presse donne l'image d'un milieu où tout le monde s'en fiche, inspecteur, mais c'est faux. Beaucoup d'entre nous sont toujours en contact avec Alexa et essaient régulièrement de la joindre dans l'espoir qu'elle... guérisse. C'est une personne merveilleuse.

– Vous en faites partie ?

Elle acquiesça.

– Mais j'ai cru comprendre qu'Adam Barnard et vous étiez plus que des amis ?

C'était délibéré. Elle le regarda d'un air déçu.

– Je laisserai le numéro de mon avocat à Natasha, dit-elle en se dirigeant lentement et dignement vers la porte, qu'elle ouvrit et referma sans bruit derrière elle.

*

L'infirmière des Urgences dit à Griessel qu'il devait parler au directeur et il lui demanda d'appeler ce dernier.

– Ce n'est pas un homme, dit l'infirmière en regimbant.

Griessel lui rétorqua qu'il se fichait que ce soit un homme ou une femme et qu'elle ferait mieux d'appeler.

Elle composa un numéro, murmura quelque chose dans le combiné, le reposa et déclara que la directrice était en rendez-vous.

En campant un peu plus sur ses positions.

– Mademoiselle, j'ai une inspectrice dans cette salle d'opération avec deux blessures par balle et je ne sais pas si elle va s'en tirer. J'ai une jeune Américaine de dix-neuf ans enlevée par des gens qui ont égorgé son amie dans Long Street ce matin. Cet – il dut faire un gros effort pour ne pas dire « enfoiré » en désignant du pouce la salle d'opération – homme là-dedans est mon seul espoir de la retrouver avant qu'ils ne la tuent. Que je vous dise tout de suite : si quelque chose lui arrive parce que vous faites obstruction à la loi, vous dormirez tous dans la cellule la plus crasseuse et la plus encombrée que je puisse trouver dans la Péninsule. J'espère que vous me comprenez bien.

Elle ravala son indignation, reprit le téléphone, les yeux écarquillés, et refit le numéro.

– Julie, je crois que le Dr Marinos devrait venir aux Urgences immédiatement, dit-elle.

*

Le jeune policier de la circulation en uniforme rutilant qui gardait la grille de la fourrière de la police métropolitaine ouvrit un dossier vert rebondi, le feuilleta méticuleusement, écrasa la bonne page du plat de la main et fit courir son doigt jusqu'à une inscription portée dans un formulaire officiel.

– Oui, le véhicule en question est précisément sorti à douze heures trente-quatre et c'est moi qui étais de service. Et voici – il tourna la page et fit pivoter le dossier pour que Vusi puisse le lire de l'autre côté du bureau – le formulaire de délivrance, tamponné et signé.

– Qui l'a signé ?

L'officier de la route retourna à nouveau le dossier et examina la signature.

– Je ne sais pas.

– Qui pourrait me le dire ?

– Il faudrait demander à l'administration.

– Où se trouve l'administration ?

– Là-bas. Dans le bâtiment des permis de conduire. Mais vous devez monter. Premier étage.

– Merci. Puis-je prendre le formulaire avec moi ?

L'officier fit non de la tête.

– Là, je ne peux rien faire pour vous. Le formulaire doit rester ici.

Vusi crut qu'il blaguait. Mais il n'y avait pas la moindre trace d'humour dans sa voix.

– Vous êtes sérieux ?

– Le dossier est sous ma responsabilité. C'est le règlement.

– Monsieur…

– C'est « inspecteur ».

– Inspecteur, nous travaillons sur une affaire de meurtre et d'enlèvement, nous n'avons pas le temps.

– L'administration a une photocopie du formulaire. Donnez-leur simplement le numéro du dossier.

Vusi se demanda pourquoi l'homme ne lui avait pas dit ça tout de suite. Il sortit son calepin, l'ouvrit, enfonça le bouton de son stylo avec un déclic.

– Vous pourriez me donner ce numéro, s'il vous plaît ?

*

Mat Joubert enfila des gants en caoutchouc, se pencha par la portière ouverte de la Corsa de Mbali Kaleni et ramassa les douilles sous les pédales et à côté du siège. Il nota le numéro dans son bloc. Il entendait le Gros et le Maigre de la Scientifique remuer des pieds sur le goudron à côté de lui, tout en entourant à la craie les autres douilles et en plaçant un petit triangle de plastique avec un numéro à côté de chacune. Ils travaillaient en silence.

Il se releva et introduisit son torse immense dans la Corsa en s'aidant de l'appui tête et du volant. Le gros sac à main noir de Kaleni se trouvait sur le siège passager à l'avant. Un carnet format A5 était posé dessus, les pages retournées sur les spirales. Du sang avait giclé sur la première, de fines gouttelettes, et quelque chose y était écrit.

Il prit le carnet avec précaution, le sortit de la voiture et se redressa. Il sortit ses lunettes de vue de sa poche de poitrine, les déplia d'une pichenette et se les posa sur le bout du nez. Regarda fixement les trois lettres écrites d'une main tremblante en capitales : JAS.

Il appela Jimmy, le grand maigrichon de la police scientifique.

– J'ai besoin d'un sac plastique, dit-il.

– Je l'apporte, Chef.

Zélé. Pourquoi ses collègues se plaignaient-ils du Gros et du Maigre ? Il n'avait jamais eu aucun souci avec eux.

– JAS.

Le mot afrikaans pour « manteau ». Incompréhensible.

Jimmy lui apporta un sac Ziploc transparent et le lui tint ouvert. Joubert y déposa le carnet de façon à ce que les lettres soient visibles. Jimmy referma la fermeture à glissière.

– Merci, Jimmy.

– De rien, Chef.

Joubert se pencha à nouveau par la portière ouverte et regarda attentivement sous le siège. Il y avait un stylo, mais rien d'autre.

Il sortit son propre stylo de sa poche et s'en servit pour faire glisser l'autre jusqu'à ce qu'il puisse l'attraper. Il le leva pour mieux le voir. Un Montblanc StarWalker Cool Blue. Sur la hampe bleu foncé, on distinguait vaguement deux empreintes sanguinolentes.

Il fit demi-tour et se dirigea vers Jimmy en pensant aux pièces à conviction. Le sang sur le calepin ne signifiait pas forcément grand-chose. Mais les empreintes sanglantes sur le stylo, si. Mbali Kaleni avait tracé les lettres J, A et S, après avoir été touchée. JAS ?

Un meurtrier avec un manteau ? Ou était-ce un mot zoulou ?

Il attrapa son téléphone. Il allait devoir le découvrir.

39

La directrice du City Park Hospital, une femme soignée d'une quarantaine d'années, hocha simplement la tête trois fois pendant que Griessel parlait.

– Un moment, s'il vous plaît, capitaine, dit-elle avant de disparaître d'un pas vif derrière les portes vitrées marquées « Salle d'opération, personnel autorisé uniquement ».

Incapable de rester en place, Benny gagna le bureau des infirmières et revint aux portes de la salle d'opération. Faites que l'enfoiré vive, s'il vous plaît, juste assez longtemps pour obtenir ce qu'il voulait. Il regarda sa montre. Presque trois heures moins vingt-cinq. Il s'était écoulé trop de temps depuis qu'ils l'avaient enlevée. Trop d'alternatives. Mais ils n'avaient pas tué Rachel Anderson parce qu'ils cherchaient quelque chose. C'était sa seule chance, son seul espoir.

Quelque chose lui traversa l'esprit de manière presque inconsciente, visions fantomatiques, fugaces et intangibles ne laissant qu'une vague impression ce matin. Il resta immobile et ferma les yeux. De quoi s'agissait-il ? Son cerveau semblait lui dire que non, le salopard blessé n'était pas son seul espoir. Il y avait autre chose. Il devait reprendre au début. Ce matin, que s'était-il passé ? Au cimetière ? Quelles étaient les choses importantes ? Le sac à dos, bretelles coupées pour le prendre à Erin Russel...

La directrice surgit entre les portes et s'approcha de Griessel. Elle commença à parler avant même de l'avoir rejoint.

– Capitaine, il a eu la carotide coupée relativement haut, j'en ai peur, là où elle n'est pas tellement protégée. Il a perdu énormément de sang, c'était un code bleu, mais ils ont réussi à le ranimer. Son état est critique, ils essaient toujours de refermer la blessure, une procédure très délicate vu les circonstances, en particulier parce que sa tension est extrêmement faible et que le saignement n'a pas pu être entièrement maîtrisé. Mais j'ai bien peur qu'il vous soit impossible de lui parler dans les cinq ou six prochaines heures. Même alors, je doute que vos échanges aient la moindre signification. Apparemment, ses cordes vocales ont été endommagées, jusqu'à quel point, on l'ignore encore.

Il digéra l'information, faillit pousser un juron de frustration, mais réussit à le ravaler.

– Docteur, ses vêtements... je veux ses vêtements, tout ce qu'il avait sur lui.

*

– Je vais appeler, dit Bill Anderson d'un ton résolu.

Il se leva brusquement du canapé en cuir et se dirigea vers le téléphone posé sur son bureau. Il regarda le numéro qu'il avait noté, souleva le combiné et le composa. Il resta debout à écouter le silence sur la ligne, puis la sonnerie claire comme du cristal à l'extrême sud d'un autre continent.

*

Le téléphone de Griessel sonna. Il regarda l'écran, vit qu'il s'agissait de MAT JOUBERT.

– Mat ?

– Benny, j'ignore ce que ça signifie, mais Mbali Kaleni a écrit le mot « jas » dans son carnet et je suis pratiquement sûr que c'est après avoir été blessée. Il y a des empreintes pleines de sang sur le stylo et des éclaboussures sur la première page. J'ai pensé que c'était peut-être du zoulou, mais apparemment non.

– Jas ?

Puis il entendit la tonalité d'un autre appel entrant en arrière-plan.

– Mat, ne quitte pas.

Il vit le long numéro, le code inhabituel et sut de qui il s'agissait.

– Mon Dieu !

Il ne pouvait pas leur parler maintenant, il en était incapable : que leur aurait-il dit ? Que pouvait-il leur dire ? Désolé ? Ils devaient être extrêmement inquiets parce qu'il n'avait pas appelé. C'était leur enfant. Ils avaient le droit de savoir.

– Mat, je te rappelle.

Il permuta les lignes et dit :

– Monsieur Anderson ?

– Oh, Dieu merci, capitaine, nous étions très inquiets. Est-ce que Rachel va bien ?

Merde.

– Monsieur Anderson, Rachel n'était pas à l'adresse qu'elle m'avait donnée. Nous essayons toujours de retrouver sa trace et nous sommes en bonne voie.

– Elle n'était pas là ? Comment est-ce possible ?

– Je ne sais pas, Monsieur. Honnêtement, je ne sais pas.

*

Deux jeunes gens fonceurs et sûrs d'eux entrèrent dans l'auberge de jeunesse du Cat and Moose et se dirigèrent droit sur la fille rondelette de la réception.

– Salut !, dit le Noir en souriant. On vient chercher les affaires de Rachel.

– Qui ?

– Rachel Anderson, la jeune Américaine. Vous savez, celle qui a disparu.

– Vous êtes de la police ?

– Non, on est des amis.

– Je vous connais ?, demanda la fille généreusement dotée par la nature.

– Je ne crois pas. Alors, où sont ses bagages ?

– En bas, dans la chambre, avec la police. Ils l'ont retrouvée ?

– Avec la police ?

Son affabilité diminua d'un cran.

– Oui, ils gardent la chambre. Pistolets et tout. Vous allez devoir leur parler. Ils ont retrouvé la fille ?

Ils ne lui répondirent pas. Se regardèrent. Puis sortirent.

– Hé !, cria la fille, mais ils ne jetèrent même pas un regard en arrière.

Elle contourna le comptoir de la réception et se précipita sur le trottoir de Long Street. Les vit qui s'éloignaient rapidement. Ils se retournèrent une fois et disparurent au coin de la rue.

– Toi, je te connais, dit-elle en se dépêchant d'aller trouver les deux hommes qui gardaient les bagages.

*

Il voulut lui enlever ses chaussures de sport. Elle appuya ses pieds de toutes ses forces sur le sol en ciment, il poussa un juron, se releva et la faucha violemment avec ses bottines.

Ses jambes partirent en avant et elle atterrit brutalement sur les fesses. Elle plongea et essaya de se redresser et de cacher à nouveau ses pieds sous elle, mais un des autres types lui avait attrapé les jambes et les lui maintenait férocement.

– Dieu du Ciel, quel numéro !, s'exclama Jay.

Elle lui cracha dessus, mais rata son coup. Essaya de libérer ses jambes. Rien à faire. Jay commença à défaire ses lacets et lui retira sa chaussure. Il plissa le nez à l'odeur.

– Vous, salopes de Yankees, vous changez jamais de chaussettes ?

Elle cracha une fois encore, sans effet. Il avait détaché les autres lacets, il lui ôta sa deuxième chaussure, la balança de côté et lui enleva ses chaussettes.

– T'as intérêt à bien lui tenir la jambe, dit-il au troisième homme. Ça va la rendre dingue.

Il tendit la main vers les cisailles, un outil énorme avec des poignées vertes.

– Ok, une dernière fois. Où est la vidéo ?

– Morte et enterrée, répondit-elle.

À présent, ils étaient deux à lui maintenir les jambes en pesant dessus de tout leur poids, de sorte que ses talons appuyaient douloureusement sur le sol en ciment.

– Non, dit Jay à un des types. Je veux qu'elle voie ce que je fais. Bouge un peu.

Il lui saisit le pied droit, la main sur la partie charnue et le gros orteil. Il approcha les cisailles, la regarda, coinça le petit doigt dans les lames. Elle se débattit de toutes ses forces. Ils étaient trop forts pour elle. Il referma les cisailles. La douleur fut immédiate et immense. Elle hurla malgré elle, un hurlement dont elle ne se serait pas crue capable.

Le sang fit coller l'orteil aux lames argentées. Jay secoua les cisailles et le bout de chair et d'ongle atterrit dans la poussière.

– *This little piggy*[1]..., dit celui qui lui tenait la jambe droite en gloussant nerveusement.

Elle criait hystériquement.

– Où est la vidéo ?, demanda Jay en lui reprenant le pied.

– Va te faire foutre !, hurla-t-elle.

Il eut un rictus, lui maintint fermement le pied, referma les lames autour du second orteil et coupa.

– Dans mon grand sac !, cria-t-elle d'une voix suraiguë, car la souffrance, la brutalité et l'humiliation étaient trop fortes.

– Bien. Où est le sac ?

– À l'auberge de jeunesse.

C'est alors que le téléphone de Jay sonna, les faisant tous sursauter de peur.

*

La directrice repassa les portes vitrées avec un grand sac plastique transparent qui contenait des vêtements tachés de sang.

– Je suis vraiment désolé, dit Benny Griessel à Bill Anderson, mais il faut que j'y aille. S'il y a du nouveau, je vous rappelle, je vous le promets.

Silence au bout du fil.

– Je n'ai pas l'impression que vos promesses valent grand-chose, rétorqua l'Américain avant de raccrocher avec un clic audible.

Griessel resta cloué sur place, partagé entre l'injustice de la situation et le fait de savoir qu'en tant que père, il aurait réagi de la même façon.

La directrice lui tendit le sac.

1. Début d'une comptine pour enfants intitulée *This Little Piggy* et jouant avec les orteils (*N.d.T.*).

– Capitaine, c'est tout ce qu'on a, je ne sais pas si ça va vous aider.

Il revint à la réalité, remit son téléphone dans sa poche et prit le sac en plastique.

– Vous auriez une paire de gants en caoutchouc dans le coin ?

– Mademoiselle, allez chercher une paire de gants chirurgicaux pour le capitaine, ordonna-t-elle.

L'infirmière s'éloigna au trot dans le couloir.

– Ce sera tout, capitaine ?

– Docteur, ma collègue, l'inspecteur Kaleni ?

– La Noire ?

– Oui. Des nouvelles ?

– Elle a plus de chances de s'en sortir que le jeune homme qui est là-dedans. Sa blessure par balle au cou… il semblerait que la mâchoire ait dévié le projectile, ce qui fait que seul le bord de l'artère carotide a été touché, au-dessus de la quatrième cervicale. Apparemment, le saignement a été pris en main sur la scène de crime, ce qui a fait une grosse différence.

– Elle va s'en sortir ?

– Il est trop tôt pour le dire.

L'infirmière revint avec les gants.

– Merci, dit-il.

– Faites-moi savoir si vous avez besoin de quelque chose, ajouta la directrice en s'éloignant vers l'ascenseur.

– Merci beaucoup, Docteur, dit-il en posant le grand sac plastique sur le bureau des infirmières.

Il enfila les gants en hâte. Il semblait y avoir un pantalon, une chemise, une paire de bottines marron… Il ouvrit le sac et en sortit la chemise. C'était un tee-shirt blanc, noir de sang séché. Pas de poche de poitrine, donc. Il sortit ensuite les chaussures et les mit de côté. Puis le pantalon, un jean avec une vieille ceinture en cuir. Il palpa les poches et en extirpa un trousseau de clés, qu'il examina. Des clés de voiture avec Mazda écrit dessus, quatre autres clés... deux qui ouvraient vraisemblablement une porte de maison et deux autres plus petites. Des clés de cadenas ? Inutile. Il posa les clés à côté des chaussures. Rien d'autre dans cette poche-là. Dans l'autre, il trouva un mouchoir, propre et soigneusement plié. Il retourna le pantalon et se rendit immédiatement compte que les poches arrière étaient vides. Mais il y avait quelque chose de lourd accroché à la ceinture, une bourse en cuir brun-rouille avec un rabat protégeant un objet. Il ouvrit le rabat.

Quelque chose était écrit à l'intérieur, mais il se concentra sur le contenu de la bourse – un Leatherman, semblait-il. Il le sortit. Poignées rouges, gravées de l'inscription Leatherman et Juice Cs4. La pince multi-usages n'était pas neuve et portait des traces d'usure. Des empreintes, il pouvait en tirer des empreintes. Il se focalisa sur le rabat, le souleva à nouveau. Trois lettres y étaient tracées au feutre indélébile : A.O.A.

Des initiales ?

– C'est quoi ton nom, enfoiré ? Andries ?

Il repensa à Joubert, au mot que Mbali avait griffonné. Jas. Il devait rappeler Mat, mais d'abord, il fallait en terminer avec ça. Il remit le Leatherman dans son étui et revint au sac plastique. Il ne restait qu'un sous-vêtement et une paire de chaussettes. Il les sortit et les retourna en tous sens, cherchant d'autres initiales, une étiquette de blanchisserie, n'importe quoi, mais il n'y avait rien.

– A.O.A. – Jas ?

– Mademoiselle, dit-il à l'infirmière, vous auriez un petit sac plastique par hasard ?

Il retira la ceinture marron des passants du pantalon et enleva la bourse.

Elle acquiesça d'un air contrit et se montra empressée, après le bon exemple donné par sa supérieure. Elle fouilla sous son bureau et en sortit un sachet de comprimés vide.

– C'est parfait, dit Griessel, merci beaucoup.

Il glissa le Leatherman, avec l'étui et le reste, dans le sachet. Puis il mit le sachet dans sa poche de poitrine. Remit le reste des vêtements dans le grand sac et leva les yeux. L'infirmière le fixait attentivement, comme s'il allait opérer un miracle d'un instant à l'autre.

Il ôta les gants en caoutchouc, hésita, où pouvait-il les jeter ?

– Donnez-les-moi, dit-elle doucement.

Il hocha la tête en guise de remerciement, les lui passa, sortit son téléphone portable et appela Mat Joubert.

– Benny, répondit la voix grave.

– Jas ?, dit Griessel.

– J.A.S. Juste ces trois lettres. Tu as trouvé quelque chose ?

– Trois autres lettres. A.O.A. Avec des points entre chaque. À mon avis, ce sont les initiales de cette enflure.

– Ou une abréviation.

– C'est possible.

– J.A.S. Ça pourrait aussi être une abréviation, je ne sais pas… Ou un suspect avec un manteau, vu le temps…

Il y eut comme une étincelle au fond du cerveau de Benny Griessel, deux pensées se télescopèrent… puis tout disparut.

– Redis-moi ça.

– J'ai dit que J.A.S pourrait aussi être une abréviation.

Rien, l'intuition s'était enfuie sans laisser de trace.

Son téléphone sonna doucement dans son oreille. Quoi encore ? Il vérifia. C'était le standard de Caledon Square.

– Mat, j'ai un autre appel, on se reparle.

Il tritura les touches du téléphone.

– Griessel.

455

– Capitaine, répondit le sergent, deux hommes viennent juste d'essayer de récupérer les bagages de la fille à l'auberge du Cat and Moose.

Le cœur de Griessel fit un bond dans sa poitrine.

– Vous avez coincé ces enfoirés ?

– Non, capitaine, ils se sont enfuis, mais la responsable dit qu'elle connaît l'un d'eux.

– Nom de Dieu, dit Griessel en s'emparant du sac plastique et en se mettant à courir. J'arrive !

– Très bien, capitaine.

– Comment ça se fait que vous soyez déjà au courant pour la promotion ?, demanda Griessel en débouchant dans la rue tel un ouragan et évitant de justesse deux écolières.

– Les bonnes nouvelles vont vite, répondit le sergent, mais Griessel n'entendit pas, trop occupé qu'il était à s'excuser auprès des jeunes filles.

40

La femme en charge de l'administration de la police métropolitaine du Cap sortit le formulaire d'un fichier. Elle fronça les sourcils en disant :

– C'est drôle…

Vusi attendit qu'elle s'explique. Troublée, elle posa l'imprimé d'un côté et se mit à feuilleter le dossier, cherchant apparemment quelque chose.

– J'aurais juré…, commença-t-elle.

– Madame, quel est le problème ?

– Je n'arrive pas à trouver le reçu.

– Quel reçu ?

Elle poussa le fichier et commença à sortir des documents d'un panier haut de trois étages.

– D'après l'imprimé, la fourrière et les amendes ont été payées…

– Est-ce que ça aiderait si on savait qui a signé ?

– Les gens, ils signent avec des pattes de mouche.

Elle continua à chercher dans les différents plateaux du courrier entrant, en vain, reprit l'unique feuille de papier, l'étudia minutieusement et posa un ongle dessus.

– Regardez, les deux cases ont clairement été cochées… infraction au code de la route, amende réglée, ainsi que les frais de fourrière. Mais il n'y a aucun reçu…

– Est-ce que c'est la seule façon de retirer un véhicule de la fourrière ?

– Non, les autres possibilités sont « sur ordre du tribunal » et lorsque la réclamation est jugée valable – elle lui montra les cases adéquates. Mais même dans ce cas-là, il devrait y avoir des pièces pour confirmer l'opération…

– Madame, la signature…

Elle observa fixement le gribouillis au bas du formulaire.

– On dirait… je n'en suis pas sûre, ça pourrait être Jerry…

– Qui est Jerry ?

– L'inspecteur en chef Jeremy Oerson. Mais je n'en suis pas sûre… ça ressemble à sa signature.

– Est-ce qu'on pourrait essayer de le vérifier ?

– Vous, vous pouvez. Moi, je suis débordée.

– Est-ce que je pourrais avoir une copie du formulaire ?

– Ce sera cinq rands.

Vusi sortit son portefeuille.

– Non, ce n'est pas à moi qu'il faut payer, c'est au caissier du rez-de-chaussée et ensuite, vous devrez me rapporter le reçu.

L'inspecteur Vusi Ndabeni la dévisagea, l'impatience qui frémissait en lui se réveillant peu à peu.

– Ce serait peut-être plus simple de demander tout bonnement à Oerson. Il est au deuxième étage.

*

Fransman Dekker vit Griessel tourner en courant le coin du City Park Hospital, cria son nom, mais l'inspecteur blanc avait disparu. Probablement mieux ainsi, se dit-il parce qu'il voulait tout reprendre depuis le début et réexaminer le terrain que Griessel avait couvert ce matin. Il voulait aussi interroger à nouveau Alexa. Quelle que soit la façon dont il abordait l'affaire, on en revenait toujours à un proche d'Adam Barnard. Quelqu'un qui savait des choses.

Et pas le genre de choses auxquelles Michèle Malherbe avait fait allusion. « Malheureusement, inspecteur, l'état de cette chère Alexandra est connu de tous. Particulièrement dans l'industrie du disque. » Il connaissait les femmes dans son genre, le genre « je n'ai rien vu, rien entendu, rien dit de mal ». Assise là, drapée dans sa dignité, vous voyez, je suis une Afrikaner convenable, un pilier de la communauté, je suis profondément en deuil, mais elle avait couché avec Barnard alors qu'ils étaient tous les deux mariés. Lui, Fransman Dekker, connaissait ce genre de femmes, habillées comme des nonnes, guindées, désapprobatrices, mais déchaînées au lit. Il en avait eu une, l'année précédente, une Blanche de Welgemoed, la voisine de quelqu'un dont on avait volé la voiture. Il avait frappé à sa porte à la recherche de témoins. Elle avait peur d'ouvrir, les yeux écarquillés derrière ses lunettes, le chemisier boutonné jusqu'au menton. Quarante ans tout juste passés, femme au foyer, les enfants à l'école, le mari au travail. Quand il avait eu fini de poser ses questions, il avait perçu quelque chose en elle, comme une réticence à le laisser partir.

– Vous voulez du thé ?, avait-elle demandé sans même pouvoir le regarder dans les yeux.

Il avait alors compris, parce que ce n'était pas la première fois que ça lui arrivait.

Et il avait répondu, « s'il vous plaît », prêt pour l'aventure, curieux de découvrir ce qui se cachait sous les chastes vêtements. Et il avait pris la conversation en main – « vous devez vous sentir seule à la maison » et, avant même d'avoir vidé leurs tasses, elle lui avait parlé de son mariage qui battait de l'aile et il avait su quoi lui répondre pour la préparer, pour qu'elle s'ouvre à lui. Dix minutes plus tard, ils s'étaient empoignés et elle était affamée, affamée, affamée, il avait dû lui tenir les mains… c'était une griffeuse.

– Je suis marié, avait-il dit pour éviter qu'elle ne lui laisse des marques dans le dos.

Un corps ravissant. Un chat sauvage.

Et les mots qu'elle lui avait criés pendant qu'il la baisait sur le grand canapé blanc du salon.

Il sortit son badge de la SAPS, le leva pour que la femme à la réception de City Park puisse le lire et dit :

– Je veux voir Alexandra Barnard.

– Oh, dit-elle avant de soulever le combiné du téléphone, un moment.

*

En arrivant à sa voiture, Griessel envisagea un instant de faire les six pâtés de maisons en courant, mais… et si ensuite, il devait partir de là-bas à toute vitesse ? Il sauta dans le véhicule et démarra. Son téléphone sonna. Il poussa un juron en bataillant pour le sortir de sa poche.

FRITZ. Son fils. Ses impressions quant à la soirée précédente lui tombèrent à nouveau dessus, le rendez-vous avec Anna à sept heures lui faisant regarder sa montre d'instinct, trois heures moins le quart, encore quatre heures. Devrait-il appeler pour lui dire que ça allait être compliqué pour ce soir ?

– Fritz ?, dit-il en se demandant si son fils était au courant des intentions d'Anna.

– Papa, j'en ai assez de l'école.

– Qu'est-ce que tu veux dire ?

– Papa, on a ce gros contrat…

– « On » ?

– Le groupe, Papa. Wet & Orde, c'est notre nom, mais tu ne prononces pas le « et », c'est juste le signe « et », tu vois, ça ressemble à un « s », Papa.

– Une esperluette.

– Peu importe. Wet & Orde, comme ton boulot, Loi &
Ordre, c'était mon idée, Papa. C'est cool, tu ne trouves
pas ?

– Et maintenant, tu quittes l'école ?

– Oui. Papa, ce concert, on fait la première partie de
Gian Groen et de Zinkplaat pour une tournée, Papa, ils
parlent de vingt-cinq mille par mois, c'est plus de six
mille par musicien.

– Et… ?

– Je n'ai plus besoin d'aller au lycée, Papa.

*

Le coup de fil arriva à quatorze heures quarante-huit, au
bureau du commissaire de la province du Cap-Occidental.
Le petit Xhosa prit la communication, préalablement mis
en garde par son secrétaire. C'était Dan Burton, le consul
américain.

– Monsieur Burton ?

– Commissaire, pourriez-vous, s'il vous plaît, m'expliquer ce qui se passe ?

Le commissaire se redressa derrière son bureau.

– Oui, Monsieur, je peux vous expliquer ce qui se passe.
Tous les officiers de police disponibles au Cap sont actuellement à la recherche de la jeune fille. Nous avons ce
que nous croyons être le meilleur inspecteur de la Péninsule à la tête de la brigade d'intervention et ils font tout
ce qui est en leur pouvoir, en ce moment même, pour
essayer de retrouver la jeune fille en question.

– Je comprends tout à fait, Monsieur, mais je viens
juste de recevoir un appel de ses parents, et ils sont très,
très inquiets. Apparemment, elle était saine et sauve,
elle a appelé ce capitaine Ghree-zil, mais il a pris son
temps pour se rendre sur place et découvrir qu'elle n'était
plus là.

461

– Ce ne sont pas les informations que j'ai reçues, Monsieur…

– Savez-vous ce qui se passe ? Savez-vous qui sont ces gens ? Pourquoi la pourchassent-ils comme un animal ?

– Non, nous l'ignorons. Tout ce que je peux vous dire, c'est que nous faisons notre maximum pour la retrouver.

– Apparemment, Monsieur, ça ne suffit pas. Je suis vraiment désolé, mais je vais devoir en référer au ministre ; il faut faire quelque chose.

Le commissaire se leva.

– Hé bien, Monsieur, n'hésitez pas à appeler le ministre. Mais je ne suis pas sûr que nous puissions faire grand-chose d'autre.

Il reposa le combiné et sortit, enfila le couloir jusqu'au bureau de John Afrika tout en lâchant un mot dans sa langue maternelle dont le clic se répercuta sur les murs[1].

*

Elle ne les entendait pas s'engueuler de l'autre côté de la porte en bois. Elle était affalée, dos nu contre le pilier, une douleur épouvantable dans le pied, le sang coulait toujours des deux moignons et les orteils coupés traînaient sur le ciment. Tête baissée, elle pleurait, des larmes et des glaires lui coulaient du nez, de la bouche et des yeux.

Il ne lui restait plus rien.

Rien.

*

On annonça à Vusi Ndabeni que l'inspecteur en chef Jeremy Oerson était sorti. Il pouvait le joindre sur son

1. Le xhosa est une langue où les « clics » – ou claquements sonores de la langue – sont nombreux (*N.d.T.*).

portable. Ils affichaient cette même attitude renfrognée
– du genre « ce-n'est-pas-mon-problème » – et cette
supériorité à peine voilée qu'il n'arrivait pas à comprendre. Ç'avait été comme ça toute la journée – Queue
de Cheval au club, la Russe, l'homme de la fourrière, la
femme de l'administration, tout le monde s'en fichait, se
dit-il. Dans cette ville, c'était chacun pour soi.

Il lutta contre son malaise grandissant, sa frustration.
Il devait essayer de comprendre ces gens, c'était la seule
façon de faire. Il prit le numéro de téléphone mais avant
qu'il ait pu appeler, on lui lança :

– Le voilà qui arrive.

Vusi se retourna, reconnut l'homme en question – c'était
celui qui se trouvait à l'église ce matin-là –, uniforme
épouvantable, plus aussi soigné à présent, visage luisant
de sueur.

– Inspecteur Oerson ?, demanda-t-il.

– Quoi ?

Pressé, agacé.

– Je suis l'inspecteur Vusumuzi Ndabeni, de la SAPS.
Je suis ici pour un véhicule qui a été retiré de la four-
rière à douze heures trente-quatre, une fourgonnette
Peugeot Boxer, CA 409-341…

– Et alors ?, lança Oerson en continuant de marcher
vers son bureau.

Vusi le suivit, sidéré par son attitude.

– Il semblerait que ce soit vous qui ayez signé le formulaire.

– Vous savez combien d'imprimés je signe ?, rétorqua Oerson, debout devant la porte fermée du bureau.

Vusi inspira profondément.

– Inspecteur, vous étiez sur la scène de crime ce matin,
l'Américaine…

– Et alors ?

– Ce véhicule a été utilisé pour enlever son amie.
C'est notre seule piste. Elle est en grand danger.

– Je ne peux pas vous aider, j'ai juste signé le formulaire, répondit Oerson en haussant les épaules et posant la main sur la poignée de la porte. Tous les jours, elles se pointent ici en courant, les nanas d'en bas, pour que quelqu'un signe. Je me contente de vérifier que tout est en ordre.

Derrière la porte, un téléphone se mit à sonner.

– Mon téléphone, dit Oerson en ouvrant.

– Tout était-il en ordre avec ce véhicule ?

– Je n'aurais pas signé si ça n'avait pas été le cas.

Le téléphone sonnait toujours.

– Mais ils disent qu'il n'y a ni reçu ni rien d'autre.

– Tout était correct quand j'ai signé, répéta Oerson en entrant dans le bureau et en en refermant la porte.

Vusi resta planté sur place.

Comment les gens pouvaient-ils se comporter ainsi ?

Il posa une main sur le chambranle de la porte fermée. Il devait les ignorer, il avait un travail à faire. Le mieux, c'était de reprendre tout le processus depuis le début. Par où est-ce qu'on commence quand on veut retirer un véhicule de la fourrière, qui recueille vos coordonnées, est-ce que quelqu'un demande une pièce d'identité ?

Il soupira, prêt à faire demi-tour, quand il entendit Oerson dire quelque chose qui lui sembla familier… « Cat and Moose… Attends, ne quitte pas… »

Vusi se figea, comme envoûté.

La porte se rouvrit brusquement et le visage accusateur d'Oerson apparut.

– Qu'est-ce que vous fabriquez encore là ?

– Rien, répondit Vusi en s'éloignant.

Arrivé au milieu du couloir, il se retourna. Oerson était appuyé contre la porte et surveillait ses mouvements. Vusi continua de marcher. Il entendit la porte se refermer. S'arrêta au niveau de l'escalier.

Le Cat and Moose ? Qu'est-ce qu'Oerson avait à voir avec ça ?

Coïncidence ?

Oerson y était ce matin-là, très tôt. Un inspecteur en chef de la Métro.

C'était lui qui avait trouvé le sac à dos. C'était lui qui s'était approché d'eux, bravache, avec le sac, lui qui avait fouillé dedans avant de le leur donner. Au club, Benny Griessel avait parlé à Fransman Dekker, avait dit à ce dernier d'appeler Oerson à propos du sac d'affaires qu'ils avaient ramassé.

Oerson avait signé le formulaire. Son attitude, son arrogance, la sueur sur son front.

Le Cat and Moose.

Un traître.

Vusi se demanda s'il devait téléphoner à Griessel d'abord. Il décida que non. Benny avait un millier de choses à penser.

Il fit demi-tour et regagna la porte fermée.

41

On répondit à Fransman Dekker qu'il ne pouvait pas voir Alexandra Barnard pour l'instant. « Le docteur dit qu'elle est sous traitement », comme si c'était parole d'évangile, ce qui l'énerva au plus haut point. « Vous êtes obsédés par le médecin, j'emmerde le médecin » – voilà ce qu'on devrait leur dire de temps en temps, mais il se retint. Les paroles de Benny Griessel avaient fait mouche.

« On dit que tu as de l'ambition. À présent, écoute-moi bien, j'ai foutu ma carrière en l'air parce que j'étais incapable de me contrôler... »

C'était la première fois de sa vie que quelqu'un lui parlait comme ça. C'était la première fois que quelqu'un s'en donnait la peine. Les meilleurs d'entre eux l'avaient laissé tomber, mais c'était différent, généralement guère plus que de la désapprobation et des critiques. Avec Griessel, c'était autre chose.

– Quand est-ce que je pourrai la voir ?, demanda-t-il après avoir repris le contrôle de lui-même.

– Après seize heures, selon le médecin ; l'effet des médicaments devrait s'être estompé.

Il jeta un coup d'œil à sa montre. Trois heures moins dix. Autant aller manger quelque chose, il se sentait vidé de l'intérieur, et il avait soif. Ça lui donnerait l'occasion de réfléchir, que pouvait-il faire d'autre de toute façon, il avait laissé Josh et Melinda repartir chez eux.

– Je veux que vous me préveniez si vous quittez la ville, avait-il lancé, menaçant, en évitant leur regard lourd de reproches.

Puis il était allé trouver Natasha et lui avait demandé les coordonnées détaillées de tous les membres de l'équipe. Sans un mot, elle lui avait clairement fait comprendre qu'elle savait pourquoi il les voulait.

Il quitta l'hôpital, affamé.

*

Vusi s'approcha de la porte et tendit l'oreille. On parlait anglais. « Mais s'ils ne savent pas ce qu'ils cherchent, y a qu'à attendre. Tôt ou tard, ils vont déplacer le truc. » Long silence. « On est absolument sûrs ? » Un rire court, comme un aboiement, méprisant. Puis les mots qui lui glacèrent le cœur : « Vous vérifiez et ensuite, éliminez-moi cette salope. Avant qu'elle ne foute tout en l'air. Mais vous m'attendez, je veux voir… »

La main de Vusi descendit jusqu'à son arme de service, l'empoigna et la sortit. Il leva la main gauche pour ouvrir la porte, vit combien elle tremblait, se rendit compte que son cœur battait la chamade et qu'il avait le souffle court ; il était à deux doigts de la panique.

Non, je suis à l'abri. Ils n'ont rien, aucune preuve. Oerson à l'intérieur, tellement suffisant.

Vusi réfléchit, figé sur place. Parce que tout ce qu'il avait, c'était des soupçons et une conversation téléphonique. Il entraperçut ce qui allait se passer dans les minutes à venir : il ferait irruption dans le bureau, Oerson nierait tout en bloc, il l'arrêterait et ce dernier refuserait de coopérer, demanderait un avocat, ça pouvait prendre des heures et la fille mourrait. Ce serait la parole d'Oerson contre la sienne.

« J'arrive », avait dit Oerson. « Vous m'attendez. »

Vusi Ndabeni murmura une prière. Que faire ?

Il rengaina son pistolet, fit demi-tour et enfila le couloir en courant. Il devait suivre Oerson. Et contacter Benny.

Oh, mon Dieu, il ne devait pas laisser cet homme lui glisser entre les doigts.

*

Il n'y avait pas de place dans Long Street. Un véhicule de patrouille de la SAPS était déjà arrêté en double file. Griessel se gara à cheval sur le trottoir, devant l'agence de voyage spécialisée dans les safaris qui jouxtait le Cat and Moose, sauta hors de la voiture et, voyant la préposée une centaine de mètres plus bas dans la rue, comprit qu'il allait se payer une amende. Il marmonna un juron, ferma le véhicule et trottina jusqu'à l'entrée de l'immeuble aux couleurs criardes, orange et rose. Il évita un jeune couple qui discutait à la porte dans une langue étrangère. La fille rondelette se trouvait derrière le guichet, plongée dans une discussion animée avec deux hommes en tenue, une des patrouilles de Caledon Square. Il se précipita vers eux. Elle ne le reconnut pas.

– Benny Griessel, SAPS, dut-il annoncer. Je suis passé ce matin. D'après ce que j'ai entendu dire, vous auriez reconnu un des hommes.

Son visage changea en un clin d'œil, de réceptionniste anxieuse à témoin indigné.

– Je viens d'expliquer à vos collègues, ils sont entrés ici comme dans un moulin en disant qu'ils venaient chercher les bagages, vous vous rendez compte ?

– Et vous avez reconnu l'un d'eux ?

– Ils ont essayé de bluffer pour que je les laisse passer, en racontant qu'ils étaient des amis, ils me prennent pour une idiote ?

– Mais vous connaissiez l'un d'eux ?

469

– Je ne le connais pas vraiment, mais je l'ai déjà vu. Alors j'ai simplement dit : « Les gars, pourquoi vous n'allez pas en parler à l'équipe du SWAT là-dedans ? » Et là, ils se sont comme figés sur place, et après…

– Une équipe du SWAT ?, répéta Griessel.

– Oui, les types de chez vous qui gardaient les bagages dans la chambre, tout ce que je sais, c'est qu'ils sont ressortis tout de suite, l'air de rien.

– Mademoiselle, où avez-vous vu cet homme ?

– Ici…, répondit-elle avec un geste de la main dont Griessel ne comprit pas vraiment ce qu'il était censé englober.

– Dans l'auberge ?

– Hé bien, il a pu y venir, mais je l'ai vu dans le coin, vous voyez, il est dans le business, je suis sûre.

– Quel business ?

– Le business du tourisme.

Comme si ça coulait de source.

– Écoutez, dit Griessel, voulant désespérément tirer quelque chose de la discussion, la vie d'une jeune fille dépend du fait que nous réussissions à identifier ce type, que vous vous souveniez où vous l'avez vu, alors, s'il vous plaît…

– Vraiment ?

Avec une telle responsabilité sur les épaules, l'indignation s'évapora et l'enthousiasme prit sa place.

– Hé bien, ok, écoutez… je… je sais que je l'ai vu au café…

– Quel café ?

– Au Long Street Café.

– Il travaille là-bas ?

– Non, c'était plutôt… un client…

Très sérieuse, les yeux plissés, l'image même de la concentration.

Griessel tenta une autre approche.

– Ok, vous pouvez me le décrire ?

– Il est noir. Grand. Beau mec, vous voyez, dans les vingt et des poussières… Puis son visage s'éclaira. Il est comme qui dirait, sec, vous voyez, le genre d'allure… comme tous les guides, c'est sûrement là que je l'ai vu, au café avec les autres.

Mais Benny Griessel ne l'écoutait pas, parce que la chose insaisissable et fuyante dans son esprit était en train de lui fondre dessus, il dut la faire taire et dit :

– Attendez, attendez…

– Quoi ?, lança-t-elle, mais il ne l'entendait plus, se passa la main dans les cheveux, s'attarda dans le cou.

Se gratta derrière l'oreille, pencha la tête, l'esprit confus, il devait mettre de l'ordre dans ses pensées. Ce matin… Il regarda vers la droite, là où ils avaient parlé à Oliver Sands ce matin, voilà ce que son cerveau avait tenté de lui souffler tout l'après-midi, bon Dieu, c'était cette conversation. Il essaya de s'en souvenir, tâtonna dans le noir. Ollie avait parlé du club, des filles au club…

Non. Rien. Mauvaise piste.

Il observa la fille derrière le guichet, l'air renfrogné après s'être fait rembarrer. Elle avait dit : « Il est, comme qui dirait, sec, vous voyez, le genre d'allure… comme tous les guides », c'était ça le déclic : les guides. Qu'avait dit Sands à ce propos ? C'était Vusi qui posait les questions dans la matinée. Il voulait savoir qui se trouvait avec Sands et les filles dans le club. Sands avait répondu qu'il y avait un tas de gens. Tout un groupe. Et quelque part, il avait glissé que les guides étaient là eux aussi.

« Nom de Dieu », murmura-t-il pour lui-même. Parce que le truc était pratiquement à portée de main, si seulement il pouvait mettre le doigt dessus. Il n'eut pas conscience du geste de frustration qu'il venait de faire, pas conscience des deux hommes en tenue et de la fille qui l'observaient fixement, l'air vaguement inquiet.

Son téléphone sonna. Il l'ignora. Pas maintenant. Il essayait de faire ressurgir de sa mémoire la conversation du matin. Debout devant le guichet, il posa les mains à plat dessus et baissa la tête. La fille recula d'un demi-pas.

*

Vusi Ndabeni, téléphone à l'oreille, entendit sonner le numéro de Benny et regarda Jeremy Oerson sortir précipitamment du bâtiment de la police métropolitaine et se diriger vers son véhicule.

– Réponds, Benny, dit-il en se mettant en route d'un pas vif vers sa propre voiture.

Oerson grimpa dans une Nissan Sentra marquée du logo de la police sur la portière.

Le téléphone continuait de sonner.

– Je t'en prie, Benny, mais l'appel fut redirigé vers la boîte vocale de Griessel juste au moment où Vusi arrivait à sa voiture, l'ouvrait et sautait dedans.

*

– Ça va ?, demanda la fille du Cat and Moose à Griessel.

Un des hommes en tenue comprit ce qui se passait et lui fit signe de se taire d'un doigt sur la bouche.

Benny ne bougeait pas. Lui, Vusi et Oliver Sands. Assis à une table. Sands en train de leur raconter qu'ils étaient arrivés avec le safari qui traversait l'Afrique. Ils avaient parlé de la nuit précédente. Du club. Des filles. De l'alcool. Qui était avec eux, avait demandé Vusi. Tout un tas de gens. Vous connaissez leurs noms ? Vusi avait son calepin à portée de main et Sands avait dit...

La réponse lui arriva comme un coup de poing, le faisant frissonner.

– Bordel !, s'exclama-t-il triomphalement d'une voix forte, faisant sursauter les autres.

Oliver Sands leur avait donné les noms, les drôles de noms, la drôle de prononciation, c'était ça qui lui avait couru sur le système tout l'après-midi, un nom, il l'entendait à présent, dans la bouche d'Ollie : Jason Dicklurk. Dicklurk. Quel drôle de nom, s'était-il dit le matin même. Dick Lurk. Mais la prononciation du rouquin… c'était ça, le problème. Nom de Dieu, il aurait dû faire le rapprochement. Le père de Rachel qui l'avait appelé Ghree-zil, seuls les Afrikaners arrivaient à prononcer leurs propres noms. Et une Zouloue. Mbali Kaleni. Elle lui avait téléphoné pendant qu'il se trouvait dans ce bureau avec le commissaire. « C'est l'inspecteur Mbali Kaleni, SAPS, Benny. » Accent zoulou, mais prononciation impeccable. « Nous avons retrouvé une Land Rover Defender dont le numéro correspond. Elle appartient à un type de Parklands, un certain M. J. M. de Klerk. »

Dicklurk, c'était de Klerk. J. M. de Klerk. Jason de Klerk. Un des guides.

– L'agence de voyage, dit-il à la fille. Avec quelle agence les filles voyageaient-elles ?

– L'agence de voyage ?, demanda-t-elle, intimidée par le ton pressant de Griessel.

– Vous savez, les gens qui leur ont fait traverser l'Afrique.

– Oh – froncement de sourcils durant une seconde puis son visage s'illumina – African Overland Adventures. C'est là qu'il travaille, le Noir, c'est là que je l'ai vu, ils réservent toutes leurs chambres chez nous, parfois je vais voir leur…

– Où sont-ils ?

– Juste un pâté de maisons plus bas. Mon Dieu, c'est là que…

– Montrez-moi, dit Griessel en courant vers la porte.

Elle le suivit, s'arrêta sur le trottoir, désigna la droite, de l'autre côté de la rue.

– Au coin, dit-elle.

– Venez, les gars, dit Benny Griessel aux hommes en tenue, tandis qu'une autre intuition se faisait jour dans son esprit.

A.O.A. : African Overland Adventures. Il embrassa la fille rondelette sur la joue avant de s'éloigner en courant.

Elle le regarda, interloquée.

42

Fransman Dekker avala une bouchée du sandwich poulet rôti mayonnaise qu'il tenait dans la main gauche tout en gribouillant dans son calepin de la droite.

Alexa Barnard. Son attitude ce matin.

Quelqu'un qui savait.

Une femme qui se terre chez elle toute la journée. Seule. Solitaire. Alcoolique. Qui a beaucoup de temps pour réfléchir à son mari, à sa vie, à son sort. Un mari d'une infidélité chronique, un homme incapable de ne pas poser les mains sur tout ce qui porte jupon. Un homme qui gagne beaucoup de fric pendant que sa femme pourrit lentement à la maison.

Impossible qu'elle ne se soit jamais demandé ce que serait la vie sans ce fumier, pensa Dekker. Il suffit de voir le sport national : louer les services d'un Métis pour tirer à votre place. Ou enfoncer une lame. Trois ou quatre cas rien que l'année passée. C'était une maladie, une putain d'épidémie.

« Allez, Sylvia, venez donc causer avec Madame, dites-moi où je peux trouver quelqu'un pour zigouiller le maître. »

Ou : « Sylvia, je vois que vous embarquez l'argenterie. Alors avant que j'appelle la police, on pourrait avoir une petite discussion. »

Ou encore : « Le maître a une assurance vie plutôt confortable, ma chère. De quel pourcentage est-ce qu'on parle si vous nous trouvez un tueur ? »

Quelqu'un qui savait. Deux femmes qui savaient absolument tout.

Un seul petit problème avec ça : on ne loue pas les services de quelqu'un pour faire croire qu'on l'a fait, selon les paroles exaltées du capitaine Benny Griessel. Mais oh, capitaine, mon capitaine, et si elle avait lu les journaux et découvert les erreurs commises par les autres filles. Et qu'elle s'était dit : « Je ne vais pas tomber dans le même panneau, je suis trop intelligente, je suis une ancienne pop star, je ne suis pas stupide. Je vais faire passer ça pour un coup monté, capitaine. Histoire d'écarter les soupçons. L'industrie du disque est une zone de guerre, ils chercheront de ce côté-là avant de s'occuper de moi. Et quand ce sera effectivement mon tour, hé bien, je suis une alcoolo, comment est-ce que j'aurais pu traîner le corps imposant de cet homme jusqu'en haut des marches ? Qu'est-ce que vous dites de ça, capitaine ? »

*

Jason. Ça devait être ça que Mbali Kaleni avait essayé d'écrire, se dit-il en fonçant vers African Overland Adventures et se faufilant parmi les piétons sur le trottoir.

Comment avait-elle su ? Qu'est-ce qui l'avait poussée à retourner à Upper Orange Street ? Qu'avait-elle vu que tout le monde avait manqué ?

Juste avant de s'engouffrer dans les portes, son téléphone se remit à sonner. Pas question de répondre. Il allait chopper Jason de Klerk et ensuite, retrouver Rachel Anderson.

Il fallait qu'elle vive.

*

John Afrika était assis, le téléphone à la main, et écoutait sonner le portable de Griessel. En face de lui se trouvait le commissaire de la province.

– Si on se trompe…

– Benny est *clean*, dit Afrika.

– John, on parle de ma carrière, là.

« C'est Benny, laissez un message », dit le répondeur. Afrika soupira et reposa le combiné.

– Il ne répond pas.

– Ils vont faire le ménage à l'arrivée de Zuma[1]. N'importe quelle excuse sera la bonne. Vous savez comment c'est. Zoulous dedans, Xhosas dehors.

– Commissaire, je comprends. Mais qu'est-ce que je suis censé faire ?

– Il n'y a personne d'autre ?

John Afrika fit non de la tête.

– Même si c'était le cas, c'est trop tard à présent – il regarda le téléphone. Benny est *clean*.

Plus aussi sûr de lui.

*

Jeremy Oerson tourna à gauche dans Ebenezer. Vusi lui laissa de la marge, puis démarra à son tour, hyper tendu : ne laisse pas s'enfuir cet homme.

La Nissan de la police métropolitaine se dirigea vers le front de mer en passant sous l'autoroute du boulevard ouest. Vusi conduisait prudemment, n'osant ni s'approcher trop près ni rester trop loin. Il fallait qu'il voie où il tournait. Oerson s'engagea sur le rond-point qui menait à la baie, puis sortit à droite.

1. Actuel président de l'Afrique du Sud (*N.d.T.*).

Direction la N1.

Vusi se détendit un peu. Ce serait plus facile.

*

Griessel ouvrit d'un coup de poing les portes vitrées à double battant, les deux hommes en tenue sur ses talons. Le hall d'African Overland Adventures était spacieux – long guichet avec deux jeunes femmes et un jeune homme assis derrière, télé à écran plat contre le mur, quelques tables basses et des fauteuils confortables. Neuf jeunes gens y étaient debout ou assis, certains à boire un café. Tout le monde leva les yeux, stupéfait. Griessel sortit son pistolet de service avant d'arriver au comptoir. Son portable sonnait toujours dans sa poche.

– SAPS. *Staan net stil dan het ons nie moeilikheid nie.*

– Qu'est-ce qu'il a dit ?, demanda une voix dans un fauteuil.

Il se retourna et vit que les deux policiers avaient dégainé leurs pistolets, eux aussi. Il fit un signe de tête approbateur.

– J'ai dit, restez tranquilles et tout ira bien. Personne ne sort et personne ne passe de coup de fil.

Tout le monde se taisait. Le téléphone de Griessel cessa de sonner. Le son de la télé attira son attention. Sur l'énorme écran défilaient les images de l'aventure à l'africaine. De grandes affiches étaient accrochées aux murs, représentant le continent africain, des jeunes gens rieurs avec montagnes, animaux et lacs en arrière-plan. Sur le comptoir se trouvaient des boîtes pleines de brochures.

– Éteignez la télé, s'il vous plaît.

– On peut voir une plaque ?, demanda une fille à la beauté provocante et rebelle derrière le comptoir.

Il s'exécuta. Tout le monde regarde la télé de nos jours, se dit-il, peut-être qu'il devrait mettre sa plaque autour du cou comme Kaleni, nom de Dieu.

478

La rebelle l'inspecta.

– C'est une vraie ?

– Quel est votre nom ?

– Melissa.

Comme un défi.

– S'il vous plaît, éteignez cette télé et ensuite, vous appelez la police. Vous faites un zéro trois fois un et vous leur dites que le capitaine Benny Griessel a besoin de renforts à African Overland Adventures. Dites-leur d'appeler le sergent à Caledon Square.

– Faut que je bouge, dit Melissa. La télécommande est là-dessous…

– Alors bougez, rétorqua Griessel.

Elle tendit le bras, sortit la télécommande et la pointa vers l'écran. Griessel vit des barbelés tatoués sur le haut de son bras. La pièce se retrouva plongée dans le silence.

– Maintenant, appelez la police, dit-il.

– Ça va, je vous crois.

– Appelez.

Elle se dirigea à contrecœur vers le téléphone et décrocha.

– Lequel d'entre vous est Jason de Klerk ?

Il fallut un moment avant que l'autre réceptionniste ne réponde.

– Jason n'est pas là.

– Ils répondent pas, dit Melissa.

– Ça va venir. Où est Jason de Klerk ?

– Aucune idée.

– Tous les hommes, je veux que vous nous montriez vos papiers d'identité. Vérifiez-les, dit-il aux hommes en tenue.

– Jason est absent depuis hier, dit Melissa.

– Où peut-il être ?

– Ça craint, votre numéro d'urgence. Ils répondent toujours pas, lança-t-elle, agacée.

Griessel explosa. Il s'approcha du comptoir et se pencha par-dessus, le visage aussi près de celui de la fille qu'il pouvait.

– Maintenant, écoutez-moi bien, espèce de petite merdeuse : Jason et ses potes ont égorgé une de vos clientes hier soir et ils vont recommencer à tuer si je ne les arrête pas. Pour l'instant, je pense encore que vous n'êtes au courant de rien, mais ça pourrait changer très vite, et il ne vaudrait mieux pas pour vous, croyez-moi. Alors je vais le demander encore une fois : où est-ce que je peux le trouver ? Et si vous faites encore la maligne avec moi, vous allez vous en mordre les doigts, putain, vous m'avez bien compris ?

Elle déglutit à grand bruit.

– Oui, dit-elle. Il est peut-être chez lui. Il est peut-être dans les bureaux ou à l'entrepôt, ils sont entre deux raids, je n'en sais vraiment rien.

– Les bureaux ?

– Deuxième étage. Vous prenez l'entrée porte d'à côté.

– Et l'entrepôt ?

– Stanley Road, à Observatory.

Puis le numéro d'urgence répondit enfin et elle dit :

– J'ai un message urgent d'un certain… C'est quoi, votre nom déjà ?

*

Ils repassèrent tous les trois la porte. Rachel ne leva même pas les yeux.

– Tenez-lui les jambes, dit Jason de Klerk en ramassant les cisailles par terre.

Les deux autres s'accroupirent à côté d'elle et firent ce qu'il demandait.

– Rachel, dit de Klerk, mais elle ne répondit pas. Rachel !

– Elle est nase, Jay, dit l'un des types.

– Il faut en être sûr – il s'agenouilla à ses pieds – Rachel, écoute-moi. On doit être sûrs que tu dis la vérité pour la vidéo, ok ? C'est très important, c'est vraiment une histoire de vie ou de mort, tu comprends ?

Pas de réaction.

Il positionna la lame autour du majeur de son pied droit.

– Alors dis-moi encore, où elle est ?

– Elle t'entend même pas.

– Je vous en prie, dit-elle d'une voix presque inaudible. C'est dans le grand sac.

Il coupa l'orteil. Son corps tressauta.

– Nom de Dieu !, fit l'un des hommes qui lui tenaient les jambes.

– Tu es sûre ?, dit Jason, toujours calme. Tu es vraiment sûre ?

– Oui, oui, oui, oui, oui, oui… d'une voix forte et hystérique, le corps pris de convulsions.

Il prit un autre doigt de pied.

– Où se trouve le sac exactement ?

Elle laissa échapper un cri inhumain.

– Bordel de merde, Jay, qu'est-ce qu'il te faut de plus ?, lança l'autre jeune type, le visage déformé par l'horreur.

Jason, furieux, le frappa du dos de la main.

– Tu sais ce qui en jeu, espèce de trouduc ? Tu veux passer le reste de ta vie en prison ?

*

Vusi Ndabeni suivit Jeremy Oerson qui prenait la file de droite sur le périphérique, puis la bretelle d'accès à la N2. Il gardait ses distances, un peu plus de quatre cents mètres et sept voitures entre eux. Il reprit son téléphone et appela de nouveau Benny Griessel.

Les « bureaux » d'African Overland Adventures au deuxième étage se trouvaient derrière une porte blindée en acier. Griessel pressa l'interphone. Une voix de femme répondit :

– Oui ?

– Police, dit-il. Ouvrez.

Les verrous cliquetèrent et la porte s'ouvrit. Il regarda immédiatement s'il y avait une autre sortie. Mais il n'en vit aucune, seulement trois femmes, des bureaux, des ordinateurs, des meubles de rangement. Il garda sa plaque à portée de main.

– Suivez-moi, s'il vous plaît, au rez-de-chaussée.

– Pourquoi ?

Elles avaient peur du pistolet.

– Je cherche un certain Jason de Klerk.

– Il n'est pas ici.

– Je sais. Venez.

Il leur fit signe avec son arme. Elles le précédèrent docilement jusqu'à l'escalier.

Son téléphone sonna. Bordel, qui pouvait bien avoir besoin de lui parler à ce point ? Il le sortit de sa poche. VUSI.

– Vusi, tu tombes mal.

– Désolé, Benny, mais il s'est passé des choses, je crois que je suis en train de filer un type qui va nous mener à Rachel.

Griessel resta figé sur place. Il y avait quelque chose dans la voix de Vusi, dans son débit précipité, comme du désespoir.

– Nom de Dieu !

– Benny, tu ne vas jamais le croire. Jeremy Oerson. J'ai surpris une conversation. Il est dans le coup, comment, je ne sais pas.

Jeremy Oerson ? C'était quoi, ce bordel ?

– Tu es où ?

– Sur la N2, juste avant Groote Schuur. Il vient de prendre la bretelle de sortie pour Main Road.

Observatory. L'entrepôt.

– Vusi, je crois qu'il va à Stanley Street, il y a un entrepôt, African Overland Adventures. Ne le lâche pas, Vusi, j'arrive !

Griessel dévala l'escalier à grand bruit, les trois femmes d'âge moyen se retournèrent, terrorisées.

– Benny !, cria Vusi, de peur qu'il ne raccroche.

– Je t'écoute.

– Ils vont la tuer, Benny. Dès qu'Oerson y sera.

15 h 12 - 16 h 14

43

Griessel ordonna aux hommes en tenue de ne laisser personne quitter le magasin, on ignorait qui était impliqué. Une fois les renforts sur place, ils devaient mettre sous scellés les bureaux à l'étage, aucun document ne devait sortir, aucun appel ne devait être passé, qu'ils laissent le téléphone sonner, personne ne devait répondre. Tous ceux qui entraient devaient rester sur place.

Ils acquiescèrent avec enthousiasme.

Une fois dehors, il retrouva l'animation coutumière de Long Street. Il remit son arme dans son holster, courut cinquante mètres et s'arrêta brusquement. La circulation. Dans la berline de la police, sans sirène ni gyrophare. Il fit demi-tour, évita les gens sur le trottoir et s'engouffra de nouveau par les portes vitrées. Tous les yeux étaient sur lui.

– Vous avez un véhicule de patrouille avec une sirène qui fonctionne ?

– Oui, capitaine.

Le policier fourragea dans la poche de son pantalon, en sortit ses clés et les lui lança à travers la pièce. Griessel les manqua. Melissa fit entendre un soupir méprisant, mais il l'ignora, ramassa les clés, ouvrit les portes à la volée et se mit à courir.

*

Il n'y avait qu'une voiture entre Vusi Ndabeni et Jeremy Oerson quand ils s'arrêtèrent aux feux, à la jonction de Browning et de Main Road.

Vusi baissa le pare-soleil et se redressa autant qu'il le pouvait sur son siège pour dissimuler son visage. Oerson avait mis son clignotant, prêt à tourner à droite.

Où était Stanley Street ?

African Overland Adventures ? Et la police métropolitaine ? Il ne voyait aucun rapport. Les feux passèrent au vert. Vusi lui laissa de l'avance, une centaine de mètres, puis il démarra à son tour, prêt à tourner lui aussi à droite, mais un véhicule approchait en face et il dut attendre. Quand il s'engagea enfin dans Main Road, la Sentra d'Oerson avait disparu.

Impossible.

Vusi accéléra, à nouveau sur les nerfs. Où avait-il bien pu passer ? Il laissa Polo Street sur sa gauche, regarda jusqu'en bas de la rue sans rien voir. Jeta un coup d'œil à droite, aucune option, seulement le cimetière musulman et l'hôpital. Il dépassa l'embranchement de Scott Street sur sa gauche. Aperçut la Sentra, au loin, tout en bas.

Vusi freina – trop tard – il avait dépassé le carrefour. Il enclencha brutalement la marche arrière et regarda derrière lui. Des voitures descendaient Main Road. Il n'avait pas le choix. Il recula à toute vitesse. Deux taxis collectifs lui fonçaient dessus, l'un d'eux klaxonnant de toutes ses forces sans interruption. Il finit par se rabattre derrière le premier, manquant Vusi de peu. Mais ce dernier avait reculé suffisamment loin et bifurqua dans Scott, juste à temps pour apercevoir Oerson qui tournait à droite à cinq cents mètres de là.

Était-ce vraiment lui ?

*

De Waal Drive serait le chemin le plus rapide. Griessel alluma d'une chiquenaude la sirène et le gyrophare et démarra dans un crissement de pneus. Les voitures s'écartaient devant lui, il dépassa St. Martin, l'église luthérienne où tout avait commencé ce matin-là. On aurait dit que ça faisait une semaine, quelle journée pourrie. Le feu était rouge au carrefour de Buitensingel, il ralentit à peine, les automobilistes le voyaient arriver. Puis il tourna à gauche dans Upper Orange, bataillant avec le volant, la circulation se fit plus dense.

Le feu d'Upper Orange était lui aussi au rouge. Il perdit de précieuses secondes pour traverser sans dommage, puis il écrasa l'accélérateur et franchit le pont à Gardens Centre. Les virages de De Waal l'attendaient, il attrapa son téléphone sur le siège, il devait appeler Vusi, il devait appeler des renforts. L'équipe d'intervention, le SWAT, comme les avait appelés la rondouillette. Non, ça prendrait trop longtemps, même s'ils étaient théoriquement opérationnels en quinze minutes, ce serait trop tard.

Vusi et lui allaient d'abord voir ce qui se passait.

Vusi répondit à la seconde sonnerie.

– Benny.

– Où tu es ?

Son collègue dit quelque chose d'inaudible.

– Je ne t'entends pas.

– Stanley Street, Benny, je ne veux pas parler trop fort. Je vois l'entrepôt. Leurs camions sont garés devant. African Overland Adventures.

– Dis-moi comment y arriver, Vusi, je n'ai pas de carte.

– C'est facile, Benny. Prends la rampe de sortie de Groote Schuur, tourne à droite dans Main…

– Je suis en train de descendre De Waal, Vusi, ça ne m'aide pas.

Vusi dit quelque chose en xhosa, un appel au secours, puis il demanda :

– Tu trouveras Main Road dans Observatory ?

– Oui.

– Alors tourne dans Scott… vers l'est. Ensuite, tu continues jusqu'au bout, tu passes Lower Main, tu prends la première à droite et tu les verras.

– J'arrive.

– Oerson est entré, Benny, dépêche-toi.

*

Jeremy Oerson fit coulisser la grande porte juste assez pour pouvoir se glisser à l'intérieur. Il ôta ses lunettes de soleil, les mit dans sa poche de poitrine et referma derrière lui. L'énorme entrepôt était silencieux : tentes, sacs de couchage, bidons d'eau, outils, jerricans d'essence, pelles à sable, crics de voitures, tout ça soigneusement empilé. Sur un côté se trouvait une Land Rover Defender blanche toute neuve.

– Saaalut !, lança-t-il.

Deux hommes apparurent derrière des piles de marchandises, pointant chacun un Stechkin APS sur lui.

– Putain !, s'exclama-t-il en levant haut les mains. C'est moi !

Ils baissèrent lentement leurs armes. Jason de Klerk sortit de derrière la Land Rover.

– J'ai essayé de t'appeler, Jeremy.

– Je suis un gradé, bon Dieu, je ne peux pas répondre au téléphone pendant que je conduis.

– T'es un putain d'agent de la circulation.

Il ignora la remarque.

– Où elle est ?

– Monsieur B. veut savoir : est-ce que tu peux récupérer les bagages ?

Oerson s'enfonça dans l'entrepôt en regardant autour de lui. Derrière un amas de tentes, il découvrit un autre type, assis, l'air renfrogné, la lèvre supérieure en sang.

– Pas pour l'instant, répondit-il. Qu'est-ce qui lui est arrivé à lui ? Elle est devenue violente ?

– Je voulais pas dire maintenant, Jerry, continua Jason, à cran. Mais tu peux les récupérer, non ?

– T'inquiète pas, tant qu'ils ne savent pas ce qu'ils cherchent, on est tranquilles. Ils vont les mettre dans une armoire à scellés et ensuite, ce sera facile.

– Facile comment ?

– Suffit de graisser quelques pattes et de dégotter un pauvre con pour qu'il entre là-dedans et récupère le truc. Une petite bande vidéo, tu la glisses dans ta poche, ni vu ni connu. Demain, la semaine prochaine, ce sera une affaire classée, envolée la fille, fini le stress. Relax. Où elle est ?

– Tu es absolument sûr ?

– Évidemment que je suis sûr, putain ! Pour mille dollars, y aura la queue pour le faire.

– Ok, dit Jason en sortant son téléphone.

– Elle est vivante, n'est-ce pas ? demanda Oerson. Parce que les gars, vous me devez une faveur.

*

Quand l'embranchement de Roodebloem fila devant lui comme un éclair, Griessel se rendit compte qu'il aurait dû le prendre. Il coupa en travers, direction la rocade est et suivit le même trajet que Vusi, mais c'était trop tard, nom de Dieu. La seule possibilité restait Liesbeeck Park, puis Station Road jusqu'en bas, mais ce serait plus long d'une, deux ou trois minutes.

Les pneus du fourgon crissèrent dans le dernier tournant avant le carrefour de De Waal et Hospital. La circulation était dense, pas le temps de réfléchir. Quel était le rapport entre Jeremy Oerson et toute cette affaire ? Il faillit emboutir un livreur de produits pharmaceutiques à moto et fit une embardée pour éviter une autre voiture qui arrivait en face. Des klaxons beuglèrent, ces idiots n'entendaient donc pas la sirène ?

Puis il prit le virage de la N2 Settlers Road et se rabattit dans la file de gauche. On s'écartait à présent, il écrasa l'accélérateur. Jeremy Oerson ? La Métro ? African Adventures ?

C'était quoi, ce bordel ?

Il s'engagea trop vite sur la rampe de sortie de Liesbeeck, le virage était plus raide que dans son souvenir et le feu rouge totalement inattendu. Des voitures traversaient la route devant lui. Trop tard pour freiner. Le fourgon commença à déraper, il allait entrer en collision avec quelqu'un. Puis il réussit à se faufiler entre deux véhicules, donna un grand coup de volant pour redresser, accéléra à nouveau. Ressortit de l'autre côté.

Il ne coupa la sirène qu'en tournant dans Lower Main.

*

Benny tardait.

La voiture de Vusi était garée sur le trottoir, à mi-chemin de Scott et de Stanley. Il avait son pistolet de service sur les genoux, armé. Il apercevait l'entrepôt à travers le pare-brise – un long bâtiment aux murs de briques, au toit de tôle galvanisée. De grandes portes coulissantes peintes en blanc derrière quatre camions et quatre remorques, arborant chacun le logo African Overland Adventures. Des engins énormes, avec les sièges haut perchés et de l'espace pour les bagages en dessous.

Elle était là-dedans. Où était Benny ? Peut-être devrait-il entrer. Mais combien étaient-ils ? Oerson et la personne à qui il avait parlé au téléphone. Combien d'autres ?

Il resta assis, le souffle court, le cœur battant à tout rompre dans sa poitrine.

Il retira les clés de contact, sortit de la voiture, la contourna, ouvrit le coffre et leva les yeux. Ils ne pouvaient pas le voir. Il n'y avait pas de fenêtres de ce côté de toute façon. Il posa son pistolet dans le coffre, quitta sa veste et prit le gilet pare-balles en Kevlar. Il le mit et ramassa son arme. Vérifia sa montre. Quinze heures vingt-deux. Il était tard.

Il devait agir.

Il prit sa décision ; c'était la vie de la fille qui passait avant tout. Il retira le verrou de la culasse et referma doucement le coffre.

Il allait entrer.

Puis il entendit un crissement de caoutchouc sur le goudron derrière lui et se retourna. Un fourgon de la SAPS tournait le coin de la rue, lui fonçait droit dessus, s'arrêta dans un nuage de poussières. Une silhouette en jaillit, cheveux en bataille et pistolet à la main.

Benny Griessel venait d'arriver.

*

– Hé !, s'exclama Jeremy Oerson, mais elle ne leva pas les yeux.

Elle était affalée contre le poteau, absolument nue, il voyait tout, les nibards, le buisson entre les jambes, le pied droit sanguinolent et les trois orteils qui traînaient dans la poussière comme de grosses larves d'insectes.

Il se planta devant elle, pieds bien écartés dans ses bottines noires et, tenant le pistolet à deux mains, le pointa sur sa tête.

– Arrange-toi pour qu'elle me regarde, lança-t-il à un des gars.

– Débarrasse-toi d'elle, putain, c'est tout !

– Non. Je veux voir son visage. Hé, Yankee, regarde-moi !

Elle redressa lentement la tête. Des mèches de cheveux lui tombaient sur le front. Il vit l'œil gonflé et fermé, violet et noir, le sang séché sur sa tempe.

– Les gars, vous l'avez vraiment amochée !, lança-t-il.

Elle avait la tête levée, mais son regard était toujours absent.

– Vas-y, Jerry.

– Regarde-moi, lui dit-il.

Il la vit lever les yeux pour croiser son regard. Il fit sauter le cran de sureté du pouce.

44

– Prends l'arrière, Vusi, il doit y avoir une porte. Je te laisse de l'avance, dit Griessel en se mettant à courir.

Il vit l'inspecteur se déporter vers le coin du bâtiment.

Il atteignit la grande porte coulissante et se colla le dos au mur en tenant son arme à deux mains devant lui. Il respirait vite. Il devait se calmer, il compta, mille un, mille deux, mille trois, voulant laisser vingt secondes d'avance à Vusi. Il pria. Mon Père, faites qu'elle soit en vie. Mille sept. Quand avait-il prié pour la dernière fois ? Quand Carla était en danger de mort, sa prière n'avait été que partiellement exaucée. Il s'en contenterait, n'importe quoi, juste pour pouvoir appeler Bill Anderson et lui annoncer : « Elle est vivante. » Mille douze. Il entendit une détonation, bondit, empoigna la porte de la main gauche, la tira vers lui, plongea et se précipita à l'intérieur. Un jeune type, grand et maigre, se trouvait juste devant lui, un silencieux pointé sur son cœur. Il comprit immédiatement que c'était fini, son pistolet à lui était trop à droite.

Le coup de feu claqua, envoyant Benny Griessel valser en l'air. Son dos heurta violemment la porte et la douleur lui explosa dans la poitrine. Un bref instant, il eut conscience de la bizarrerie de la chose, sentir d'abord la balle, puis entendre la détonation. Il tomba par terre.

Ce malaise qui ne l'avait pas quitté de la journée, cette impression qu'un malheur allait arriver, on y était.

*

Oerson attendait de voir ses yeux. Il voulait être le dernier visage qu'elle verrait. Il voulait savoir à quoi ressemblait la peur de la mort, il voulait voir l'étincelle de la vie s'éteindre en elle. Mais par-dessus tout, il voulait savoir ce qu'on ressentait, ce pouvoir, on disait que cette sensation de pouvoir était indescriptible. Il s'était longtemps demandé ce que ça faisait de prendre une vie.

Elle le regarda dans les yeux. Il ne vit aucune peur. Se demanda s'ils l'avaient droguée. Elle paraissait absente.

Puis il entendit le coup de feu. Il regarda autour de lui, vers la porte.

Il y en eut un autre.

– Merde !, dit-il.

*

Vusi contourna le bâtiment à fond de train, longea l'entrepôt sur la largeur et atteignit l'autre coin. Fenêtres hautes, deux mètres au-dessus du sol. Une unique porte en fer, avec un gros cadenas. Verrouillé. Il n'hésita pas. Il prit appui contre le mur, visa et fit sauter le cadenas, du premier coup. Le projectile de neuf millimètres le fit voler en miettes. Il ouvrit la porte d'un coup sec. C'était sombre à l'intérieur, une pièce plutôt petite, une cuisine, avec des verres sales et des tasses à café dans l'évier, et une autre porte fermée.

Il entendit une détonation, pas très forte, un petit calibre, peut-être. Benny ! Il courut vers la porte de communication et l'ouvrit. Elle donnait dans un vaste espace ouvert rempli de piles de matériel. À l'entrée, un rai de lumière tombait par la grande porte coulissante. Quelqu'un était allongé sur le sol, totalement immobile. Oh, mon Dieu, c'était Benny. Il perçut un mouvement, un jeune Blanc à sa gauche, une arme démesurée à la main.

– Bouge pas !

Pas de bol, le jeune homme pivota. Vusi fit feu. L'homme tomba lentement. Vusi n'avait jamais tiré sur personne avant, *uSimakade*[1], qu'est-ce que cette ville était en train de lui faire ? Une balle se ficha dans le mur tout près de lui. Elle venait de la droite. Il plongea derrière des bidons et roula sur lui-même, se redressa, pressa la détente, une, deux, trois fois. L'homme chancela et tomba sur un tas de jerricans en plastique. Il n'avait pas eu le choix, c'était une question de survie. Il comprit qu'il venait de tuer un homme. Il se releva lentement, les yeux sur la silhouette immobile et regarda le sang qui s'échappait du corps et coulait en longues traînées sur les bidons en plastique blanc. Le sang de la vie.

Une ombre bougea sur sa droite, il revint à la réalité, trop tard, le pistolet était sur sa tempe.

– Pauvre con de Noir, dit la voix.

*

Une douleur terrible dans la poitrine, Griessel ne pouvait ni bouger, ni respirer. Il était allongé sur le sol en ciment. La mort allait venir, tout était fini, il aurait dû attendre la brigade d'intervention. Il y avait du mouvement alentour, de l'autre côté, il essaya de tourner la tête. Vusi. Une détonation retentissante, quelqu'un qui tombe, plus loin sur la droite. Tout au ralenti, irréel, diffus, distant. C'était le début, la dégringolade dans la mort, il allait entendre le hurlement de peur, le cri terrifiant qu'on pousse en basculant dans l'abîme sombre et sans fond. Pourquoi n'avait-il pas peur ? Pourquoi cette…

1. Mon Dieu (*N.d.T.*).

paix, seulement une immense nostalgie pour ses enfants, sa femme, Anna. Maintenant, il savait qu'il la voulait à ses côtés, il voulait qu'elle revienne, maintenant, trop tard.

Un mouvement. Il voyait. Pas encore mort. Vusi fit feu à nouveau, trois fois. Il regarda son collègue. Sa respiration était aisée à présent. Pourquoi ? La main de Benny remonta lentement à sa poitrine et palpa la plaie béante. Sèche. Pas de sang. Il regarda et tâtonna. Un trou dans sa poche de poitrine. Pas de sang. Pourquoi cette douleur ? Il sentit quelque chose de dur, s'en empara.

Le Leatherman. La balle avait touché le Leatherman. Le soulagement l'envahit, éclair de lucidité. Il se sentit ridicule, d'avoir cru qu'il allait mourir. Il entendit une voix. « Pauvre con de Noir. » Leva les yeux. C'était celui qui lui avait tiré dessus, un pistolet avec un silencieux pointé sur la tête de Vusi.

Griessel tendit la main vers son arme, s'en empara, la leva, pas le temps de viser. Il pressa la détente, le bras de l'homme tressauta, Vusi tomba, il fit feu à nouveau, manqua. L'homme était toujours debout. Son pistolet avait disparu. Benny tenta de se relever, la cage thoracique en feu, Leatherman ou pas. Il rampa d'abord, se remit sur pied et s'approcha en titubant.

Vusi bougea.

Griessel mit l'homme en joue.

– Bouge pas, dit-il.

L'autre se tenait le bras. Il avait le coude fracassé, bouillie de tendons et d'os en miettes.

Vusi se releva.

– Benny…

La voix semblait lointaine, Griessel avait les oreilles bouchées à cause des détonations.

– Je l'ai eu, Vusi.

– J'ai cru que tu étais mort.

– Moi aussi, répondit Griessel, presque gêné.

Il saisit brusquement l'homme par le col de sa chemisette.

– Couche-toi, dit-il.

L'homme se laissa lentement glisser à genoux.

– Où est Rachel ?

L'homme se retourna sans hâte vers la porte fermée derrière lui.

– Là-bas.

– Elle est seule ?

– Non.

– Jason est là-dedans, Jason de Klerk ?

Pas de réponse. Griessel le titilla encore du bout de son arme.

– Où est Jason ?

Silence.

– Jason, c'est moi.

La rage envahit Griessel, puis la frustration, le soulagement. Il empoigna de Klerk par les cheveux.

– Espèce d'ordure !, cria-t-il, pris d'une violente envie de le tuer, de lui tirer dans la gorge, pour Erin Russel, pour tout le reste, son doigt se resserra autour de la détente.

– Benny !

Il y eut un bruit derrière eux, une porte qui se referme. Les deux inspecteurs se retournèrent en braquant leurs armes.

– Ne tirez pas !, cria un autre type, les mains levées, l'air affolé et la lèvre supérieure en sang.

– À terre, ordonna Vusi.

– Je vous en prie, répondit l'homme en s'allongeant immédiatement.

– Où est Rachel ?, demanda Benny.

– Là-dedans.

Ils regardèrent la porte.

– Vusi, si jamais il bouge,… dit Griessel en gagnant la porte à grands pas.

– Faites gaffe, lança le type. Oerson est avec elle.

*

Elle avait conscience du pistolet pointé sur elle, de l'homme dans son superbe uniforme qui la dominait de toute sa hauteur. Il prononça son nom. La connaissait-il ? Elle leva les yeux, essaya de se concentrer, pourquoi l'autre était-il encore là, le jeune, un de ceux qui lui avaient tenu les jambes ?

Une détonation retentit. Elle ferma les yeux d'instinct, s'attendant à sentir la balle venir du pistolet pointé sur elle.

Mais elle les rouvrit en entendant l'homme pousser un juron. Il s'était retourné et braquait son arme sur la porte. L'autre plongea et se mit à ramper vers le mur. Quelqu'un tira encore là-bas, une détonation plus atténuée.

– C'est quoi ce bordel ?, murmura l'homme à l'uniforme.

Un autre coup de feu, assourdissant. Il s'approcha rapidement de la porte et on entendit à nouveau gronder là-dedans, trois fois.

Puis tout à coup, elle comprit : le policier. Griessel. Il l'avait retrouvée. Elle voulut se redresser. Elle bougea les jambes, la douleur dans son pied était inimaginable, mais elle s'en fichait, elle rapprocha les talons, trouva un appui. Encore un coup de feu, un de plus. Il était en train de les descendre, Benny Griessel, il devait tous les tuer. Elle s'arc-bouta contre le pilier glacé. Si seulement elle pouvait se lever. L'homme à l'uniforme et le jeune type étaient figés sur place, pétrifiés. Encore deux détonations. Silence.

– Je sors, dit le jeune homme en ouvrant la porte, qu'il referma immédiatement.

– Merde !, lança l'homme en uniforme.

Des voix à l'intérieur, des paroles inintelligibles. Puis seul le souffle court et saccadé du type en uniforme.

– Il va vous descendre, lança-t-elle d'une voix haineuse.

Il s'approcha brusquement d'elle, un pied de chaque côté de ses genoux et lui enfonça le canon du pistolet dans la joue.

– Ta gueule !, cracha-t-il. Tu viens avec moi.

Puis il regarda la porte, les yeux fous.

Elle le frappa. Elle leva le genou, le genou de son pied droit douloureux et visa entre les jambes avec toute l'énergie qui lui restait.

– Maintenant !, hurla-t-elle.

Sa voix n'était plus qu'un ordre désespéré. L'homme en uniforme cria quelque chose et lui tomba dessus. Un bruit retentissant comme si on enfonçait la porte à coups de pied, puis un seul coup de feu et l'homme tomba en arrière. Elle l'aperçut debout dans l'embrasure, une silhouette avec un pistolet à la main, un trou dans sa chemise, les cheveux en bataille et d'étranges yeux slaves.

– Benny Griessel, dit-elle, avec un accent parfait.

Il baissa son arme et s'approcha d'elle avec une immense compassion dans le regard. Il ramassa ses habits et la couvrit à la hâte, puis il la prit dans ses bras et la tint serrée contre lui.

– Oui, dit-il. Je vous ai retrouvée.

45

Juste après seize heures, l'infirmière sortit de la chambre d'hôpital et dit à Fransman Dekker :

– Quinze minutes.

Elle lui tint la porte pour qu'il puisse entrer.

Alexa Barnard était assise dans son lit, appuyée contre des coussins. Il vit le bandage sur son avant-bras, puis la déception qui pointait dans son regard.

– J'attendais l'autre inspecteur, dit-elle lentement, l'élocution pâteuse.

L'effet des médicaments ne s'était pas encore totalement dissipé.

– Bonjour, Madame, répondit-il d'une voix neutre.

Il pouvait tirer parti de sa somnolence et devait éviter le conflit et gagner sa confiance. Il approcha un fauteuil bleu tout contre le lit. Il s'assit et posa ses coudes sur le fin dessus-de-lit blanc. Elle le regardait fixement, l'air vaguement intéressé. Elle avait meilleure mine que dans la matinée, ses cheveux étaient brossés et noués sur sa nuque, de sorte que son visage jusque-là camouflé paraissait plus énergique, sa beauté fanée ressortant tel un fossile dans un rocher érodé par le temps.

– Le capitaine Griessel ne s'occupe plus de cette affaire, dit-il.

Elle acquiesça lentement.

– Je comprends mieux à présent, continua-t-il d'une voix douce et bienveillante.

Elle haussa un sourcil.

– Ce n'était pas… un homme facile.

Elle scruta son visage jusqu'à ce qu'elle soit convaincue de sa sincérité. Puis elle regarda au-delà de lui. Ses yeux se mouillèrent peu à peu, sa lèvre inférieure se mit à trembler. De son bras valide, elle s'essuya lentement la joue avec le dos de la main.

Mieux qu'il n'aurait voulu.

– Vous l'aimiez beaucoup.

Elle regardait par-delà Dekker, elle hocha légèrement la tête et s'essuya à nouveau la joue.

– Il vous a fait beaucoup de mal. Toutes ces années. Il n'arrêtait pas de vous blesser.

– Oui.

À peine un murmure. Il voulait qu'elle parle, elle. Il attendit. Elle garda le silence. Le bruit d'un hélicoptère se fit entendre à travers les rideaux tirés, le bruit des pales de plus en plus fort devant la fenêtre. Il attendit qu'il ait diminué.

– Vous vous en vouliez. Vous pensiez que c'était de votre faute.

Son regard se posa sur lui. Elle ne disait toujours rien.

– Mais ce n'était pas le cas. Il y a des hommes comme ça, continua-t-il. C'est une maladie. Une dépendance.

Hochement de tête approbateur, comme si elle voulait en entendre plus.

– C'est une drogue pour l'âme. Je crois qu'ils éprouvent comme un vide à l'intérieur, un vide qui n'est jamais comblé, ça peut aider un temps, mais au bout d'un jour ou deux, ça recommence. Je crois qu'il y a une raison à ça, je crois qu'ils ne s'aiment pas, c'est une façon de…

Il s'interrompit, en panne de mots.

– De s'accepter, dit-elle.

Il attendit, lui laissa le temps. Mais elle le regardait sans baisser les yeux, dans l'expectative, presque implorante.

– Oui. S'accepter. Peut-être plus que ça. Il y a quelque chose de cassé là-dedans, ils veulent le réparer. Une blessure qui vient de loin, qui ne s'efface jamais complètement, qui ressurgit chaque fois, plus douloureuse, pire qu'avant, mais le remède fonctionne de moins en moins, c'est un...

Il chercha le mot d'un geste de la main, délibérément cette fois.

– Un cercle vicieux.

– Oui...

Elle refusait de remplir le silence qu'il avait créé. Au début, il hésita, puis il enchaîna :

– Il vous aimait, à sa façon, je pense qu'il vous aimait beaucoup, le problème, c'est qu'il ne voulait pas faire ça, mais chaque fois que ça arrivait, il baissait dans sa propre estime parce qu'il savait qu'il vous blessait, il savait qu'il faisait des dégâts. Et après, ça devenait sa raison pour recommencer, comme un animal qui se ronge la patte pour se libérer. C'est sans fin. Si une femme lui montrait qu'elle le voulait, ça voulait dire qu'il n'était pas si mal et après, il ne réfléchissait plus, il se contentait de ressentir les choses, c'était comme une fièvre, on ne peut pas l'arrêter. On le voudrait, mais on ne peut pas, quel que soit l'amour qu'on porte à sa femme...

Il s'interrompit tout à coup, conscient du basculement décisif qui venait de s'opérer et se renfonça lentement dans son fauteuil.

Il l'observa en se demandant si elle avait compris. Vit qu'elle était ailleurs. L'entendit dire :

– Je lui avais demandé de se faire aider.

Il attendait avec espoir. Elle regarda la petite table à côté de son lit. Au-dessus du tiroir se trouvait une fente d'où dépassait un mouchoir en papier. Elle tira dessus, s'essuya les yeux l'un après l'autre et chiffonna le papier dans sa main droite.

– Je crois qu'il y a eu une période où j'ai essayé de comprendre, quand je pensais voir en lui un petit garçon rejeté et solitaire. Je ne sais pas, il n'en parlait jamais, je n'ai jamais pu savoir d'où ça venait. Mais d'où viennent les choses ? D'où vient mon alcoolisme ? Ma peur, mon insécurité. Mon infériorité ? J'ai cherché des réponses dans mon enfance, c'est la solution de facilité. La faute de votre père et de votre mère. Ils ont fait des erreurs, ils n'étaient pas parfaits, mais ce n'est pas une excuse… suffisante. Le problème, c'est que c'est en moi. Ça fait partie de mes gènes, la façon dont ils vibrent, leur fréquence, leur hauteur…

Il croyait comprendre où elle voulait en venir.

– Personne ne peut l'empêcher…, dit-il pour l'encourager.

– Hormis soi-même.

– Il ne pouvait pas changer.

Elle secoua la tête. Non, Adam Barnard ne pouvait pas changer. Il avait envie de lui souffler : « Alors vous avez pris les choses en main », mais il lui laissa une chance de le dire elle-même.

Elle se laissa lentement aller contre les coussins, comme si elle était épuisée.

– Je ne sais pas…

Profond soupir.

– Quoi ?, demanda-t-il en un murmure d'invitation.

– Est-ce qu'on a le droit ? De changer les gens ? Pour qu'ils nous conviennent ? Pour qu'ils puissent nous protéger de nous-mêmes ? Est-ce qu'on ne fait pas un transfert de responsabilités ? Mes faiblesses contre les siennes. Si j'avais été plus forte… Ou s'il l'avait été. Le drame, pour nous, c'était notre association, chacun a servi de catalyseur à l'autre. On a été… une malencontreuse réaction chimique…

Ses quinze minutes avaient expiré.

– Et quelque chose devait lâcher, dit-il. Quelqu'un devait faire quelque chose.

– Non. C'était trop tard pour faire quoi que ce soit. Les habitudes étaient trop ancrées, les schémas de fonctionnement trop intégrés, on ne pouvait plus vivre autrement. Passé un certain point, il n'y a plus rien à faire.

– Rien ?

Elle hocha à nouveau la tête.

– Il y a toujours quelque chose à faire.

– Comme quoi ?

– Si la souffrance est trop forte, et l'humiliation.

Il lui fallait plus que ça. Il se lança, lui donna du grain à moudre.

– Quand il se met à vous insulter et à vous menacer. Quand il vous agresse…

Elle tourna lentement la tête vers lui. Inexpressive au début, de sorte qu'il ne pouvait dire si ça allait marcher ou non. Puis elle commença à froncer les sourcils, perplexe, mais comprit peu à peu et un certain regret se fit jour. Pour finir, elle baissa les yeux sur le mouchoir.

– Je ne vous en veux pas.

– Que voulez-vous dire ?

Mais il savait qu'il avait échoué.

– Vous ne faites que votre travail.

Il se pencha en avant, désespéré, tenta une autre approche.

– Nous en savons assez, Madame Barnard, dit-il, toujours avec empathie. C'était un proche. Quelqu'un qui savait où il gardait son arme. Quelqu'un qui connaissait votre… état. Quelqu'un avec un mobile suffisant. Vous répondez à tous les critères. Vous en êtes consciente.

Elle acquiesça d'un air pensif.

– Qui vous a aidée ?

507

– Willie Mouton.

– Willie Mouton ?

Il ne put retenir la surprise dans sa voix, il n'était pas vraiment sûr de ce qu'elle voulait dire, bien qu'elle parût tout à coup comme illuminée.

– C'est pour ça que j'ai demandé à l'autre inspecteur... Griessel, de venir.

– Ah bon ?

– Je dois avoir raisonné comme vous. Pour le pistolet. Seuls quatre d'entre nous savaient où il se trouvait et seul Adam avait la clé.

– Quelle clé ?

– La clé du coffre où il rangeait son arme, en haut de sa penderie. Mais c'est Willie qui l'avait installé. Il y a quatre-cinq ans. Il est doué pour ce genre de choses, il a toujours eu l'esprit pratique. Dans sa jeunesse, il travaillait comme technicien pour les groupes. Adam était incapable de rien faire de ses dix doigts, mais il ne voulait pas faire appel à des gens extérieurs, il voulait que personne ne soit au courant pour l'arme, il avait peur de se la faire voler. Ce matin... Willie était là, avec l'avocat, c'était une drôle de conversation, je ne m'en suis rendu compte qu'après leur départ.

Elle s'interrompit brusquement, hésita, la main qui tenait le mouchoir à mi-chemin du lit et de son visage.

Il n'en pouvait plus d'attendre.

– De quoi vous êtes-vous rendu compte ?

– Willie en voulait toujours plus. Plus de parts, plus d'argent. Pourtant, Adam se montrait très généreux avec lui.

– Madame, qu'est-ce que vous essayez de me dire ?

– Willie était là, au pied de mon lit. Tout ce qu'il voulait savoir, c'était ce dont je me rappelais. Je l'avais vu pour la dernière fois plus d'un an auparavant. Et voilà qu'il était là ce matin, comme si ma santé le préoccupait vraiment. Il s'est montré attentionné, il a voulu savoir comment j'allais, il a dit qu'il était tellement désolé pour Adam, mais ensuite, il m'a demandé si je me souvenais de quelque chose. Quand j'ai répondu que je ne savais pas, que j'étais perturbée, que je ne comprenais pas… il a insisté : « Tu te souviens de quelque chose… ? Quoi que ce soit ? » C'est seulement quand ils sont partis un moment plus tard… j'étais sur le lit, les médicaments… que j'ai repassé ses paroles dans ma tête. Pourquoi insistait-il autant pour savoir ? Et pourquoi son avocat se trouvait-il là ? C'est ce que je voulais dire à Griessel, que… c'était bizarre.

– Madame, vous avez dit qu'il vous avait aidée.

Elle le dévisagea, surprise.

– Non, je n'ai jamais dit ça.

– Je vous ai demandé qui vous avait aidée. Et vous avez répondu Willie Mouton.

La porte s'ouvrit dans son dos.

– Non, non, répéta Alexandra Barnard, complètement déconcertée, et Dekker se demanda ce qu'il y avait dans ses comprimés.

– Inspecteur, dit l'infirmière.

– Encore cinq minutes.

– Désolée, ce n'est pas possible.

– Vous m'avez mal compris, répéta Alexa Barnard.

– Je vous en prie, insista Dekker auprès de l'infirmière.

– Inspecteur, si le médecin dit quinze minutes, c'est tout ce que je peux faire.

– Je l'emmerde !, lâcha-t-il sans le vouloir.

– Sortez ! Ou j'appelle la sécurité.

Il réfléchit à ce qui lui restait comme choix, il se sentait si près du but, elle était perturbée, c'était sa dernière chance, mais l'infirmière était témoin de cette déclaration.

Il se leva.

– On se reverra, dit-il avant de sortir et d'enfiler le couloir qui menait à l'ascenseur.

Il enfonça le bouton, en colère, enfonça encore et encore. Si près du but !

La porte s'ouvrit dans un chuintement, l'énorme ascenseur était vide. Il entra, vit le bouton du rez-de-chaussée allumé et croisa les bras. Maintenant, elle essayait d'attirer les soupçons sur Willie Mouton. Il n'allait pas tomber dans le panneau.

L'ascenseur amorça sa descente.

Il allait interroger à nouveau la bonne, Sylvia Buys. Il avait son adresse dans son calepin. Athlone, quelque part. Il consulta sa montre. Presque quatre heures vingt. Athlone avec cette circulation… Peut-être était-elle encore à la maison de Tamboerskloof.

Willie Mouton ? Il revit le bazar ce matin dans la rue, Mouton le militant, le chevalier noir, le porteur de boucle d'oreille au crâne rasé, avec son putain de téléphone. En train de parler à son avocat.

Mouton, qui insistait désespérément pour qu'il arrête Josh et Melinda.

Les portes de l'ascenseur s'ouvrirent. Des gens attendaient pour entrer. Il sortit d'un pas lent, plongé dans ses pensées. S'arrêta dans le hall.

L'avocat ne l'avait pas quitté de la journée, telle une ombre, si sérieux. Mouton et Groenewald ici même, avec Alexa. « Tu te souviens de quelque chose ? » Pourquoi ?

L'alcoolique mentait-elle ?

« Adam m'a téléphoné, un peu après neuf heures, pour me raconter les histoires d'Iván Nell », avait dit Mouton.

Son téléphone sonna. Il vit que c'était Griessel, Griessel qui la croyait innocente.

– Benny ?

– Fransman, tu es toujours à Afrisound ?

– Non, je suis à City Park.

– Où ça ?

– À l'hôpital. En ville.

– Non, je veux dire, où ça dans l'hôpital ?

– Dans l'entrée. Pourquoi ?

– Reste là, je te rejoins dans une minute. Tu ne vas pas en croire tes oreilles.

46

Avec les pinces recourbées du Leatherman qui lui avait sauvé la vie, Benny Griessel détacha Rachel Anderson. Puis il alla chercher quatre sacs de couchage, demanda à Vusi d'appeler renforts et secours médicaux, disposa deux duvets par terre pour qu'elle puisse s'allonger dessus et recouvrit son corps frissonnant avec les deux autres.

– Ne me laissez pas, dit-elle.

– Pas question, mais il entendit Oerson gémir et alla récupérer l'arme de ce dernier avant de revenir s'asseoir à côté d'elle, de sortir son portable et d'appeler John Afrika.

– Benny, bon Dieu, où tu es ? J'ai appelé…

– Commissaire, on a retrouvé Rachel Anderson. Je suis assis à côté d'elle en ce moment même. On est à Observatory, mais je veux juste une chose : envoyez-nous l'hélico, elle a besoin d'une assistance médicale, elle n'est pas trop mal, mais il est hors de question que je l'emmène à Groote Schuur.

Une seconde de silence s'écoula avant qu'Afrika ne réponde :

– Alléluia ! L'hélico est en route, donne-moi l'adresse.

*

– Je suis désolé, Monsieur Burton, mais je ne vous crois tout simplement pas, dit Bill Anderson dans son téléphone portable. Il y a un avertissement juste là, sur le site web du consulat des États-Unis, disant que quatorze Américains se sont fait dévaliser sous la menace d'une arme à feu dans les douze derniers mois après avoir atterri à l'aéroport international d'OR Tambo. Je viens de lire qu'un ministre du gouvernement sud-africain avait déclaré que la police devait abattre ces enfoirés de criminels, peu importe le règlement. Je veux dire… c'est le Far West, là-bas. En voilà une autre : « Plus de policiers ont été tués dans les années qui ont suivi la fin de l'apartheid que durant la période précédente de l'histoire de ce pays. » « Les vols à main armée chez les particuliers ont augmenté de trente pour cent. » Et vous me dites que nous n'aurons pas besoin de protection ?

– Ça a l'air pire que ça ne l'est en réalité, je peux vous l'assurer, répondit le consul pour le rassurer.

– Monsieur Burton, nous décollons cet après-midi. Tout ce que je veux, c'est que vous nous recommandiez quelqu'un pour nous protéger.

Le soupir de Dan Burton fut audible.

– Hé bien, nous recommandons habituellement Body Armour, une compagnie de sécurité privée. Vous pouvez appeler une certaine Jeanette Louw[1]…

– Vous pouvez me l'épeler ?

Juste à ce moment-là, le téléphone fixe se mit à sonner sur le bureau d'Anderson.

– Excusez-moi une seconde.

Il souleva le combiné.

– Bill Anderson.

– Papa.

La voix de sa fille.

1. Cf. *Lemmer, l'invisible* publié dans cette même collection (*N.d.T.*).

– Rachel ! Oh, mon Dieu, où es-tu ?
– Je suis avec le capitaine Benny Griessel, Papa…
Et sa voix se brisa.

*

Griessel était assis dos au mur et l'entourait de ses bras. Elle s'appuyait contre lui de tout son poids, la tête sur son épaule pendant qu'elle parlait à son père. Quand elle eut terminé et lui eut repassé le téléphone, elle leva les yeux vers lui et dit :
– Merci.
Il ne sut quoi lui répondre. Il entendit les sirènes qui approchaient, se demanda combien de temps l'hélicoptère allait mettre pour arriver.
– Vous avez trouvé la vidéo ?, demanda-t-elle.
– Quelle vidéo ?
– La vidéo du meurtre. À Kariba.
– Non, répondit-il.
– C'est pour ça qu'ils ont tué Erin.
– Vous n'avez pas besoin de m'en parler maintenant, dit-il.
– Si, je dois le faire.

*

Erin et elle avaient partagé une tente durant tout le voyage.
Erin s'était adaptée facilement aux nouveaux fuseaux horaires, elle dormait bien, se levait dès l'aube, s'étirait avec plaisir, bâillait et disait : « Encore une journée parfaite en Afrique. »
Au début, Rachel avait eu du mal à s'endormir. Passé la première semaine, ça s'était arrangé, mais chaque nuit, entre une heure et trois heures du matin, son horloge biologique la réveillait. Plus tard, elle se souvenait

vaguement de moments de conscience où elle retrouvait ses repères et s'émerveillait de cette aventure incroyable, le privilège si particulier de pouvoir être ainsi allongée là à écouter les bruits de ce continent divin. Et elle sombrait à nouveau, insouciante et légère comme une plume, dans un sommeil douillet.

Au lac Kariba, le clair de lune l'avait surprise. Peu après deux heures du matin, à deux doigts de se réveiller, elle avait pris conscience de la luminosité et avait ouvert les yeux. Elle avait d'abord cru que quelqu'un avait allumé un projecteur. Puis elle avait compris : c'était la pleine lune. Son éclat, son immensité l'avaient enchantée et elle était prête à replonger dans ses rêves. Dans sa tête, elle voyait la lune au dessus du lac Kariba, la beauté de cette scène. Elle s'était dit qu'elle devrait immortaliser ce moment pour son journal vidéo. Ça pourrait servir de plan d'ouverture au DVD qu'elle avait l'intention de faire à la maison sur Premiere Pro. Ou d'arrière-plan au banc titre de sa séquence d'animation sur After Effects, si elle trouvait un jour le temps de décoder les mystères de ce logiciel.

Avec précaution, pour ne pas réveiller Erin, elle s'était faufilée hors de son sac de couchage, avait pris sa caméra Sony et était sortie dans la nuit d'été étouffante.

Le campement était silencieux. Elle avait marché entre les tentes jusqu'au bord du lac. La vue était telle qu'elle se l'était imaginée, énième scène africaine à couper le souffle : la lune, joyau d'argent dépoli glissant au milieu d'un tapis d'étoiles innombrables et qui toutes se reflétaient à la surface de l'eau.

Elle avait allumé la caméra, déplié le petit écran LCD et choisi « lune et coucher de soleil » comme réglage. Mais la lune était trop haute. Elle pouvait soit filmer son reflet soit la lune réelle, mais pas avoir les deux dans le même plan. Regardant autour d'elle, elle avait repéré des rochers à environ cent mètres de là. Un acacia poussait au milieu. Ça lui donnerait de la hauteur, un point de référence et de la perspective.

Elle avait réessayé en haut des rochers et fait diverses tentatives avec les branches de l'arbre jusqu'à ce qu'elle entende les bruits en contrebas, à quinze mètres à peine.

Elle s'était retournée pour regarder. Deux silhouettes dans le noir. Une dispute étouffée. D'instinct, elle s'était assise, lentement, et avait reconnu Jason de Klerk et Steven Chitsinga près d'une des remorques.

Elle avait souri par-devers elle, dirigé sa caméra sur eux et commencé à filmer. Elle faisait ça par malice. Ces deux-là étaient les rois de la mise en boîte, les guides en chef qui se moquaient des touristes européens et américains attachés à leur confort, brocardaient leurs chamailleries, leurs jérémiades, leur incapacité à s'adapter à l'Afrique. Maintenant, elle avait la preuve qu'eux non plus n'étaient pas parfaits. Elle sourit en se disant qu'elle allait montrer ça au petit déjeuner. À leur tour d'être embarrassés.

Jusqu'à ce que Steven ouvre un des larges tiroirs de stockage sous la remorque et se penche pour attraper quelque chose. Qu'il extirpa brutalement et soudain, la silhouette d'une autre personne se dressa entre eux, silhouette plus petite comparée aux deux guides dégingandés.

Une voix d'homme cria, un seul mot. Steven empoigna la silhouette plus petite par-derrière et lui mit une main sur la bouche. Rachel Anderson leva alors les yeux de son écran, muette de surprise, pour vérifier que la caméra ne mentait pas. Elle vit quelque chose briller dans la main de Jason, luisant et mortel au clair de lune. Elle le vit qui l'enfonçait dans la poitrine de l'homme qui s'écroula dans les bras de Steven.

Jason lui prit les pieds, Steven les mains, et ils tirèrent la silhouette à l'écart dans l'obscurité.

Elle resta assise un long moment. Au début, elle refusa de croire ce qu'elle avait vu, ça ne pouvait pas être vrai, c'était un rêve, un pur fantasme. Elle coupa le son de la vidéo et se repassa l'enregistrement. La qualité de l'image n'était pas géniale, la caméra n'était pas réputée pour ses résultats dans le noir, mais on en voyait assez pour que la vérité lui éclate à la figure : elle venait d'être témoin d'un meurtre, commis par deux personnes à qui elle avait confié sa vie.

*

La journée suivante s'était écoulée dans le brouillard. Elle était traumatisée, mais ne savait que faire. Elle s'était repliée sur elle-même. Erin lui demandait encore et encore ce qui n'allait pas et plus tard : « J'ai fait quelque chose ? » Elle avait simplement répondu qu'elle ne se sentait pas bien.

Erin avait craint les premiers signes de la malaria. Elle lui avait fait subir un interrogatoire en règle à propos de ses symptômes, interrogatoire auquel Rachel avait répondu de manière vague et évasive jusqu'à ce que son amie abandonne.

Elle aurait voulu signaler le meurtre, mais à qui ? De nombreuses rumeurs couraient sur la police du Zimbabwe, tellement d'histoires de corruption et de politique qu'elle hésitait. Après avoir visité les chutes Victoria, ils avaient quitté le pays et étaient passés au Botswana. C'était fichu. Demeuraient le désarroi qu'elle trimballait avec elle et la certitude que le meurtre du Zimbabwe, commis par des Zimbabwéens, ne concernait nullement la police d'un autre pays. Pas sur ce continent.

Au Cap, elles s'étaient rendues avec quelques autres à la boîte de nuit le « Van Hunks », sans savoir que Jason les y rejoindrait plus tard.

Elles avaient bu toutes les deux, Erin avec beaucoup d'application. Elle avait commencé à déverser un flot de reproches de plus en plus violents contre Rachel – à table, sur la piste de danse. Au début, simplement des paroles cassantes, accompagnées ensuite de larmes mélancoliques et avinées. Sur l'amitié, la confiance et la trahison.

L'alcool avait affaibli la détermination de Rachel. Ça l'avait rendue émotive, elle éprouvait le besoin de se décharger de son secret et de se défendre des horribles accusations portées contre elle. Pour finir, tête contre tête, elle avait tout raconté à Erin.

Erin s'était calmée. Avait dit que ça ne pouvait pas être vrai, que ça devait être un malentendu. Pas Jason et Steven. Impossible. Rachel avait répondu qu'elle s'était repassé la vidéo de nombreuses fois aux premières heures du jour. Il n'y avait aucun doute.

« Demandons-leur, que les choses soient claires. » Ç'avait été le raisonnement d'une indécrottable et naïve optimiste passablement éméchée qui ne voyait jamais le mal nulle part. « Non, non, non, avait protesté Rachel, promets-moi de ne rien dire, jamais, on va rentrer à la maison, mon père saura quoi faire. »

Erin avait promis. Elles avaient dansé. Erin avait disparu, puis elle était revenue à la table en disant que Jason et Steven étaient là, qu'elle leur avait posé la question et qu'ils avaient répondu qu'elle délirait. Rachel avait levé les yeux par-dessus la mer de visages et avait vu le regard de Jason posé sur elle. Il avait un portable à l'oreille et un air glaçant et déterminé. Elle s'était emparée de son sac à dos et avait dit à Erin de venir, elles devaient partir de là, immédiatement. Erin avait regimbé, elle n'avait pas envie de s'en aller, c'était quoi son problème ? Rachel l'avait entraînée de force par le bras en disant :

– Tu viens avec moi. Tout de suite !

Elles avaient parcouru quelques centaines de mètres dans Long Street quand Jason et Steven étaient sortis. Ils avaient regardé à gauche, à droite, les avaient repérées et s'étaient mis à courir. Les trois autres les avaient rejoints en route. Barry, Eben et Bobby.

Elle savait qu'elles fuyaient pour sauver leur peau.

*

Dans le pick-up Toyota, Steven Chitsinga et Barry Smith quittèrent Scott pour s'engager dans Speke Street et virent les véhicules de police garés devant l'entrepôt d'African Overland Adventures, une horde de gyrophares bleus qui clignotaient et des uniformes partout.

Steven dit quelque chose en shona, Barry garda le silence et freina brutalement, faisant hurler les énormes pneus tout-terrain. Il passa la marche arrière d'un coup sec, lâcha l'embrayage, enfonça l'accélérateur et recula droit dans quelque chose. Dans le rétroviseur, il ne voyait que le toit du véhicule et ce n'est qu'en tournant la tête, paniqué, qu'il se rendit compte qu'il s'agissait d'une autre voiture de la SAPS. Avec une ambulance derrière qui bloquait la rue presque en totalité.

Il repassa la première en force, et fonça, si seulement il pouvait tourner à gauche dans Stanley et encore à gauche dans Grant...

Mais Stanley était barrée, des fourgons de police, des Opel, bloquaient la rue. Des hommes en uniforme se précipitèrent, armes à la main.

– Putain !, fit Steven à côté de lui.

Barry ne dit rien. Il arrêta le pick-up, lâcha lentement le volant et leva les mains au-dessus de sa tête.

*

– Il vient avec moi, dit Rachel Anderson, tandis qu'on la transportait en civière jusqu'à l'hélicoptère.

Elle montra Griessel, qui marchait à côté d'elle en lui tenant la main.

– Il n'y a pas de place, répondit le médecin.

– Alors je ne pars pas.

– Rachel, j'arrive dans quelques minutes, dit Griessel d'une voix apaisante.

Elle se débattit pour descendre de la civière.

– Je ne pars pas.

– Attendez, reprit le médecin, il peut aller avec vous. Puis à Griessel :

– Où est votre voiture ?

Benny lui montra le véhicule.

– Les clés sont encore dessus.

Ils la hissèrent dans l'hélicoptère et Griessel se glissa comme il put à côté d'elle.

– Attendez un peu, reprit le médecin en courant vers l'entrepôt. Il revint avec les orteils dans un petit sac et passa l'abominable paquet à Griessel. Ils peuvent les recoudre, ajouta-t-il. Peut-être...

*

Dans l'hélicoptère, elle essaya de parler, mais les rotors faisaient trop de vacarme.

Quand ils eurent atterri sur le toit de l'hôpital et qu'ils furent prêts à l'emmener en salle d'opération, la même que celle où ils avaient opéré Mbali Kaleni et Eben Etlinger, elle leur demanda d'attendre. Et dit à Griessel qu'il s'était passé autre chose, la nuit dernière. Après qu'ils aient eu égorgé Erin.

– On en parlera plus tard, répondit-il sur un ton implorant, parce qu'il devait rejoindre Vusi, ils avaient beaucoup de boulot.

– Non. Il faut que vous sachiez. Ils ont tué un autre homme.

*

Elle les avait vus égorger Erin et avait regagné la rue en courant à l'aveuglette, affolée et sous le choc, puis elle avait pris la première rue qui l'éloignait d'eux. Un peu plus loin, elle avait repéré un bâtiment sur la gauche, avec un passage menant à un jardin intérieur. Elle voulait se mettre hors de vue. Elle s'y était engouffrée.

Un bel homme d'âge moyen, à la carrure imposante et vêtu d'un costume, se trouvait devant un bassin et regardait deux types s'éloigner. Il leur avait crié quelque chose, en colère, avant qu'ils ne disparaissent par une porte vitrée. Sur le mur, il y avait un dessin d'oiseau, elle s'en souvenait bien.

– S'il vous plaît, aidez-moi, avait-elle dit, immensément soulagée d'avoir trouvé de l'aide.

L'homme l'avait dévisagée et la colère avait vite cédé la place à l'inquiétude sur son visage.

– Qu'est-ce qui ne va pas ?, lui avait-il demandé.

– Ils veulent me tuer !, avait-elle répondu avant de se rapprocher de lui.

– Qui ça ?

Ils avaient entendu courir et regardé vers l'entrée, où Jason et les autres étaient apparus. Jason avait un pistolet à la main à présent.

– C'est juste elle qu'on veut, avait-il dit à l'homme.

Ce dernier avait passé un bras protecteur autour des épaules de Rachel et répondu :

– Pas avant qu'on ait appelé la police.

– Elle nous a volé quelque chose. On veut juste récupérer ce qui nous appartient, on ne veut pas d'histoires.

– Raison de plus pour appeler la police, et il avait commencé à palper sa poche, sans doute à la recherche de son téléphone.

Jason avait pointé son arme sur lui.

– Alors je vais devoir vous descendre.

L'homme avait sorti son portable.

Elle ne voulait pas être responsable d'un autre meurtre et s'était remise à courir. L'homme avait tenté de les arrêter.

Elle avait entendu deux détonations. Regardé en arrière. L'homme au costume noir s'était effondré.

Puis elle avait tourné le coin du mur. Dans la rue, un camion municipal était arrêté, un camion puant qui transportait des ordures. Elle s'y était agrippée, les avait vus arriver. Le camion avait pris de la vitesse et Jason était devenu de plus en plus petit. Quand elle avait eu presque cinq cents mètres d'avance sur eux, elle s'était dit qu'ils avaient dû abandonner. C'est alors que les feux en haut de la rue étaient passés au rouge. Elle avait sauté.

*

– Deux hommes sont entrés dans le bâtiment juste avant qu'il ne vous voie ?, lui demanda-t-il tandis qu'ils la conduisaient en salle d'opération.

– Oui.

– Ils ressemblaient à quoi ?, dit Griessel en la suivant.

– Je n'en revois qu'un seul. Il était… excentrique. Très mince, le crâne rasé… Oh, et il avait un anneau d'argent à l'oreille.

Le médecin demanda à Griessel de partir.

– Il était habillé tout en noir !, lança-t-elle encore avant que les portes de la salle d'opération ne se referment.

16 h 41 - 17 h 46

47

L'inspecteur Vusi Ndabeni finit par perdre son flegme professionnel dans la salle d'interrogatoire du commissariat de Caledon Square.

Ils avaient mis Steven Chitsinga en cellule. Et demandé à Mat Joubert d'interroger Jason de Klerk dans un bureau disponible – Griessel avait refusé en disant que s'il l'interrogeait, il « allait tabasser cet enfoiré à mort ».

Vusi emmena Barry Smith dans la salle d'interrogatoire officielle du commissariat. Griessel s'occupa de Bobby Verster dans une autre pièce. Verster était le dernier à être sorti de la chambre de torture de Rachel, celui qui avait laissé Jeremy Oerson seul avec elle. Sûrement le maillon faible.

Malgré son expérience, sa taille impressionnante et le fait que Jason souffre le martyre à cause de son coude en miettes, Joubert ne put rien tirer de ce dernier. Il ignorait toutes les questions et se contentait de fixer le mur.

À chaque question de Vusi, Barry Smith marmonnait : « Va te faire foutre. » Vusi sentait le malaise grandir en lui, mais il l'ignorait et passait à la question suivante.

– Va chier.

Dans l'autre bureau, Bobby Verster expliqua à Griessel qu'il ne faisait pas partie du voyage. La veille, il se trouvait par hasard avec Barry et Eben au Purple Turtle quand Jason avait appelé. Barry avait bondi sur ses pieds en leur disant de le suivre et une fois dehors, ils avaient aperçu Jason et Steven qui poursuivaient deux filles dans Long Street. Alors ils avaient rejoint la meute.

Griessel avait mal partout, mais le soulagement qu'il éprouvait d'avoir retrouvé Rachel et la tournure que prenaient les choses le rendaient euphorique. Il se leva et s'approcha de la table. Regarda Bobby. Ce dernier détourna le regard.

– Tu connais celle du petit chien ?, demanda Griessel.

– La quoi ?

Soupçonneux.

Benny s'assit sur la table, croisa les bras avec application sur sa poitrine et dit d'une voix malicieuse, enjouée et amicale :

– C'est l'histoire du chiot qui entend les grands parler de sexe et raconter comme c'est bien de baiser. « C'est quoi baiser ? », demande le chiot. « C'est le truc le plus chouette qui existe, on va te montrer. » Les chiens remontent la rue en courant et trouvent une chienne en chaleur. La chienne se barre. Ils la poursuivent, encore et encore, autour du pâté de maisons. Au quatrième tour, le chiot déclare : « Les gars, je baise encore un tour et après, je rentre. »

Ça ne fit pas rire Bobby Verster.

– T'en as pas eu marre de la chasse, Bobby ?, lança Benny Griessel.

Silence.

– Même pas quand ils ont égorgé une jeune fille innocente ?

Bobby répondit qu'il avait été choqué quand Jason l'avait fait. Qu'il avait protesté. Mais Steven Chitsinga lui avait alors rétorqué :

– C'est toi le prochain si tu la boucles pas et refuses de filer un coup de main.

Il avait pris peur. Mais il ignorait ce qui se tramait entre Jason et les autres.

– Alors ils t'ont forcé ?

– Oui.

– Donc, en fait, tu es innocent ?

– Oui !

– Tu accepterais de faire une déclaration dans ce sens ? Juste pour qu'on puisse t'éliminer de la liste des suspects ?, lui demanda Griessel.

– J'accepte, répondit-il avec empressement.

Benny approcha un stylo et du papier. Bobby écrivit.

– Signe, dit Benny.

Une fois qu'il eut terminé, Griessel lui relut la déposition à haute voix.

– Tout ça est vrai ?, demanda-t-il.

– Tout.

– Alors, tu es complice de meurtre. Tu vas aller en taule et tu risques d'y rester très longtemps.

Bobby Verster écarquilla les yeux. Il protesta, exactement comme il prétendait l'avoir fait la veille.

– Mais vous avez dit que j'étais innocent !

– Non, je t'ai demandé si tu l'étais. Amène-toi, y a un fourgon dehors qui va t'emmener à Pollsmoor.

– Pollsmoor ?

– Jusqu'à la demande de mise en liberté sous caution. Dans une semaine ou deux environ. Non, trois.

– Attendez...

Griessel attendit.

Bobby Verster réfléchit longuement. Puis il dit :

– C'est Blake que vous cherchez.

– Qui est Blake ?

– Je dois encore aller à Pollsmoor ?

– Faut voir.

– Blake est le propriétaire d'Overland. On fait entrer les gens pour lui.

– Quels gens ?

– Les Noirs.

– Quels Noirs ?

– Les Noirs qu'ils cachent dans les coffres sous la remorque. Du Zimbabwe. Mais ils ne sont pas toujours Zimbabwéens.

– Des clandestins ?

– Un truc du genre. J'en sais rien. Ça fait seulement un mois que j'aide à décharger, mais pour l'instant, ils ne me disent rien.

– Quel est le nom de famille de Blake ?

– Duncan. Mais on l'appelle Monsieur B. Il vit ici, en ville, c'est tout ce que je sais.

– Merci beaucoup.

– Je dois toujours aller à Pollsmoor ?

– Ouais.

*

Fransman Dekker se fit accompagner de deux hommes en tenue pour se rendre à Afrisound. Ils traversèrent la meute de journalistes dans le minuscule jardin. Il ignora leurs questions. L'un des deux policiers qui gardaient la porte d'entrée la leur ouvrit.

– Tous avec moi, dit Dekker.

Ils grimpèrent les marches à l'unisson, l'inspecteur devant, les quatre hommes à sa suite. Ils traversèrent la réception. Dekker sourit à Natasha. Il se sentait sûr de lui pour la première fois de la journée. Ils enfilèrent le couloir jusqu'au bureau de Mouton. Il entra sans frapper.

L'avocat n'était pas là.

– Quoi encore ?, lança Mouton.

– Le truc le plus sympa dans mon boulot, ce que je préfère, c'est arrêter un enfoiré de Blanc, lança Dekker.

La pomme d'Adam de Mouton tressauta férocement de haut en bas, mais il ne put articuler un mot. Dekker demanda à deux policiers de garder un œil sur lui, sortit, fit signe aux deux autres d'approcher et ouvrit la porte de Wouter Steenkamp. Le comptable était assis derrière son ordinateur.

– On sait tout pour la nuit dernière, dit-il.

Pas un battement de cils.

– Il n'appelle personne, il ne bouge pas d'un pouce, il reste assis ici, dit Dekker aux hommes en tenue. Je reviens tout de suite.

*

Griessel appela Vusi et Mat Joubert. Il leur fit un bref résumé de la situation dans le bureau du commandant. Les mit au courant de ce qu'avait raconté Bobby Verster. Une fois qu'ils eurent terminé, Vusi alla retrouver Barry Smith :

– On amène Monsieur B., lui dit-il. On sait tout.

Barry Smith blêmit.

– Va chier, lâcha-t-il encore plus fielleux.

– Homicide, continua Vusi. C'est la perpète.

– Ta gueule, salopard de Noir.

Les vexations de la journée pesaient incroyablement lourd sur Vusumuzi Ndabeni, mais il parvint à passer outre une dernière fois. Puis Barry Smith ajouta :

– Putain d'enculé de ta mère, et la colère de Vusi déferla sur lui comme les puissants brisants de la Wild Coast.

En un éclair, il fut sur le jeune Blanc et lui décocha un coup de poing à la tempe de toutes les forces que contenait son corps maigre et soigné.

La tête de Barry partit violemment en arrière et il bascula, entraînant la chaise avec lui. Son crâne heurta le sol avec un bruit sourd. Vusi était sur lui, il le redressa brutalement en l'empoignant par le col de chemise, son visage tout près du sien et dit :

– Ma mère est une femme comme il faut, compris ?

Puis il le lâcha et recula, respirant bruyamment. Il rajusta sa veste, prit conscience de ses jointures douloureuses et vit que Barry avait le regard vitreux. Ce dernier se releva en titubant, regarda derrière lui, ramassa lentement la chaise, la remit d'aplomb et se rassit. Il mit les mains sur la table et posa sa tête dessus, se cachant le visage de ses paumes.

Il fallut un moment à Vusi pour se rendre compte que le jeune homme pleurait. Il tira une chaise et s'assit à son tour. Ne dit rien, de peur que sa voix ne le trahisse. Sa rage ne s'était pas calmée, la culpabilité qu'il éprouvait lui faisait comme une boule à l'estomac.

Ils restèrent assis de la sorte plus d'une minute.

– Ma mère va me tuer, finit par dire Barry dans ses mains.

– Je peux t'aider, répondit Vusi.

Barry sanglota, tout son corps agité de tremblements. Puis il commença à parler.

*

Dekker s'assit en face de Mouton.

– Je sais que vous n'avez pas tué Adam Barnard, commença-t-il. Je suis au courant pour la fille et les quatre types qui la pourchassaient.

– Cinq, rétorqua Mouton, affichant aussitôt l'air de celui qui regrette d'en avoir trop dit.

– Cinq, répéta Dekker d'un ton satisfait.

– Je veux appeler mon avocat, dit Mouton.

– Plus tard. Que je vous dise ce qui s'est passé. Barnard vous a téléphoné, hier soir, juste après vingt et une heures. Vous saviez que nous allions retrouver la trace de l'appel, c'est pour ça que vous nous en avez parlé si facilement…

La pomme d'Adam de Mouton s'agita, il voulut intervenir mais Dekker l'en empêcha d'un geste de la main.

– Adam ne vous a pas téléphoné pour vous dire combien les accusations d'Iván Nell étaient idiotes. Il était inquiet. Nell m'a dit que Barnard était préoccupé. Qu'il n'était plus lui-même. Il avait des soupçons. Il sentait, il savait que quelqu'un déconnait avec le fric. J'ignore encore pour quelle raison, mais je vais trouver. En tout cas, Barnard a dit qu'il voulait vous voir. Vous a-t-il demandé de venir au bureau, Wouter et vous ? Ou c'était votre idée... régler les problèmes loin de la maison ? Alors vous êtes venus ici, probablement très inquiet, parce que vous êtes coupable. Il était quelle heure, Willie ? Vous a-t-il demandé de venir à vingt-trois heures pour pouvoir d'abord jeter un coup d'œil aux chiffres ? Je sais qu'il a travaillé sur son ordinateur la nuit dernière. Il était tellement perturbé par ce qu'il avait découvert qu'il en avait oublié de l'éteindre. Il était encore allumé ce matin. Peut-être a-t-il enregistré tous les fichiers sur un CD pour que vous ne puissiez pas les falsifier ensuite. Vous vous êtes assis là, ou peut-être dans son bureau, et il vous a mis devant le fait accompli. Avez-vous nié en bloc, Willie ? Comment est-ce que je m'en tire jusque-là ? Peu importe, laissez-moi terminer. Vous vous êtes défendu et justifié de vingt-trois heures à une heure et demie du matin. Barnard a dû dire un truc du genre : « Laisse tomber, on en reparlera demain. » Il devait être fatigué. Penser à son alcoolique de femme à la maison. Et Steenkamp et vous, vous l'avez suivi dans le jardin. Vous vous êtes encore engueulés. Vous rentriez juste au moment où la fille est arrivée. Vous avez eu de la chance, de bien des façons. Parce que si vous étiez restés là, vous vous seriez sûrement fait descendre aussi. Mais ensuite, ils ont tiré sur Adam. Problème numéro un résolu. Tous les deux, vous étiez là, à regarder le corps à travers la vitre en vous demandant : et maintenant ? Votre gros problème, c'était Iván Nell. Parce que, quoi que vous fassiez, si Iván venait nous trouver en disant qu'il y avait un traître dans la maison, vous étiez dans la merde. Alors vous vous êtes demandé comment maquiller tout ça pour faire comme si vous n'aviez jamais été là. Pour que quelqu'un d'autre porte le chapeau. Et puis vous vous êtes souvenu de Josh et du grand péché. Et d'Alexa et du pistolet. Plutôt brillant, Willie, je dois dire. Vous avez transporté Barnard jusqu'à la voiture. La vôtre ou celle de Wouter, peu importe, il y aura du sang et des cheveux, des fibres ou des traces d'ADN, et on les trouvera. Pourtant, je dois dire que je n'arrivais pas à comprendre le coup de la chaussure et du téléphone portable. Jusqu'à il y a environ une demi-heure, quand j'ai réussi à recoller tous les morceaux. La chaussure est tombée quand vous avez soulevé Barnard pour le transporter dans la voiture. Vous avez dû le prendre par les pieds. Et il avait le téléphone à la main quand il a été tué. Alors vous avez ramassé le téléphone et vous vous êtes souvenu qu'il vous avait appelé. Vous avez donc effacé tous ses appels. Puis vous avez mis le téléphone dans la chaussure et la chaussure dans votre poche, ou sur le corps de Barnard, on ne le saura probablement jamais. Ensuite, en arrivant à la voiture, vous avez ouvert le coffre et posé la chaussure sur le toit. En attendant. Mais dans votre précipitation, vous l'avez oubliée. Vous avez démarré, Wouter devant dans la voiture d'Adam et vous derrière. Quelque chose comme ça. Et là-haut, en tournant le coin de la rue, la chaussure a dégringolé et vous ne vous en êtes même pas rendu compte. Comment je m'en sors, Willie ? Je vous l'ai dit, j'ai vraiment peiné à comprendre cette histoire de godasse, jusqu'à ce que je sois retourné là-haut, au coin de la rue. Ça m'est venu en un éclair. Sacrément brillant, je dois dire.

Mouton regardait fixement Dekker.

– Wouter et vous l'avez porté en haut des marches et vous l'avez déposé à côté d'Alexa. Ensuite, vous êtes allé chercher le pistolet dans le coffre que vous aviez vous-même installé. Quelque part, vous avez tiré trois balles. J'imagine que vous ne pouviez pas le faire dans la maison. Même avec un oreiller ou autre chose pour atténuer le bruit, vous aviez trop peur de réveiller Alexa, saoule ou pas. Vous avez dû aller quelque part en voiture, Willie. Au sommet de la montagne ? Quelque part où ça n'avait pas d'importance. Et puis vous êtes revenu à la maison et vous avez posé le pistolet par terre. Intelligent. Mais quand même pas assez.

– Je veux appeler mon avocat.

– Appelez-le, Willie. Dites-lui de venir au commissariat de Green Point. Parce que nous avons un mandat d'arrêt contre vous et un autre pour perquisitionner les lieux. Je vais faire appel à des gens malins, Willie. Commissaires aux comptes, experts en informatique, des types spécialisés dans les délits financiers. Vous avez volé l'argent d'Adam Barnard et d'Iván Nell et de Dieu sait encore combien d'autres personnes, et je vais trouver comment vous avez fait et vous faire enfermer, Wouter et vous, et cet espèce de Frankenstein qui vous tient lieu d'avocat ne pourra rien pour vous. Ou est-ce qu'il fait lui aussi partie de la magouille ?

*

Benny Griessel franchit la porte de Caledon Square en poussant l'homme devant lui. Sa barbe fournie et ses cheveux étaient coupés court et soignés, d'un châtain virant prématurément au gris. Il était sec et paraissait en forme dans sa chemise en jean, son pantalon kaki et ses chaussures de bateau bleues. Seules les menottes au poignet indiquaient qu'il avait des ennuis, son visage n'exprimait rien.

Vusi attendait dans le hall.

– Puis-je te présenter Duncan Blake ?, lui lança Gries-sel, extrêmement satisfait.

Vusi observa l'homme des pieds à la tête, comme s'il le jaugeait à l'aune de ses nouvelles informations. Puis il s'adressa à Griessel, inquiet :

– Benny, il faut demander au commissaire de venir.

– Ah bon ?

– C'est une grosse affaire. Et bien moche. On doit envoyer une équipe à Camps Bay, à l'hôpital. Une grosse équipe.

Ce n'est qu'alors qu'un semblant d'émotion traversa le visage de Duncan Blake.

17 h 47 – 18 h 36

48

Ils étaient assis dans le bureau du commandant, Griessel, Vusi et John Afrika.

– Je voulais juste vous dire que je suis fier de vous, le commissaire de la province est fier de vous. La ministre m'a fait dire de vous transmettre ses félicitations, annonça Afrika.

– C'est Vusi qui a résolu l'affaire, dit Griessel.

– Non, commissaire, c'est Benny… le capitaine Griessel.

– La SAPS est fière de vous deux.

– Commissaire, ça va chercher loin, dit Vusi.

– Loin comment ?

– Commissaire, ils faisaient entrer clandestinement des gens, huit à la fois, en passant par le Zimbabwe. Des Somaliens, des Soudanais, des Zimbabwéens…

– Tous les pays à problèmes.

– C'est exact, commissaire, des gens qui n'ont plus rien, qui veulent prendre un nouveau départ, qui sont prêts à faire n'importe quoi…

– Ils devaient leur demander un paquet de fric pour les amener dans ce pays de cocagne.

– Non, commissaire, pas tant que ça.

– Ah bon ?

– Au début, on a cru qu'il s'agissait simplement d'immigrés clandestins. Mais Barry Smith, un des guides, m'a expliqué le reste. L'hôpital, tout le truc…

– Quel hôpital ?, demanda John Afrika.

– Peut-être qu'on devrait commencer par le début. Benny a parlé à Blake, commissaire.

Griessel acquiesça, se gratta derrière l'oreille, parcourut son calepin et trouva la bonne page.

– Duncan Blake, commissaire. Citoyen zimbabwéen, cinquante-cinq ans. Marié, mais sa femme est morte en 2001 d'un cancer. Dans les années 1970, il a fait partie des forces aériennes spéciales rhodésiennes. Pendant trente ans, il s'est occupé de la ferme familiale près d'Hurungwe, dans la province du Mashonaland Ouest. Sa sœur, Mary-Anne Blake, était chirurgienne à l'hôpital d'Harare. En mai 2000, le leader du Mouvement des Vétérans, Chenjerai « Hitler » Hunzvi, a occupé la ferme de Blake. Apparemment, le contremaître de Blake, Justice Chitsinga, a tenté d'arrêter les squatters et a été tué. Pendant deux ans, Blake a essayé de récupérer ses terres par les moyens légaux, mais en 2002, il y a renoncé et sa sœur et lui se sont installés au Cap. Il a amené avec lui Steven Chitsinga, le fils de son contremaître, et a lancé African Overland Adventures. La plupart de ses employés étaient des jeunes gens du Zimbabwe, des enfants de fermiers ayant perdu leurs terres ou leurs employés. De Klerk, Steven Chitsinga, Eben Etlinger, Barry Smith…

– Et l'homme de la Métro que vous avez descendu ? Oerson ? demanda le commissaire.

– C'est une autre histoire, commissaire, dit Vusi. D'après Smith, Oerson travaillait à la circulation. Il y a deux ans, il était de service au pont à bascule de Vissershoek, sur la N7, et il a arrêté un leurs camions qui était en surcharge. Quand il a commencé à insinuer qu'ils n'étaient pas obligés de payer l'amende, de Klerk a immédiatement accepté de verser un pot-de-vin. Oerson l'a pris et les a laissés filer. Mais par la suite, il s'est demandé pourquoi les gens d'Adventures avaient payé aussi facilement et autant. Il y a réfléchi. Ils arrivaient du nord, avaient traversé l'Afrique, et il était sûr qu'ils trafiquaient quelque chose. Il a attendu qu'ils repassent un mois plus tard, les a de nouveau arrêtés et leur a dit qu'il voulait jeter un coup d'œil au camion et à la remorque, la moindre niche. Alors de Klerk a répondu que ce ne serait pas nécessaire, combien est-ce qu'il voulait ? Mais Oerson a insisté : il voulait jeter un coup d'œil parce qu'il était persuadé qu'ils avaient quelque chose à cacher. De Klerk ne cessait de lui offrir plus et Oerson lui a ordonné d'ouvrir. De Klerk a répondu que c'était impossible, alors Oerson lui a dit : « Dans ce cas, il va falloir compter avec moi parce que je sens qu'il y a un paquet de fric là-dessous. »

De Klerk a téléphoné à Blake. Et Oerson s'est retrouvé embauché. Mais à une condition, qu'il postule à la Métro, parce qu'ils avaient besoin d'un autre type pour garder à l'œil les Somaliens et les Zimbabwéens qui avaient déjà donné des organes et traînaient en ville...

– Donné des... organes ?

– J'y arrive, commissaire. Beaucoup de ceux qui ont déjà fait des dons d'organes ont ouvert des échoppes de vendeurs de rue avec l'argent qu'ils ont reçu. Et certains menaçaient de parler si on ne leur donnait pas plus. C'était le boulot d'Oerson de les faire taire.

– De façon définitive ?

– Parfois, commissaire. Mais jamais lui-même, il avait des contacts pour ça. Des gens de la Métro aussi...

– Nom de Dieu !, fit John Afrika en serrant les mains devant lui.

Puis il leva les yeux sur Vusi.

– Et les organes ?

– Blake a lancé Adventures et sa sœur et lui ont racheté le vieil hôtel Atlantique à Camps Bay en 2003, ils l'ont rénové et ont ouvert une clinique privée. C'est elle la « directrice » maintenant...

– Une clinique ?

Vusi eut une idée.

– Excusez-moi, commissaire, dit-il en tirant le clavier de l'ordinateur vers lui, puis la souris.

Il fit pivoter l'écran pour mieux voir, cliqua sur l'icône du moteur de recherche et entra l'adresse web.

Google South Africa apparut à l'écran.

Vusi entra « AtlantiCare » dans le cadre et lança la recherche. Une longue liste apparut. Il choisit le lien qui se trouvait en haut et un site web se dessina lentement à l'écran. On y voyait un bâtiment blanc sur les pentes des Douze Apôtres et un gros titre : « ATLANTICARE : Centre Médical International de luxe. » Une autre photo apparut : le bâtiment vu de derrière, avec l'océan Atlantique s'étirant à l'horizon.

– Voici l'endroit, commissaire.

John Afrika laissa échapper un sifflement.

– Y a de l'argent là-dessous.

– Steven Chitsinga a dit que c'était de gros fermiers. Ils louaient de nombreuses fermes, bétail, tabac, maïs… Il y avait des investissements… mais le truc, commissaire – Vusi déplaça la souris vers un lien qui annonçait « Transplantations » – le truc, c'est qu'ils font des transplantations d'organes.

Autre page web avec le même bâtiment blanc et le gros titre en haut. Et en-dessous : « Des greffes à votre portée. » Vusi leur lut à haute voix.

– « Le coût moyen d'une transplantation cardiaque aux États-Unis est de trois cent mille dollars. Un rein vous en coûtera deux cent soixante-quinze mille, un intestin presque un demi-million. Impossible sans assurance maladie, mais même si vous êtes couvert, rien ne vous garantit que vous recevrez un organe à temps. Par exemple, la liste d'attente pour une transplantation de rein aux États-Unis compte plus de cinquante-cinq mille personnes… »

– Ne me dites pas qu'ils...

– Si, commissaire, dit Vusi en reprenant sa lecture :
« Avec des infrastructures médicales à la pointe du progrès, incluant des soins postopératoires attentifs et spécialisés dans un environnement magnifique, des chirurgiens de niveau international et un réseau de donneurs du monde entier, vous pouvez recevoir votre transplantation dans un délai de trois semaines après votre arrivée, pour un coût bien inférieur. »

– C'est pour ça qu'ils faisaient entrer les gens clandestinement, ajouta Griessel.

– Pour les organes, continua Vusi.

– *Bliksem !*, lança le commissaire. On ferait bien d'envoyer une équipe saisir les dossiers de cette clinique.

– Mat Joubert y est déjà, commissaire. Il a une grosse équipe avec lui.

– Alors ils font entrer les gens et ensuite... ils les tuent ?

– Pas toujours, commissaire, répondit Vusi. Apparemment, c'était le prix que ces gens devaient payer pour une vie meilleure en Afrique du Sud. Ils devaient donner un rein ou un poumon ou une partie de leur foie. Ou un morceau d'œil, des cornées, ou de la moelle osseuse aussi, je n'ai toujours pas fait le tour de la question. Apparemment, on peut donner beaucoup d'organes sans que les conséquences soient trop graves.

– Et les cœurs ?

– Il va falloir étudier la question, commissaire, parce que le site parle aussi de cœurs. Mais celui que Rachel Anderson a vu, celui que de Klerk et Chitsinga ont assassiné à Kariba, il avait le Sida. Smith a dit qu'ils avaient des kits de dépistage avec eux... avant de charger une personne sous la remorque, ils lui faisaient une prise de sang. Ils se sont rendu compte que cet homme était malade. Alors ils l'ont sorti de là et ils ne pouvaient se permettre de le laisser filer, tout simplement.

– Ces gens sont donc des monstres ?, demanda John Afrika.

– C'est la question que j'ai posée à Duncan Blake, reprit Griessel. Et il m'a répondu que l'Afrique lui avait pris tout ce qu'il avait, tous ses rêves, qu'elle lui avait brisé le cœur. Pourquoi ne pas lui faire la même chose ?

Le téléphone de Griessel retentit, une sonnerie suraiguë. Il regarda l'écran et s'écarta pour répondre.

Le commissaire se pencha en avant, observa le site web et poussa un profond soupir tout en écoutant Griessel qui laissait échapper de petits cris incrédules. Ce dernier regagna le bureau.

– C'était Mat, dit-il. Commissaire, cette affaire prend un tour vraiment dégueulasse.

– Pourquoi ?, fit John Afrika d'une voix très inquiète.

– Il y a un ministre du gouvernement dans les dossiers de la clinique.

– Un de nos ministres ?

– Oui, commissaire. Transplantation du foie.

– *Ag nee, liewe fok*[1] *!*, lâcha John Afrika.

*

Fransman Dekker avait entendu dire que le spécialiste de l'informatique de la SAPS était génial. Il s'attendait à quelqu'un comme Bill Gates, mais métis. Il se retrouva devant un homme frêle au visage d'écolier, avec deux dents manquantes sur le devant, une coiffure afro, aucun sens de l'humour et un zézaiement marqué.

– F'est de la poudre aux z'yeux, dit le génie à Dekker dans le bureau de Wouter Steenkamp.

– Je vous demande pardon, mon frère ?, fit Dekker, qui ne comprenait pas un traître mot de ce qu'il disait.

– De la poudre aux z'yeux.

1. Ah non, bordel *(N.d.T.)*.

– « De la poudre aux yeux » ?

– C'est exzact.

– Comment ça, mon frère ?

– Une illuzion. Un mot de paffe en PDF est inutile.

– Un mot de paffe en PDF ?

– Non, un mot de paffe.

– Mot de passe ?

– F'est exzact. Les zens croient que fi vous avez un mot de paffe en PDF, alors vous zêtes tranquille. Mais fe n'est pas fécurizé.

– Alors comment ils ont fait ça ?

– Fe type – il désigna l'ordinateur qui appartenait à Steenkamp – a refu du diftributeur le mot de paffe en PDF des ventes de faque fanteur. Par e-mail. Apparemment, f'était fon boulot de les envoyer au fanteur quand l'arzent avait été transféré.

– Exact.

– Le fanteur penfe qu'il est le feul à avoir le mot de paffe et donc, il croit que la compagnie de difques ne peut pas touffer aux relevés des ventes de CD. Il croit qu'il récupère tout l'arzent.

– Parce que ça vient du dif… euh… distributeur ?

– Ouais, le diftributeur utilize le mot de paffe, mais enfuite, il l'envoie par e-mail à fe type. Et fe type l'envoie par e-mail au fanteur.

– Exact.

– Mais regardez ifi – l'expert en informatique ouvrit un programme. F'est un loziciel de récupération de mots de paffe en PDF, deftiné aux entreprizes, fabriqué par Elcomfoft. On peut l'acheter sur leur fite web, pour un peu moins de mille rands, mais enfuite, on peut faire fe qu'on veut d'un PDF, même f'il est crypté en quarante bits avec Thunder Tables. Fe qui veut dire que n'importe quelle protecfion par mot de paffe, f'est de la foutaize.

– Alors Steenkamp pouvait obtenir le mot de passe du chanteur et trafiquer les relevés ?

– Exzactement. Il lui fuffizait de copier et de paffer les listes en PDF dans Microfoft Exfel, de les modifier, de fabriquer un nouveau PDF avec Adobe Acrobat Proffeffionnel, quatrième édifion, tout zuste fortie, dernier cri, et de remettre le même mot de paffe de protecfion. Et le fanteur croit qu'il f'azit du PDF orizinal, il ignore qu'il f'est fait efcroquer.

– La fraude se monte à combien ?

– Apparemment, f'est variable, de dif à quarante pour fent, felon les ventes du fanteur. Les types connus, comme Iván Nell, ils lui ont piqué zusqu'à quarante pour fent fur fon dernier CD.

– Nom de Dieu !

– Exzactement mon point de vue.

18 h 37 - 19 h 51

49

À dix-huit heures trente-sept, très précisément treize heures après qu'on a eu réveillé Benny Griessel dans son appartement, celui-ci dit à John Afrika :

– Commissaire, je dois être à Canal Walk à dix-neuf heures, s'il vous plaît, voulez-vous m'excuser ?

Le commissaire se leva et lui posa une main sur l'épaule.

– Capitaine, je veux juste dire une chose. S'il y a jamais eu un homme qui méritait une promotion, c'est bien vous. Je n'ai jamais douté du résultat. Jamais.

– Merci, commissaire.

– Laissez Vusi terminer. Faites ce que vous avez à faire, on en reparlera demain.

– Merci, Benny, lança Vusi de la table où le contenu du dossier commençait à s'accumuler.

– De rien, Vusi.

Et il se rua dehors. Il n'avait pas le temps de changer sa chemise, mais il pourrait raconter à Anna ce qui avait provoqué le trou. Puis il se souvint qu'il devait rappeler son fils. Fritz, qui lui avait téléphoné pour lui annoncer qu'il quittait le lycée, que leur groupe, Wet & Orde (avec une esperluette), avait décroché un gros contrat, qu'ils allaient faire la « première partie de Gian Groen et Zink-plaat sur leur tournée, Papa, il est question de vingt-cinq mille par mois, c'est plus de six mille par musicien ».

Et Griessel avait répondu : « Je te rappelle, c'est un peu dingue en ce moment. »

Il monta en voiture, sortit son kit mains-libres de la boîte à gants, le brancha et démarra, direction Buitengracht et la N1.

– Salut, Papa !

– Comment ça va, Fritz ?

– Non, cool, Papa, cool.

– Six mille rands par musicien ?

– Oui, Papa. Terrible, et on est nourris, logés et tout.

– C'est fantastique, dit Griessel.

– Je sais. Un musicien professionnel n'a pas besoin de son bac, Papa, j'veux dire, pour quoi faire, pourquoi est-ce que je devrais connaître la sexualité de l'escargot ? Papa, Maman et toi, vous devez signer cette lettre parce que je n'aurai dix-huit ans qu'en décembre.

– Apporte-moi la lettre alors, Fritz.

– Vraiment, Papa ?

– Bien sûr. On n'a pas besoin de plus de six mille rands par mois. Voyons voir, ton appart te coûtera environ deux mille…

– Non, Papa, je compte rester à la maison alors…

– Mais tu donneras quelque chose à ta mère, non ? Pour le linge, la lessive et la nourriture ?

– Tu crois que je devrais ?

– Je ne sais pas, Fritz… à ton avis, qu'est-ce qui te semble correct ?

– C'est vrai, Papa, ça paraît juste.

– Et tu auras besoin d'une voiture. Mettons un remboursement de deux mille environ, plus l'assurance, l'essence et l'entretien, trois, trois mille cinq cents…

– Non, Papa, Rohan a dégotté une Ford Bantam pour trente-deux mille, on n'a pas besoin d'une super voiture pour commencer.

– Où est-ce qu'il a trouvé les trente-deux mille ?

– Son père.

550

– Et toi, tu comptes les trouver où ?

– Je… euh…

– Bon, disons que tu mets de côté deux mille par mois pour une voiture, ce n'est que pour quinze mois, un an et demi après, tu as ta Bantam, mais on en est déjà à quatre mille et tu n'as pas acheté de fringues ou de recharge pour ton téléphone, de cordes pour ta guitare, de lames de rasoir, d'aftershave, de déodorant, tu n'as pas encore emmené une nana au resto…

– On ne dit plus « nana », Papa.

Mais son fils commençait à comprendre et l'enthousiasme dans sa voix n'était plus aussi marqué.

– On dit comment ?

– Des « filles », Papa.

– Quand la tournée sera finie, Fritz, d'où viendront les prochains six mille ?

– Quelque chose se présentera.

– Et si ce n'est pas le cas ?

– Pourquoi est-ce que tu es toujours aussi négatif, Papa ? Tu ne veux pas que je sois heureux ?

– Comment peux-tu être heureux si tu n'as aucun revenu ?

– On va sortir un CD. On va économiser l'argent de la tournée et sortir un CD et après…

– Mais si vous utilisez l'argent de la tournée pour faire un CD, de quoi allez-vous vivre ?

Silence.

– Tu ne me laisses jamais rien faire. On ne peut même pas rêver avec toi.

– Je veux que tu aies tout, mon fils. C'est pour ça que je pose ces questions.

Pas de réaction.

– Tu vas y réfléchir un peu, Fritz ?

– Pourquoi est-ce que je devrais connaître la vie sexuelle de l'escargot, Papa ?

– C'est une autre histoire. Tu vas y penser ?

– Ouais, sûr…

À regret et long à venir.

– Ok, on se reparle.

– Ok, Papa.

Il sourit pour lui-même dans la voiture. Son fils. Exactement comme lui. Des tas de projets. Puis il pensa à ce qui l'attendait. À Anna. Son sourire s'évanouit. L'angoisse le saisit.

*

Elle était assise dehors, pour avoir la vue sur la mer. C'était bon signe, se dit-il. Il s'arrêta un moment à la porte du Primi et l'observa. Son Anna. Quarante-deux ans, mais encore belle allure. Au cours des mois passés, elle semblait s'être débarrassée du fardeau de l'alcoolisme de son mari et il se dégageait d'elle une nouvelle impression de jeunesse. Le chemisier blanc, le blue jeans, le petit gilet jeté sur ses épaules.

Puis elle le vit. Il observa attentivement son visage en s'approchant. Elle esquissa un début de sourire.

– Salut, Anna.

– Salut, Benny.

Il l'embrassa sur la joue. Elle ne tourna pas la tête. Bon signe.

Il tira une chaise.

– Excuse-moi pour l'allure, ç'a été une journée infernale.

Elle regardait le trou dans la poche de poitrine.

– Que s'est-il passé ?

– Je me suis fait tirer dessus.

Il s'assit.

– Mon Dieu, Benny !

Bon signe.

– Le plus gros coup de pot de toute ma vie. Tout juste une heure avant, j'avais mis un Leatherman dans ma poche, tu sais, un de ces trucs avec des pinces.

– Tu aurais pu te faire tuer.

Il haussa les épaules.

– Si c'est ton heure, c'est ton heure.

Elle le regarda, laissa courir ses yeux sur son visage. Il attendait avec impatience le moment où elle allait tendre la main, comme dans les vieux jours, pour aplatir ses cheveux en bataille en disant : « Benny, cette tignasse… »

Sa main bougea. Elle la reposa.

– Benny…, commença-t-elle.

– Je suis sobre, dit-il. Ça fait presque six mois.

– Je sais. Je suis très fière de toi.

Bon signe. Il lui sourit, plein d'espoir.

Elle prit une profonde inspiration.

– Benny… Il n'y a qu'une seule façon de dire ça. J'ai rencontré quelqu'un d'autre, Benny.

50

Dans sa voiture, Fransman Dekker sortit la liste de noms et de numéros de téléphone. Natasha Abader était la première sur la liste.

« Quelle femme pourrait vous voir sans penser à la baise ? »

Il était temps de vérifier si c'était du flan.

Il entra le numéro dans son téléphone.

« C'est une drogue pour l'âme. Je crois qu'ils éprouvent comme un vide à l'intérieur, un vide qui n'est jamais comblé, ça peut aider un temps, et puis au bout d'un jour ou deux, ça recommence. Je crois qu'il y a une raison à ça, je crois qu'ils ne s'aiment pas. »

Ses propres mots, à Alexa Barnard.

Il avait une femme à la maison. Une femme généreuse, belle, sexy, intelligente. Crystal. Qui l'attendait.

Il regarda la petite touche verte du téléphone.

Pensa aux jambes de Natasha Abader. Ce cul. Ces seins. Petits et coquins, il les imaginait parfaitement, les mamelons, en particulier. Pas de quoi se laisser mollir. À tous les sens du terme.

Il y avait quelque chose de cassé en lui. Une blessure qui venait de loin, qui ne s'effaçait jamais complètement, qui ressurgissait chaque fois, plus douloureuse, pire qu'avant, mais le remède fonctionnait de moins en moins.

À un moment ou un autre, il lui faudrait arrêter ces conneries. Il aimait sa femme, bordel de merde, il ne pouvait pas vivre sans Crystal, elle était tout pour lui. Et si elle venait à découvrir la vérité...

Comment pourrait-elle la découvrir ?

La fièvre avait pris possession de lui. Il enfonça le bouton.

– Salut, Natasha.

*

– C'est Vusi Ndabeni. L'inspecteur de ce matin, à l'église.

– Oh, salut !, répondit Tiffany October, la légiste, d'une voix lasse.

– Vous avez dû avoir une journée bien remplie.

– Elles sont toutes bien remplies, répondit-elle.

– Je me demandais, dit Vusi en sentant son cœur cogner dans sa poitrine. Si vous voudriez...

Silence assourdissant.

– Si vous voudriez aller manger quelque chose. Ou prendre un verre...

– Maintenant ?

– Non, je veux dire, n'importe quand, peut-être un autre jour...

– Non, dit-elle, et le cœur de Vusi se serra. Non, maintenant, reprit-elle. S'il vous plaît. Une bière. Une Windhoek Light avec une assiette de frites, ce serait merveilleux. Après une journée comme aujourd'hui...

*

Il descendit la N1, planifiant ce qu'il allait faire. Il allait retirer de l'argent au distributeur ABSA en bas de Long Street, près des bureaux de l'administrateur judiciaire. Il avait filé son reste de liquide à Mat Joubert pour les Steers Burgers. Ensuite, un petit crochet par le magasin de spiritueux en haut de Buitengracht, il était ouvert jusqu'à vingt heures. Il achèterait une bouteille de Jack Daniels et deux litres de Coca et il allait se bourrer la gueule jusqu'à tomber dans le coma.

« J'ai rencontré quelqu'un d'autre, Benny. »

Il avait demandé : « Qui ? »

Elle avait répondu : « Ça n'a pas d'importance Benny, je suis vraiment désolée, c'est arrivé comme ça. »

Tu parles. Les choses n'arrivent pas juste « comme ça ». Il faut les provoquer. Elle lui demande d'arrêter de boire pendant six mois et ensuite, elle se met à la recherche d'un autre mec. Il allait lui exploser la tête à cet enfoiré. Il allait découvrir qui c'était, il la suivrait, nom de Dieu, et il lui mettrait une balle entre les deux yeux, à ce salaud. Probablement un de ces apprentis avocats, là où elle bossait, un petit merdeux incapable de se trouver une femme à lui, qui frimait avec sa BMW et ses costumes devant l'épouse d'un flic. Il le tuerait, ce saligaud, et ensuite, on verrait.

Il s'était levé.

« Je suis vraiment désolée, Benny, c'est arrivé comme ça. »

Il s'était rassis et l'avait regardée fixement, attendant qu'elle lui dise que c'était une blague. Il refusait d'envisager tout ce que ça impliquait. Il était venu pour l'entendre dire que maintenant qu'il avait cessé de boire, il pouvait rentrer à la maison. Mais elle était simplement restée assise, les larmes aux yeux, à s'apitoyer sur son sort. Des milliers de choses lui étaient passées par la tête. Il avait failli mourir aujourd'hui. Il avait lutté contre son envie dévorante de boire pendant cent cinquante-six jours, il avait payé la pension alimentaire, il avait veillé sur eux, c'était un sans-faute. Elle ne pouvait pas faire ça, elle n'avait pas le droit, putain, mais ses yeux pleins de larmes lui avaient renvoyé son regard avec une détermination déconcertante, jusqu'à ce que les implications réelles de tout ça lui tombent dessus comme une maison mal construite.

Il s'était levé et était parti.

« Benny ! », avait-elle crié derrière lui.

Benny allait se bourrer la gueule, voilà ce qu'il aurait dû lui dire, mais il avait simplement continué son chemin, était sorti de ce putain de restaurant, avait regagné sa voiture, avec sa chemise déchirée et ses cheveux en bataille, il ne voyait rien, n'entendait rien, il ressentait seulement cette… chose, cette colère, tout ça pour rien, il avait fait tout ça pour rien, nom de Dieu !

*

Il retira cinq cents rands et vérifia combien il lui restait pour finir le mois. Il repensa à Duncan Blake, assis dans la salle d'interrogatoire :

– Combien pour qu'on n'en parle plus ?

– Je ne suis pas à vendre.

– On est en Afrique. Tout le monde est à vendre.

– Pas moi.

– Cinq millions.

– Dix ?

– Dix, c'est faisable.

Et il avait éclaté de rire. Il aurait dû prendre ce foutu fric. Avec dix millions, on pouvait acheter pas mal d'alcool, avec dix millions, il aurait pu s'offrir une BMW et de beaux costumes lui aussi, et une coupe à cent cinquante rands, et tout ce qu'Anna appréciait chez ce petit merdeux.

Il allait acheter de l'alcool.

Son téléphone sonna au moment où il regagnait sa voiture. Il répondit sans même regarder l'écran.

– Griessel.

Renfrogné. Bourru.

558

– Capitaine, Bill Anderson à l'appareil… Je ne vous dérange pas ?

Il crut tout d'abord que Rachel avait de nouveau été enlevée et dit :

– Non.

– Capitaine, je ne sais pas comment faire ça. Je ne sais pas comment on remercie un homme qui vient de sauver la vie de votre enfant. Je ne sais pas comment on remercie un homme qui a accepté de mettre sa propre vie en danger, qui a accepté de se faire tirer dessus pour sauver la fille de quelqu'un qu'il n'a jamais rencontré. Je n'ai pas appris à faire ça. Mais ma femme et moi tenons à vous remercier. Nous avons une dette envers vous que nous ne pourrons jamais honorer. Nous sommes en route pour l'Afrique du Sud… notre avion décolle dans deux heures. Quand nous serons là-bas, nous aimerions avoir l'honneur de vous inviter à dîner. Ce n'est qu'un petit geste, bien sûr, en gage de notre immense gratitude et de notre reconnaissance. Mais pour le moment, je veux juste vous dire merci.

– Je… euh… je n'ai fait que mon travail.

Il ne put trouver autre chose à dire. Le coup de fil était trop soudain, il avait trop de choses en tête.

– Non, Monsieur, ce que vous avez fait allait bien au-delà du devoir. Alors merci. De la part de Jess, Rachel et moi-même. Nous aimerions vous souhaiter ce qu'il y a de mieux pour vous et votre famille. Que tous vos rêves se réalisent.

*

Assis dans sa voiture devant le distributeur de billets, il repensa aux paroles de Bill Anderson. « Que tous vos rêves se réalisent. » Son seul rêve avait été qu'Anna le reprenne. Maintenant, il n'avait plus rien.

Juste le rêve de se saouler.

Il mit le contact.

Repensa aux paroles de Fritz, au rêve de son fils. Wet & Orde.

Et à Carla, partie travailler à Londres parce qu'en revenant, elle voulait s'acheter une voiture et aller à l'université, et tous les deux rêvaient d'un père sobre.

Il éteignit le moteur.

Il repensa à Bella et à son rêve de monter sa propre affaire. À Alexa Barnard, qui avait rêvé si longtemps de devenir chanteuse. À Duncan Blake : « L'Afrique m'a tout pris, tous mes rêves... »

Et à Bill Anderson : « Que tous vos rêves se réalisent. »

Il ouvrit la boîte à gants, en sortit le paquet de cigarettes et s'en alluma une. Il réfléchit. Beaucoup. Les paroles de Lize Beekman lui trottaient dans la tête. *As jy vir liefde omdraai...* « Si tu te tournes vers l'amour... »

Il resta assis un long moment pendant que le monde continuait à dévaler Long Street. Puis il fit demi-tour.

*

Benny Griessel dépensa les cinq cents rands en fleurs. Il fit livrer le premier bouquet à la chambre de Mbali Kaleni. On refusa de le laisser entrer. Il lui écrivit un message sur une petite carte : « Tu es une femme courageuse et un bon flic. »

Puis il se rendit dans celle de Rachel Anderson et posa les fleurs sur le lit à côté d'elle.

– Elles sont magnifiques, dit-elle.

– Tout comme vous.

– Et celles-là ?, demanda-t-elle en voyant le bouquet qu'il tenait dans les bras.

– Ça, c'est un pot-de-vin.

– Ah bon ?

– Oui. Voyez-vous, j'ai un rêve. Je vais monter un groupe. Et il va nous falloir une chanteuse. Et il se trouve que je connais une grande chanteuse, ici même, dans cet hôpital, dit-il.

– Cool !, lança-t-elle, et il se demanda s'il pourrait la présenter à Fritz.

51

De : Benny Griessel <bennygriessel12@mweb.co.za>
À : carla805@hotmail.com
Date : 16 janvier 2009 22:01
Objet : Aujourd'hui.

« Chère Carla,
Désolé d'écrire si tard. Mon ordinateur ne voulait plus se connecter à l'Internet, ça a posé pas mal de problèmes, mais c'est réparé à présent.
Ç'a été une journée longue et particulièrement difficile. J'ai pensé à toi et tu m'as manqué. Mais j'ai aussi rencontré une chanteuse connue et j'ai eu une promotion. Aujourd'hui, ton père est devenu capitaine. »

Remerciements

Faire des recherches pour un livre est comme un voyage de découvertes : le succès de l'entreprise dépend des connaissances, de l'intuition, de l'expérience et de la bonne volonté des guides qui vous accompagnent. Pour *13 heures*, j'ai eu le privilège de voyager avec des guides brillants, à qui je dois toute ma reconnaissance et ma gratitude.

À Theuns Jordaan, véritable gentleman de l'industrie du disque sud-africaine et incarnation de tout ce qui est juste et convenable dans cette dernière. Malgré un emploi du temps chargé, il a passé de précieuses heures à répondre à mes questions interminables avec une patience infinie – une fois même dans les coulisses avant un spectacle. Sans sa contribution, *13 heures* aurait été bien plus pauvre.

Tous mes remerciements à Linda Jordaan, qui a organisé ces rencontres avec professionnalisme et hospitalité.

À Albert du Plessis, fondateur et PDG de *Rhythm Records*, sans doute un des esprits les plus vifs de l'industrie du disque, qui m'a révélé ses secrets.

À l'inégalable capitaine Elmarie Myburgh, de l'unité de psychocriminologie de la police sud-africaine de Pretoria. Je ne pourrai jamais lui exprimer toutes mes louanges, ma reconnaissance et mes remerciements.

À mon éditeur de stature internationale, le Dr Etienne Bloemhof. C'est le sixième de mes romans dans lequel il a joué un rôle déterminant. Comment l'en remercier ?

À mon agent, Isobel Dixon, pour son professionnalisme, son soutien, ses encouragements et son jugement sans faille.

À ma femme, Anita, pour son amour, sa patience, son soutien, sa sagesse, ainsi que l'organisation, la gestion, la photographie, la cuisine…

À Andries Wessels, pour sa relecture et ses avis excellents.

À Anton Goosen, Anton l'Amour, Richard van der Westhuizen, Steve Hofmeyr et Josh Hawks, de Freshlyground, qui m'ont aidé au cours de discussions informelles.

À Neil Sandilands, qui a sans le vouloir planté la graine de cette histoire.

À Jill Quirk, du département d'anglais de l'université de Purdue.

À Dan Eversman, de l'*Hodson's Bay Company* à West Lafayette, Indiana.

À Judy Clain, à New York.

Au personnel du *Carlucci's Quality Food Store*, dans Upper Orange Street.

J'aimerais aussi citer les sources suivantes :

La base de données de Media24 : http://argief.dieburger.com

LitNet : www.litnet.co.za

Gray's Anatomy : www.graysanatomyonline.com

http://world.guns.ru

Standards Employed to Determine Time of Death, Jeff Kercheval, vicap, International Symposium, Quantico, Virginie, 1988.

www.baltimoresun.com

www.eurasianet.org

www.africanoverland.co.za

RÉALISATION : NORD COMPO À VILLENEUVE-D'ASCQ
IMPRESSION : CPI BRODARD ET TAUPIN À LA FLÈCHE
DÉPÔT LÉGAL : MARS 2011. N° 104566 (62175)
IMPRIMÉ EN FRANCE

L'Âme du chasseur
Deon Meyer

Véritable force de la nature, « P'tit » est un ancien agent des services secrets sud-africains. Entraîné dans les camps de l'ex-KGB comme machine à tuer, il mène depuis la chute de l'apartheid une vie paisible. Mais un jour, son passé de meurtres et de corruption resurgit. Une superbe course poursuite à travers une Afrique du Sud toujours en proie à ses vieux démons.

« Avec Deon Meyer, impossible de se tromper... »

Michael Connelly

La Griffe du chien
Don Winslow

Art Keller, le « seigneur de la frontière », est en guerre contre les narcotrafiquants qui gangrènent le Mexique. Adán et Raúl Barrera, les « seigneurs des cieux », règnent sans partage sur les *sicarios*, des tueurs armés recrutés dans les quartiers les plus démunis. Contre une poignée de dollars et un shoot d'héroïne, ils assassinent policiers, députés et archevêques. La guerre est sans pitié.

« Le plus grand roman sur la drogue jamais écrit. Une vision grandiose de l'Enfer et de toutes les folies qui le débordent. »

James Ellroy

La Cinquième Femme
Henning Mankell

Des meurtres à donner froid dans le dos se succèdent: un homme est retrouvé empalé dans un fossé, un autre ligoté à un arbre et étranglé, un troisième noyé au fond d'un lac. Et si le crime était la vengeance d'une victime contre ses bourreaux? Dans ce cas, Wallander doit se hâter pour empêcher un autre meurtre tout aussi barbare.

« La Cinquième Femme *passionne par la subtilité de son intrigue et de ses personnages, bouleverse par son humanité, dérange par la profondeur de son regard. Du très grand art.* »

Télérama

La Compagnie
Robert Littell

Dans ce redoutable thriller politique, Robert Littell restitue un demi-siècle de notre histoire. Entre fiction et réalité, personnages fictifs et figures historiques (Kennedy, Eltsine, mais aussi Ben Laden), il dévoile les mécanismes et les dérapages de l'une des organisations les plus tristement célèbres au monde, la CIA. Un roman d'espionnage magistralement orchestré, qui place Littell aux côtés des maîtres du genre, John le Carré en tête.

« *Éblouissant d'ambition,* La Compagnie *est à la CIA ce que* Le Parrain *fut à la Mafia.* »

Télérama

La Mémoire courte
Louis-Ferdinand Despreez

En pleine période électorale, une série de meurtres déstabilise l'Afrique du Sud. Chaque samedi matin, un homme est retrouvé dans une poubelle, sur le siège d'un train, dans un parc ou devant le palais présidentiel. Les corps sont violemment mutilés et la peau des visages a été arrachée. Comment identifier les victimes ? L'inspecteur Zondi va tenter d'enrayer le cycle infernal de ces crimes...

« Un coup de maître. »

Le Figaro